KB166681

윤동주 프로젝트 1

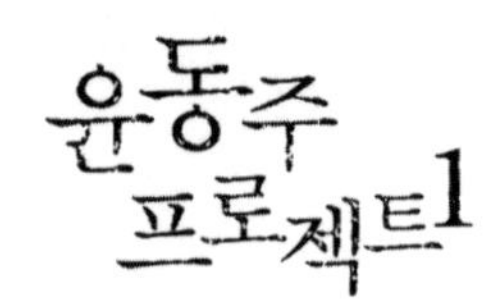

유광수 지음

1판 2쇄 발행 | 2012. 10. 22

발행처 | **Human & Books**
발행인 | 하응백
출판등록 | 2002년 6월 5일 제2002-113호
서울특별시 종로구 경운동 88 수운회관 1009호
기획 홍보부 | 02-6327-3535, 편집부 | 02-6327-3537, 팩시밀리 | 02-6327-5353
이메일 | hbooks@empal.com

값은 뒤표지에 있습니다.
ISBN 978-89-6078-149-8 04810
ISBN 978-89-6078-148-1 04810 (세트)

윤동주 프로젝트 1

유광수 장편소설

Human & Books

이 글은 소설이다. 당연히 꾸며낸 부분도 있다.

하지만 생각보다 많은 것이 사실이라는 것을 알게 된다면 깜짝 놀랄 것이다.

굳이 하나만 밝히자면, 윤동주는 후쿠오카 형무소에서 생체실험으로 죽은 것이 맞다.

봄,

봄이 血管 속에 시내처럼 흘러
돌, 돌, 시내 가차운 언덕에
개나리, 진달래, 노―란 배추꽃,
三冬을 참어온 나는
풀포기처럼 피어난다.
즐거운 종달새야

차례

이십 년 전

선생님…… 민족을 위해 죽어 주셔야겠습니다.

그렇게 들은 것 같았다.

순간이었다. 배가 뻘건 인두에 덴 것처럼 뜨끔하더니 다리가 풀렸다. 기괴하게 벌어진 입 안으로 흐릿한 보안등 빛에 떠돌던 먼지가 달려들었다. 받은 비명이 목구멍에서 꺽꺽거리기만 했다. 손과 발이 따로 놀며 비척거리다가 전신주에 기대며 미끄러지듯 주저앉았다. 바로 옆에 쌓아 놓은 연탄재와 뒤섞인 쓰레기에서 흘러나온 국물에 엉덩이가 선뜻했다. 저도 모르게 따뜻한 오줌이 흘러 사타구니를 적셨다. 짧은 순간 수치심이 엄습했다. 하지만 지금 끈적거리는 썩은 냄새에 뒤섞인 지린내는 문제가 아니었다.

호흡이 가빠왔다. 배를 움켜쥔 손아귀 사이로 숨 쉴 때마다 검붉은 것이 울컥 솟았다. 이대로라면 죽을 거란 걸 알지만 이상하게도 먼 나라 일처럼 낯설었다. 단벌뿐인 양복이 이렇게 되면 내일은 무얼 입고 출근하지, 그 생각뿐이었다.

생각해 보면 어두운 골목에 들어선 것이 잘못이었다. 현실을 무시한 88올림픽 유치가 잘못이라며 울분을 토하는 송 교수와 술잔을 기울인 것이 애초부터 잘못이었는지도 모른다. 아니, 어쩌면 미니스커트를 입겠다고 바득바득 우기는 딸년이 보기 싫어 늦게까지 자리에서 일어서지 않은 것이 실수였는지도…….

그렇게 흩어지는 정신 가운데도 보안등 빛에 번뜩이는 허연 것을 쥐고 서 있는 목석 같은 사내의 모습만은 또렷했다. 그것도 점차 시야가 흐려졌다. 가물거리는 의식을 붙잡으려 했지만 손가락 사이로 빠져나가는 모래마냥 하나씩 사라지기 시작했다.

그간 앙앙거리며 아득아득 살았던 것이 다 부질없는 한 편의 희극처럼 여겨졌다. 이상하게도 아쉬운 것이 하나도 떠오르지 않았다. 모든 것을 다 놓아 버리는 것이 이런 건가, 하는 생각이 머리를 스치자 저절로 웃음이 지어졌다.

갑자기 한 가지가 떠올랐다. 방금 전 일이었다. 그것이 걸렸다. 그러자 그게 못 견디게 궁금해졌다.

'그런데…… 왜 내가…… 민족을 위해 죽어야 하는 거지?'

검은 뿔테 안경 뒤에서 눈을 껌뻑이는 공명환 교수는 숨이 끊어지기까지 그 이유를 알지 못했다.

그 후로 오랫동안 아무도 그 이유를 알지 못했다.

여섯 달 전

교토 외곽의 고택. 새소리와 시냇물 소리가 한적한 깊은 정원의 조그만 다다미방 안이었다.

울상의 노인이 화선지를 두고 침묵에 잠겼다. 두 눈에 두껍게 쳐진 눈꺼풀이 무거워 보였다. 다소곳이 옆에 앉은 기모노 입은 여인이 말없이 먹을 갈아냈다. 은은한 묵향墨香이 차 끓는 소리 사이로 흘렀다.

노인이 힘겹게 눈을 떴다. 그리고 자기 팔뚝보다 더 굵은 붓을 쥐고 난蘭을 쳐대기 시작했다. 작은 원숭이 같은 모습과 달리 붓놀림은 날아갈 듯 사뭇 민첩했다.

이마 주름에 땀이 맺혔다.

이윽고 붓을 내려놓고 여인이 내민 차를 받아 든 노인은 향을 맡으며 다시 눈을 감았다.

천천히 장지문이 열리고 무거운 몸짓의 중년 남자가 들어와 부복했다. 차 끓는 소리와 은은한 묵향이 가볍게 흔들렸다. 전 관방장관이자 현 집권당의 중의원인 다카하시 사케였다. 굳은 표정에 긴장한 그가 조심스럽게 노인 앞에 사진 두 장을 놓고는 다시 뒤로 물러나 부복했다.

울상의 노인이 눈을 가늘게 떴다.

눈이 돌아갈 만한 미모의 20대 후반 여자와 신경질적으로 생긴 깡마른 30대 중반 사내의 모습을 지그시 보던 노인의 인상이 찌푸려졌다.

"이들인가?"

어투에 묻은 핀잔에 다카하시 의원은 바짝 긴장했다.

"그렇습니다. 이 여성은 한국 특수경찰조직인 강력8……."

"그건 안다."

낮지만 단호한 노인의 말에 다카하시는 흠칫 말을 삼켰다. 집권당 실세 중의 실세인 그의 이런 모습을 동료들이 본다면 놀랄 일이었다. 하지만 다카하시는 지금 눈앞에 앉아 있는 울상의 노인의 입에서 떨어질 말이 더 두려웠다.

사진의 두 남녀가 느닷없이 끼어들어 망쳐 놓은 지난 일이 떠올랐다. 이 둘을 도저히 용서할 수 없다. 하지만 눈앞에 큰일을 앞두고 지난 원한을 떠올리는 것은 옳지 않았다. 원한은 언제든지 갚아줄 수 있었다. 지금 문제는 그게 아니다. 다카하시는 조심스럽게 입을 열었다.

"모든 경우를 검토했습니다. 가장 적합한 인물입니다."

노인의 눈빛이 날카로워졌다. 그 눈빛에 다카하시는 정말 자신이 한 말이 옳은지 속으로 다시 생각해 보았다. 날카로운 노인의 눈빛이 사진 쪽으로 돌아갔다.

눈동자에 새겨 넣듯 사진을 노려보던 노인의 눈이 천천히 감겼다. 한동안 방 안에는 차 끓는 소리만 낮게 보글거렸다.

매서운 목소리가 정적을 찢었다.

"얕보지 마라."

장지문이 바르르 떨린 것 같았다. 노인의 목소리에 굴곡이 서렸다.

"풀숲을 건드리면 뱀이 놀란다."

선뜻 노인의 말을 이해할 수 없어 남자는 불안해졌다. 등에 땀이 맺히려 했다. 자신이 계획한 일이 정말 타당한지 갑자기 자신이 없어졌다.

음산한 목소리가 혼잣말하듯 느릿느릿 이어졌다.

"치지 말고 몰아라. 천천히, 아주 천천히……. 그렇게 굶겨 죽이는 거다. 알겠느냐, 다카하시?"

스멀거리며 폐부를 찌르는 낮은 목소리에 남자는 저도 모르게 몸서리를 쳤다. 살짝 고개를 들어 노인을 올려보았다.

"우리를 가로막는 자들이 어떻게 되는지 똑똑히 보여주란 말이다. 알겠느냐?"

노인의 눈에서 섬광이 쏟아지는 듯했다. 순간 노인이 그 옛날 만주滿洲와 난징南京을 경악케 했던 시게야마 미쓰루라는 사실이 되살아났다.

다다미방을 나서는 중년 남자의 머리는 온통 그들을 잡아들일 계획으로 복잡해졌다.

하운드 프로젝트Hound Project는 그렇게 시작되었다.

둔중한 몸집의 다카하시가 나간 뒤에도 노인의 울상은 조금도 펴지지 않았다. 한참을 미동조차 않는 노인의 감긴 눈은 떠질 생각이 없어 보였다.

식은 차를 치우고 다시 차를 데워 노인 앞에 놓던 기모노 여인이 우연히 노인이 쳐 놓은 난蘭을 보고 흠칫했다.

무성하고 복잡한 난의 모양이 꼭 두 마리 뱀이 뒤틀고 있는 것처럼 보였기 때문이었다.

석 달 전

교토에서 온 손님은 말이 길지 않았다. 주인석에 앉은 노인은 그저 묵묵히 듣기만 했다. 손님의 말이 그쳤지만 여전히 깊은 침묵 속에 잠겨 있었다.

손님 역시 답을 바라는 눈치는 아니었다. 그저 앞에 놓인 차를 마실 뿐이었다. 차를 다 마신 손님이 일어나 묵례를 하고는 방을 나갔다.

그렇게 짧은 회합이 끝났다.

별다른 말이 오가지 않았지만 주인도 손님도 알았다. 앞으로 벌어질 일들은 결코 짧지 않을 거라는 것을…….

이들은 절대 해서는 안 될 일을 벌일 생각이었다.

한 달 전

전화기를 든 손이 떨렸다. 저쪽에선 요구해서는 안 되는 것을 요구했다. 아니 명령했다.

—총을 맞는 것보단 낫잖아. 안 그래? 클클클……

틀린 말은 아니었다. 하지만 저들의 요구는, 아니 명령은…….

전화가 끊어졌다.

고민이 깊어졌다. 명령을 따르지 않으면 저들은 농담을 현실로 바꿀 것이다.

심장이 터진 채 갈가리 찢겨져 싸늘하게 식어가는 그의 주검이 눈앞에 아른거렸다. 머리를 흔들어 지웠다. 있어서는 안 되는 일이었다. 일어나서는 안 되는 일이었다.

하지만…….

한번 내려진 명령은 반드시 정해진 결과를 만들어내게 했다. 주저도 회피도 방기도 안 된다. 절대 용납하지 않는다. 저들은 반드시 목적을 이룰 것이다.

갈등이 깊어졌다.

죽는 것보다는 나았다. 하지만…… 확신이 서질 않았다.

결국 떠밀린 결심을 할 수밖에 없었다.

그를 보호하기 위해, 그를 살리기 위해, 그를 죽을 곳으로 몰아야 했다.

위험한 결심은 조각난 부분의 사실만 보고 내린 거였다. 조각 진실만 보고 생각한 거였다. 전체의 큰 그림을 보았다면 절대 그런 결심을 하지는 않았을 것이다.

하지만 모든 일이 끝나기까지 전체 그림을 본 사람은 아무도 없었다.

1부 | 하늘 소리

2006. 05. 08. 월.

AM 08:00

하늘엔 구름 한 점 없다. 5월의 따가운 햇살이 아침부터 분주하게 택시 유리창 안을 내리쪼였다. 세종로를 꽉 메운 차들로 늘 그랬던 출근길의 번잡함이 오늘따라 유난히 짜증스러웠다. 삼일교통 9년차 베테랑 택시기사 박 씨는 인상을 구기며 담뱃갑을 집다가 손님을 태웠다는 생각을 뒤미처 하고는 그냥 놓았다. 입맛을 다시며 습관적으로 라디오를 켰다.

……전 세계 경제인 초청 세계경제문화포럼이 오는 15일 월요일부터 서울 코엑스 본관 컨벤션홀에서 2박 3일 일정으로 열립니다. 이 포럼에는 세계 각국 경제문화 단체장들을 비롯해, 빌 게이츠 마이크로소프트 회장, 섬너 레드스톤 파라마운트 회장, 오쿠다 히로시 도요타 회장 등 국내외 유명 인사들이 대거 참석할 것으로 알려지고 있습니다. 참석 인사 중에서 특히 눈길을 끄는 것은 어제 입국한 후지와라 유이치 일본 환경문화연대 대표로, 후지와라 환경문화연대 대표는 현 일왕 아키히토明仁의 생종손甥從孫인데, 그

는……

박 씨가 단추를 홱 돌려 라디오를 꺼버렸다. 그러자 뒷좌석에 앉은 나이 지긋한 노신사가 왜 그러냐고 물었다.

"아, 이거요? 지겨워서요. 요 며칠 매일이잖아요. 한·일 두 나라 간의 우호 교류가 어쩌네 저쩌네 하는 뻔한 소릴 계속 들으려니 부아가 치밀어서요."

교통체증으로 신경이 날카로워진 박 씨의 언성이 높아졌다.

"일왕인지 뭔지 하는 족속들이 오든 말든 알게 뭡니까. 하루 벌어 하루 사는 우리랑은 아무 상관없는 짓거린데요."

룸미러에 비친 툽툽한 얼굴의 박 씨에게, 은발의 노신사는 그럴 수 있겠다는 듯이 고개를 끄덕여 주었다. 박 씨의 목소리에 힘이 들어갔다.

"그리고 좀 쉽게 말할 것이지, 생종손이 어쩌고저쩌고 복잡하게 말해서 영……."

노신사가 말했다. 나직하고 차분한 목소리였다.

"요즘 잘 안 쓰는 말이니 어렵긴 하지요. 생종손은 자기 누나나 여동생의 손자라는 말로, 후지와라가 현 일왕 아키히토의 누나의 아들의 아들이란 말을 그렇게 한 겁니다."

박 씨는 앞에 밀린 차가 조금 빠지자 1단 기어를 넣으며 말했다.

"아니, 그러면 뉴스에서도 누나의 아들의 아들이나, 누나의 손자라고 할 것이지, 원……. 참, 그럼 그 후지와란가 하는 사람은 왕자인가요?"

"아니지요. 일본 공주들이 결혼하면 자동적으로 왕실에서 빠지니까 그 아들이나 손자가 왕자가 되는 것은 아니지요. 가깝기야 하지만요."

박 씨가 턱을 들어 백미러를 올려다보며 크게 끄덕였다.

"아하, 그렇군요. 손님처럼 쉽게 말씀하시는 분은 처음입니다. 아무튼 그쪽 집안도 복잡하겠습니다."

노인이 쓴 웃음을 지으며 말했다.

"가족은 어디나 복잡하기 마련이지요. 주목받는 집안이라면 더욱 그럴 테고요."

가족 얘기가 나오자, 저절로 박 씨는 낯뜨거운 어버이날 생각과 똥꼬치마 입고 나간 딸년 생각으로 마음이 착잡해졌다. 훌쩍 커버린 딸년이 10년 전 집을 나간 마누라를 닮아가는 것 같아 문득문득 불안했다. 어디선가 느닷없이 마누라가 나타나 딸을 확 채갈 것만 같았다. 이젠 술도 줄이고 투전도 싹 끊었지만 말이다.

언뜻 정신을 차리자, 앞 차가 저만치 간 틈으로 옆 차선에 있던 은색 렉서스가 싹 끼어드는 것이 눈에 들어왔다. 일부러 그런 것은 아니지만 바빠 보이는 노신사에게 미안했다. 그런 마음을 아는지 노신사는 룸미러로 흘낏거리는 박 씨를 향해 괜찮다는 듯 웃어주었다.

박 씨는 다른 궁금한 것을 물으려다가 또 가족 얘기가 나올까봐 입을 다물고는, 늘어선 버스와 자가용들을 한숨 섞어 바라봤다. 왼쪽에 덕수궁 담이 있는 것이, 이순신 장군 동상까지 가는 것만 해도 적게 잡아 신호 세 번은 받아야 할 것 같았다. 입맛을 다셨다. 담배 생각이 간절했다.

그때였다.

정말이지 이상한 정적이 흘렀다. 공기 중에 떠다니는 먼지 하나하나가 똑똑히 보일 정도로 모든 것이 느릿하게 움직였다. 바스락거리는 작은 소리에도 뭔가 엄청난 것이 촉발될 것 같은 불안한 나른함이 주위에 팽팽했다. 하지만 실은 무척 짧은 시간이었다.

그 기묘하고 팽팽한 정적이 깨지면서, 바로 앞에 즐비하던 버스와 택시, 자가용들이 순식간에 싹 사라져버렸다. 정말 순간이었다. 땅이 흔들린 것 같다는 생각이 스친 것은 그 다음이었다. 이어서 두껍고 짙은 연기가 땅속에서 울컥 뿜어져 올라왔다. 그러고 나서야 비로소 산허리가 두 동강 나는 듯한 무시무시한 굉음이 택시가 흔들릴 정도로 때려오는 것이 느껴졌다.

깊은 심연에서 억만년 쌓여 있었을 것만 같은 둔탁한 소리와 두꺼운 먼지 구름이 좌우로 높이 솟은 빌딩 꼭대기까지 삼켜버릴 기세로 확 치솟더니, 다시 무서운 기세로 밑으로 쭉 떨어지면서 박 씨의 경악한 얼굴로 미친 듯이 쏟아져 내려왔다.

"으아악!"

머리를 두 손으로 감싼 채 핸들에 처박고 있었다는 것을 깨달은 것은 잠시 뒤였다.

감싸쥔 얼얼한 손아귀를 풀며 천천히 고개를 들었다. 창문을 꼭 닫았던 것이 다행이었다. 창밖은 짙은 스모그보다 더 기분 나쁜 무거운 회색 연기 일색이었다. 그 짙은 사이로 세종로 사거리 주변 여기저기서 둔탁한 불길이 치솟는 것이 번들거렸다.

먼지와 불길들에 뒤엉켜 알아들을 수 없는 빠른 소리들이 팽팽한 공기를 가르며 사방으로 흩어지는 것이 그제야 귀에 들렸다. 그 사이를 뒤엉킨 사람들이 슬로우비디오처럼 뛰어가며 입 안 가득 고함을 질러대고 있었다. 더 이상 빨갛지 않은 카네이션에 아직도 미련이 남은 꼬마 여자애의 눈길을 외면한 채 무작정 손을 잡아당기는 젊은 엄마의 놀란 눈빛과, 늦은 출근을 서두르며 길을 건던 샐러리맨의 경악한 얼굴, 아직도 뭔 일인지 모르고 그저 남들 따라 허둥거리는 사람들, 그들 모두 평생에 다시 지을 수 없는 표정으로 제대로 움직여지지 않는 몸을 끌어당기며 어디론가 도망치려고 했다.

박 씨가 천천히 택시 문을 열고 조금 진정 되어가는 먼지 구름 속으로 나선 것은 본능이었다. 달아나듯 세종로 사거리 반대쪽으로 뛰는 사람들을 거슬러 천천히 발을 옮기며 뿌연 먼지를 손으로 헤저었다. 머리는 빨리 멀어지라고 고함을 질러댔지만, 격하게 뛰는 가슴은 호기심의 본능을 따랐다.

온갖 알아들을 수 없는 굉음과 먼지의 진원지에 다가서자 박 씨의 걸음이 저절로 딱 멈춰 섰다.

거기서 박 씨는 죽을 때까지 잊을 수 없는 광경을 보고야 말았다.

세종로 사거리가 있던 자리에 하늘에서 운석이 떨어진 듯 시커먼 구멍이 입을 떡 벌리고 있었다. 세종로 사거리 전체가 바닥으로 무너져 내린 거였다.

조금 전까지 가지런하게 신호를 기다리던 차들이 흩어진 화투장마냥 무너진 바닥 밑에 쏟서져서는 먼지 속에서 불타고 있었다. 싫증 난 아이들이 던져버린 장난감처럼 뒤엉킨 자동차들과 곤두박질쳐 거꾸로 뒤집힌 버스들의 무덤을 보자, TV와 신문에서만 보았던 성수대교와 대구지하철가스폭발 사고가 떠올랐다.

그때 구덩이에 떨어져 불길이 나던 택시 하나가 펑 터졌다. 박 씨는 놀라 뒤로 엉덩방아를 찧었다. 오히려 얼얼한 엉덩이가 막연히 크게 뛰던 가슴을 조금 진정시켰다.

그제야 무너진 세종로 사거리 조금 뒤쪽이 눈에 들어왔다.

처음에는 자신이 보고 있는 것이 무엇인지 잘 몰랐다. 바닥에 거꾸로 처박힌 이순신 장군 동상과 바닥에 반쯤 파묻혀 삐딱하게 기운 동상 받침대가 영화의 한 장면 같다는 생각을 하기까지도 한참 걸렸다.

박 씨는 오십 평생 단 한 번도 흘려본 적이 없는 눈물이 자신의 툽툽한 얼굴로 흘러내리는 것을 알지 못했다. 다만 어디로 향할지 모를 울분만 울컥댔다. 분노가 정신을 조금 맑게 만들자, 비로소 자신이 뿌연 분진 한가운데 앉아 쉴 새 없이 콜록대고 있다는 것을 깨달았다.

난리가 난 거였다.

갑자기 박 씨는 아침 댓바람부터 가슴을 쑤시고 나간 딸년이 몹시도 보고 싶어졌다.

AM 08:04

실크 커튼을 통해 비쳐 들어오는 햇빛이 침대에 길게 누운 여자의 매끄러운 다리에 빛났다. 서서히 돌아눕는 서슬에 투명한 슬립이 말리며 탄력 있는 긴 허벅지가 드러났다. 하지만 그녀의 둥근 눈은 1시간 전부터 허공을 더듬고 있었다.

1년에 두 번 잠자지 못하는 날이 어김없이 또 찾아왔다. 다른 이들이 알 리 없는 생일보다 모두 다 아는 이날이 더 싫었다. 경찰이 되겠다고 대문을 쾅 닫고 나온 9년 전 오늘 이후, 엄마를 보지 못…… 아니, 않았다. 머리가 아파오며 가슴이 미어질 듯했다.

문득 눈앞에 모친이 보이는 듯 나타났다.

방 형사의 커다란 눈에 눈물이 그렁거리려 했다. 하지만 허공에 나타난 모친은 매섭게 뺨을 때리던 9년 전과 조금도 다르지 않았다.

'독한 년.'

씹어뱉듯 던진 말에 방 형사의 둥근 눈에 고인 물이 주르르 콧등을 타고 흘렀다. 들을 사람 하나 없는 집이지만, 그녀는 애써 숨을 죽여 가며 소리를 삼켰다. 눈물 소리가 텅 빈 공기와 함께 그녀 속으로 밀고 들어와 가슴을 아리게 했다.

허공에 모친의 모습이 흩어졌다.

화장대 위에 놓인 샤넬과 프라다 향수병이 햇빛을 따라 빛을 내는 것이 보였다. 그 빛이 만들어낸 영롱한 스펙트럼이 바로 옆에 있는 자그만 어항에 부딪혀 부서졌다. 작은 금붕어 두 마리가 뻐끔거리며 무지갯빛을 잡으려 했다. 벌게진 뺨으로 대문을 박차고 나와, 그날 처음 한 일이 수족관에 가 금붕어를 산 일이란 것이 떠올랐다. 하지만 왜 하필 금붕어였는지 기억나지 않았다. 기억을 따라 과거를 헤매려 할 때였다.

시끄럽게 어지럽히는 핸드폰 소리가 그녀를 현실로 끌어냈다.

김 순경이었다. 단발머리에 똑 부러지는 그녀의 얼굴이 전화 저편에 나타났다. 속사포처럼 빠른 목소리에 실린 다급함이 오늘이 어버이날이란 것도, 9년 전 그날도 어버이날이었다는 것도, 그리고 모친의 야멸친 모습도, 모두 잊게 했다.

침대에서 벌떡 일어나 목욕탕으로 달리며 슬립을 벗어던졌다. 샤워기를 거칠게 트는 그녀의 머릿속엔 어린애 같은 유치한 감상 따위는 하나도 없었다.

지금 밖은 전쟁통이었다.

잠시 후, 세련된 검정 아르마니 바지 정장 차림의 방 형사는 검은 선글라스에 긴 머리를 날리며 아프릴리아Aprilia 굉음에 몸을 맡겼다. 그리고 꽉 막혀 밀린 차들 사이로 질주하기 시작했다.

AM 08:30

세종로를 중심으로 종로, 광화문, 을지로, 남산 터널과 한강 다리까지 꼬리에 꼬리를 물고 차들이 멈춰 버렸다. 추가 폭발 우려로 지하철도 운행을 못했다.

서울이 서 버렸다.

한강을 건너는 방 형사의 리시버에는 세종로사거리 폭파 테러로 국가비상사태가 선포되었다는 무전이 날아왔다. 청담동에서는 차들 사이를 겨우 가로질렀지만 남산 터널을 지나 시청 앞에 오자 그마저 쉽지 않았다. 엉켜버린 차보다도 구경하겠다고 나선 흥분한 사람들의 웅성거림이 더 문제였다.

어쩔 수 없이 프라자호텔 근처에 아프릴리아를 세우고 도로를 메운 사람들을 하나씩 헤치며 어렵게 세종로 사거리로 향했다.

멀리서 본 현장은 형사보다 의사가 더 필요해 보였다.

치직거리는 무전의 지시에 따라 발 빠르게 뛰어다니는 소방대원들 사이로 구급대원들이 보였다. 멀리 코끼리 다리만 한 소방호스에서 뿜어져 나오는 물로 현장의 분진을 내리누르는 것이 보였지만 역부족이었다. 매캐한 공기가 목을 간질였다. 주저앉아 눈물을 닦는 할머니와 실신한 아주머니들이 서로 엉겨서 울부짖고 있었다. 쿨럭거리는 소리와 퀭한 눈, 두려움에 떠는 불안한 얼굴의 사람들이 먼지를 가득 뒤집어쓴 회색 얼굴로, 서로를 의지한 채 비척거리며 걸어 나오고 있었다. 그녀는 그들을 스치며 거슬러 올라갔다.

거의 다가갔을 때 어디선가 앳돼 보이는 전경 하나가 튀어나와 손을 들어 제지했다. 신분증을 꺼내 보였다.

"종로경찰서 강력8반 방현진 경위다."

전경은 경례를 붙이고는 왔던 곳으로 급히 돌아가서는 몰려드는 사람들을 막으려고 핏대를 올렸다. 멋대가리 없이 커다랗기만 한 포클레인과 중장비들이 현장에 접근하지 못해 저 멀리 멈춰 서 있는 것이 보였다. 사이렌 소리와 호루라기 소리 사이사이 고함이 오가는 것을 들으며 방 형사는 쓴웃음을 지었다.

세종로 사거리였던 곳에 다가갈수록 상황은 더 처참했다.

뿌연 분진을 뒤집어쓴 얼굴에 말라붙은 핏자국이나, 찢어진 양복 사이로 배어나오는 피는 그래도 괜찮은 편이었다. 숨을 다한 사람들의 시신들이 여기저기 널브러져 있었다. 시체 중 팔이나 다리 하나 없는 것은 그나마 나았다. 하반신이 없어진 40대 아줌마의 부릅뜬 눈동자와 무너져 내린 아스팔트에 튕겨 머리 반쪽이 허물어진 힙합 바지 청년의 얼굴은, 끔찍한 것들에 둘러싸여 사는 그녀조차 속이 울렁거리게 했다. 이 와중에도 핸드폰 카메라를 들이대는 축들과 재빨리 나타나 플래시를 터뜨려대는 자들이 있었다. 그 틈바구니에서 몰래 구명헬멧을 쓰고 세종로 지하로 내려가려다 붙잡힌 리포터와 소방대장이 알 권리와 보도원칙에 대해 서로 고성을 질러댔다.

세종로 사거리가 있던 자리에는 빌딩 하나가 통째로 들어갈 만한 구멍이 커다란 입을 벌리고 있었다. 아슬아슬하게 밑으로 떨어질 것 같은 자동차와 실같이 풀어져 삐져나온 철근들이 현장을 뒤덮고 있었다.

뒤집혀 처박힌 버스 주위에 빨간 헬멧을 쓴 구조대원들이 달라붙어 있었지만 그들의 축 처진 움직임은 생존자가 없다고 말하고 있었다.

이따금씩 들것에 실려 올려오는 것은 모두 흰 천이 덮여 있었다.

들것 몇 개가 더 올라온 후, 뜻 모를 짧은 경악이 무너진 세종로 지하 한쪽에서 울렸다. 구조대원들 몇이 달려가, 뭔가를 뚫어지게 쳐다보며 손가락질하는 동료의 시선을 좇았다. 황당해 하는 느낌이 멀리까지 전해져 왔다.

가슴이 두근거렸다. 불길한 기운이 고개를 들었다.

방 형사는 애써 진정시키며, 올라오는 들것에 다가가 신분증을 들어 보였다. 빨간 헬멧의 구조대원은 난감한 기색이 역력했지만 어쩔 수 없이 들것을 땅에 내려놓았다. 만류하는 구조대원들의 눈빛을 무시하고 흰 천을 홱 젖혔다.

순간, 커다란 해머가 머리를 내리친 듯 아찔했다.

어디서 나타났는지 족제비처럼 생긴 기자 한 명이 연신 플래시를 터뜨려댔다. 구조대원들이 밀어붙여 실랑이가 벌어졌지만 방 형사에게는 그런 것이 먼 나라 일처럼 아득하게 느껴졌다.

인형이었다.

들것에 실려 있는 것은 사람이 아니라 약간 부서진 리얼돌real-doll이었다. 숙녀복 매장의 옷걸이 마네킹이 아니라 인간과 똑같이 만든 실물 크기의 여자 인형이었다. 컴퓨터 회로에 칩까지 넣어 간단한 말도 할 줄 아는 사람 모양의 인형이었다. 리얼돌을 애인으로 삼는 일본 오타쿠들이 있다는 말을 들은 적은 있지만 실제로 보기는 처음이었다.

여자 인형은 기모노를 입고 있었다. 그보다 더 큰 문제는 마치 강간당한 듯이 찢겨져 나간 기모노 사이로 보이는 은밀한 부분이었다. 거기엔 음부와 치모가 과장되게 그려져 있었다.

'이건…….'

도발이었다. 분명했다.

인명구조로 바쁜 마당에 인형 같은 것을 사람인 것처럼 실어낸 이유가 있었다. 난감한 표정으로 젖혀보지 말기를 권하던 구조대원의 눈빛을 비로소 이해했다.

방 형사 등 뒤에서 침통한 소리가 새어나왔다. 그녀가 아는 한 세종로 지하에 이런 리얼돌이 있은 적은 없었고, 있을 수도 없었다. 누군가 가져다 놓은 것이 분명했다. 그건 세종로가 무너진 것이 결코 사고가 아니라는 말과 같았다. 구조대원들도 그걸 직감했던 거였다. 그래서 시신처럼 천을 덮어 올린 건데, 그걸…….

방 형사는 고개를 홱 돌려 실랑이를 벌이던 기자를 찾았다. 어수선하게 분주한 사람들 사이 어디에도 보이지 않았다.

"어디로 갔죠?"

소방대원은 그걸 어찌 아냐는 표정으로 어깨를 으쓱했다. 방 형사는 속이 타들어 갔다. 특종을 잡았다고 미친 듯이 써댈 기사 내용이 눈에 선했다. 하지만 이미 엎질러진 물이었다.

방 형사의 고개가 다시 리얼돌로 향했다. 눈이 치부를 벌리고 있는 인형에게서 떨어지질 않았다. 음란하게 다리를 벌린 인형의 야릇한 비웃음이 그녀의 심연 속에서 잠자고 있던 공포의 앙금을 마구 휘저어 놓았다. 불편하게 만드는 뭔가가 머릿속에서 스멀거렸다. 고풍스런 기모노와 과장된 성기 때문만은 아니었다.

시점이 문제였다.

일왕 아키히토의 생종손, 즉 일왕의 누나의 손자인 후지와라 유이치가 서울을 방문한 이 미묘한 시점이 문제였다.

대문짝만 한 기사와 함께 이 사진이 나가면 한바탕 난리로만 끝날 일이 아니었다. 집요한 저들이 어디까지 물고 늘어질지 생각하면 벌써부터 머리가 지끈거렸다. 당하기도 우리가 당하고 물어주기도 우리가 물어줘야 할 판이었다.

문득 방 형사는 신경질 가득한 강 형사의 얼굴이 몹시도 보고 싶어졌다. 어디로 가야 하는지, 어떻게 해야 하는지, 단호한 그의 말 한마디가 너무나도 듣고 싶었다.

AM 10:10

"강태혁 씨! 강태혁 씨! 안 계세요?"

반지하 현관문을 두드리는 소리에 어수선한 잠에서 깼다. 골이 빠개지듯 흔들렸다. 양손으로 머리를 쥐었지만 쇠종을 머리 위에 씌워놓고 뎅뎅 쳐대는 것 같았다. 곧 풀리지 않겠냐며 위로한답시고 찾아온 동료와 새벽까지 소주를 들이부은 것이 문제였다.

텅텅 문 두드리는 소리는 지칠 줄 몰랐다.

억지로 반쯤 뜬 눈에 맨 먼저 들어온 것은 어둑한 방 안 구석에 놓인 앉은뱅이책상이었다. 그 위에 냄비째로 먹다 만 라면이 말라붙어 있었다. 어떻게 집을 찾아왔는지 들어와서 라면은 왜 끓였는지 기억이 중간중간 튀었다.

문 두드리는 소리가 다시 머리채를 부여잡고 흔들었다.

아침 댓바람부터 어떤 놈인지 징글맞은 놈이었다. 욕을 뇌까리며 머리를 부여잡고 몸을 일으켰다.

쉬지 않고 두들겨대는 모양이 아예 현관문을 부술 작정 같았다.

"누구세요?"

강 형사는 아직 덜 떠진 눈으로 문을 힘겹게 열었다. 햇빛이 눈을 찌르는 것을 보니 댓바람은 아니었다.

퀵서비스였다.

퀵서비스사원은 헬멧의 안면보호실드를 올리며 누런 서류봉투 하나와 영수증을 내밀었다.

“강태혁 씨 본인이시죠? 사인 좀 해주세요, 여기.”

족히 열흘은 깎지 않은 것으로 보이는 수염에 강마른 부랑자 같은 강 형사의 몰골에 퀵서비스사원은 처음에는 흠칫했지만 이내 사무적이 되었다. 다음으로 갈 곳이 바빴다.

강 형사는 보채는 성화에 엉겁결에 사인하고는 누런 봉투를 받아들었다. 흔히 쓰는 A4 서류봉투였다.

문을 닫고는 입식부엌이자 거실인 좁은 바닥에 철퍼덕 앉았다. 차가운 바닥 냉기가 엉덩이를 타고 올랐지만 그래도 술기운이 가시지는 않았다. 냉수라도 마시고 앉을 걸, 하는 후회가 들었지만 다시 일어나기가 귀찮았다. 떡이 진 머리를 벅벅거리며 봉투를 살펴보았다.

‘이춘석?’

모르는 이름이었다. 갸웃거리며 보낸 주소를 보다가 깜짝 놀랐다.

바로 옆집 주소였다.

숙취가 확 달아났다. 긴장이 되자 찬 바닥의 한기가 뒷목까지 찔러댔다.

‘옆집에서 퀵을 보낸다고?’

말도 안 되었다. 옆에 누가 사는지도 모르지만, 그 집 사정도 농담하자고 장난으로 퀵을 보낼 정도로 넉넉한 형편일 리 없다.

형사의 눈으로 봉투를 다시 살폈다.

봉투는 무겁지 않았다. 속에 든 것이 쇠붙이는 아니었다. 봉투를 흔들었다. 소리가 종이 같았다. 소포나 편지봉투에 분말형태로 탄저균을 담아 보내는 독극물테러가 떠올랐지만 피식 웃었다.

‘날 죽이자고 그 비싼 탄저균을 봉투에 담는다고?’

적이 없는 것은 아니지만 자신이 그리 대단한 형사도 아니고, 갈비뼈 몇 대 우그러뜨렸다고 탄저균테러를 할 정도로 조폭들이 지능적이지도 않았다. 그냥 칼로 쑤시거나 총으로 쏘는 편이 더 쉬웠다.

'탄저균 살 돈도 없을걸. 보내려면 경찰서로 보내야 모두 다 죽지.'

그러자 자신이 한 달째 징계가 풀리지 않고 있다는 사실이 떠올랐다. 공연히 울화가 치밀었다. 강간범 한 놈의 다리를 분질러 놓았던 것이 문제였다. 말은 그렇게 안했지만 물론 고의였다. 놈은 해충이었다. 기껏해야 1, 2년 살다 나오면 또 여자들을 짓밟을 놈이었다. 수술하면 평생 절름거리기는 해도 못 걸을 정도는 아니었다. 그 정도를 문제 삼아 무기한 징계를 내린 것은 너무 심했다.

강 형사는 일어나 굴러다니는 소주병을 대충 옆으로 발로 차고는, 싱크대 밑을 뒤져서 빨간 고무장갑을 꺼냈다. 오래전 이사 올 때 누군가가 사 들고 온 것이 기억난 것이다.

우편물에 독극물을 묻혔을지도 모른다는 생각은 확실히 오버지만, 일부러 보란 듯 옆집에서 퀵을 보낸 것처럼 한 것은 한번 같이 놀아보자는 거였다. 누구든 단순한 조폭 놈들이 아니었다. 작년 신촌에서 칼에 찔려 죽음 문턱을 살짝 넘어본 후로는 할 수만 있으면 조심하려 했다.

빨간 고무장갑을 낀 채 신문지를 찾아 바닥에 깔고 그 위에서 천천히 봉투를 뜯었다. 찢어진 봉투를 옆으로 기울여 살살 털자, 사진 몇 장이 뭉치로 툭 떨어졌다. 조심스레 집어 들었다. 디지털로 찍은 것을 프린터로 인쇄한 거였다.

처음엔 그게 뭔지 몰랐다. 영화 속 장면처럼 보였다. 정말 장난인가 하는 생각과 함께 넉 장째 넘기는 순간, 갑자기 퍼뜩 깨달았다.

방으로 뛰어들어가 이불 속에 파묻혀 있던 리모컨을 찾았다.

텔레비전 속 리포터들은 흥분으로 격앙된 목소리였다. 상기된 표정으로 아수라장이 된 서울 한복판 여기저기를 다양한 앵글로 잡아 보여줬다. 리포터 뒤로 보이는 광경은 맥주를 들이키며 안주 삼아 보던 걸프전 때의 이라크 같았다.

'세상에……!'

리포터의 격정적인 목소리와 처참한 광경의 충격에서 차츰 빠져나오면서, 손에 든 사진을 다시 면밀하게 살폈다. 맨 앞에 있는 다섯 장의 사진은 교보빌딩 옥상쯤에서 찍은 듯한 앵글로 세종로가 무너져 내리는 것을 순차적으로 보여주었다.

여느 때와 다를 바 없이 빼곡히 들어찬 도로, 들컹거리는 소리가 들릴 것같이 바닥이 삐뚤빼뚤 우그러지고, 시루떡에 연기가 오르듯이 바닥 사면에서 희뿌연 것이 오르다가, 핵폭발처럼 밑에서 분진 연기가 쳐올라와 회색 먼지 외에 아무것도 보이지 않게 되었다. 그리고 조금 가라앉은 분진 사이로 뻥 뚫린 거대한 구멍을 보여주는 것까지, 연속 장면으로 촬영한 것이었다.

테러였다.

분명했다. 사진을 찍은 자는 세종로가 폭파될 시간을 정확히 알고 있었던 것이다.

'그런데 왜 이걸 내게 보낸 거야?'

다른 사진들을 마저 넘겼다. 다쳐서 피 흘리는 사람들과 슬래셔무비의 한 장면처럼 몸이 갈가리 찢어진 시체들이 나왔다. 사진을 넘길 때마다 흥분과 분노가 뒤엉켜 입안에 욕이 맴돌았다. 하지만 곧 저도 모르게 그 욕설을 집어 삼켰다. 피가 거꾸로 솟는 충격에 휩싸였기 때문이다.

맨 뒤에 있던 석 장이 이유였다.

구조대원들이 무너진 현장에서 피해자의 시신을 들것에 실어 올리는 장면, 그 다음 장이었다. 얼핏 사람인 줄 알았다. 하지만 아니었다. 기모노를 입은 인형이었다. 요염한 표정만큼이나 벌린 다리 사이로 보이는 음부의 적나라함이 입안을 바싹 마르게 했다.

저들이 왜 사진을 보냈는지 완벽히 이해했다.

도발이었다. 시비를 거는 거였다. 일본 왕실 인사가 서울을 방문한 때에 바로 그 눈앞에 이런 짓을 벌인 것은 너무나 좋은 먹잇감이었다.

당장 일본 왕실은 자신들을 모독했다고 길길이 날뛸 것이고 세계 언론은 대한민국 수도 한복판에서 터진 폭탄 테러의 참상과 함께 일본을 겨냥한 한국 극우주의자들의 소행이라는 칼럼을 신나게 써댈 것이다.

아무리 극우주의자들이라 해도 수도 한복판인 서울의 세종로를 폭파한다는 것은 말도 안 되었다. 차라리 일본 도쿄의 일왕궁을 파괴하려 달려드는 것이 더 낫다. 하지만 어느 것이 옳고 그른 것을 따질 언론은 전 세계 어디에도 없다. 그냥 씹을 뿐이다. 먹기 좋게.

아찔했다. 놈들의 자작극이 분명했다. 목적을 위해서라면 대통령이라도 눈 하나 깜짝 않고 해치울 놈들이었다. 남의 나라 한복판을 아비규환으로 만들어 놓은 놈들의 짓거리에 분노가 치솟았다. 하지만 강 형사는 이내 모든 감정이 다 사라져 버렸다.

사진 뭉치의 맨 마지막 장을 보는 순간 원초적 두려움이 사정없이 휘몰아쳤기 때문이었다. 저들이 상상할 수 없이 거대하고 어마어마한 자들이라는 사실을 다시금 뼛속에 새겼다.

하나 남은 사진을 든 강 형사의 손이 저도 모르게 가늘게 떨렸다.

마지막 사진은 퓰리처상까지는 몰라도 기록에 남을 만큼 의미 있는 보도 자료가 될 만했다. 원근과 배치까지 나무랄 데 하나 없었다.

세련된 바지 정장에 긴 머리를 뒤로 깔끔하게 묶은 선글라스 낀 미모의 여성이 폐허 한가운데 서 있었다. 검정 정장이 너무 잘 어울리는 그녀의 시선은 먼 하늘을 향하고 있었다. 손에 잡힐 듯한 거리에 아름다운 그녀가 홀로 서 있었다.

방 형사였다.

놈들은 그녀를 찍어 내게 보냈다. 모든 것이 분명했다.

세종로테러는 시작일 뿐이었다. 놈들은 그렇게 말하고 있었다.

AM 10:40

예상대로 도로는 주차장이었다. 엑셀을 집에 놓고 지하철을 택한 것이 옳았다. 간격이 한참 벌어지긴 해도 지하철은 운행을 재개했다. 아무리 징계 중이지만 경찰은 경찰이었다. 직접 세종로 현장을 봐야 했다.

두려움 때문인지 지하철 안에는 사람들이 많지 않았다. 강 형사는 널찍한 의자 한쪽에 앉았다. 반대편에는 세상이 두 쪽 나도 자기 손톱의 매니큐어 스크래치만도 못하다는 생각이 가득해 보이는 들쑤신 파마머리 여자 하나가 껌을 짝짝 씹으며 이어폰으로 흘러나오는 음악에 고개를 흔들거리고 있었다. 옆에 앉은 비쩍 마른 남자의 지친 얼굴과 사뭇 대조적이었다. 시끄러운 곳을 향해 고개를 돌리니, 도대체 이 시간에 교복을 입고 어디를 가는지 볼 때마다 매번 불가사의한 중학생들 서넛이 침을 튀겨 가며 우쭐대고 있었다. 녀석들이 내뱉는 욕설과 세상을 다 가진 듯한 시시껄렁한 헛소리에 한숨보다는 부러움이 앞섰다.

미아역에선가 문이 열리고 빨간 카네이션 화분을 든 단발머리 여학생이 탔다.

'아…….'

오늘이 어버이날이라는 것이 비로소 생각났다. 그러자 저절로 떠올리고 싶지 않은 잠재워 놓은 얼굴들이 하나씩 나타났다.

표정이 심각하게 일그러졌는지, 동대문역에서 내리는 남학생들이 흘깃거리며 서둘러 내리는 것이 느껴졌다. 작은 한숨을 쉬며 얼굴을 풀었다. 자리에서 일어나 지하철 문 앞에 섰다. 문에 붙은 둥그런 창문에 헝클어진 머리의 까칠한 얼굴이 비쳤다.

'강 형사, 그래서 넌 안 되는 거야.'

작년에 죽은 장 반장이 머릿속에 살아났다.

'진짜로 흥분할 일은 참으면서, 정작 별것 아닌 것 같고 지랄을 떤단 말이지. 그러니 누가 니 옆에 있겠니? 누가 니를 맞춰줘?'

'누가 맞춰 달래요?'

'그 말투도 바꿔. 매사가 그런 말투니 위에 앉은 깡통들이 널 싫어하는 거야.'

'많이 싫어하라고 그러세요. 난 신경 안 쓰니까.'

'얌마, 싫어도 해야 하는 게 있어. 매번 빈 깡통들과 짜부라지게 부딪쳐야 하겠니? 멍청이들 비위 맞추는 것도 수사야. 알았어?'

코웃음을 쳤다.

'니도 나처럼 언젠간 이 자리에 앉게 돼 있어. 싫어도 말이야.'

'웃기지 마쇼. 반장님이나 반장질 오래오래 해 처먹으세요.'

장 반장의 그런 깊은 표정은 그때까지 한 번도 본 적이 없었다.

'나도 그랬으면 좋겠어.'

그는 갑자기 나이 들어 버린 얼굴이 되었다.

'하지만…… 그게 내 맘대로 되니…….'

형사의 시작과 끝, 모든 것을 그에게 배웠다. 일부러 어깃장을 부리며 말끝마다 시비 걸고 때때마다 충돌했지만, 그에겐 아버지 같은 존재였다. 어떤 것 하나 그의 말은 버릴 것이 없었다. 다 들어맞았다. 지금도 불쑥 나타나 호통을 쳐댈 것만 같지만 그런 일은 일어나지 않을 거란 걸 안다. 그는 작년 광화문 사건 때 죽고 말았다.

마음속에서 지워버린 아버지와 지워져가는 아버지 사이에서 강 형사는 불편한 곤혹감을 느꼈다.

동대문운동장역에서 내렸다. 2호선을 갈아타려고 걷는데 핸드폰이 울렸다. 기계적으로 핸드폰 액정을 보았다. 눈에는 익지만 선뜻 기억나지 않는 번호였다. 왠지 주저하게 하는 희미한 느낌이 가슴에 가벼운 파문을 일으켰다. 받았다.

"여보세요?"

울다가 잠긴 목소리처럼 갈라지는 제 목소리에 조금 당황했다. 하지만 그건 아무것도 아니었다.

오랫동안 가슴속에만 묻혀 있던 목소리가 저편에서 가늘게 떨고 있었다.

—태혁아…… 태혁이 맞지?

심장이 철렁했다.

그리고 그 뒤를 따라 잊었던, 아니 잊혔던 울분과 부끄러움이 의식저 밑바닥 깊은 곳에서 출렁거리며 일어나기 시작했다.

동옥 이모였다.

석상이 된 것처럼 멈춰선 강 형사는 전화 저편의 목소리를 말없이 듣기만 했다.

타고 온 열차가 가고 다음 열차가 와서 수심 깊은 사람들과 철모르는 학생들의 활기를 다시 쏟아놓았지만, 그 혼자만 외로운 섬에 갇힌 듯 조금도 움직이질 못했다.

끝내 아무 말도 하지 않고 폴더를 덮었다.

어금니를 꽉 깨물었다. 깊은 곳에서부터 끓어오르는 고함을 목이 터져라 외치고 싶은 것을 억지로 참았다. 핸드폰을 잡은 손이 불불불 떨리는 것도 몰랐다.

절대로 다시는 밟지 않겠다고 맹세한 고향에 가야만 한다는 것에 그는 절망했다. 중학교 졸업과 함께 떠난 후, 생각에서도 지워버린 고향을 가야만 했다. 그와 다시 맞닥뜨려야 한다는 것이 저주스러웠다.

이 순간만큼은 세종로도, 테러도, 음란하게 다리 벌린 인형도, 그리고 방 형사도 생각나지 않았다.

이모가 말했다.

오늘 아침 아버지의 세 번째 부인이 죽었다고…….

AM 11:40

후지와라 유이치는 리모컨을 들어 같은 장면만 내보내는 TV 뉴스를 껐다. 워커힐 호텔 스위트룸 안이 조용해졌다. 소파에서 일어나 룸바로가 몰트위스키를 꺼내 따랐다. 얼음에 섞이는 불그스름한 호박색 액체를 보며 마음을 다스렸다.

잔을 살살 흔들었다. 얼음이 달랑 가벼운 소리를 냈다. 한 모금 입에 물고 혀로 살살 굴렸다. 목구멍을 짜르르 타고 내리는 느낌이 마음을 조금 더 가라앉혔다.

소파로 돌아와 몸을 깊숙이 파묻으며 다시 한 모금 마셨다.

그러는 동안 한쪽에 시립하고 있는 꼿꼿한 표정의 시종장은 미동도 안 했다. 절대 오십 대로 보이지 않았다. 짧게 깎은 센머리가 세월을 이기는 법을 말해주는 듯했다. 시종장이 허리를 약간 구부린 채로 입을 열었다.

"전하, 일정을 취소하시고 귀국하셔야겠습니다."

후지와라는 듣지 못한 듯 무시했다. 세종로폭파사건 때문에 프라자 호텔에서 급히 워커힐로 숙소를 옮긴 것만 해도 생각하면 자존심이 상했다. 겁을 먹고 도망친 꼴이었다.

다시 위스키를 입에 물었다. 특유의 향이 코끝에 와 닿으며 기분을 한층 더 가라앉혀 주었다.

시종장이 같은 말을 반복했지만, 후지와라는 아랑곳하지 않고 일어나 거실 창 앞으로 다가섰다. 한강이 훤히 내려다보였다.

조용히 뒤따라온 시종장은 변함없는 자세로 말했다.

"위험하십니다. 뒤로 조금 물러나시지요."

어려서부터 일거수일투족을 책임졌던 시종장의 말은 부드럽지만 아버지의 말처럼 거역하기 힘들었다. 서른 초반의 젊은 후지와라는 술김에 입을 열었다.

"시종장님!"

"예, 전하."

목소리는 여전히 뒤로 물러서지 않은 것에 대한 우려가 담겨 있었다.

"절 죽이려 한 게 누구지요?"

사위스런 말이었지만 준비했다는 듯 시종장의 말은 즉각적이었다.

"마사유키 무관장이 지금 조사 중입니다. 한국 경찰에도 엄중 항의할 것입니다."

후지와라는 믿음직한 마사유키 곤조의 큰 덩치를 떠올렸다. 자신이 지어준 헐크라는 별명을 그도 퍽 맘에 들어 하는 눈치였다.

아래로 내려다보니, 호텔 앞에 한국 경찰들이 경계를 서고 있는 것이 보였다.

"항의요?"

시종장은 대답 대신 고개를 절도 있게 숙였다. 헐크 곤조가 한국 경찰들에게 소리치는 장면이 떠오르자 슬며시 고개가 저어졌다.

있어서는 안 될 일이었다. 지금처럼 중요한 시기에 시끄러운 일이 생기면 안 되었다. 모든 것이 다 뒤틀릴 수도 있었다.

"그들도 지금 정신이 없을 텐데, 무슨 항의를 한답니까. 그리고 그걸 한국에서 그랬답니까?"

시종장의 목소리는 단호했다.

"제게 중요한 것은 전하께서 지나가실 시간에 정확하게 폭탄이 터졌다는 사실입니다. 제시간에 가셨다면 돌이킬 수 없는 일이 벌어졌을 겁니다."

후지와라가 창문에서 룸 안쪽으로 몸을 돌려 시종장의 단단한 얼굴을 쳐다보았다. 눈이 마주치자 시종장이 절도 있게 고개를 조금 숙였다.

"누가 그 일정을 정했지요?"

시종장은 아무 말도 하지 못했다. 후지와라의 입에서 짧은 한숨이 새어 나왔다. 위스키 냄새가 났다.

"세종문화회관에서 있을 리셉션에 참가하자는 아이디어를 누가 냈나요? 시종장님이신가요? 아니면 헐크 곤조 무관장인가요? 다 아니죠. 다를 아닌 저였어요."

후지와라의 혀가 살짝 얼얼한 듯했다.

"그럼, 제가 폭탄을 설치했나요?"

시종장이 송구하다는 듯 고개를 조아렸다. 후지와라는 손에 든 잔을 다시 입으로 가져갔다. 호박색 액체가 목을 태워버릴 것 같았다. 시종장은 아무 말도 하지 못했다.

"종각에 있는 조선시대 종을 둘러보고 가자고 한 것도 바로 저였지요. 맞죠?"

숙소인 소공동 프라자호텔에서 차로 이동하기로 한 것을, 보신각종을 둘러보고 세종로 지하보도를 통해 세종문화회관으로 가기로 계획을 바꾼 것이 바로 후지와라 자신이었다. 만약 호텔 로비를 황급히 달리던 젊은 아가씨가 커피를 그의 양복에 쏟지 않았다면, 그래서 옷을 갈아입으려고 지체하지 않았다면 그는 지금 이 세상 사람이 아니었을 것이다.

'놈들이 정말 이렇게까지 나올 줄이야…….'

한숨을 길게 내쉬었다. 손에 들고 있던 나머지 위스키를 몽땅 털어 넣고 말했다.

"바뀐 일정은 우리 수행원들 모두 알고 있었겠죠?"

시종장이 어렵사리 답했다.

"송구스럽습니다. 경호를 위해 4시간 전에 통보했습니다."

후지와라가 그럴 줄 알았다는 듯이 끄덕였다. 천천히 소파로 돌아가 소리 나게 앉았다.

시종장이 다가서자 돌아보지도 않고 물었다.

"어디서 샜을까요?"

시종장이 흠칫거렸다. 시종장이 머뭇거리는 동안 후지와라가 짐짓 밝은 목소리를 만들어냈다.

"뭐, 어떻든 상관없어요. 어디서든 샐 수 있죠. 맘만 먹으면 제 팬티 속도 도청할 수 있을 테니까요."

그러고는 눈을 감으며 한숨을 몰아쉬었다.

여성천황 계승을 위한 황실전범 개정안이 의회에 상정된 이후, 크고 작은 사건들이 주변에 끊이질 않았다. 이 정도로 큰 사건은 아니었지만 미행과 도청을 일상처럼 여겨졌다. 물론 그건 황위 계승에 자신이 한 발 더 가까워졌다는 것을 의미하는 것이기도 했기에 무조건 나쁘지만은 않았다.

'하지만 이번은…….'

여성천황 계승이 불거진 발단은 현 천왕 아키히토[明仁]에게 두 아들이 있지만 그들은 딸만 있지, 아들이 없다는 것에서부터였다. 황실전범 개정안의 요지는 간단했다. 남자만 계승할 수 있는 것을 고쳐 여자도 계승하게 하자는 거였다. 그래서 현 천황 사후, 두 왕자들이 차례로 황위를 계승하고, 이후 첫째 왕자의 딸이 천황이 되도록 하자는 거였다. 새로운 시대에 걸맞게 합리적인 주장이었고 별 문제가 없어 보였다.

그런데 여론은 다른 쪽으로 급물살을 탔다.

향후 여성천황을 세운다면, 현 천황 사후 그의 아들들과 손녀가 계승하는 것보다, 차라리 현 천황의 누나가 계승하는 것이 더 온당하다는 여론이 일각에서 조심스레 제기되었다. 처음엔 그런가 싶었는데 갑자기 급부상하더니 여론을 완전히 휘어잡았다. 논리적으로는 그르지 않았다. 여성도 천황이 될 수 있다면, 현 천황 사후 다음 항렬로 내려가느니 같은 항렬의 최고 연장자인 여성에게 계승하고 그의 자식 대로 이어지는 것이 훨씬 나아보였다. 하지만 그건 이미 다음 천황으로 정해져 있는 황태자를 밀어내자는 말과 같았다. 문제가 되지 않을 수 없었다.

그런데도 여론은 막무가내였다. 아니 정확히는 여론을 주무르는 배후 세력이 그랬다.

이유는 일본인들이 현 천황 아키히토에게서 등을 돌렸기 때문이었다. 2001년 68세 생일 기자 회견에서 천황의 모계 혈통이 한반도에서 건너온 백제계라는 사실을 언급한 아키히토 천황에 대해 보수 언론과 일본인들은 경악하고 말았다. 경악은 자연스레 실망과 분노로 이어졌다. 거기에 아키히토 천황을 탐탁하게 여기지 않는 황실 내 여론도 한몫했다. 젊은 시절 아키히토가 1500년의 황실 전통을 깨고 평민과 결혼한 이후 황실 일원에서는 천황 아키히토를 은근히 멸시했다. 천황답지 않은 그의 행동이 자신들의 황실 지위까지 위험하게 만들었다는 비난이었다.

게다가 현재 일본의 여론은 현 천황 아키히토를 떠나 그의 아버지인 히로히토[裕仁]에게로 옮겨가 있었다. 그들은 조선정복, 러일전쟁, 만주국 건설, 태평양전쟁으로 이어지는 강력한 대일본 제국을 건설했던 불세출의 군주 히로히토야말로 진정한 천황이라고 여겼다. 그래서 늙은 현 천황 사후에는 같은 항렬의 최연장자에게 황위를 돌리고 싶어 했다. 그렇게 히로히토의 딸에게 황위를 주고 싶은 거였다. 우유부단한 현 천황과 그의 자식들을 밀어내고 강력한 천황 히로히토의 영광을 재현하고 싶어 하는 열망인 것이다.

출가出嫁했기에 황족 신분은 아니지만 귀족 가문에서 여생을 조용히 보내던 81세 노령의 시게코 여사가 갑작스레 뉴스의 초점이 된 것은 이런 연유에서였다. 전 세계를 상대로 전쟁을 벌였던 강력한 군주 히로히토의 이 첫째 딸은 비록 남편과 아들을 먼저 보냈지만, 다행히 손자 하나를 두고 있었다.

후지와라 유이치, 바로 그였다.

잘생긴 외모에 만능 스포츠맨인 그가 일본 연예계 스타들을 제치고 가장 인기 있는 아이돌로 급부상한 것은 정해진 수순이었다. 미심쩍은 정비 불량으로 큰 사고를 당할 뻔한 이후, 즐기던 카레이싱을 그만두게 된 것은 몹시 아쉬웠지만 수천 년 역사에 다시 없을 기회를 놓칠 만큼 우둔한 바보는 아니었다. 이후 크고 작은 일들이 그의 주변에 끊이질 않았다. 일본인들은 현 천황 측과 부상하는 젊은 미래의 군주 사이의 미묘한 신경전과 치고받는 물밑 작업을 숨죽여 살펴보고 있었다.

'한국을 방문한 것이 실수일지도 모른다…….'

일본에서 봉변을 당한다면 문제는 사뭇 복잡하고 심각할 것이지만, 한국에서라면 싱거울 정도로 간단할 수 있었다. 그렇든 아니든 모든 것을 한국의 잘못으로 우길 수 있다.

'책임을 떠넘기기 좋은 만만한 상대니까.'

그는 지금 광풍이 불어 닥치는 절벽 꼭대기에 아슬아슬하게 서 있는 거나 다름없었다. 발을 어디로 디디든 만만한 자리가 없었다. 하지만 한국 방문은 꼭 해야 할 일이었다.

다케시마[獨島]와 교과서 문제로 틀어진 양국 사이를 바로 잡고 긴장을 완화시킬 수만 있다면 노벨평화상을 받을 수도 있다. 이미 준비는 다 되어 있었다. 신의 한 수가 필요할 뿐이었다. 이제 한 걸음만 내치면 우물 안 개구리처럼 황거皇居에 웅크리고 있는 천황을 시대에 어두운 늙은이로 단박에 만들어버릴 수 있었다. 전 세계가 환호하는 가운데 황위에 오르는 것은 시간문제였다.

후지와라의 입가에 미소가 흘렀다. 후지와라가 단호하게 내뱉었다.

"귀국 안 합니다. 절대로요. 아시겠습니까?"

시종장의 단단한 얼굴에 짧은 우려가 떠올랐다 사라졌다.

"시종장님께서 저 보고 물러서라 하시면 차라리 할복하고 말겠어요."

목소리에 냉기가 뻗쳤다.

"한국에서 향후 일정을 다시 한 번 검토하고 보고하세요. 아셨죠?"

후지와라의 단호한 눈빛을 묵묵히 바라보던 시종장은 짧게 고개를 숙여 인사하고 스위트룸을 나섰다.

주인의 당당한 모습에 평생 후지와라 가문을 섬긴 그의 가슴이 긍지로 뿌듯했다.

'많이 크셨군요.'

하지만 머리가 지끈거리는 것은 어쩌지 못했다.

한국에 있는 매 순간이 불안했다. 포럼 참석차 한국에 가겠다는 결정이 내려질 때부터 그리고 그 숨은 의도를 간파한 이후부터 조금씩 심해지던 두통이 이젠 약을 먹지 않으면 안 될 지경에 이르렀다.

하지만, 후지와라를 위해 평생을 바친 시종장 하시모토 사쿠조는 후지와라 유이치의 황위 등극을 위해서라면 온몸을 갈아버려도 상관없다고 생각했다. 그는 이를 악물었다.

PM 01:00

종로경찰서 6층 어두운 회의실, 스크린 앞에서 빛을 받으며 서 있는 차가운 느낌의 젊은 여성이 짧고 간명한 어투로 사건을 설명했다. 그녀가 손을 들어 스크린을 지적할 때마다 정복에 달린 소령 계급장이 반짝였다.

오전 10시를 기해 국가비상사태가 선포되었다. 즉시 설충식 서울지검 2차장을 특수부장으로 하는 특별수사본부가 설치되고, 대테러대책반과

종로경찰서 강력8반이 급히 소집되었다. 그래서 특수부장을 비롯한 각 군 장성과 청와대, 국가정보원, 경찰청, 검찰, 기무사, 서울시 등에서 나온 실무자들 틈에, 방 형사가 강력8반 대표로 앉아 있었다.

방 형사는 '대표'라는 것, '앉아 있다'는 것, 둘 다 맘에 들지 않았다.

강 형사와 자신 달랑 둘밖에 남지 않은 강력8반에서 대표라고 할 것도 없었다. 무엇보다 허수아비마냥 자리를 채우게 한 것이 불쾌했다. 원칙대로라면 지금 앞에서 브리핑을 하는 것은 저 소령이 아니라 강력8반인 그녀여야만 했다.

강력8반은 이런 긴급사태에 즉각적으로 투입하기 위해 검찰과 경찰이 합의하여 만든 조직이었다. 보통 때는 폭넓은 재량권을 인정받으며 전국적인 규모의 수사를 자율적으로 수행할 수 있기 때문에, 8반 형사는 지원자 중에서 정예를 선발했다. 그런데 작년 광화문사건으로 장 반장과 동료 형사들이 순직한 후, 보충된 요원이 없었다. 아예 지원자가 한 명도 없다는 것이 이유였지만, 정치적 상황 변화에 따른 검찰과 경찰의 불화 때문이라는 것을 알 만한 사람은 다 알았다.

유명무실해진 거였다. 차마 없애지 않은 것은 강 형사와 방 형사가 작년에 올린 공 때문이었다. 하지만 공간 부족을 핑계로 원래 쓰던 사무실을 뺏기고 강력2반 옆에 파티션을 나누고 더부살이하는 것이 현재 그들의 위상이었다. 게다가 석연치 않은 이유로 강 형사에게 중징계가 내려진 상태였다. 일각에서는 굳이 강력8반을 종로경찰서에 둘 필요가 있겠느냐며 이참에 경찰청 직속기구니만치 경찰청으로 쫓아버리자는 얘기까지 솔솔 나오는 실정이었다.

"이상입니다."

스크린에 마지막을 떠 있던 화면이 사라지며 회의실이 환해졌다. 앞에 놓인 오렌지주스에 손을 댄 사람은 국정원에서 나온 심드렁한 표정의 인간 외에는 아무도 없는 것 같다.

몇 마디 형식적인 질문이 있은 후 별다른 지적이 나오지 않았다. 다들 끼리끼리 두런거리기만 했다.

윤소영이라고 했던 것 같았다.

스크린 옆에 당당하게 서 있는 그녀의 얼굴은 하얗다 못해 투명해 보일 지경이었다. 인정하고 싶지 않지만 예뻤다. 소령 정복 대신 눈부시게 흰 드레스를 입히면, 정말 눈의 나라 공주처럼 보일 듯했다. 하지만 얼음처럼 차가운 표정에 날카로운 눈빛이 말솜씨만큼이나 폐부를 찔러댔다.

세종로사건이 군용 폭약인 콤포지션 C4에 의한 폭탄테러라는 것과, 오전 08시 정각에 세종로 지하 여덟 곳에서 동시에 터지도록 타이머로 조작한 솜씨, 폭약 양을 정확히 계산한 것 등을 종합할 때, 전문가의 소행이 분명하다는 점을 깔끔하고 명쾌하게 조곤조곤 설명했다.

명민한 말솜씨뿐만 아니라, 사건 발생 직후 불과 얼마 지나지 않았음에도 불구하고 그런 사실들을 정확한 증거와 데이터를 갖춰 분석하는 신속함에, 방 형사도 감탄하지 않을 수 없었다.

본능적인 호승심이 슬며시 고개를 들었다.

꼼꼼히 그녀를 뜯어봤다. 확실히 미녀였다. 나긋나긋한 몸집은 억센 남자들이 득실거리는 군대에서 버틸 수 있을까 염려스러울 지경이지만, 눈빛과 차가운 미소는 주변을 압도하고도 남았다. 그건 자신감이었다. 아직 서른이 안 돼 보이는 앳된 나이에 소령이라는 것이나, 군용 폭약이 사용된 이번 사건을 처리하도록 기무사에서 그녀에게 전권을 주었다는 것을 브리핑을 통해 충분히 증명한 셈이었다. 결코 만만한 인물이 아니었다.

차가운 자신감으로 자신을 감추고 세상을 오연하게 내려다보는 그녀의 시선이 방 형사에게 머물더니 미소를 지었다. 윤 소령의 예리한 목소리가 회의실을 갈랐다.

"방 형사님이라고 하셨나요? 제 설명에 의문이 있으신가요? 지적해 주시죠. 답변 드리겠습니다."

기싸움이었다. 곱지 않은 말투가 나왔다.

"짧은 시간에 군용 폭약이라는 것까지 밝히시다니 대단하시군요."

머리를 기울여 청와대 정무수석과 상의하던 특수부장도 놀라 고개를 들어 보았다. 방 형사의 말이 이어졌다.

"범인들의 동기가 뭐죠?"

방 형사의 부드러운 말 속에 애써 누른 흥분이 팽팽했다.

"현재까지 자신들의 소행이라고 밝힌 테러단체는 없습니다. 범인들이 잡히면 동기가 밝혀지리라 생각됩니다. 저희가 받은 지시는 폭파 경위와 폭약 입수 경위에 대해 조사, 분석하라는 것이었습니다. 현재 폭파 경위에 대해선 조사, 분석을 완료했습니다. 폭약 입수 경위는 현재 조사가 진행 중입니다. 곧 경위도 밝혀질 겁니다."

"질문에 대한 답은 아닌 것 같은데요."

윤 소령의 눈빛이 예리해졌다.

"조금 전 브리핑에서 말씀드렸던 것처럼, 사용된 C4 폭약은 군용으로 출처는 군부대일 것으로 예상하고 있습니다. 곧 폭약 반출과 폭파 실행 루트가 명확히 밝혀질 겁니다. 그러면 범인이 검거될 겁니다. 그 즉시 범인을 반장님께 넘겨드리죠. 질문하신 범행 동기는 반장님께서 직접 밝히실 수 있을 겁니다."

무슨 소린지 처음엔 어리둥절했다. '반장'이란 느닷없는 말에 윤 소령의 얼굴을 빤히 쳐다봤다. 그녀의 흔들리지 않는 표정이 장난은 아니었다. 방 형사는 즉시 눈길을 서장을 향해 돌렸다. 단지 대표로 자리만 차지하고 앉아 있으라고 한 말이 아니었나.

종로경찰서장 신민보 총경은 낮은 기침을 하며 조금 몸을 돌려 시선을 피했다. 하지만 정작 방 형사를 당황스럽게 만든 것은 자신에게 쏠린 모두의 시선이었다. 자기만 빼고 모두 다 알고 있었다는 눈빛이었다.

'도대체 이게 무슨……?'

뭔가 변명이라도 해야 하지 않느냐는 눈길로 다시 서장의 널찍한 얼굴을 째려보았다. 그걸 느꼈는지 신 서장은 입을 열어 다른 이야기를 늘어놓았다.

"일단 교통 문제와 주변 상황 정리, 그리고 주변 빌딩에 미칠 영향 평가 등은 서울시에서 총괄적으로 태스크포스 팀을 꾸려서 맡아주시면 고맙겠습니다."

보통 때와 달리 부시장이 재빨리 고개를 끄덕이며 당연하다는 듯한 표정을 꾸며댔다.

"그리고 이 틈을 타서 벌어지는 강력범죄 예방을 위해 코드 레드를 발동하겠습니다. 그건 저희 경찰서 강력1반과 수사3반에서 맡겠습니다. 총괄 지휘는 법률에 정한 대로 특별수사본부에서 하고 대테러대책반과 저희 경찰이 적극 협조하기로 하겠습니다. 특별수사본부의 지휘본부와 상황실은 저희 종로경찰서 5층에 꾸리겠습니다. 청와대와 국정원에 대한 보고나 연락도 특수부로 일원화하겠습니다."

이런 말은 서장이 아니라 특수부장이 나서서 할 말이었지만, 다들 뭐라 하지 않고 수긍하는 모습에 방 형사는 멍한 기분이 되었다. 자신만 빼고 이미 정치적 조율이 다 끝난 거였다.

"더 이상 질문이 없으시면, 이만 마치겠습니다."

서장의 폐회 선언에 사람들이 앞에 놓인 서류를 정리하며 재빨리 하나둘 회의실을 빠져나갔다. 그때까지도 서장은 계속해서 자신을 쏘아보고 있는 방 형사의 시선을 외면했다. 비록 직급은 서장이 높으나 경찰계통을 따지면 강력8반은 경찰청장의 직속기구이니, 직접 명령을 받지 않았다. 경찰청장에게 직접 줄을 대는 8반이 자기 경찰서 안에 떡 버티고 있는 상황이니 서장도 매사에 골치 아팠다. 게다가 여자샤워실을 만들어주지 않는다고 남자 샤워실에 불쑥 들어가 막무가내로 옷을 벗고 샤워를 해대 경찰서를 떠들썩하게 만든 방 형사의 똘끼에 서장은 이미 질린 처지였다.

둘만 남게 되자 방 형사가 자리에서 벌떡 일어나 서장에게로 향했다. 다가오는 그녀를 애써 무시하던 서장이 결심한 듯 고개를 돌렸다.

"미안하네. 미처 말해줄 시간이 없었네. 자네가 강력8반을 맡아주어야겠네. 청장님 지시사항이네."

너무 당연하다는 듯이 말하는 뻔뻔함에 어처구니가 없어 벌컥 쏟아내려던 말을 잠시 주춤했다.

"무슨 소리세요? 이제껏 없던 반장이 왜 필요해요? 그리고 그게 왜 하필 저예요?"

피곤의 이유가 그것 때문이라는 듯이 서장의 얼굴이 일그러졌다.

"아까 국가비상사태란 말 못 들었나? 사건이 일어났잖아, 사건이. 강력8반이 없으면 어떻게 우리 경찰이 이 국가적 사태를 수습한단 말인가?"

결국, 국가적 사태에 경찰만 빠져서는 안 된다는 현실적 이유로 자신을 앉혔다는 말이었다. 기가 막혀 코웃음이 나왔다.

서장이 짧은 한숨을 쉬었다.

"사실 나도 이 모든 게 맘에 들지 않아. 그리고 미안한 말이지만, 자네가 8반 반장이라는 것은 나도 맘에 안 들어."

최소한 서장이 자의로 정한 것은 아니란 말이었다. 핫팬츠에 탱크탑을 입고 경찰서를 들쑤셔댄다고 눈살을 찌푸리던 서장이 자신을 추천했을 리는 절대로 없다. 숙직실에서 난리를 피웠던 일이나, 에어컨 온도를 높게 설정하라는 정부시책을 있는 그대로 하는 꼴통 서장이라고 욕을 해댄 말을 뒤로 듣지 못했을 리 없었다. 서장이 정한 것이 아니란 말이 오히려 방 형사의 맘을 조금 홀가분하게 했다.

그녀의 마음을 읽었는지 서장이 상황을 설명했다.

단둘인 강력8반에 당장은 지원자가 없으니 강력2반에서 서너 명을 급한 대로 차출해서 쓰라는 말은 한심했지만, 징계 중인 강 형사를 풀어 줄테니 복귀시키라는 말은 솔깃했다. 하지만 서장의 마지막 말은 다시 그녀를 흥분시켰다.

방 형사의 눈초리가 올라갔다.

"모든 전권을 아까 그 얼음공주에게 맡기라고요?"

서장은 슬쩍 끄덕였다.

"그럼 저희 8반은 뭘 하죠?"

서장은 달래는 목소리가 되었다.

"공조수사 하라니까, 공조수사."

"공조수사요?"

서장이 짧은 헛기침을 했다. 그녀 대신 윤 소령이 브리핑을 한 이유가 있었던 것이다. 그걸 그녀만 지금 알았다. 방 형사는 울화통이 터질 것 같았다.

"그러니까 얼음장 같은 소령이 여기저기 사람 불러와라 하면, 저희가

'예예' 하고 데려다 바쳐라 그런 말이세요? 이게 따까리지 공조수사에요?"

고개를 돌려 외면하는 서장을 향해 버럭 고함을 질렀다.

"서장님!"

하지만 서장은 입을 꾹 다물어 버렸다. 더 이상 할 말이 없다는 표정에 방 형사는 성질을 부리지 않을 수 없었다.

"군바리 밑구녕이나 닦아주라면서 무슨 반장을 하라는 거예요? 반장이 도대체 왜 필요해요? 예?"

그녀의 질문은 정당했다. 하지만 핵심을 빗겨갔다. 왜 필요한지가 아니라 왜 지금 필요한지를 물었어야 했다.

그 사실을 깨달은 것은 한참이 지나서였다.

PM 02:00

후지와라 유이치는 눈이 동그래졌다.

"지…… 진심이십니까?"

워커힐 스위트룸 안에 보이지 않는 비명이 가득 찬 것 같았다.

맞은편 소파에 앉은 너구리 같은 인상의 중년의 남자가 고개를 끄덕였다. 그의 표정은 너무 진지해 조롱하는 것처럼 여겨졌다. 하지만 그의 말은 결코 장난이 아니었다. 긴밀한 사명을 띠고 급히 건너온 밀사였다. 시종장까지 배제한 독대를 요청할 때부터 어려운 일일 것이라 짐작했지만, 이런 청천벽력 같은 말을 들을 줄은 몰랐다.

"도대체…… 어떻게 그런 일을……."

남자가 품안에서 위성전화를 꺼내들었다. 버튼을 누르더니 후지와라에게 정중하게 건넸다. 받는 후지와라의 손이 가볍게 떨렸다.

저편에서 목소리가 나왔다. 현 일본에서 가장 주목받는 인물, 차기 여성 천황이 될지도 모를 사람의 목소리였다. 후지와라 유이치의 할머니 시게코 여사였다.

"하…… 할머니?"

—유이치, 그의 말대로 해라. 그의 말이 내 뜻이다.

"하지만, 할머니 그러면……."

어쩌면 황위에 오르는 데 걸림돌이 될 거라는 말을 입에 올리지 못했다.

—유이치. 이 할미 말을 잘 들어라. 그 길이 바로 네가 가려는 길로 가장 확실하게 갈 수 있는 길이다. 명심해라.

전화가 끊겼다. 분명 할머니 시게코 여사의 목소리였다. 독특한 악센트까지 동일했다.

도청의 위험 때문에 구체적인 말은 한마디도 없었다.

후지와라는 위성전화를 너구리처럼 능글거리는 남자에게 건넸다. 남자는 다시 정중히 일어나 공손히 받았다. 조롱이 분명했다. 하지만 그런 것에 신경 쓸 마음의 여유가 없었다. 머릿속엔 다른 목소리들이 왁왁대고 있었다.

남자는 후지와라의 충격을 감안해 조금 여유를 두었다가 입을 열었다. 낮게 깔리는 목소리였다.

"그럼 앞으로 공께서는……."

다시 들어도 믿기 힘든 말이었다. 아무리 생각해도 위험한 계획이었다. 한국에 건너온 이유가 그것 때문이었지만 왜 하필 그렇게 해야 하는지는…….

하지만 할머니의 말씀을 거역할 수는 없다. 할머니는 누구보다도 황위를 물려주기 위해 혼신을 다하는 분이었다. 할머니의 말씀은 언제나 옳았다. 그리고 앞으로도 그럴 것이다.

후지와라는 너구리 남자의 위험한 계획을 들으며, 이번 일은 정말 엄청난 도박이라 생각했다.

정말 그의 인생이 걸린 문제였다.

PM 02:50

방 형사의 핸드폰이 울었다. 액정에 기다리던 번호가 뜨는 것을 보고 사무실을 나와 화장실로 향했다. 아무도 없는 것을 확인하고서 한 칸에 들어갔다. 용변기 뚜껑을 내리고 앉아 화장실 문을 잠그고 폴더를 열었다.

"그래 민영아, 내가 부탁한 거 알아봤어?"

학교 다닐 때 단짝 친구였다. 행정고시를 패스하고 과천에 있었다. 느닷없는 부탁이었지만 꼭 들어줄 친구였다.

한참을 묵묵히 들은 방 형사는 시간 될 때 한번 보자는 의례적인 인사말로 전화를 끊었다.

딱히 따로 조사할 필요도 없었다고 했다. 군대 영관급은 물론 장군들도 그녀를 함부로 대하지 못한다고 했다. 윤 소령 때문에 옷을 벗은 자들이 수두룩하다는 거였다. 재작년 갑작스런 와병으로 자진사퇴한 심황식 준장도 사실은 군납품비리로 그녀가 끌어내린 거라 했다.

그러자 방 형사도 언제가 얼핏 떠돌던 소문이 기억났다. 그때는 그게 그녀를 가리키는 말인지 몰랐다.

'사냥꾼'이라고 했다. 하지만 앞의 말은 의외였다.

'진실 사냥꾼.'

아무리 생각해도 피곤한 여자였다. 느닷없이 나타난 그녀가 몹시 거슬렸다. 방 형사는 욱신거리는 관자놀이를 저도 모르게 문질러댔다.

PM 03:00

남원행 고속버스에 올라타자 몸이 퍼지며 피곤이 몰려왔다. 강 형사는 새로 산 랜드로버를 벗고 발가락을 주물렀다. 습관처럼 운동화를 신고 있는 걸 안 것은 고속버스터미널에 다 와서였다. 형사들은 대개 청바지일 때는 물론 양복바지에도 운동화를 신었다. 발로 차고 뛰고 구르기를 계속해야 하는 이들에겐 운동화가 기본이었다. 경찰서에서는 아무도 이상하게 생각하지 않지만, 장례식장까지 그런 차림으로 갈 수는 없었다. 그래서 급한 대로 좌판에서 편안해 보이는 랜드로버를 하나 골라 신었다. 이렇게 더러운 운동화는 처음 본다는 듯한 아주머니의 눈총에, 차마 벗은 운동화를 싸달란 말은 못했다.

부슬거리는 비가 창문에 방울을 만들었다.

피곤에 지쳐 잠을 청하는 사람들에게 적당히 흔들리며 달리는 버스가 요람 같았다. 벌써 코고는 소리가 뒤쪽 어디선가 낮게 깔렸다. 강 형사는 어둡게 가라앉은 창밖 풍경을 충혈된 눈으로 쳐다봤다. 넙신하게 두들겨 맞은 듯 피곤했지만 잠은 오지 않았다. 남쪽에 가까워질수록 잊고 싶은 과거가 하나씩 떠올라 질기게 머릿속에 들러붙었다.

모친은 재취였다. 나를 낳아준 생모는 핏덩이를 남겨놓고 도망갔다고 한다. 사진 한 장 없어 얼굴도 모른다. 이름도 알 필요 없다며 아버지는 단박에 잘랐다. 철이 들기 전까지는 핏덩이를 버리고 간 야박한 여인을 그리워하기도 했다. 그런다고 도망친 어머니가 돌아오진 않는다는 것을 받아들이기 시작하면서 맘속에서 서서히 생모를 밀어냈다. 그렇게 7살 때부터 모친을 친어머니처럼 생각하고 살았다.

그 전에는 건너 마을에 사는 동옥이 이모가 나를 보살펴줬다. 이모는 아버지의 먼 친척이라고 했는데 나는 그냥 이모라고 불렀다. 모친이 우리 집에 오기 전까지 집에 자주 들러 반찬도 해주고 밥도 해줬다.

모친이 온 이후로 동옥이 이모가 집에 자주 오질 못했고, 아버지는 내가 이모네 가는 것도 못하게 하셨다. 나는 생각날 때마다 아버지에게 동옥이 이모도 같이 살면 되지 않느냐고 물었지만, 아버지는 그때마다 몇 번이고 다른 사람과 같이 살 수는 없다고 답했다. 그때마다 나는 왜 동옥이 이모가 다른 사람이냐고 다시 물었고, 아버지는 어린 철부지를 혼자 두고 집을 떠나는 일이 잦았던 것에 대해 안쓰럽게 생각해서였는지, 아니면 방 안에서 듣고 있는 모친 때문이었는지, 그냥 나를 물끄러미 바라보는 것으로 대답을 대신하셨다. 난 더 이상 묻지 못했는데, 그렇게 흔들리는 아버지의 눈을 볼 때마다 왠지 가슴 한복판이 시큰해지는 것 같았기 때문이다.

아무튼 난 모친을 친어머니처럼 생각했다.

모친은 동화에 나오는 못된 새엄마는 아니었다. 동화책 속 새엄마들과 아주 달랐다. 문제는 그 다른 것이 동화와 완전히 반대라는 것이었다. 그것도 아주 심하게 말이다.

처음엔 사랑이라고 믿고 싶었다. 집착이란 말은 몰랐지만, 그게 그거란 걸 알게 되기까지 오래 걸리지 않았다. 하나에서 열까지 모두 간섭했다. 사랑이라는 이름을 달고 들어오는 모친의 행동에 어린 나는 뭐라 대꾸할 수도 없었고, 대응할 방법도 몰랐다.

모친은 다른 어머니들이 하는 것은 당연히 모두 다 했다. 밥을 차려주고 찌개를 끓여주고 생선을 뜯어 숟가락 위에 올려주는 것뿐만 아니라, 연필을 깎고 지우개와 자를 챙겨주고 공책에 줄을 쳐주는 것까지 다 했다. 그 정도는 그냥 그럴 수 있다고 생각했다. 하지만 4학년이 될 때까지 교실 문 앞까지 바래다주고 바라러 오는 것은 조금 심했다. 좁은 논길을 걸을 때도 내 손을 꼭 잡고 걸었다. 놀리는 철구와 싸운 것이 한두 번이 아니었다. 딱지치기 할 때도 비석치기 할 때도 모친은 골목 어귀에서 그림자처럼 날 지켜보고 있었다.

그렇다고 모친이 한가하게 나만 따라다닐 팔자는 아니었다. 그때 아버지는 막일을 했고, 모친은 집 앞 텃밭을 매야 했다. 당연히 집안일은 모친의 몫이었다. 청소며 빨래 같은 허드렛일은 물론 밤마다 술집에서 인사불성이 된 고래만 한 아버지를 끌어다가 안방에 누이는 일까지 해야 했다.

모친의 사랑이 집착인 것을 알게 된 것은 문득 모친이 아이를 낳지 않는다는 것을 깨달은 어느 날이었다. 철구가 자기 엄마가 여동생을 낳았다며 자랑한 바로 그날이었다.

그날도 내 세수를 시켜주느라 모친이 마당 한구석의 펌프물을 퍼 올렸다. 수건을 목에 두른 나를 한쪽에 앉히고 코를 흥— 풀리고는 얼굴에 비누칠을 막 시작할 때였다. 문밖을 지나던 철구 녀석이 나를 놀렸다. 다 큰 놈이 엄마 찌찌 먹으려고 칭얼댄다는 말이었다. 그냥 놀린 말이었지만 잠자고 있던 미묘한 민망함을 솟구치게 했다. 난 홱 모친을 냅다 밀어 버렸다. 양동이가 찌그러지듯 구르는 소리가 나면서 모친이 철퍼덕 넘어지는 것을 비눗물에 따끔거리는 눈으로 째려보았는데, 그때 난 모친의 놀란 눈에서 당황과 섭섭함뿐만 아니라 올 것이 왔다는 체념을 읽었다.

갑작스레 벌어진 일에 눈이 휘둥그레진 채 대문간에 선 철구에게로 어디다 풀 길 없는 분노가 쏟아졌다. 씩씩거리며 달려드는 내 서슬에 철구는 기겁을 하고 내뺐고 난 놈을 죽어라 하고 쫓아갔다. 마을 어귀 냇가에서 잡아 드잡이질을 하며 투지럭 댈 때쯤엔 이미 맥이 빠져 멋쩍은 상황이 되어 버렸다.

둘이 같이 냇가에서 피라미를 잡으며 한참을 놀았다. 해가 떨어지고 철구는 집으로 돌아갔지만 나는 그러지 못했다. 뱃속이 꼬르륵거렸지만 왠지 가서는 안 될 것 같은 느낌이었다. 결국 난 아버지가 불호령을 내렸던 것을 애써 마음 한켠으로 밀어버리고 건넛마을 동옥이 이모에게로 갔다. 집에 들어가지 않을 작정이라고 말했지만 이모는 날 달랬다. 사실 이모네 더 있을 배짱도 없었다. 아버지가 알면 불호령만으로 끝날 게 아닌 걸 알기 때문이었다.

맛난 김치찌개에 밥을 두 공기나 말아 먹으며 시간을 끌었지만 어쩔 수 없다는 것을 알았다. 싫은 발걸음을 억지로 떼서 집으로 향했다. 오는 내내 두근거리던 가슴은 집에 들어서자 목구멍까지 쳐댈 정도로 더 세게 뛰었다. 뭔가 단단히 잘못되었다는 느낌이 들었다. 동네 어른들이 모두 우리 집에 모여 그늘진 얼굴로 두런거리는 모습이 불안감을 부채질했다.

'니 어디 갔다 이제 왔노?'

미숙이 아줌마의 울렁이는 목소리에 이어 모친이 교통사고를 당해 병원에 실려 갔다는 말을 들었다. 교통사고가 주는 울림보다 더 심한 뭔가가 내 가슴을 눌러대고 있을 때, 허리 굽은 구멍가게 점순이 할머니가 울먹이며 내게 다가와 평생 잊을 수 없는 말을 남겼다.

'이를 우야꼬, 니 찾아 나갔다가 그리 됐다지 않나.'

모친이 당황한 눈으로 나를 찾아 마을을 뛰어다녔을 광경이 눈에 선했다. 점순이 할머니는 나를 붙들고 꺽꺽거리는 목소리로 걱정돼 한 말이었지만 내게는 평생의 짐이 되어 버렸다.

모친은 그날 밤을 넘기지 못했다.

진저리나는 기억에서 그를 구한 건 핸드폰이었다. 한참을 울린 듯했다. 서둘러 폴더를 열어 벨소리를 진정시키고 버스 안을 둘러보았다. 다들 지친 잠에 빠져 있었다. 방해한 것이 아니란 생각이 들자, 비로소 등뒤가 약간 축축해져 있는 것이 느껴졌다. 이마의 식은땀을 손으로 닦았다.

—강 선배. 저예요, 현진이.

방 형사의 목소리를 들으니 폐허가 된 세종로를 배경으로 한 그녀의 사진이 떠올랐다. 그녀의 목소리가 어두운 것이 걸렸다. 그녀답지 않았다. 세종로테러는 군부대에서 유출된 콤포지션 C4라는 것과 특수부가 꾸려진 상황 등을 듣는 한편으로 그의 생각은 두 다리를 벌리고 있는 여자 인형과 방 형사의 사진 사이에서 방황하고 있었다. 갑작스럽게 그가 뜨끔한 것은 징계가 풀렸으니 복귀하라는 말 때문이 아니었다. 그녀가 8반 반장이 되었다는 말 때문이었다.

전에 장 반장이 말했다.

'이 자린 말야, 종마가 앉는 자리야.'

'종마요?'

'그래, 혈통 좋은 말 말이야. 여기저기 좋은 씨를 뿌리라고 최고의 대접을 해주는 말.'

'그게 나빠요? 팔자 좋겠는데요.'

빈정대는 말을 진지하게 받아들인 장 반장이 말했다.

'끝을 생각해야지. 씨 뿌린 종마가 결국 어디로 가는지 알아?'

'아뇨.'

'딱 한 군데지. 도살장. 왠 줄 알아?'

고개를 갸웃했다.

'씨를 엉뚱한데 뿌리면 안 되거든. 그래서 없애버리는 거야. 정해진 데만 뿌리게 하는 거지. 알겠어? 이 자리는 결코 평범하게 늙어 생을 마감할 수 있는 자리가 아니야.'

'씨를 오랫동안 뿌리면 되잖아요, 좋은 씨를. 계속 주욱.'

'강 형사, 그래서 넌 아직도 먼 거야.'

장 반장이 목소리를 죽여 말했다.

'세상에 좋은 씨라고 정해진 건 애초에 없어.'

'예?'

'적게 뿌리기 때문에 좋은 씨가 되는 거라구.'

멍하게 된 나를 보고 장 반장이 진지한 표정이 되었다.

'단 한 번을 위해 준비된 종마야말로 최고의 씨인 거지. 알겠어?'

강 형사는 내일 종로경찰서로 가겠다는 말로 폴더를 닫았다.

말은 그렇게 하지 않았지만 그녀의 목소리는 지금 당장 오기를 바랐다. 하지만 그럴 수 없었다. 불바다가 된 아수라장 한복판에 그녀가 아슬아슬하게 혼자 서 있는 것을 생각하면 당장이라도 버스를 멈추게 하고 서울로 돌아가고 싶었지만 그럴 수 없었다. 왜 지금 돌아갈 수 없는지 그녀에게 말할 수도 없었다. 그 어느 누구에게도 말하고 싶지 않았다. 그녀에게는 더욱 더.

강 형사는 길게 숨을 내쉬며 마음을 밝게 꾸며보려 했다.

내일 아침은 아니지만 오후까지는 서울로 돌아갈 수 있을 거였다. 지금 간다고 한밤중에 무슨 엄청난 수사를 벌일 것도 아니었다. 기껏해야 한나절 늦는다고 별일 없을 거였다.

강 형사는 이렇게 생각했다. 하지만 그건 혼자만의 착각이었다.

PM 11:10

"다 왔습니다, 손님."

살짝 졸았다. 남원 버스터미널에서 잡아 탄 택시가 남원장례식장 정문 앞에 멈춰서 있었다. 시골 된장국처럼 구수한 인상이 가득한 기사는 투박한 손으로 잔돈을 돌려주며 싱글거렸다.

부드러워졌던 마음이 떠나가는 택시 불빛과 함께 사라졌다. 서서히 비참한 기분이 밀려들었다. 장례식장 정문 앞에서 잠시 머뭇거렸다.

피하고 싶지만 피할 수 없는 게 세상에 너무도 많았다.

날파리들이 불빛에 모여들며 끈덕지게 몸을 흔들어댔다.

'빌어먹을…….'

강 형사는 천천히 장례식장 안으로 걸어 들어갔다.

그해 봄 그렇게 모친이 세상을 떠난 후 난 밤마다 꿈을 꾸었다. 펌프 물 가득한 양동이와 함께 넘어진 모친의 모습과 나를 바라보던 눈길만 같을 뿐, 때때마다 모친을 치는 자동차는 트럭도 되었다가 오토바이도 되었고, 운전사가 어떨 때는 아버지였다가 미숙이 아버지였다가 뿔 달린 괴물이 되기도 했다. 어느 경우든 모친을 잡아먹을 듯 달려들어 배를 들이받는 것은 같았다. 그때마다 소스라쳐 깼고, 나는 나이에 맞지 않게 이부자리에 오줌도 지렸다. 혼낼 것 같았던 아버지는 그런 나를 돌아보고 길게 한숨을 내쉬셨다. 나는 말 못할 고민을 나 혼자 쌓아갔다. 모친을 밀쳤던 것도 그렇지만 건넛마을 동옥이 이모네까지 갔기 때문에 빚어진 사달이란 걸 말할 수는 없었다.

모친이 돌아가신 후 집에 작은 변화가 생겼다.

집에 내 밥을 해주러 마산에 사시던 먼 친척 할머니가 오셨다. 할머니 젖은 말라비틀어져 처진 늙은 호박 같았고, 두 대밖에 남지 않은 앞니도 금방 빠질 듯이 누랬는데, 꾀가 빤해진 나는 예전처럼 동옥이 이모가 와서 밥해주면 안 되냐는 말을 입 밖에 꺼내진 않았다. 아버지는 이모에게 못 가게 한 것만 아니라, 당신이 집을 비운 사이 이모가 올까봐 상당히 신경 쓰는 눈치였다. 하지만 나는 할머니가 밥상을 차려줄 때마다 이모의 그리운 얼굴과 그날 저녁 끓여주었던 김치찌개를 떠올렸다. 새엄마가 올 때까지 그랬다.

영안실이 넓고 깨끗한 것이 새로 리모델링한 듯했다. 영안실 입구 게시판에 붙여 있는 고인과 상주의 명단을 훑었다. 어렵지 않게 이름을 찾았다.

연미옥

새엄마의 이름만 달랑 써 있고, 상주喪主 이름은 빈칸이었다.

아버지다웠다. 아내가 죽으면 남편이 상주였다. 하지만 빈칸이었다. 먹먹한 쓴웃음이 지어졌다.

'영원히 인정하지 않는단 말인가…….'

강 형사는 영안실 한쪽에 있는 플라스틱 벤치에 앉았다. 사람들이 왜 담배를 피는지 이해가 됐다. 하지만 없는 담배를 만들어낼 수는 없었다.

동옥이 이모가 전화만 하지 않았다면 모르고 지났을 거였다. 차라리 그 편이 나았을 거다. 하지만 알고서는 오지 않을 수 없었다. 또 여기까지 와서 모른 척할 수도 없다.

잊고 싶었던 기억들이 어둡게 피어올라 머리에 끈적거리며 들러붙었다.

기골이 장대한 아버지는 타고난 일꾼이었다. 어려서부터 막노동판을 전전했지만 호탕하면서도 서글서글한 아버지는 어딜 가든 환영받았다. 그쪽 판에서는 아버지를 모르는 사람이 거의 없었다. 안면은 없어도 이름을 말하면 모두들 형, 동생 하며 아는 체했다. 아버지는 격 없이 사람들을 사귀었다.

모친이 집에 있던 시절, 통나무로 얼기설기 지은 허름하지만 나름대로 운치 있는 우리 집 사랑방엔 항상 사람들이 북적였다. 드나드는 아저씨들은 하나같이 털북숭이 우리 순둥이에게 된장을 발라야 한다며 침을 들이켜 대는 것까지 똑같았다. 순둥이가 새끼들까지 줄줄 낳았지만 된장을 바르지 않은 것은 물론 나의 억지도 있었지만, 다른 집들과 달리 먹을 것이 그리 부족하지 않았기 때문이었다. 옷차림은 비슷했지만, 우리는 버짐이 핀 얼굴로 콧물 흘리는 동네 애들과는 때깔이 달랐다. 가끔이긴 하지만 우유도 먹었다. 어렸지만 이 모든 것이 아버지의 남다른 근면과 뚝심 때문이라는 것을 어렴풋이 알고 있었다. 동네 어르신들조차도 아버지 앞에선 큰소리를 내지 않으셨다.

아버지는 그렇게까지 자상한 편은 아니었지만, 술이 고주망태가 되어도 손찌검이나 고성 한 번 지르는 법이 없는 성실한 인품이었다. 그건 나라와 민족을 위해 사셨다는 할아버지에 대한 죄책감과 부끄럼 때문이었는지도 모른다. 가끔, 정말 가끔, 술이 불쾌하게 취했을 때, 아버지에게 할아버지 얘기를 물으면 눈빛이 짐작할 수 없이 깊어지셨다. 그리고 알아들을 수 없는 몇 마디를 하셨는데, 그 끝은 꼭 '니 할아버지에게 얼굴 못 들 짓을 하면 안 되는 건데……'라는 말로 흐려졌다. 그래 그런지 아버지는 어린 나에게조차 한 번도 거짓말을 하지 않았다.

그런데 그것은 모두 교통사고로 모친이 돌아가시기 전까지만 그랬다. 모친이 돌아가시고 마산 할머니가 집에 와 계실 때, 그러니까 내가 4학년에서 중학교 2학년이 될 때까지의 4, 5년 동안, 아버지는 전국 팔도를 돌아다니지 않은 곳이 없었다. 집에 있는 날보다 없는 날이 더 많았다.

가끔 집에 돌아와서도 밤에 부스럭거리는 소리에 깨면, 아버지는 '태혁아 왜 깨노? 그냥 자라.' '아부지 이젠 안 나가얘?' '그럼, 어여 자라. 낼 아침에 보자'라는 거짓말을 몇 번이고 하셨다. 그때 아버지의 얼굴빛이 검은 구름을 억지로 몰아낸 것 같았다는 것을 잠결에도 알 수 있었다. 하지만 아버지의 부드러운 말에는 이상하게도 잠이 스르르 왔다. 그렇게 까무룩 잠이 든 것은, 내가 어려서 그랬기도 했겠지만, 왠지 아버지가 점점 멀어져 가버리는 것 같다는 느낌을 빨리 지워버리고 싶어서 잠을 청했는지도 모른다. 그렇게 가끔 돌아오는 아버지는 그때마다 얼굴이 점점 더 어두워지는 것 같았고, 어깨와 손발이 더 굳어지는 것 같았다. 그 모두가 교통사고로 돌아가신 모친 때문이라고 생각했다. 나는 아버지가 내가 저지른 일을 알게 될까봐, 그리고 벼락같은 호통을 치면서 나를 쫓아낼까봐 늘 불안했다. 그런 내 마음을 아는지 모르는지 아버지의 방랑은 끝이 없었다.

그렇게 무슨 일 때문인지 밖으로 다니신 몇 년 동안 아버지는 정말 다른 사람처럼 변했다. 아니 다른 사람이 되어 돌아왔다. 중학교 2학년 봄이었다.

아버지가 더 이상 밖으로 나가지 않을 거란 것을 아버지가 입을 열기도 전에 난 더럭 알아버렸다. 아버지 뒤엔 이 동네와는 전혀 어울리지 않는 모습의 누나가 어색해하는 몸짓을 하며 서 있었기 때문이었다.

나의 놀란 눈을, 아버지는 갑작스런 상황 때문인 줄로 짐작하셨겠지만 그런 게 아니었다. 이런 촌 동네와는 생판 다른 누나 때문인 것은 맞았다. 하지만 그건 누나가 때국 묻은 옷을 입지도 않았고 하얀 얼굴이 봄볕에 그을린 적도 한 번 없을 것 같아서가 아니었다. 아니 나의 머릿속이 노랗게 되며 놀란 눈이 된 것은 누나의 그 가느다란 허리와 하늘거리는 블라우스 때문만은 아니었다.

그건 매일 밤 몰래 숨겨놓고 자위할 때 쓰는 《선데이서울》에서 지금 막 걸어 나온 것 같았기 때문이었다. 아니, 아니, 그것보다 더 무섭게 놀란 것은, 그것이 무엇인지 모르지만 절대로 해서는 안 되는 것을 했기 때문이었다. 그리고 그건 결코 이런 일이 일어날 줄 몰랐기 때문이라고 항변했지만 소용없었다. 놀란 심장이 퍼덕거리며 뛰었다. 짧은 쾌락이 허무한 절망의 나락으로 곤두박질치는 것이란 것을 그때 처음 알았다.

바로 그날 아침, 아버지가 돌아왔던 그날 아침에도, 나는 새벽부터 일어나 산길을 이리저리 미친 듯이 뛰어다녔다. 그것이 문제의 시작이었다. 그때 나는 어디로 튈지 모르게 뻗쳐오르는 것을 떨쳐버릴 양으로 매일 아침 산길을 씩씩거리며 뛰어댔다. 짙은 냄새를 풍기며 뿜어낸 시큼한 땀을 개울가에 내려가 썩썩 씻어내고 나면, 나도 모르게 뭔가 훌쩍 커진 것 같은 느낌이 들면서 더할 나위 없이 상쾌해졌다.

그날도 가끔 먹을 것을 찾아 민가로 튀어 내려오는 발정난 멧돼지마냥 꺽꺽거리며 뛰어다니고 있었는데, 평소와 달리 고개 하나를 더 뛰고 싶은 충동에 동구 밖으로 방향을 돌린 것이 탈이었다.

그때 정말 눈에 확 들어오는 여자가 마을 쪽으로 고개를 넘어오는 것을 봤다. 그리고 그땐 그 여자가 누구인지 몰랐고, 누구를 찾아왔는지, 아니면 누구와 함께 왔는지, 잠시 길을 잘못 들었는지, 아무 생각도 없었다. 그저 작은 손가방을 들고 혼자 걸어 어디론가 가고 있는 그 여자를 멀리서 보고는, 미친 듯이 냄새를 풍기며 멀찌감치 뒤따른 것이 돌이킬 수 없는 일을 만들었다. 그 여자의 뒷모습에, 둥그스름하게 떠오른 두 엉덩이에, 내 두 눈이 터질 듯이 팽창되면서 나도 모르게 바지 중심을 아프게 밀어붙이기 시작했다. 그보다 더 큰 문제는 그녀가 내가 매일같이 옷을 벗고 씻는 그 개울가로 향했다는 것이고, 그녀도 역시 그 으슥한 개울가가 맘에 들었는지 주위를 한 번 휘 둘러보고는 이른 더위에 흐른 땀을 씻으려고 블라우스 단추를 살짝 풀었다는 것이었다.

아니 그것보다 더 심각한 것은 벌떡이는 가슴으로 미친 듯이 뒤쫓았던 내가, 찰랑거리는 물소리와 섞인 그 하얀 몸에 들러붙어 절대 떨어질 것 같지 않은 두 눈을 터질 듯이 뜨고는, 아무도 오지 않는 시냇가 풀숲에 숨어 주위를 둘러보고는 무섭게 바지 지퍼를 내렸다는 것이다. 혼자만의 격정이 끝났을 때 난 횡재했다는 생각뿐이었다.

중학교 2학년 봄, 그날 아침 아버지의 목소리가 정신없이 두방망이질 치는 내 가슴을 사정없이 후려쳤다.

'인사해라, 새엄마다.'

머리꼭대기에 마른벼락이 쳤다. 앞이 캄캄해졌다. 막연히 느끼면서도 애써 부정하던 것이 갑작스레 눈앞에 확 펼쳐져 버렸다.

엄청난 충격에 어쩔 줄 몰라 하는 나를 향해 아무것도 모르는 그 누나는 살포시 웃기만 했다.

그렇게…… 누나가 새엄마가 되었다.

천벌이라고 생각했다. 죽은 모친이 내게 내린 천벌이라고 생각했다. 그리고 그랬다.

PM 11:40

정체가 수상한 단체들의 이름이 붙은 잡다한 화환들이 늘 있기 마련인 곳이 장례식장이긴 하지만, 한눈에 보기에도 차이가 날 만큼 새엄마 쪽에 화환이 즐비했다. 다른 집에 문상하러 온 사람들도 흘깃거리며 지나갈 정도였다.

길게 교자상을 이어놓은 접객실에는 사람들이 가득 앉아 소주잔을 건네며 시큼한 홍어회 무침을 벌건 입술로 씹어대고 있었다. 강 형사의 눈에는 아스라한 옛 기억을 자극하는 노친네 몇 명을 제외하고는 제대로 된 인간들은 아무도 없어 보였다.

방명록과 부조금을 내는 앞을 지나쳐 분향실로 향했다. 격앙된 감정 때문이었는지 분향실로 막 들어가려다가 하마터면 분향실에서 나오는 사람과 얼굴을 부딪힐 뻔했다. 소복에도 예쁘장한 처녀였다. 그녀가 놀란 눈으로 한참 그를 뚫어지게 보고는 황급히 밖으로 뛰어나갔다. 누군지 기억나는 얼굴이 아니었다.

강 형사는 고개를 흔들며 분향실로 들어갔다.

상주 자리엔 처음 보는 중년 남자가 앉아 있었는데 그가 들어서는 것을 보고 일어섰다.

무시하고 제단 가득 장식한 국화들 한가운데 놓인 영정사진을 바라봤다. 마흔을 갓 넘긴 아직도 젊은 새엄마가 웃고 있었다. 국화들 사이에서 말도 없이 웃고만 있었다.

후회와 회한의 불편한 감정이 콧등을 짜르르 당겼다.

난 계속해서 어깃장을 놨다. 새엄마가 무엇을 하든 반대했고 사사건건 토를 달았다. 그건 아버지에 대한 뜻 모를 분노 때문만이 아니었다. 새엄마를 똑바로 쳐다볼 수 없었기 때문이었다.

새엄마를 볼 때마다, 생각할 때마다, 샤워소리를 들을 때마다, 자꾸 잡지 속 여자들이 뛰쳐나와 배시시 웃어댔다. 진저리치며 골이 울릴 정도로 머리를 흔들어도 요염한 웃음은 꼬리를 길게 늘이며 집요하게 따라 다녔다. 그놈의 잡지책은 몇 번이고 찢어버릴 수 있었지만, 개울가의 환영은 찢을 수도 뜯어낼 수도 없었다. 말소되지 않는 과거의 시간은 망설임도 고민도 없이 언제나 머릿속에 쑤셔져 들어왔다.

스물둘의 젊은 엄마는 열다섯 살 더 많은 아버지를 상대하는 것보다 열다섯 살짜리 나를 상대하는 것을 더 힘들어 했다. 사춘기여서 그럴 거라고 참는 것도 한두 번이었다. 하루도 거르지 않고 핀퉁아리를 놓는 다 큰 사내놈을 상대하는 것은 분명 힘에 부쳤다.

새엄마의 힘겨운 시간이 끝나는 날은 생각보다 일찍 찾아왔다.

아버지가 힘들어 하는 새엄마 편을 처음 든 바로 그날이 아버지와 나의 마지막 날이기도 했다.

"너, 그만 하지 못해!"

"뭘요?"

아마 동그란 눈으로 올려다봤을 게다. 기골이 장대한 아버지에겐 헛웃음밖에 나오지 않는 당돌한 행동이었다. 아버진 나름대로 한껏 분을 누르며 한 말이었다.

"어머니에게 그게 무슨 말버릇이냐?"

"뭐가요? 그리고 누가 어머니에요? 아버지 부인이라고 저 여자가 내 어……."

그 순간 눈앞이 캄캄해지며 몸이 마당 한 귀퉁이로 날아갔다. 벽 한 쪽에 비껴 세워 놓은 삽에 뒷머리가 찍혀 피가 나왔다. 한동안 정신이 멍했는데 생각하면 그게 다행이었다. 다음에 이어 할 말을 마저 하지 못했으니 말이다. '젊은 여잘 데려다가 놓으니 그렇게 좋으세요.' 난 그렇게 말하려 했었다.

부엌에서 마산 할머니가 구멍 난 러닝셔츠 바람에 처진 젖을 흔들며 뛰어나오셨고, 새엄마는 아버지의 팔을 붙잡고 늘어지셨다. 아버지는 내 퉁퉁 부은 왼쪽 볼과 귀 언저리 사이로 빨건 피가 한 줄기 흘러내리는 것을 보셨는지, 결심한 듯 새엄마의 손을 뿌리치고 방 안으로 들어가 버리셨다.

할머니는 나를 붙들어 일으키며 뭐라고 말씀하셨는데 난 하나도 들리지 않았다. 어쩔 줄 몰라 하던 새엄마가 도망치듯 뛰어 들어간 부엌에서 잠시 후 숨죽인 울음소리 같은 것이 새어 나왔다. 난 도대체 이게 어찌 된 영문인지 어리둥절하기만 했다. 모두 이상한 꿈만 같았다. 아마 내 눈에 눈물이 흘렀던 것 같기도 하다.

그렇게 끝났다. 작지만 따뜻하던 집이란 것과 내 어린 시절이 그렇게 끝났다. 너무 쉽고 간단히 그렇게…….

아버지와 나는 그 후 서로 눈을 마주치지 않았다. 아버지는 몇 번이고 말을 붙이려고 하는 듯했지만 그때마다 내가 먼저 외면하고 피했다.

그날 이후 새엄마도 나에게 별다른 말을 하지 않았다. 그냥 없는 것처럼 여겼다. 굳이 서로 부딪혀야 하는 일이 생기면 새엄마는 '넌 백두산 꼭대기에 가서 혼자 살아야 해'라는 이해하기 어려운 말을 했다. 무슨 뜻인지 몸으로 깨닫게 되기까지는 한참이 더 걸렸다.

중학교를 마치고 고등학교를 서울 근교의 기숙고등학교로 진학하겠다고 내가 말했을 때, 집안 식구 누구도 뭐라 하지 않았다. 다들 안도하는 분위기였다. 나 역시 그랬다.

분향소를 지키고 있는 사람들은 우습게도 동네 어르신들이었다. 헛웃음이 나올 뻔했다. 그나마 상주가 잠시 자리를 비웠다는 궁색한 변명이라도 들은 것이 위로 아닌 위로였다. 하긴 상주 자리에 앉아 있어야 하는 것이 자신이기도 했다. 동네 어르신들은 너무 많이 변해버린 그를 알아보지 못하는 듯했다. 그게 편했다. 새엄마도 교통사고였다는 말이 얄궂었다. 자세한 상황은 알고 싶지 않았다.

분향을 마치고 나와 동옥이 이모를 찾았다. 손님들 자리까지 점령해버린 화환들 사이 한쪽에 이모가 흰옷을 입고 쭈그리고 앉아 있었다. 이모는 널찍한 접객실에서 분주히 음식을 나르는 아줌씨들 틈에도 끼지 못하고, 그렇다고 손님처럼 앉아 있지도 못했다. 그저 끄트머리 구석에 엉덩이를 반쯤 걸치고 앉아 주위 눈치를 보고 있었다.

이모 앞에 가 섰다. 고개를 들어 누군지 보려는 이모의 얼굴에 피로 이상의 것이 묻어 있었다. 이모는 생각보다 많이 늙어 있었다.

"태혁아! 왔구나."

이모는 굳어 까끌거리는 검은 손으로 그의 손을 잡으며 눈물을 그렁거렸다. 하지만 잔주름이 펴지는 얼굴은 안도감이 먼저였다.

"어여 올라가. 밥 먹어야지."

그러면서 식사 ㅠ자리로 밀었다.

"같이 먹어."

이모는 손사래를 치며 목소리를 낮췄다.

"아녀, 아녀. 난 됐어. 난 바깥사람인디, 무슨……."

이모는 눈빛과는 다른 말을 했다. 강 형사는 말없이 이모의 팔을 강하게 잡고 당겼다. 쩔쩔 매는 이모는 다리를 조금 저는 듯했다. 그가 어렸을 때도 이모는 걸을 때 불편해했다. 이모에 대한 오랜 기억은 그것이었다. 매사에 부지런하긴 했지만 일을 후딱후딱 해치우진 못했다. 전전긍긍하며 천천히 움직이는 이모, 매사에 눈치를 보는 이모, 이모는 언제나 주눅이 들어 있었다.

끌려가다시피 식사 자리로 올라가며 이모는 미처 벗지 못한 고무신을 서너 걸음 가서야 겨우 벗어 손으로 들었다. 그런 모습을 돌아본 강 형사가 신을 빼어들고 복도로 가서 신발장에 올려놓고 돌아왔다.

그동안도 이모는 어쩔 줄 몰라 하며 엉거주춤하게 그 자리에 선 채 눈치를 보고 있었다. 접객실의 이목이 잠시 둘에게 쏠렸지만, 강 형사는 무시하고 이모의 팔을 잡아 당겨 술독이 잔뜩 올라 시커먼 얼굴의 남자 옆자리에 앉았다. 이모는 불안한 얼굴로 두리번거렸다.

"다리는 왜 그래?"

이모는 황급히 촌스럽게 큰 꽃무늬 날염 치마로 다리를 감쌌다.

"어, 며…… 며칠 전에 넘어졌어."

강 형사는 앞에 놓인 돼지머리고기를 새우젓에 찍어 입에 쑤셔 넣었다.

"병원엔 가 봤어?"

"병원은 무슨……. 그냥 며칠 쉬면 나아."

딱!

강 형사가 절편을 집으려던 젓가락을 교자상에 소리 나게 놓았다. 그리고 낮게 한숨을 내뱉으며 고개를 흔들었다. 더러운 하수도 물에서 살아보겠다고 퍼덕거리는 금붕어를 보고 있는 것마냥 머릿속이 너저분해졌다.

서슬에 이모의 눈이 동그래졌다.

"알았어, 알았어. 내일 가볼게……. 됐지?"

말없이 고개를 끄덕이려는 순간, 강 형사 뒤쪽에서 쨍쨍거리는 목소리가 날아왔다.

"야! 너! 여기 오지 말라고 그랬지?"

고개를 돌려 보았다. 중간 머리를 솟구치게 발라 넘긴 폼이 꼭 기생오라비 같은 사내가 이모를 향해 눈을 부라렸다. 마른 몸에 짝 달라붙게 입은 파란색 물방울무늬 셔츠가 그동안 어떤 일을 하며 살아왔는지 말해주었다. 이모는 소스라치게 놀라 째진 눈깔의 사내를 향해 굽실거렸다.

"아, 예, 아니 아니, 갈게요."

동옥 이모는 면죄부라도 받은 듯이 부산하게 일어서려 했다. 강 형사가 일어서려는 이모의 팔을 쑥 잡았다. 그리고 힘을 주어 다시 앉혔다.

"먹고 가."

째진 눈깔은 강 형사의 뒤통수 바로 뒤까지 와서 섰다. 그러자 조금 떨어진 쪽에 앉아 있던 덩치들이 차례로 일어서더니 다가와 그 뒤에 늘어섰다.

"뭐야 이 새낀?"

뒤에 선 덩치들이 같잖다는 듯이 낄낄거렸다.

"넌 뭐 하는 새끼야?"

강 형사는 말없이 절편을 씹었다. 이모는 어두운 얼굴의 강 형사와 그 바로 뒤에서 윽박지르는 째진 눈깔을 번갈아 보며 불안한 눈으로 어쩔 줄 몰라 했다.

"어디서 굴러먹던 새끼냐고? 이 새끼가 그……."

미처 말을 마치기도 전에 째진 눈깔의 무릎 관절을 당수로 있는 힘껏 쳤다. 그리고 휙 일어서서 옆으로 쓰러져 놀란 눈이 된 째진 눈깔의 목을 발로 사정없이 짓밟아 눌렀다.

뒤에 있던 덩치들이 움직이려 하자 발에 힘을 주어, 째진 눈이 튀어나올 정도로 커지게 했다. 퍼렇게 된 얼굴로 캑캑거리는 째진 눈깔이 손을 휘휘 저어 뒤에 있는 덩치들을 제지시켰다.

강 형사는 손을 뻗어 상에 있는 먹던 육개장을 들어 놈의 머리에 그대로 부어버렸다. 그리고 천천히 발을 떼어 풀어주고는 아무 일도 없었다는 듯 다시 자리에 앉아 홍어회를 집어 들었다. 놀란 눈이 된 이모는 입을 다물지 못하고 벙벙해 했다.

벌건 육개장에 범벅이 된 째진 눈깔이 일어서며 순간적으로 강 형사의 얼굴을 향해 주먹을 날렸다. 하지만 강 형사가 재빨리 앉은 채로 몸을 뒤로 조금 빼고는 째진 눈깔이 내지른 손을 왼손으로 잡으면서 동시에 오른손으로 놈의 내지른 팔을 예리하게 밀어 쳤다. 순간 우두둑 뼈가 부러지는 소리가 나며 팔이 헐렁해졌다.

때 아닌 비명 소리에 상갓집이 순식간에 아수라장이 되었다.

강 형사는 쌓였던 분노를 다 풀어버릴 셈이었다. 몸을 굴려 한쪽으로 피한 강 형사가 인정사정없이 덩치들을 메다꽂기 시작했다. 상다리가 부서지고 그릇들과 술잔이 깨져 나갔다. 사람들이 썰물처럼 벽 쪽에 붙어 술 취한 불그스름한 눈으로 휘둥그레 보았다.

턱을 맞아 입안 가득 피를 물고 쓰러진 자는 그래도 나은 편이었다. 대부분 팔과 다리가 꺾이면서, 온전한 상태라면 도저히 나올 수 없는 기괴한 모습으로 쓰러졌다. 그동안 강 형사는 숨소리 하나 흐트러지지 않았다. 무엇에 홀린 듯한 눈에선 광기스런 빛이 뿜어나왔다.

다섯 번짼가 여섯 번짼가 사내의 오른발을 완전히 뒤로 틍그러지게 할 때쯤이었다. 찢어지는 여자의 비명이 영안실을 갈랐다.

언제 왔는지 처음 보는 남자였다. 그는 이모 뒤에서 이모의 팔을 뒤로 꺾은 채 목에 칼을 들이대고 서 있었다. 흥분하지도 분노하지도 않은 무표정한 눈이었다. 그건 병정의 눈이었다. 어떤 짓이든 자기 의지와 상관없으므로 뭐든 해치울 수 있는 그런 눈이었다.

놈은 프로였다.

강 형사는 품에서 38리볼버를 꺼내들었다. 그러자 여기저기 나뒹굴고 있던 떡대들까지 놀란 눈이 되었다.

기가 눌리면 그걸로 끝이었다. 주저 없이 안전장치를 풀었다.

그러나 역시 놈은 표정 하나 흐트러지지 않았다.

강 형사는 초조해졌지만 이미 쏘아 버린 화살이었다. 놈의 얼굴을 향해 총구를 고정시켰다. 조금이라도 주저하는 기색을 보이면 그대로 이모의 목에 칼이 박힐지도 몰랐다. 총을 쏘아 뇌를 마비시키면, 무의식적으로 칼이 파고든다 해도 치명상은 피할 수 있을 것 같았다. 이런 계산을 무의식적으로 해버리는 자신의 냉정함에, 스스로 뜨끔했다. 이기기 위해 기계가 되어 가고, 괴물을 잡으면서 괴물이 되어 간다는 장 반장의 말이 가슴 아프게 떠올랐다.

놈의 이마를 겨누며 관자놀이에 흐르는 땀을 느낄 때였다.

강렬하고 굵은 목소리가 영안실 문 쪽에서 뻗어 나왔다.

"그만!"

누구를 향한 소린지 모르지만, 남자는 즉각 이모를 내려놓고 뒤로 물러섰다. 동옥이 이모의 목에 약간 눌린 칼자국이 아니었다면 칼이 있었나, 하는 의심이 들 정도로 재빠른 솜씨였다.

강 형사는 내심 안도의 숨을 내쉬며, 영안실 문에 들어선 짙은 아르마니 정장을 걸친 중년 남자를 쳐다봤다.

풍채 좋은 체격에 훤칠한 이마가 드러난 것이 지역 유지인 시의원이거나 지방을 기반으로 한 탄탄한 중견기업 사장 같았다. 푸른색 넥타이를 두른 뚝심 좋아 보이는 단단한 목이 그 남자의 팽팽한 의지를 대신 뿜어내고 있었다. 그 남자 뒤에는 조금 전 분향실로 올라가다 부딪칠 뻔했던 소복 입은 예쁜 처녀가 고개를 조금 숙이고 이쪽을 힐끔거리고 있었다.

중년 남자는 천천히 그렇지만 조금도 주눅들지 않은 발걸음으로 단호하게 총을 든 강 형사 앞으로 걸어왔다. 총을 든 그의 앞에 와 단호하게 선 훤칠한 이마의 남자는 나이를 말해주는 푸르스름한 눈썹을 약간 찡그리며 강 형사를 쳐다보았다.

잠시 후 남자의 입에서 한마디가 천천히 신음하듯 토해져 나왔다. 순간 강 형사와 동옥 이모를 뺀 영안실 안의 모든 사람들이 경악하고 말았다.

"잘 왔다, 아들아."

2006. 05. 09. 화.

AM 10:30

목이 타들어가며 거북 등처럼 갈라지는 느낌이었다. 심야 방송을 보며 맥주 세 병밖에 안 먹은 것 같은데, 혓바닥이 꼭 사포로 문질러댄 듯 깔깔했다. 강 형사는 어젯밤 여관주인이 능글거리며 맥주와 함께 가져다 놓은 주전자 꼭지를 입에 물었다. 묘한 느낌이 물과 함께 목구멍을 적셨다.

주전자를 내려놓고 길게 숨을 내쉬었다. 이부자리의 퀴퀴한 냄새가 칙칙한 커튼만큼이나 속을 느글거리게 했다. 헝클어진 생각이 웅웅거렸다.

한쪽에 던져둔 핸드폰을 찾았다. 몇 번이고 버튼을 눌렀지만 켜지질 않았다. 어제 영안실에서 놈들과 부딪칠 때 충격으로 망가진 것 같았다. 벽에 걸린 시계를 확인하자, 기다리고 있을 방 형사의 모습이 떠올랐다.

한편으로는 차라리 잘됐다 싶었다. 핸드폰 핑계를 대고 복잡한 얘기를 대강 건너뛰면 될 것 같았다.

아버지를 그렇게 만날 줄은 몰랐다. 차를 몰고 왔다면 어젯밤에 올라갔을 거다. 집으로 가자는 동옥 이모의 간곡한 부탁을 뿌리치고 굳이 어깃장을 부리며 여관방에 든 것은 아버지 때문이었다. 아버지는······ 자고 가란 소리조차 하질 않았다. 중학교 졸업 후 처음 보는 아들에게······.

중학교 졸업 후 집에 간 적이 없었다. 갈 이유가 없었다. 가끔 집 생각이 나기도 했다. 억지로 집과 가족을 생각나게 강요하는 계절에는 더 심했다. 문득 전화를 걸기는 했다. 전화 받은 새엄마에게 무뚝뚝하게 몇 마디 하는 것으로 그간의 인사를 대신했다. 끊고 나면 아쉬움보다 후회가 밀려왔고 한참을 자기모멸감에 치를 떨었지만 그래도 전화는 다시 했다.

언젠가 여자아이 목소리가 받기에 전화를 잘못 건 줄 알고 끊으려 한 적이 있었다. '태혁이 오빠?'라는 황당한 소리에 멍해 있는데, 저쪽에서 전화를 바꿔 새엄마가 나왔다. 아버지가 어디선가 데려와 수양딸로 삼은 아이란 새엄마의 말에 참 아버지답다고 생각했다. 다시 여자아이가 전화를 받아서는 '언제 한번 꼭 내려와요. 알았죠, 오빠?'라는 말을 들을 때는 온몸에 솜털이 다 곤두섰다. 살가움이란 말의 뜻조차 희미한 그에게 느닷없이 생긴 얼굴도 생판 모르는 여동생이 '저는 영주예요. 꼭 잊지 말아요'라고까지 하는 것에는 어찌 할 바를 몰랐다. 그렇게 전화를 끊은 것이 마지막이었다. 더 이상은 전화도 하지 않았다.

뭐든 당신 맘대로 생각하고 결정하고 즉각 움직이는, 배려라고는 눈곱만치도 없는, 아버지에게는 다가설 곳이 없었다. 아버지와 틀어진 관계가 딱히 더 벌어진 것은 아니지만 그렇다고 봉합된 것도 아니었다. 아니 봉합될 여지가 없었다. 아버지는 새엄마처럼 당신 주변에 늘어놓을 또 다른 장식품을 데려다놓은 거였다.

지긋지긋했던 집에 딱 한 번 내려갔던 적이 있었다. 10년 전쯤, 알량한 석사논문을 쓴답시고 하던 아르바이트를 끊고 허우적거릴 때였다. 고상한 척해도 먹어야 사는 것이 인간이었다. 무슨 염치였는지 만용이었는지 모르지만 새엄마를 찾아갔다. 말은 빌려달라는 거지만 사실 갚을 생각이 있었는지는 지금도 모르겠다. 하지만 말도 못 꺼냈다. 새엄마 뒤에 몸을 숨기고 할끔할끔 내 눈치를 보는 중학생쯤 돼 보이는 여자애, 아버지가 수양딸로 데려다 놓은 영주라는 여자애를 보는 순간 더럭 깨달아버렸기 때문이다.

'이 집에는 내가 설 자리가 없다…… 아니 내가 없어도 잘 돌아간다.'

그 길로 돌아서서 집을 나왔다.

아버지는 처음부터 그랬다. 당신 주변에 장막을 치고 아무도 들어오지 못하게 했다. 아버지의 세상에 들어갈 수 있는 자가 있을지는 모르지만…… 아무튼 그게 나는 아니었다.

아버지와 틀어지게 된 것이 어쩌면 그 옛날 어린 시절 우리가 살던 남원 산기슭에 아버지가 통나무집을 지었을 때부터였을지도 모른다. 아버지는 당신 방에 조그만 창고 방을 따로 하나 더 만들었다.

모친이 돌아가시기 전, 그러니까 우리 집이 행복했던 시절에, 철모르던 난 그 쪽방에 들어가는 것을 좋아했다. 두 평 남짓한 조그만 창고 정도였는데 그곳에는 아버지의 인생이 있었다. 다른 사람들에겐 의미 없는 것들이겠지만, 아버지에게는 천금보다 귀중한 것들이 그 안에 정리되어 있었다. 다른 아저씨들과 찍은 사진도 있었고, 수첩도 있었고, 이런 저런 알 수 없는 종이 책도 있었다. 아버지가 사용하시던 흙손 같은 미장 연장이나 펜치, 망치, 드라이버, 먹줄 같은 목수 연장 등등이 차곡차곡 잘 정돈되어 있었다. 아버지가 그동안 입으셨던 옷들도 벽에 가지런히 걸려 있었다. 다른 한쪽엔 커다란 달력이 걸려 있었다.

어느 날인지 기억나지 않지만, 아버지의 쪽방에 들어가 아버지의 옷들을 꺼내 바닥에 깔고 그것을 덮고 누워 있었다. 아버지가 조금 멀리 일하러 간 때였을 것이다. 늦게까지 오시지 않았기 때문이다. 난 그때 아버지의 포근한 냄새에 젖어 아버지를 생각하다가 까무룩 편하게도 잠이 들었었는데, 바깥은 그렇지 않았다. 모친은 해가 저물고 밤이 늦어가는데도 내가 돌아오지 않은 것으로 생각했다. 온 동네를 찾아다니던 모친은 결국 아버지에게 어렵사리 연락했고, 놀라 달려온 아버지가 한참을 지나서야 정신없이 자고 있는 나를 쪽방에서 발견하셨던 것이다.

아버지는 전에 없이 화난 얼굴로 나를 혼내셨고, 난 아버지가 그토록 성을 내시는 것이 당연하다고 생각했다. 하지만 차마 아버지 냄새가 좋아서 그런 건데……, 하는 말을 하지는 못했다.

닭똥 같은 눈물을 흘리던 나를 보시고 아버지는 이내 부드러운 얼굴로 추운 방에서 혼자 자면 안 된다는 것과 어린 나에게는 아무래도 위험한 이런저런 연장들이 있는 방에는 들어가지 말라고 타이르셨다. 그렇게 하시고도 안심이 되지 않았는지 아버지는 그날 이후 쪽방에 자물쇠를 만들어 거셨다.

내 가슴에도 자물쇠가 철컥 채워졌다.

AM 11:10

방 형사는 핸드폰을 덮으며 작은 한숨을 내쉬었다. 어젯밤은 아니었어도 적어도 오늘 아침에는 출근할 것으로 생각했다. 하지만 아니었다.

'선배답지 않아…….'

몇 번이고 전화를 했지만 핸드폰이 꺼져 있다는 음성녹음만 계속 반복됐다. 경찰서에서 뜬눈으로 밤을 샌 방 형사는 걱정 반 신경질 반이 되었다.

'전화는 왜 꺼놨어. 무슨…….'

책상 위에는 그야말로 산더미같이 조간신문들이 쌓여 있었다. 하나같이 이라크 전쟁의 한 장면 같은 세종로를 보여주고 있었다. 음란하게 다리 벌린 기모노 인형 사진은 아직 조선일보와 경향신문에만 실렸지만, 확인해보니 연합통신에서 모든 신문사에 뿌린 사진이라고 했다. 조만간 모든 신문에 한두 번씩 나올 거였다.

방 형사는 신문을 한쪽으로 밀어놓고 세종로사건 초동조사보고서를 집어 들었다. 빈속이 더 쓰려왔다. 어제 세종로테러가 있었던 08시에 이순신 장군 동상 앞에서 시위가 예정되어 있다는 보고 때문이었다. 이런저런 이름을 막 붙여 더 이상 좋은 이름 찾기도 힘든 묘한 단체에서 선점하듯이 일주일을 잡아놓은 날 중 셋째 날이 바로 어제였다. 시위 내용은 간단했다.

'일본은 사과하라!'

보기에 따라 어느 쪽도 가능했다. 보수단체인지 진보단체인지 이것만으론 알 수 없었다. 첫날과 둘째 날은 시위 신고만 하고 아무도 나타나지 않았다. 테러가 있던 셋째 날도 나타나지 않았는지는 모른다.

방 형사가 골치 아픈 것은 실제로 시위를 했든 안 했든 시위를 하겠다는 신고가 있었다는 것과 그것이 신문에 나온 음란한 기모노 인형과 함께 이미 일본대사관에 들어갔을 거라는 점 때문이었다.

갑자기 사무실 문이 벌컥 열렸다.

큰 산만 한 덩치의 남자가 문을 꽉 채우며 들어섰다. 갓 출소한 사람처럼 바짝 자른 머리에 시커먼 인상의 마 형사였다.

"모이랍니다."

그러고는 문을 쾅 닫고 나가 버렸다. 나이도 한참 어린 여자에게 차출되어 반장님, 반장님 불러야 하는 것에 대한 분풀이를 그렇게 한 거였다.

방 형사는 입맛이 썼지만 남자들 세계에서 한두 번 겪는 일도 아니고 또 지금 그런 신경전보다 더 급한 일이 눈앞에 있었다.

사무실을 나서며 방 형사는 다시 한 번 강 형사의 핸드폰 번호를 눌렀다. 여전히 녹음된 여자가 응답했다.

방 형사는 슬슬 불안해지기 시작했다.

AM 11:20

"세종로테러의 목적을 찾은 것 같네."

설충식 특별수사본부장은 후지와라 유이치 일본 환경문화연대 대표가 테러당할 뻔했던 과정을 설명했다. 방 형사는 가뜩이나 지끈거리는 머리가 더 복잡해졌다. 회의 이후 모두 나간 특수부장실에 둘만 앉아 있는 것도 불편했다.

아무리 특수부장을 뜯어보아도, 일왕의 생종손인지 뭔지 하는 후지와라 유이치가 세종로를 지날 '계획'이었다는 것 때문에 호들갑을 떨 인물로는 안 보였다. 실제로 참변이 생긴 것도 아니었다. 특수부장은 일본 대사가 강력하게 항의했다는 것으로 말을 맺었다. 물론 음란한 인형 얘기도 빼놓지 않았다.

듣는 내내 방 형사는 무표정했다. 그녀는 일본 측의 항의보다는 핸드폰이 꺼져 있다는 음성녹음만 반복되는 강 형사 쪽이 더 신경 쓰였다. 어젯밤 즉시 오지 않았어도 오늘은 출근했어야 했다. 전혀 그답지 않았다.

느닷없이 특수부장이 엉뚱한 소리를 했다.

"그래서, 자네가 가줘야겠네."

특수부장은 담배를 한 개비 꺼내면서 말했다.

"자네가 가서 일본 측에 상황을 설명하게. 별탈이 생기지 않도록 말일세."

뒤치다꺼리하란 말이었다. 방 형사는 억지웃음을 지었다.

"세종로테러 건은 윤 소령님 소관이 아니던가요? 그쪽이 더 잘……."

특수부장이 신경질적으로 말허리를 잘랐다.

"이봐, 방 반장!"

목소리를 가다듬는 부장의 눈빛이 까다로워졌다.

"결정은 내가 하네. 알았나?"

그러고는 의자 등받이에 체중을 실었다. 삐걱거리는 소리가 났다. 특수부장은 여럿이 있을 때와 둘만 있을 때가 확연히 달라지는 타입이었다. 물론 야비한 쪽으로 더 발달했다.

방 형사는 고개를 끄덕이고 자리에서 일어섰다. 거대한 산처럼 보호해주던 장 반장이 생각났다. 그 자리에 자신이 있다는 것이 아직도 실감나지 않았다.

특수부장실 나와 문을 닫으려는 때였다. 등 뒤로 날아드는 특수부장의 혼잣말이 매섭게 가슴을 찔러댔다. 분명 들으라고 한 말이었다.

"주제를 알고 까불어야지……."

방 형사는 목 안으로 넘어가는 뜨거운 것을 삼키며 뒤로 문을 닫았다.

PM 01:00

"어머어머, 오빠! 어서 와. 오늘은 웬일이야."

껌을 짝짝 씹어대며 카운터에 나른하게 엎어져 라디오를 듣고 있던 영미가 고개를 발딱 들며 반색을 했다. 그러고는 재빨리 카운터를 돌아 나와 중사 계급장이 달린 모자를 테이블에 놓는 건장한 군인 옆에 착 달라붙었다. 어둑한 지하 다방에는 오래전 트로트가 장단 맞추기 좋게 흐르고 있었다.

"혜미는 어디 갔어?"

다방 뒤쪽 화장실로 통한 곳을 바라보는 안 중사의 볼을 손으로 잡아당기며 영미가 말했다.

"티켓 끊고 나갔어."

그러며 중사를 끌어당겨 소파에 앉혔다.

"오빠! 나 오늘 한가해. 티켓 좀 끊어주라. 응?"

소파에 앉아 허리를 흔들어대자 짧은 흰색 미니가 끌려 올라갔다. 아슬아슬한 것에서 눈을 떼지 못하면서도 중사는 다른 말을 했다.

"웃기지 말고, 빨리 혜미 나오라고 해. 있는 거 다 알아."

"없다니까, 무슨 소리야. 나갔다고."

영미는 흘기던 눈을 다시 풀고 어깨를 한껏 흔들어댔다.

"오빠~잉. 그러지 말고 나 오늘 한 번만 끊어주라. 으응?"

앙탈을 부리며 일어설 생각이 없는 영미를 보고 중사는 카운터 뒤를 향해 소리쳤다.

"마담!"

"언니도 나갔어. 지금 여기 우리 둘뿐이야."

아무리 시골이라고는 해도 이렇게 한산해서야 월세나 제대로 낼지 한심스러웠다. 이런저런 앙탈을 한참 부렸지만 중사는 눈요기만 한껏 할 뿐이지 요지부동이었다.

"나 시간 없어. 다시 부대 들어가야 해."

"참, 정말. 오빠 이러기야."

하더니 영미가 일어섰다. 그리고는 뒷방 쪽을 향해 앙칼진 소리를 질렀다.

"혜미야!"

뭐라고 하는 소리가 들린 것 같지만 명확치 않았다.

"빨랑 나와, 이년아. 니 서방님 오셨다고."

그러고는 카운터로 돌아가 부스스한 얼굴에 쥐 잡아 먹은 것 같은 화장을 고쳐댔다.

잠시 후, 이런 시골에서 정말 보기 드문 미인형의 여자가 뒤쪽에서 나타났다. 한껏 달뜬 중사는 더 짧아진 미니와 잘록한 허리를 눈으로 더듬으며 침을 삼켰다.

"어머, 안 중사님, 언제 오셨어요?"

종종걸음 치듯 달려와 옆에 바짝 달라붙으며 앉았다. 중사는 터질 듯이 빵빵한 가슴을 꽉 죄고 있는 브래지어와 앙가슴에서 눈이 떨어지질 않았다. 오늘따라 더 가슴골이 동그스름하고 탱글탱글한 것이 타이트한 브래지어를 툭 터뜨리며 쏟아져 나올 것만 같았다. 입안에 침이 꼴깍꼴깍 넘어가며 몸살이 날 지경이었다.

"오…… 오늘 오라고 했잖아."

혜미는 그제야 생각났다는 듯 말했다.

"아, 그랬나. 나 지금 어디 가야 하는데."

간드러지게 늘어지는 말꼬리가 안 중사를 흔들어놓았다. 조금 전 영미가 한 말이 불현듯 떠올랐다.

"너 티켓 끊은 거 아니지? 아직도 전파사 복술이 아저씨가 찝쩍대는 거야?"

"아니야, 티켓은 무슨……. 그냥 옷 쇼핑 좀 하려고 그래."

혜미의 어떤 말도 안 중사의 눈엔 아양으로 비치질 않았다.

"내가 사 줄게 가자, 같이."

혜미의 눈이 반짝거렸다.

"진짜?"

바짝 다가붙는 통에 그의 팔꿈치에 혜미의 가슴이 닿았다.

"그럼 진짜지. 이 오빠가 네 옷 하나 못 사주겠냐? 뭐든 골라."

"정말? 진짜지?"

코 밑에 들이대는 그녀의 짙은 향기에 안 중사는 정신이 아찔했다. 군복 아랫도리 속에선 난리가 났다.

"그런데 말이야. 잠깐만 너…… 말이야. 이리 좀 와봐."

중사는 혜미의 손을 잡고 일으켰다.

"왜 그래? 응? 왜?"

모르는 척 일어서서 뒷방 쪽으로 끌려가는 혜미의 뒷모습을 보고, 영미가 코웃음을 쳤다.

"내숭 떨기는…… 미친년."

그러면서도 영미는 손거울을 꺼내 퍼렇게 그린 아이섀도와 부스스한 화장을 비춰봤다. 자기가 보기에도 뭔가 부족했다. 옷 때문인지, 피부 때문인지 도무지 모르겠지만 아무튼 부족했다. 혜미가 오기 전까지는 이 동네에서 그래도 빠지지 않는 얼굴이었는데, 하는 생각이 들자 신경질이 났다. 한 달 전 느닷없이 나타나 남자들을 녹여대는 꼴이 보통 여시가 아니었다.

'어디서 굴러먹던 년인지 온갖 암내를 풍기기는…… 지랄……'

영미의 예상대로 뒷방에 들어간 안 중사는 성급하게 혜미의 블라우스 단추를 풀어대며 급한 호흡을 씩씩 뿜어댔다. 하지만 뜯어낼 것이 아직 많은 혜미는 이런저런 말로 피하며 안 중사를 안달나게 만들었다. 혜미는 듣도 보도 못한 이상한 질문을 하며 대답을 요구했지만, 흥분한 중사는 자신이 무슨 말을 하는지, 그리고 혜미가 무얼 요구하는지 잘 기억하지 못했다. 혜미의 풍만한 가슴과 쪽 뻗은 다리 사이에 있는 것만 머릿속에 한가득했기 때문이다.

둘이 하나가 되려고 할 무렵, 그 방 벽 액자 뒤에 있는 작은 초소형 기계는 이미 그들의 말소리를 하나도 빠짐없이 고스란히 모아 송신해 버렸다. 그 전파는 다방에서 조금 떨어진 곳에 주차해 있는 회색 밴 속으로 들어갔다. 수신된 말소리는 컴퓨터 처리를 거쳐 음운 단위로 잘게 끊어졌다. 그리고 필요에 따라 음운들이 다르게 결합되어 새로운 소리가 만들어졌다.

한참 후 만들어진 말소리는 안 중사가 한 번도 그렇게 말한 적이 없는 말들이었지만 분명 그의 목소리였다. 내용은 멧돼지처럼 땀을 뻘뻘 흘리며 열락 속을 헤매는 그라도 벌떡 깰 만한 것이었다.

이윽고, 안 중사의 만들어진 목소리가 전화선을 타고 들어가 거대한 폭풍을 만들어냈다.

PM 02:30

워커힐 호텔에서 후지와라를 만나고 경찰서로 돌아오는 내내 방 형사는 시궁창에 빠졌다 나와도 이보다는 낫겠다는 심정이었다.

영화배우처럼 생긴 후지와라는 왕족다운 품위가 있었다. 잘 절제된 말과 행동으로 편안하게 대화를 이끌었지만 결국 심문이었다. 꼭 영화 속 헐크처럼 생긴 무관장의 퉁명스러움과 뼛속까지 헤집을 듯 살펴보던 시종장의 눈길이 꺼림칙하게 온몸에 들러붙어 떠나질 않았다. 저들은 기모노 입은 음란한 인형에 대해서는 물론, 이순신 장군 동상 앞에서 있을 예정이던 시위에 대해서도 알고 있었다. 그리고 당연히 후지와라를 테러할 목적으로 기획한 한국우익단체의 소행으로 몰아가고 있었다. 방 형사는 그 속셈을 알면서도 시종일관 웃어 주어야 했다. 의례적인 말과 질문이 오간 끝에 변동사항이 있을 때마다 즉시 알려주기로 하고 심문 같은 면담을 끝냈다.

경찰서로 돌아와 특수부장에게 보고하는 동안 방 형사는 참고 있던 불쾌감이 모멸감으로 바뀌었다. 특수부장은 콧등으로 응응 대꾸했다. 그녀를 무시해서가 아니라 후지와라에게 보낸 것은 한마디로 요식행위였던 것이다. 그런 장단에 자신이 휘둘렸다는 것이 치욕스러웠다.

관련 법상 특수부장은 검찰 쪽에서 임명하게 되어 있었다. 그리고 경찰 쪽에서는 강력8반이 대등하게 대응하게 되어 있었다. 작년까지만 해도 외적인 일들은 특수부장이 맡았지만 실질적인 수사는 실무에 능한 경찰 쪽에서, 즉 강력8반이 진두지휘를 했었다. 사실 그것이 강력8반을 만든 이유였다.

'그런데 지금은……'

수사는 군용 폭탄이 나왔다는 이유로 기무사 윤 소령이 지휘했다. 한

마디로 경찰이 끼어들 틈이 아예 없었다. 정권 말기의 정치 상황이 검찰과 경찰의 역학관계에 매번 영향을 미치기는 하지만 이 정도까지는 아니었다. 국가적 테러사태에 경찰은 완전히 두 손 두 발 다 묶인 거였다. 이런 상황에 자신을 반장으로 앉힌 이유는 분명했다.

만만하다는 거였다.

아무리 직급이 어떠니 계통이 어떠니 해도 인간사는 결국 인간과 인간의 문제였다. 작년에 순직한 홍분한 곰 같은 장 반장이 있었다면 절대 이러지 못했을 것이다. 아니 강 형사만 있었어도 이러지 못할 것이다. 처참한 기분이 몰려들며 울분이 눈으로 쏟아지려 했다.

특수부장실을 나온 방 형사는 스스로를 진정시키며 뭔가 먹어야겠다는 생각을 했다. 누가 그랬는지 모르지만 일단 든든히 먹으라는 말이 떠올랐다.

구내식당으로 갔다.

점심시간이 한참 지났지만 식당엔 꽤 여럿이 모여 숟가락을 뜨고 있었다. 벽에 붙어 있는 TV에 자못 진지한 표정의 앵커가 나와 객관적인 척 말을 늘어놓는 것이 신경을 몹시 긁어댔다. 앵커는 정부의 알맹이 없는 공식 논평을 전문가라는 사람들을 앉혀 놓고 구절구절 따져대기 시작했다. 곧 있을 세계 경제문화포럼의 개최에 대해서도 각국에서 우려를 표명했다는 말로 호들갑을 떨었다. TV에 나온 사람 모두 참혹한 테러를 처참하게 받아들이는 것은 아니었다. 사람이 죽은 것을 슬프게 생각하는 것도 아니었다. 무엇으로 방송시간을 채울지 고민하던 사람들에게 세종로테러는 좋은 먹잇감일 뿐이었다. 건수 하나 물어, 떠보자는 욕심이 볼에 그득한 자들이 세련된 표정으로 미사여구를 번지르르하게 늘어놓는 거였다.

인상을 찡그리며 식판을 든 방 형사는 식당 한쪽 구석을 찾아 앉았다. TV에 팔려 그냥 식판을 든 채 식당 아주머니들이 떠주었던 음식을 그제야 들여다보았다.

또 미역국이었다. 평생 먹을 미역국을 경찰서 구내식당에서 다 먹는 것 같았다. 목구멍 안에서 처연한 물기가 오르려 했다.

어릴 적엔 생일날에도 미역국을 구경하지 못했다.

'미역국을 왜 네가 먹니? 널 낳느라 고생한 내가 먹는 거지.'

틀린 것 하나 없는 엄마다운 말이었지만, 서운한 감정이 없지는 않았다. 하지만 내보일 수는 없었다. 엄마는 바빴고, 그걸 모르지 않는 내가 공연히 엄마의 바쁜 아침 시간을 뺏을 순 없었다. 난 생일날에도 식빵에 잼을 발랐다.

생일날 미역국을 처음 먹은 것이 고2 때였다.

그날 강 선배가 미역을 들고 집에 나타났다. 그때 그는 우리 집을 일주일에 꼭 두 번씩 찾아왔다. 그는 더벅머리 대학원생이었고 난 단발머리 여고생이었다.

'선생님, 괜히 가르칠 게 없으니까 땡땡이치려고 이러는 거죠?'

일해 주시는 아주머니가 아들 교통사고로 시골집에 내려 간 틈을 놓치지 않고, 그가 주인 행세를 했다. 우리 집 부엌에서 냄비를 꺼내던 그가 당연하다는 듯 씩 웃었다.

'당연하지. 너희 집처럼 부잣집 돈은 좀 거저 먹어줘야 해.'

'엄마한테 일러요.'

'제발 좀 그래라. 나도 네 어머님 좀 뵙고 싶다. 어떻게 한 번을 못 뵙냐.'

'진짜 일러요.'

'웃기네. 아마 넌 엄마한테 한마디도 못할걸.'

'그걸 어떻게 알아요?'

미역을 물에 불리던 그가 돌아섰다.

'너에 대해선 너보다 내가 더 많이 알아.'

'치, 정말 웃겨. 괜히 똥폼 잡고 있어……. 진짜 일러서 확 잘리게 할 줄 알아요. 그땐 후회해도 소용없어요.'

'맘대로.'

그의 말대로 난 내가 그러지 못할 것을 잘 알았다.

'너희 집엔 김치도 없냐?'

냉장고를 뒤지던 강 선배가 한심하다는 듯 말했다.

'할 수 없다. 그냥 먹어라.'

그냥 맨 밥에 미역국뿐인 생일상이었다. 생일이어서가 아니었다. 정말 맛있었다.

'얌마, 뭘 그렇게 감격해?'

그가 손을 저으며 당황스러워 했다.

'어어, 울기까지. 야, 얌마. 땡땡이치려고 그냥 시간 때운 거야. 야, 방현진! 이제 그만 하라니까. 어어, 얘 좀 보게……'

촉촉한 마음에 TV 소리가 선뜩하게 파고들었다.

앵커는 세종로에 인력과 장비가 턱없이 부족하고 구호물자가 제때 보급되지 않는다며, 복잡한 법률과 규정을 꼬집었다. 그리고 세종로를 폭파시킨 것이 정부라도 되는 양 위기관리 대책을 들먹였다. 앵커의 얼굴엔 조금도 잘못이 없다는 냉정한 표정과 누군가 하나 나타나기만 하면 갈가리 뜯어먹어 주겠다는 투지가 가득했다. 문득, 특수부장의 사무적이고 심드렁한 표정이 떠올랐다. 만만한 자들에게만 소리치는 역겨움에 욕지기가 났다.

다시 식판에 덜렁 놓인 미역국을 보았다. 그리고 억지로 미역국을 한 술 떠 넘겼다. 입안이 깔깔했다. 맛을 느낄 수 없었다. 콩자반 옆에 놓인 김치가 오늘따라 더 말라비틀어져 보였다. 수저를 놓았다.

다시 핸드폰을 꺼내 눌렀다. 여전히 꺼져 있었다.

불안이 가슴을 넘어 머리까지 흔들어댔다. 이럴 사람이 아니었다. 그는 한번 하기로 한 것은 꼭 했다. 그때도 그랬다. 약속한 것은 꼭 지켰다. 그런 그가 온다고 약속하고는 연락조차 없었다. 어지러운 불안이 온몸을 쓸어댔다.

'선생님, 어떻게 제 생일인 줄 아셨어요?'

'네가 지난번에 말했잖아.'

'언제요?'

'친구 생일에 간다며 과외시간을 뒤로 미뤘잖아.'

'예?'

'미루고도 늦게 와서는 미안한 기색도 없이 묻지도 않은 말들을 주절거렸잖아. 생일케이크도 먹어본 적 없다고. 기억 안 나? 들으라고 그런 거 아니었어? 그래서 내가 생일파티 해주겠다고 약속했잖아.'

'언제요? 그런 적 없어요.'

'너는 없겠지. 그런데 어쩌냐, 사실인 걸.'

입을 삐쭉거렸다.

'그럼 케이크나 사오지, 이 무슨 궁상맞게 미역국이에요. 전 미역국 제

일 싫어해요.'

'케이크 같은 건 나중에 남자 친구나 남편에게나 받아. 난 선생이니까 미역국을 끓여주는 거야.'

마음이 흔들리려는 것을 재빨리 감췄다.

'가난해서 미역밖에 못 사오는 주제에 하여튼 말은 많아요. 설거지나 깨끗이 해놓으세요.'

그가 웃으며 말했다.

'야, 나 약속 지켰다.'

'무슨 약속이요?'

'꼭 생일파티 해주겠다고 한 거.'

'이딴 게 무슨 생일파티에요. 우리 집에 있는 것 갖고 다 해놓고선. 그리고 아줌마가 계셨으면 못했을 거면서, 무슨 약속은 약속이라고.'

그가 빙긋 웃었다.

'왜 웃어요? 할 말이 없으니까, 괜히 웃고 난리야.'

'진실은 곧 알게 되겠지.'

'예?'

'진실은 금방 드러나지 않아도 언젠가 드러나게 마련이거든.'

그러고는 아무리 물어도 싱글거리기만 했다. 궁금함에 그의 단단한 팔뚝을 탁 내리쳤지만 그는 웃기만 했다.

웃음의 의미는 다음 날 알게 되었다. 전화 받고 사색이 되어 부랴부랴 고향으로 내려가셨던 아주머니가 허탈한 표정으로 돌아와 중얼거렸다.

'원, 어떤 놈인지…… 그런 괘씸한 장난질을 치고 난리야.'

놀라 허겁지겁 내려간 아주머니가 본 것은, 교통사고로 사경을 헤맨다는 아들이 학교 운동장에서 애들과 함성을 지르며 공을 차는 모습이었다.

PM 03:00

방 형사는 자료보관실로 갔다. 보관실 담당 연 순경의 딱딱한 지시에 따라, 자료 열람 문서에 사인하고 정해진 테이블로 가 기다렸다.

가만히 있으란다고 곱게 차려입고 앉아 웃기만 할 생각은 애초부터 없었지만 충분히 이상했다. 꿔다 놓은 보릿자루마냥 만들려고 강력8반 반장에 앉혔다고 생각할 만큼 그녀는 순진하지 않았다. 후지와라를 만나고 오게 한 것도 묘하게 신경을 자극했다. 물론 이유는 있다. 자신이 일어를 잘한다는 것, 강력8반 반장이라는 비중으로 보아 그쪽에 결례가 되지 않는 사절이라는 것 등 합당한 이유가 없는 것은 아니다. 하지만 복잡한 남자들의 세계 속에서 시커먼 연체동물처럼 느물느물 움직이는 정치란 놈을 늘 보아왔던 그녀는 겉으로 드러난 그런 이유 속에 숨은 진짜 이유가 있다는 것도 잘 알았다. 그리고 그게 더 중요하다는 것도 알았다. 방 형사는 불안했다. 자신이 놓인 위치도, 연락이 닿지 않는 강 형사도.

엄청난 양의 향수를 뿌려댄 것이 분명한 연 순경은 증거물 박스 다섯 개를 방 형사 앞에 던지듯이 놓고는 휑하니 제 책상으로 가버렸다. 누구에게든 기회만 나면 톡톡 쏘고 틱틱대는 연 순경이 이 정도면 친절한 편이었다. 방 형사는 세상모르는 그 무신경함이 한심하면서도 한편으론 부러웠다.

박스를 열어 관련 자료들을 점검했다. 폭약 관련 자료들은 기무사로 빼놓았는지 빠져 있었다. 옳지 않았다. 모두 이곳에 보관하게 되어 있었다. 하지만 수사는 얼음장같이 차가운 윤 소령이 지휘했다. 입맛을 다시고 조금 커다란 다음 박스를 열었다.

세종로에서 입수한 기모노 입은 실물 크기 인형이 나왔다. 그 옆에 인형을 분석한 데이터 결과도 첨부되어 있었다. 예상대로 인형에서는 아무런 지문도 나오질 않았다. 인형은 일본 가고시마 현에 소재한 와타시공업에서 만든 것으로 밝혀졌고, 기모노 역시 품질이 좋은 것이긴 하지만 공장에서 만든 기성복이었다. 필로폰도 밀수하는 마당에 이런 섹스인형이나 기모노 정도는 밀수도 아니었다. 추적해도 나올 것이 없었다.

'당연하지…….'

세종로를 폭파시킨 자를 찾기보다는 이유를 찾는 것이 더 빨라 보였다. 하지만 정말 후지와라를 테러하려고 했다고는 생각되지 않았다. 뭔가 다른 이유가 있었다.

'그래도 세종로를 폭파시켜?'

아무리 생각해도 그건 너무 과했다. 이건 아니었다. 너무 컸다. 만약 일본의 소행으로 밝혀지면 외교분쟁이 일어날 것이고 국제여론도 가만있지 않을 것이다. 이렇게 무모한 방법을 택할 자들이 아니었다. 그런데도 저들이 일을 획책했다면 자신이 있단 말이었다. 절대 걸리지 않을 자신이 있는 것이다.

'도대체 무슨 이런 무모한 자신감을…….'

그때, 구찌 핸드백 속에서 핸드폰이 울었다.

윤 소령의 번호였다. 순간이지만 한 줄기 섬뜩함이 가슴을 스쳤다.

"말씀하세요, 윤 소령님. ……예, 그런데요…… 예? 뭐요?"

윤 소령의 말은 차가울 정도로 간결하고 분명했다. 그 차가운 섬뜩함이 재빠르게 퍼지며 방 형사를 얼어붙게 했다.

남은 콤포지션 C4 폭약을 찾았다는 말이었다. 냉철한 그녀답게 범인의 것인지는 아직 모르겠다는 단서를 붙이기는 했다. 하지만 방 형사는 이미 충격을 받아 정신이 얼얼했다.

폭약을 찾았다는 낭보가 그녀에게 비보가 된 것은 장소 때문이었다. 폭약은 말도 안 되는 곳에 있었다. 윤 소령은 수유리 연립주택 밀집지역의 어떤 주소를 불렀다. 거긴 방 형사도 아는 곳이었다.

바로 강 형사의 반지하 월세방이었다.

PM 03:40

'수유리니까.'

도대체 왜 그런 구석에 사냐는 말에 강 선배가, 아니 강 선생이 그렇게 말했었다. 난 단발머리 여고생이었고, 책상엔 국어 문제집이 아까부터 펼쳐져 있었다.

'수유리는 말야, 수유동이 아냐 세상 끝날까지 수유리지. 세상이 다시 천지개벽한다면 아마 제일 먼저 수유리부터 만들어질 거야.'

말도 안 된다는 표정에 그는 싱긋 웃었다.

'너처럼 청담동에 사는 부잣집 딸내미는 절대 몰라.'

화보다 서운함이 앞섰다.

그의 말을 트집 잡아 그를 졸랐다. 결국, 지하철을 세 번 갈아타고 그의 자취방엘 갔다. 고불고불 골목을 한참 지나 작은 마당이 있는 집에 도착했다. 허름해도 그럭저럭 집이려니 했는데, 지하실 쪽으로 가더니 작은 문을 벌컥 열고는 어두컴컴한 곳으로 쑥 들어가서는 천장에 달린 전구를 돌려 불을 켰다. 말이 방이지 그냥 창고였다.

'짜샤! 지하실이 아니라 반지하라니까, 반지하.'

퀴퀴한 냄새에 인상을 찡그리지 않으려고 애를 썼다. 하지만 어쩔 줄 모르고 서서는, 입실 부엌 한가운데 놓여 있는 앉은뱅이소반 앞에 털썩 앉는 그를 그냥 바라볼 수밖에 없었다. 그는 소반 위에 있는 찌그러진 주전자에서 냉수를 따라 마시고는 말했다.

'니가 온다고 했다. 난 몇 번이고 말렸다.'

그래도 습기가 올라오는 바닥에 앉는 것이 아무래도 주저스러웠다. 용기를 내서 억지로 찌든 때로 더러운 장판 위에 앉았다. 움찔하는 것을 보고 그가 알 만하다는 듯 픽 웃었다.

'막상 보고 나니 어때? 차라리 몰랐던 게 낫지?'

뭐라 말할 수 없었다. 냉기가 허리까지 치고 올라왔다. 그때 그가 잊었던 기억을 끄집어냈다.

'언젠가 네가 그따위 진실을 꼭 알아야 하냐고 따진 적 있었지? 기억나니?'

지저분하고 궁상맞은 역사와 너저분한 현실에 왜 지금 우리가 목을 매야 하냐며 볼멘소리를 낸 적이 있었다. 흥분한 나는 아픈 진실을 알아야 더 성숙해진다는 말도 안 되는 궤변을 늘어놓을 생각은 꿈도 꾸지 말라고 쏘아붙였었다. 그때 그는 그저 웃기만 했었다. 분명 그때는 그랬다.

차가운 냉기에 허리를 비틀려는데 그가 말했다.

'우리가 진실을 알아야 하는 이유는…….'

그의 표정은 정말 진지했다. 퀴퀴한 반지하 단칸방이란 사실조차 잊을 정도였다.

'진실이 바로 우리 눈앞에 있기 때문이야. 알겠니, 현진아?'

얌마, 짜샤, 아니면 등신아, 쪼다야, 라고만 하던 그가 내 이름을 불러준 것이 그때가 처음이었다.

수유시장 입구부터 총을 든 특전사 대원들이 삼엄하게 경계를 서고 있었다. 불안이 방 형사의 가슴을 시커멓게 흔들어댔다. 소나타를 도로변에 세우고 내렸다.

들끓는 여론은 아무나 도마 위에 올려놓기를 간절히 바라고 있었다. 강 형사가 테러범이 아니란 것에 모든 것을 걸 수 있다. 하지만 그런 건 중요치 않다는 것을 잘 알았다. 사람들은 눈앞에 놓인 움직일 수 없는 증거를 믿으려 할 것이다. 아니 믿고 싶어 할 것이다. 그것이 진실이든 아니든 그건 상관없다.

방 형사는 흔들리는 눈빛을 선글라스 속에 감췄다.

경계를 선 병사에게 신분증을 내보이고 통과하려 했다. 안내하겠다는 핑계로 젊은 대위 하나가 뛰어나와 옆에 달라붙었다. 그 뒤로 두 걸음쯤 떨어져 상병 둘이 소총의 안전장치를 풀고 따라왔다. 감시였다. 방 형사는 작전 매뉴얼대로 움직이는 이들의 신속한 모습에 마음이 심란해졌다.

이들은 여기를 적진으로 간주하고 있었다.

연립주택 주변 주민들은 모두 소개疏開되었는지 민간인들은 하나 없고 특전사 대원들만 골목 요소요소에 가득했다. 칙칙거리는 무전기에 대고 낮게 뭐라 말하는 소리를 들으며 그 옛날 그 집으로 들어갔다.

마당에는 윤 소령이 기다리고 있었다.

반지하방은 조금도 변하지 않은 것 같았다. 퀴퀴한 냄새나 바닥의 습기도 여전했다. 덩치 큰 군인들이 득실거리자 방은 더 작고 옹색하게 보였다. 어지럽게 난 군화 자국이 저간의 사정을 소상히 일러주는 것 같았다.

윤 소령은 안방 벽장까지 열어 보이며 차근차근 설명했다. 콤포지션 C4를 비롯한 다양한 폭약에 대해서까지 꼼꼼한 설명을 마치고 마당으로 나섰다. 방 형사는 수유리로 오는 내내 들었던 의문이 다시 고개를 들었다.

아무리 생각해도 하나밖에 없었다.

윤 소령이 방 형사를 돌아보며 말했다. 감정의 기름기를 쏙 뺀 말이었다.

"강태혁 형사 공개 지명수배를 건의했지만 거부되었습니다."

현직 경찰을 지명수배 할 경우 국민 전체에 미칠 영향이 장난이 아니었을 것이다.

"하지만 전국 군과 경찰에는 수배령을 내렸습니다."

이 결정을 하는 데도 위에서는 정치적 저울질을 한참 했을 것이다.

"그리고 특수부대를 남원에 급파했습니다."

"남원이요?"

"핸드폰 위치 추적을 했습니다."

꺼져 있어도 마지막으로 통화한 지역은 추적이 가능했다. 그걸 이제껏 자신은 생각지도 못했다는 것이 한심스러웠다. 그와 함께 어제 통화할 때만 해도 별말 없던 강 형사가 남원에 갔다는 것이 머릿속에 찜찜한 안개를 퍼뜨렸다.

윤 소령이 방 형사의 속을 들여다보는 듯한 표정으로 말했다.

"아직 모르셨나요? 거기가 강 형사님 고향입니다."

느닷없이 한 방 먹었다. 충격이 적지 않았던 것은 발 빠른 윤 소령의 조치보다는 자신이 그동안 그에 대해 아무것도 알려 하지 않았다는 것 때문이었다. 정말 강 형사를 사랑하는지 그것이 의심스러울 정도였다.

골목 어귀로 접어들며 윤 소령이 부관 김 중위에게 선도차를 탈 것을 명령하고는 방 형사를 돌아보며 말했다.

"반장님 차를 타고 가도 되겠지요?"

아름답지만 마음이 담겨지지 않은 미소를 한껏 지었다. 부탁이 아니었다.

"물론이죠. 아예 제 핸드폰도 드릴까요?"

"예?"

"그래서 저를 부르신 것 아니었나요?"

방 형사가 윤 소령의 차가운 얼굴을 똑바로 쳐다보았다.

"저를 감시하시려고 부르신 것 아니셨어요?"

윤 소령의 표정에 살짝 금이 갔다.

"강 선배가 저에게 접촉할까봐, 아니 제가 강 선배에게 핸드폰 문자라도 보낼까봐 저를 옆에 붙여놓고 감시하시려는 거 아니에요?"

강 형사 집에서 폭약을 발견한 순간 그녀를 수유리 현장으로 불러낸 것은 반장이어서가 아니었다. 차근차근 설명한 것도 이제 그를 잡겠다는 것을 설득하려고 그런 것이 아니었다.

"아니면, 제가 공범인지 확인하려고 부르신 건가요?"

딱딱하게 굳어진 윤 소령의 얼굴을 향해 방 형사가 날카롭게 웃었다.

"어때요? 제 말이 틀렸나요?"

얼음공주의 표정이 하얀 당혹감으로 짧게 흔들렸다.

PM 04:15

흰색 소나타 앞으로 선도하는 헌병 오토바이 두 대가 시끄러운 소리를 내며 경부고속도로를 내달렸다. 소나타 뒤로 지프 한 대와 특전사 대원들을 가득 태운 트럭 석 대가 굉음을 뿜어대며 뒤따랐다. 고속도로에서 흔히 보기 힘든 이런 장면에, 상행선 차량들이 주춤거리며 구경하느라 속도를 늦춰 그 뒤로 차가 죽 밀렸다.

계속 무전으로 남원 인근 부대 이동을 지시하는 지프 안과는 달리, 소나타 안은 적막하기 그지없었다. 핸들을 잡고 있는 방 형사나 조수석에 앉은 윤 소령이나 앞만 보고 있었다. 가끔씩 윤 소령 손에 들린 무전기만 칙칙대며 팽팽한 정적을 흩어놓을 뿐이다.

방 형사의 마음은 엉킨 실타래처럼 시작과 끝을 알 수 없게 왔다 갔다 했다.

"차 좋네요?"

견디기 힘든 공기를 깨준 것은 고마웠지만 비아냥거림으로 들렸다. 이미 틀어지기는 수유리에서부터였다. 복잡한 심경이 비비꼬였다.

"집이 좀 살아요. 수사비 삥땅쳐서 산 것은 아니니까 보고할 생각이시라면 꿈 깨세요."

말하다 보니 날이 섰다. 자책감이 들었지만 흥분한 감정은 말을 또 토해냈다.

"수유리에서 제가 한 질문에 답을 아직 안 하신 것 같은데요?"

역시 윤 소령은 만만치 않았다.

"반쯤 맞아서 답하기 어렵네요."

"반쯤?"

윤 소령의 목소리가 조금 살아났다.

"반장님을 감시하려 했다? 맞아요. 반장님을 공범으로 용의선상에 올렸다? 그것도 맞아요."

역시 만만한 여자가 아니었다.

"그런데 어째서 반쯤 맞았다는 거죠?"

"제가 반장님 옆에 붙어 있는 이유가 한 가지 더 있거든요. 반장님은 그걸 아예 말씀도 안 하셨으니까요."

"그게 뭐죠?"

윤 소령은 답을 하지 않았다.

방 형사가 고개를 돌려 옆을 보았다. 탄력 있고 매끈한 피부에 하얀 윤기가 흘렀다. 하지만 얼음공주의 표정은 무겁게 가라앉아 있었다. 방 형사는 가슴이 두근거렸다. 그녀의 별명이 떠올랐다.

진실 사냥꾼.

영민한 사냥꾼은 미끼를 던지는 법이었다. 먹기 좋은 기가 막힌 미끼를. 방 형사는 바짝 긴장했다.

결심한 듯 소령의 하얀 피부에 도드라져 보이는 작은 입술이 살짝 벌어졌다. 공교롭게도 치칙거리는 무전기가 목소리를 헝클어 놓았지만 방 형사는 윤 소령의 말을 똑똑히 들었다.

"앞으로 공범이 될 수도 있으니까요."

PM 04:20

고향이 지겨운 것은 자신의 모든 것을 아는 사람들이 불쑥불쑥 뛰어나와 발목을 잡기 때문이다. 벌써 서울에 올라가고도 남았을 시간인데도 아직 남원을 떠나지 못한 강 형사는 조금 짜증이 났다. 핸드폰이 망가진 것도 그랬다. 그렇다고 공중전화로 전화를 한다는 것은 우스웠다.

또 전화해도 출근이 늦게 된 변명 외에 딱히 할 말도 없었다. 직접 보고 말을 하지 않으면 많은 말을 꾸며대야 할 것 같았다.

남원 시외버스터미널에 앉아 차를 기다리는 강 형사의 속마음은 이미 서울로 달려가고 있었다.

사실 정오가 다 지나 쓰린 속을 부여잡고 허름한 여관 문을 나서자마자 깜짝 놀랐다. 여관문 밖에서 쭈그리고 앉아 있던 이모가 저린 다리를 풀며 일어섰기 때문이다. 아무리 그래도 발인發靷은 보고 가야 한다는 주름진 이모의 말에 할 일이 많다는 편리한 말로 대꾸했다. 아주 틀린 말은 아니었다. 길거리 전파사에서 흘러나오는 세종로테러 사망자와 부상자 명단은 충분히 이모의 안타까운 눈길을 누르고도 남았다. 하지만 고향에 와서 그래도 집에는 들려야 한다는 이모의 부탁 아닌 부탁까지 뿌리칠 수는 없었다.

그러나 그때 그냥 올라갔어야 했다.

이모의 강권으로 밀국수를 늦은 점심으로 먹고 택시를 잡아타고 찾아간 곳은 더 이상 아련한 추억이 깃든 어린 시절 통나무집이 있는 곳이 아니었다.

새로 지은 3층 양옥 두 채를 육중한 대문이 난 담으로 빙 둘러 싼 것이 꼭 성처럼 생긴 것을 더 이상 집이라고 할 수는 없었다. 시커먼 옷을 입은 떡대 서넛이 귀에 리시버를 꽂고 대문 앞에 서 있는 것을 보고 모든 것을 알았다. 통나무집이 사라진 것처럼 그가 알던 아버지도 이미 사라졌다는 것을…….

버스 시간이 조금 남아 대합실 안 플라스틱 벤치에 앉았다. 벤치는 찌든 때로 노란색이 녹색을 지나 갈색이 되어 가고 있었다. 하지만 강 형사는 이상스럽게도 매연 섞인 터미널 대합실 냄새가 편안했다. 매점에서 산 새우깡을 뜯었다. 입천장이 헐도록 새우깡을 먹어대던 옛날 생각이 났다. 저도 모르게 슬며시 입가에 웃음이 지어졌다.

"무슨 생각으로 웃어요?"

머리를 뒤로 넘겨 깔끔하게 묶은 아가씨가 옆에 앉았다. 깜짝 놀랐다.

"누…… 누구세요?"

얼굴은 모르겠지만 목소리는 어딘지 귀에 익은 듯했다.

"제가 누군지 몰라요?"

웃는 얼굴이 친근하게 느껴졌지만 기억은 가물거렸다.

"아무리 중학교 때 보고 한 번도 못 봤어도 너무 하는 거 아녜요?"

"예?"

"영주예요, 강영주. 오빠의 여동생."

그러자 퍼뜩 생각이 났다. '태혁이 오빠?'라고 묻던 귀엽던 목소리. 잘못 건 줄 알고 끊으려던 전화를 붙잡고 새엄마가 말해주던 상황이 떠올랐다. 10년 전쯤 돈이 궁해 집을 찾았을 때, 새엄마 뒤에 숨듯이 매달려 힐끔거리던 그 여자애. 아버지가 어디선가 데려왔다는 바로 그 애였다.

"저는 그때 오빠를 봤던 것을 기억하는데 오빠는 저를 전혀 기억하지 못하네요. 그냥 봐주려 했는데, 그래도 이건 너무한데요."

생글거리며 웃는 모습이 24살 같아 보이지 않았다. 어린애가 여자가 되는 동안에는 정말 많은 변화가 있는 것 같았다. 미안하다는 표현을 어떻게 해야 할지 몰라 머뭇거렸다.

"그렇게 수줍은 척할 필요 없어요. 그런다고 내가 봐줄 줄 아세요?"

그녀가 살포시 웃었다. 가족이란 게 정말 끈질긴 것 같았다. 이렇게 어제 만났던 것처럼 친근하게 웃을 수 있으니…….

"그나저나 오빠는 말도 하지 않고 이렇게 떠나기에요?"

우물쭈물 입을 열었다.

"말을 않기는 그냥 그런 거지……. 어제 오늘 갔으면 됐지, 무슨……."

"그래도 어머니가 돌아가셨는데 발인도 안 하고 가는 아들이 어디 있어요?"

틀린 말은 아니지만 내놓은 자식이 무슨 면목으로 가냐고 대꾸할 수는 없었다. 아무리 그래도 아들은 아들이니까. 가족사가 복잡하다고 인륜이 끊어지는 것은 아니었다.

그녀가 가벼운 한숨을 쉬었다.

"오빠가 기숙고등학교를 간다고 집을 나간 후 처음 온 거잖아요. 그런데 이렇게 훽 떠나요?"

영주의 말에 물기가 젖으려고 했다. 분위기를 바꿔야 했다.

"그런데, 넌 지금 왜 여기 있어? 그리고 어제는 왜 안 왔…… 아, 그럼……."

침울해지려던 영주의 얼굴에 다시 생기가 돌면서 말이 경쾌해졌다.

"이제야 알았어요? 아무튼 해도해도 너무 한다니까. 글쎄 어제 봐놓고 이제야 기억해요?"

분향실에 들어가려할 때 마주칠 뻔했던 소복 입은 예쁜 처녀가 바로 영주였다. 양아치들과 싸움이 벌어지자, 아버지한테 가서 일러바치고는 뒤에서 힐끔거리던 것이 바로 동생이었다. 그런데도 몰랐던 것이다. 아니 모를 수밖에 없었다. 소복을 벗고 나니 전혀 딴판으로 보였다.

"아니, 상중에 소복을 벗으면 어떡해?"

"아니, 상중에 도망을 치면 어떡해?"

똑같은 말투로 장난치는 것이 여전히 어린아이 같았다.

"미안해요. 장난이에요. 소복 입고 돌아다니면 재수 없다고 그러더라고요. 그래서 오빠를 보려고 일부러 옷을 갈아입고 왔어요."

들뜬 마음이 현실로 돌아왔다. 진지한 마음이 되었다. 10년 만에 만난 여동생이 상중에 소복까지 벗고 나타나 할 말이 있다고 했다. 편안한 내용은 아닐 거였다.

"말해 봐?"

"예?"

"날 기다렸다며?"

영주는 고개를 약간 숙이고 주저했다. 갑자기 눈가에 물기가 어리려 했다.

보자기에 싼 짐을 머리에 이고 가던 주름이 자글거리는 할머니가 강 형사를 흘겨보고는 쯧쯧 거리며 지팡이를 쿡쿡 짚어대며 갔다. 이미 버스 시간은 지나가 버렸다. 다음 차로 표를 바꿔야겠다는 생각을 할 때였다.

천천히 고개를 드는 그녀의 눈망울이 심하게 흔들리고 있었다.

"철균이 오빠…… 알죠?"

"철균이? 응…… 아, 뱀골 살던 철균이?"

"예, 그 철균이 오빠요."

어렸을 때 초등학교를 같이 다녔다. 같은 반인 적도 없었는데다 그리 친하지 않아 기억이 가물거렸다. 굳이 그 철균이를 꺼내는 것이 심상치 않았다. 무슨 얘기를 하려는지 짐작이 되었다. 영주의 주저하는 눈망울과 허전함이 감도는 말투가 불안한 추측을 맞다고 말해주었다.

영주는 어렵게 입을 열었다.

철균이와 사귀었던 철부지 같던 시절부터 헤어진 이후까지를 정말 띄엄띄엄 힘들게 말하고는 입을 다물고 흔들리는 눈으로 주저했다. 거기까지는 아무것도 없었다. 특별할 것이 없었다.

"영주야, 힘들면 말하지 않아도 돼. 그리고 나 지금 바빠서 서울로 올라가야 해."

"아니, 아니……."

영주는 내 손을 잡으려하다가 눈물을 주르륵 흘렸다. 그러더니 소리를 눌러가며 서럽게 울기 시작했다. 대합실에 있는 사람들의 시선이 죄다 쏠리며 웅성거리는 느낌이 들었다.

울음이 용기를 불러냈다.

결심한 듯 그렁거리는 눈으로 영주가 쏟아낸 말들은 그렇고 그런 잡지에 흔히 오르내리는 얘기였다. 그리 특별할 것도 엄청날 것도 없었다. 하지만 그 주인공이 자기 여동생이라는 것이 달랐다.

흔해 빠진 얘기가 특별하고 엄청난 얘기가 되었다.

한참 눈물콧물 섞어 울며 말하던 영주를 다독이며, 강 형사는 걱정 말라는 말밖에 해줄 수가 없었다. 충혈된 눈으로 대합실을 나서 택시를 태워 영주를 보내고 돌아선 그는 머리끝까지 화가 치밀었다. 10년 만에 만난 여동생을 이렇게밖에 만날 수 없었다는 황당함보다, 콩가루 같은 집안에 어디선가 데려온 여자아이를 혼자만 두게 했다는 죄책감보다, 더 화가 치미는 것은 자신밖에 믿을 데가 없어 어렵사리 뒤를 쫓아와 울며 이런 말을 하고 갈 수밖에 없는 영주의 처지 때문이었다. 무엇보다 자신의 마음속에 끓어오르는 분노를 어쩌지 못하는 것은, 동생의 믿음에 부응할 만큼 자신이 할 수 있는 일이 별로 없다는 것 때문이었다. 지나간 것은 아무리 발버둥친다고 해도 바뀔 수 있는 것이 아니었다. 후회한다고 해서 보상되는 것도 아니었다.

'빌어먹을……. 도대체 아버지는 뭐 한 거야!'

그런 일은 새엄마가 알았어야 했다. 싸늘한 시신이 된 새엄마가 알았는지 몰랐는지는 알 수 없다. 하지만 아버지는 도대체 뭐란 말인가. 왜 대책 없이 아이를 데려와서 이런 일을 겪게 한단 말인가. 데려왔으면, 딸을 삼았으면, 보호하고 돌봐줬어야 하지 않는가 말이다.

모든 것이 원망스러웠다. 그렇지만 그런다고 바뀔 것은 하나도 없었다.

그게 너무 분했다.

강 형사는 매표소로 가서 서울행 티켓을 강화로 바꿀 수 있는지 물었다. 직접 가는 것은 없었다. 인천에 가서 갈아타야 한다고 했다. 강 형사는 무거운 눈빛으로 끄덕였다.

잠시 후, 강 형사는 인천행 버스에 올라탔다.

어두워져 가는 하늘이 그의 가슴을 한없이 짓눌렀다. 버스가 강화에 도착하기까지 강 형사의 머릿속엔 다른 어떤 것도 생각나지 않았다. 세종로도, 방 형사도 떠오르지 않았다. 계속해서 부글거리는 핏줄을 진정시키기만도 벅찼다.

지금 동생 영주의 뱃속에서 하루가 다르게 자라고 있는 애를 생각하면 핏발이 곤두서 터질 지경이었다. 애 아버지는 휴가 나와 하룻밤 자고 간 남자였다. 부대로 복귀한 그를 백방으로 수소문해서 어렵게 통화한 여동생이 들은 말은 한마디였다고 했다.

'난 몰라.'

그렇게 끊어진 전화기를 붙들고 한참을 허망하게 울었다고 했다.

'오빠! 그런데, 그건 철균이 오빠가 나빠서 그런 게 아냐. 난 다 이해할 수 있어.'

강 형사의 마음을 더욱 헤집어 놓은 것은 영주가 뜨거운 것을 삼켜가며 울먹였기 때문이었다.

'그런데 꼭 한 번…… 애를 낳기 전에, 그냥 꼭 한 번…… 철균이 오빠가 보고 싶어…… 그래서…….'

눈을 질끈 감은 강 형사는 놈이 오지 않겠다고 하면 다리몽둥이를 분질러서라도 끌고 올 작정을 했다.

2006. 05. 10. 수.

AM 01:00

인천에서 택시로 갈아타고 강화에 내렸을 때는 한밤중이었다. 오는 동안 조금 나아졌지만 영주의 울먹거리는 얼굴만 생각하면 핏발이 곤두섰다.

놈의 집을 찾는 것은 간단한 일이었다. 종로경찰서로 전화해서 조사계 김 순경에게 물으면 2분이면 끝난다. 하지만 김 순경이 알면 방 형사가 모를 수 없다. 번잡하게 할 생각은 추호도 없었다. 숨길 수 있다면 숨겨야 했다.

가까운 파출소를 찾았다.

순찰을 나갔는지 남산리 파출소 안엔 순경 한 명만 자리를 지키고 있었다.

"무슨 일이십니까?"

의아한 눈으로 그를 바라보는 순경에게 강력8반 신분증을 꺼내 보이며 말했다.

"좀 확인할 게 있습니다."

놀란 눈이 된 순경에게 양보 받은 자리에 앉으며 강 형사는 '촌동네 파출소에서 강력8반 형사를 보는 것이 쉽지 않지' 하며 내심 으쓱했다.

경찰 데이터베이스에서 쉽게 찾을 수 있었다.

안철균. 남자. 36세. 군인. 계급 중사. 소속 해병 2사단 공병대.

하지만 그 밑에 있는 내용을 보는 순간 눈이 튀어나오는 줄 알았다.

처 박신애, 31세. 무직.

딸 안영옥, 5세.

눈알이 터질 것처럼 팽팽해지고 팔뚝 힘줄이 부들거리며 경련이 일어났다.

차츰 숨을 길게 내쉬며 마음을 다잡았다. 결혼한 직업군인이어서 부대 밖에서 출퇴근하는 것 같았다. 주소를 수첩에 옮겨 적고 자리에서 일어섰다. 절대로 용서치 않겠다는 시퍼런 생각이 솟구쳤다.

조금 과민하게 얼떨떨해 하는 순경에게 고개를 까딱하고 파출소를 나왔다.

이상하다는 느낌보다 터져 나오려는 분노를 어떻게 다스려야 할지에 더 신경을 쓰고 있어서, 강 형사는 화들짝 놀라는 순경의 행동을 대수롭지 않게 여겼다. 그가 파출소를 나간 후 다급하게 전화기를 드는 순경의 모습도 당연히 보지 못했다.

AM 01:20

고속도로를 달리던 마티즈 뒤에 얌전히 앉아서 예쁜 키티를 자장자장하던 꼬마 여자애가 물었다.

"엄마, 엄마?"

조수석에 앉아 졸고 있던 여자가 신경질 가득한 얼굴로 답했다.

"왜?"

정말 궁금하다는 듯이 머리를 뒤로 예쁘게 땋은 꼬마가 물었다.

"저 차들은 왜 저래?"

"뭐가?"

"저어기 차들 말야."

또 무슨 소리냐며 퉁명스런 말을 내뱉으려는데, 멀리서 차들이 경광등을 번쩍거리며 달려들고 있었다. 그러더니 시끄러운 소리를 뿜어대며 달려와 왱하며 바로 옆을 스쳐 지나갔다. 깜짝 놀란 그녀는 부딪힐 듯 스쳐 지나간 차들 때문에 입을 다물지 못했다. 마티즈 핸들을 쥔 남편은 식겁해 제정신이 아니었다.

시끄러운 사이렌을 미친 듯이 울리며 고속도로를 달려가는 차들이 군용이라는 것도 그렇지만 정작 문제는 그게 아니었다. 그 차들이 도로 갓길을 놀라운 속도로 역주행했기 때문이었다.

하마터면 군 트럭에 마티즈가 부딪혀 확 돌아가 버렸을지도 몰랐다. 미친 듯이 울리는 사이렌 소리가 멀어지고 나서야 비로소 가슴을 쓸어내렸다.

차들이 지나가는 그 짧은 순간이 영원처럼 길었다.

어제 세종로 폭탄테러로 놀란 그녀의 머릿속엔 딱 한 가지 생각밖에 떠오르지 않았다.

'저…… 정말 전쟁이 났구나……'

고속도로 중앙분리대를 넘어설 수 있는 곳에 다다라 방 형사 일행이 비로소 고속도로 상행선 쪽으로 이동했다. 그러자 속도는 더 빨라졌다.

강화로 미친 듯이 달려가는 소나타 안에서 윤 소령은 해병2사단 수색대에 작전 지시를 내렸다. 그녀의 차갑고 사무적인 말이 귓속에 파고들 때마다 묵직한 불안이 더해졌다.

방 형사의 머릿속은 온갖 시나리오가 뒤섞였다. 그 어떤 것도 해피엔딩은 없었다. 그녀가 할 수 있는 최선은 그 누구보다 먼저 강 형사에게 가는 것뿐이었다. 그 다음은 떠오르질 않았다.

아무리 밟아대도 엔진만 터질듯이 웅웅거릴 뿐 도무지 속도가 오르질 않았다. 벤츠를 샀어야 했다는 후회를 처음으로 했다. 눈물이 날 것 같았다. 그때 방 형사의 오른 팔뚝에 서늘한 것이 느껴졌다. 윤 소령의 손이었다.

"반장님, 너무 걱정 마세요. 해병대에서 상황을 확보하고 대기할 겁니다. 제가 가지 않으면 절대 발포하지 않아요."

마음을 콕 찍은 말이었다.

하지만 저들을 몰라도 너무 모르는 말이었다. 우발사고를 가장해 수십 명이라도 해치우려면 해치울 자들이었다.

남원으로 향하던 그들이 강화로 급히 방향을 튼 것은 김 순경이 연락했기 때문이었다. 강화 남산리 파출소에 강 형사가 나타났던 것을 당직 순경이 보고했다는 것과, 혼자인 데다 경험이 부족해 강 형사를 보고도 우물쭈물했다는 순경의 변명까지 전해주었다.

방 형사는 그가 천연덕스럽게 나타난 것이나 버젓이 파출소로 들어가 경찰 데이터베이스를 사용한 것을 보면, 그가 범인이 아닐 거라고 윤 소령에게 말하고 싶었다. 어수룩하게 자기 집에 폭약을 숨긴 것도 그랬다. 하지만 모두 심증과 가정일 뿐이었다. 그런 것은 언제든지 반대편으로 뒤집힐 수 있는 것이기도 했다.

갑자기 전화가 울렸다. 차출되어 임시로 강력8반에 배치된 한 형사의 번호였다. 스피커폰으로 받았다.

—반장님, 출입국사무소도 확인하고 직원들과 함께 그동안 압수한 물건들을 모조리 조사했습니다.

서론이 길었다. 없다는 말이었다.

—말씀하신 폭약은 없었습니다. 그리고 마 형사님도 같이 있는데, 인터폴에 조회한 결과 테러단체들의 특별한 움직임이 포착된 것은 현재까지 없답니다.

"고생하셨어요. 그럼, 지금 즉시 신 형사를 찾아 강화로 가세요. 저도 곧 갑니다."

그러고는 강 형사가 데이터베이스에서 조사했던 안철균의 주소지를 불러주었다. 윤 소령의 말만 듣는 군대보다는 임시로 차출되긴 했어도 경찰들이 주위에 있는 것이 나을 것 같았다. 그런 생각을 아는지 윤 소령은 무전기를 들어 해병대 수색대장을 찾았다.

"송 중령님, 기무사 윤소영 소령입니다. 제가 갈 때까지 위치를 확보하고 대기하셔야 합니다. 지금 쫓고 있는 자는 용의자일 뿐입니다. 그리고 현직 경찰입니다. 무슨 말인지 아시겠죠?"

군과 경찰이 직접 충돌하는 일이 발생해서는 안 된다는 말이었다.

—예, 알겠습니다.

방 형사는 고개를 돌려 자기 마음을 환하게 들여다보고 있는 것 같은 그녀의 하얀 얼굴을 보았다. 자신보다 상급자를 자연스럽게 하대하면서도 눈 하나 깜짝하지 않는 그녀의 차가운 얼굴이 들어오자, 한 가지 생각이 떠올랐다. 비로소 이제야 이런 생각을 한 것이 신기할 정도였다.

군은 서울 한복판이 폭파된 엄청난 사건을 이 가냘파 보이는 여자 소령에게 전권을 위임했다. 군에 유능한 요원이 윤 소령밖에 없다는 것은 말도 되지 않는다. 폭발물 전문인 그녀가 적임자라 해도 마찬가지다. 다른 지휘관을 세우고 밑에서 보좌하게 할 수도 있었다. 그런데도 윤 소령을 앞세웠다.

'왜 하필 이 얼음공주인 거지?'

AM 02:00

방죽 건너로 아파트 서너 채가 서 있는 것이 시골치곤 제법 규모 있는 동네였다. 드문드문 어두운 가로등에 지나는 사람은 아무도 없었다.

강 형사는 멀리 개 짖는 소리를 들으며 논둑길을 따라 걸었다. 필요 이상으로 흥분했던 마음이 가라앉았다. 당장이라도 요절낼 양이었는데, 애꿎은 처와 다섯 살짜리 딸이 맘에 걸렸다. 처음엔 영주를 더 비참하게 한 여자라는 근거 없는 적개심을 피웠지만, 그런 놈과 사는 여자라는 생각이 들자 애처로움이 생겼다. 하지만 놈을 곱게 놔줄 생각은 없었다. 안방에 쳐들어가 목을 잡아채서 끌어낼 작정이었다.

논둑길을 벗어나 창고로 쓰는 임시 가건물 서너 채를 지났다. 연립주택들이 늘어선 골목을 지나, 동네 외곽 쪽으로 조금 오래돼 보이는 기와집들이 다닥다닥 붙은 곳을 향했다.

집은 찾기 쉬웠다.

떨어진 대문을 한쪽 벽에 세워놓은 집이었다. 적막하다 못해 기괴스러운 기운이 이는 것이 마당에 널어놓은 빨래들만 아니면 흉가라고 해도 틀리지 않을 것 같았다.

비누통 옆에 찌그러진 양은세숫대야가 엎어져 있는 수돗가를 지나쳐, 부엌으로 보이는 문 옆에 몸에 바짝 붙였다. 조심스레 집안의 기척을 살폈다.

낮은 마루가 있고 그 양쪽으로 방이 하나씩 붙어 있는 옛날식 집을 제대로 관리를 하지 않아 더 추레했다. 마루 대들보에 메주와 약초로 보이는 거무죽죽한 것을 새끼줄로 매달아 놓은 것이 눈에 띄었다. 마당에 들어설 때부터 이상하다 싶었던 냄새의 근원인 듯했다. 안방문은 방풍을 위해 비닐로 덧댔는데 비닐에 찌든 먼지가 진득했다. 겨울을 지내고 미처 뜯어내지 못한 것이 아니라 사시사철 죽 쓰는 것 같았다.

허름한 외관이 강 형사의 마음을 더 심란하게 했다. 달빛은 어두웠지만 건너편 골목길에 서 있는 보안등 덕분에 어스레했다. 독살스런 기분이 차츰 풀어지려 할 때, 영주의 목소리가 떠올랐다. 잊었던 분노가 또렷이 팔딱거렸다. 흥분을 누르며 마루에 올라갔다. 코를 마비시킬 것 같은 메주 냄새와 약초 냄새 사이로 미묘한 냄새가 섞여 들었다.

그 순간 괴괴하게 어두운 가운데 꼭 있어야 할 것이 하나 없다는 느낌이 그의 신경을 자극했다. 분노와 흥분 사이를 오가며 잊고 있던 직업적 육감이 소리쳤다.

'너무 조용해. 너무 조용하다고……'

아드레날린이 솟구치며 도망치라고 외쳤다.

하지만 바로 눈앞에서 물러설 수는 없었다. 강 형사는 천천히 속으로 숫자를 세며 총을 꺼내 쥐고는 안방 문을 세차게 열어젖혔다.

순간 비린내가 확 얼굴에 끼쳤다.

총구가 향한 어둠 속에 움직이는 것은 아무것도 없었다. 질식할 것 같은 어둠 속에는 토할 것 같은 비린내만이 터져 나왔다.

강 형사의 머릿속에서는 어두운 고함이 천둥을 쳐댔다.

방 안에서는 안 중사와 그의 처가 거무튀튀한 피의 강물 속에 나란히 누워 홍건히 젖어가고 있었다.

AM 02:30

강 형사는 터질 듯한 가슴을 억지로 눌러댔다. 범죄현장에 다가간 것은 형사의 본능이었다. 총을 집어넣고 손전등을 꺼내 들고 시신을 살폈다. 둘이 나란히 이불을 덮고 자는 모습이, 갑작스런 충격에 놀라 부릅뜬 눈과 검붉은 피만 아니라면 평온하다고 해도 괜찮았다. 데이터베이스에서 본 사진을 떠올렸다. 죽은 자는 안 중사가 틀림없었다.

덮고 있는 이불이 홍건히 젖다 못해 바닥까지 질펵하게 피가 고였다. 재빨리 머리 쪽으로 돌아가 시신을 살폈다. 대검으로 머리맡에서 안 중사부터 해치운 것이 분명했다. 입을 막고 단번에 목을 그은 것이나, 군인의 예민한 감각에도 깨지 않을 정도로 은밀하게 방 안에 잠입한 것 모두, 전문가의 솜씨였다.

아무리 방풍용 비닐로 덧댄 문이었다고 해도 피 냄새를 미리 맡지 못했다는 것은 심각한 실수였다. 메주 냄새와 약초 냄새가 섞여 있었다고는 해도 변명의 여지가 없었다. 형사로서 실격이란 자괴감과 함께 짙은 비린내로 머리가 터질듯이 곤두선 신경이 그를 사납게 할퀴어댔다.

순간 강 형사는 어둔 심연의 구덩이에 곤두박질하는 것 같은 기분이 들며 눈이 커졌다. 밀려오는 불안보다 두려움이 먼저 그의 뒤통수를 쳤다. 머릿속에 빨간불이 켜지며 사이렌 소리가 찢어질 듯 윙윙거렸다.

'뛰어! 이 멍청아!'

강 형사는 무의식적으로 안방에서 뛰어나가 퉁탕거리며 마루를 밟고 그대로 대문 밖으로 뛰었다.

피가, 피가 채 굳지도 않은 상태였다. 그건…… 살인자가 바로 옆에 있다는 말이었다.

급한 숨을 몰아쉬며 골목에 들어서려는 순간이었다.

"꼼짝 마!"

짧고 강렬한 목소리가 골목 저쪽에서 울렸다. 젊은 목소리라고 판단한 순간 그대로 몸을 굴리며 들어가려던 골목을 벗어났다.

타다당— 타다당—

총을 쐈다는 생각에 강 형사는 놀라 당황하고 말았다. 저도 모르게 반응했다.

탕, 탕, 탕—

품에 총을 꺼내 골목 저편으로 응사했다. 저쪽에서도 총알이 날아왔다.

드륵— 드륵— 드르륵—

분노와 흥분으로 들뜬 머릿속은 팽팽 돌아갔다. M16을 점사로 쏘는 소리였다.

'군대? 군대가 왜?'

생각과 동시에 시꺼멓게 밀려들 군인들이 떠올랐다. 본능적으로 보안등을 쐈다. 순간적으로 주위가 컴컴해졌다. 잠시 저쪽에서 우왕좌왕하는 순간을 놓치지 않고 강 형사가 재빨리 연립주택들이 늘어져 있던 곳으로 달렸다. 머릿속은 온갖 의혹의 그림자가 쏜살같이 지나쳐 갔다.

'즉각적으로 응사했다. 누군지 살피지도 않고…… 사살할 생각이다. 도대체 무슨 일이……'

심장이 손발과 따로 놀며 터질 듯이 난리를 피워댔다. 탁한 숨을 내쉬며 강 형사는 일단 눈앞의 한 가지 분명한 사실에 집중하기로 했다. 중요한 것은 오직 하나였다.

살아야 했다. 무조건 살아야 했다.

AM 03:00

"정해진 대로 했을 뿐입니다, 소령님."

해병2사단 수색대 송영식 중령의 말투는 능청스러웠다.

방 형사는 종이컵의 커피를 홀짝거리며 둘을 흘낏 살폈다. 마을 회관에 마련한 임시 지휘본부는 긴장감으로 팽팽해졌다. 상황판을 적던 장교 하나가 조심스레 자리를 빠져나가 버렸다. 윤 소령의 목소리가 날카로워졌다.

"정해진 것은 딱 하나였습니다. 대기하라는 것, 그것이었죠."

"그러나 도주하는 적에 대응하는 것은 현장지휘관의 재량에 속합니다."

송 중령의 무시하는 듯한 언사에 윤 소령의 눈빛이 매서워졌다.

"현장지휘관은 접니다, 송 중령님."

"물론 윤 소령님이 모든 지휘권을 가지고 계시지만, 그때 불행히도 현장에 계시지 않으셨습니다. 그러니 사건 당시 현장지휘권은 제게 있는 겁니다."

송 중령은 물러서지 않았다. 아니꼽다는 뉘앙스가 다분했다.

"그렇군요. 그럼 그 지휘는 분명 제 관할이 아니군요?"

말소리에 서릿발이 뻗쳤다. 하지만 중령은 여전히 빈정거렸다.

"그렇습니다, 소령님. 이제 정확히 이해하시는군요."

순간, 윤 소령이 싸늘한 미소가 입술 사이로 배어나왔다.

"그럼, 강태혁 형사 도주에 대한 책임이 전적으로 중령님께 있군요."

"예에?"

"생포할 수 있었던 세종로테러 용의자를 성급하게 총을 쏴서 도주시킨 과실을 어떻게 설명할 생각이십니까?"

"그건……."

"그리고, 사살하라는 명령을 내린 기억은 없는데 누가 발포한 겁니까? 발포명령을 누가 내렸습니까? 생포와 사살의 차이도 모르십니까?"

"저흰 교본 수칙대로 정확하게……."

윤 소령이 단칼에 잘랐다.

"교본대로? 정확하게? 누구인지 확인되지도 않은 민간인을 향해 총을 쏴대는 게 교본대로 정확한 겁니까? 중령님?"

"그게 아니라……."

"송 중령님! 계속 교본 타령만 하실 겁니까? 상대는 강력8반 베테랑 형사였습니다. 그따위 교본쯤은 몇 개라도 만들 수 있는 자라고요."

"그런 게 아니라……."

"할 말씀이 '그게 아니라'밖에 없으십니까? 현장을 지휘하셨다니, 좋습니다. 자세한 현장상황을 오늘 09시까지 기무사로 출두해서 보고하세요. 아니면 당장 강 형사를 잡아오든지요."

부르르 떨며 일그러지는 대대장의 얼굴에 윤 소령은 마지막 일격을 꽂았다.

"당장 뒷산을 이 잡듯 뒤지세요. 강 형사 그림자라도 들고 오세요. 없으면 만들어서라도 가져오세요. 그렇지 않으면 남은 인생 집에 가서 사모님 뒤치다꺼리나 하셔야 할 겁니다. 알겠습니까?"

그러고는 무시하고 돌아서서는 방 형사에게 말했다.

"죄송합니다, 반장님. 추한 꼴을 보여드렸군요. 저희 군이 원래 이렇게 허접스럽지는 않습니다."

윤 소령의 뒷머리를 금방이라도 내려칠 듯한 송 중령의 불끈거리는 주먹과 핏대 선 목에 굵은 심줄이 터질 듯이 꿈틀거렸다. 하지만 죽일 듯이 노려보던 송 중령은 고개를 홱 돌리며 나가 버렸다.

송 중령이 나가자 윤 소령의 표정이 조금 누그러졌다. 하얀 얼굴에 그려진 검은 수심은 이런 일이 그동안도 여러 차례 반복되었다고 말해주는 것 같았다.

확실히 윤 소령은 중책을 떠맡을 만큼 냉철하고 노회했다. 자신이 보는 앞에서 송 중령을 사납게 몰아세웠다. 그렇게 강 선배에게 무턱대고 총을 쏴댄 것을 한마디도 항의하지도 못하게 만들었다. 이후 경찰에서 공식적으로 문제제기를 하면 송 중령을 희생양으로 내세워 목을 치는 것으로 일단락 지을 것이 분명했다.

하지만 방 형사는 뭔지 모를 위화감을 느꼈다. 지휘본부 밖으로 나서는 윤 소령을 따라 나서면서 그 이유를 곰곰이 되새겼다.

윤 소령은 아무리 유능해도 소령이었다. 계급은 물론 나이도 현장 지휘관과 대거리하기엔 벅찬 위치였다. 거기에 여자이기까지 했다. 빼어난 미모도 도움이 되기보다는 걸림돌이 되기 쉬웠다. 겉으로는 예예 해도 속으로는 온갖 상상을 해대며 그녀를 희롱할 것이 뻔했다. 그런데도 윤 소령이 전권을 쥐고 있었다. 그건 이번 사건 전체에서 그랬다.

문득 방 형사는 조금 전 상황이 떠올랐다. 그리고 기묘한 위화감의 정체를 깨달았다.

윤 소령은 정보를 맡은 고급장교일 수는 있어도 현장지휘관은 아니었다. 그런데도 송 중령은 윤 소령의 지휘를 받을 수밖에 없었다. 모두 그렇게 임무를 부여한 군 위쪽의 결정 때문이다. 방 형사는 잘 알고 있었다. 생각처럼 우리나라 군대가 멍청하지도 않고 주먹구구도 아니란 것을. 그런데도 윤 소령을 총책임자로 임명했다. 결국 기묘한 위화감의 본질은 한 가지를 말해주었다.

'강 선배는 달아나겠구나.'

하지만 기쁘지 않았다. 왜냐하면 그건 송 중령이 무능해서가 아니라 윤 소령이 지휘해서이고 윤 소령이 지휘하는 것은 그보다 더 위에서 이루어지는 큰 전략에 따른 것일 뿐이기 때문이다.

강 형사를 여기서 잡을 생각이 아닌 거였다.

벌집이 된 동네는 완전히 깨어 버렸다.

느닷없는 총소리와 한 무더기 쏟아져 나와 있는 군인들을 이상하지 않게 볼 사람은 아무도 없었다. 으레 있던 작전이란 말로는 의심을 가라앉히기 힘들었다. 평소 고참에게 불만이던 신병이 참지 못하고 탈영했다는 시나리오로 밀고 나가기로 했다. 정훈장교들은 정해진 수순대로 마을 이장과 주민 대표들을 안돈시키고 있었다.

그런 광경을 윤 소령은 말없이 응시했다. 윤 소령이 입을 열었다.

"상황이 어려워지는군요."

"예?"

"강 형사님은 안 중사 집에 왜 왔을까요?"

방 형사도 그것이 궁금했다. 아무 연고도 없는 강화에 그것도 이 한

밤중에 나타난 것은 의외였다. 윤 소령의 시선이 어두운 하늘로 향했다.

"뭔가 급한 일이었겠죠. 그렇지 않다면 이 밤중에 왔을 리 없죠. 그렇겠죠, 반장님?"

그러고는 침묵했다.

침묵은 '왜 안 중사를 죽였을까요?'라는 것임을 방 형사는 모르지 않았다. 아직 분명한 결과가 나온 것은 아니지만, 정황은 확실했다. 게다가 도주 중이었다. 진실과 상관없이 불리했다. 아주 많이.

윤 소령이 말을 툭 던졌다.

"안 중사의 주특기가 폭파랍니다."

충격이 적지 않았다. 아찔했다. 올 것이 왔다는 느낌이었다. 수유리 강 형사의 반지하 방에서 눈으로 확인한 폭약과 저절로 연결되었다.

"조금 전에 해병 2사단의 폭약 상황을 철저히 조사하라고 지시했습니다."

윤 소령의 시선이 방 형사의 얼굴로 향했다.

"아무래도 콤포지션 C4는 여기서 유출된 것 같습니다."

윤 소령은 유령을 본 것처럼 해쓱해진 방 형사를 마을회관 마당에 홀로 둔 채 임시 지휘본부로 들어가 버렸다.

막막함에 하늘을 올려다보는 방 형사의 머릿속에 옛날 장 반장의 목소리가 들려왔다.

'우리는 장기판의 졸이야. 안개 속으로 그냥 내디딜 뿐이지…….'

하늘의 별이 생각보다 반짝였다.

'큰 그림은 장기알을 쥐고 있는 자만 알 뿐이지. 우린 나중에 알게 될 뿐이고…….'

하지만 하늘의 반이 어두웠다.

'물론 그땐 더 이상 되돌릴 수 없지. 그냥 그렇게 굴러가…… 끝나는 거야.'

먹구름은 밤에도 끼는 것 같았다.

AM 06:00

멀리서 동이 텄다. 그리고 한밤중의 소동에 모두 깨어 있던 사람들이, 이제 막 일어난 듯 움직이기 시작했다. 하나둘씩 집 밖으로 나온 그들은 누구도 막을 수 없는 정당한 권리를 내세웠다.

아이들은 학교에 가야 하고, 직장인은 출근을 해야 했다. 그들 모두를 이 잡듯 검문할 수는 없었다. 의심하려 들면 한도 끝도 없었다. 손녀를 데려다주는 할아버지도 있었고, 입사 면접에 늦겠다며 가로막아 세우는 해병대원에게 화를 내는 아가씨도 있었다. 해병 몇 기냐며 기수를 따지고는 군가를 불러보라며 자못 눈을 부라리는 꽃 배달 아저씨도 있었다.

택배도 들어왔고, 가전제품 고장 수리기사도 경계선을 넘어 작전구역 안으로 들어왔다. 새벽부터 와서 들이대던 기자들도 이젠 더 이상 억누를 수 없었다. PC방도 문을 열어야 했고, 미장원도 슈퍼도 영업을 해야만 했다.

해병2사단 수색대대와 뒤미처 도착한 강화경찰서 경찰들의 철저한 수색에도 강 형사는 잡히지 않았다.

임시 지휘본부로 사용하는 마을 회관에는 군 작전 지휘부와 강화경찰서 형사들 그리고 강력8반 모두가 모여 있었다. 팔짱을 끼고 있는 방 형사의 침묵에 마 형사와 한 형사도 입을 닫고 있었다. 신 형사만 이 와중에도 곱슬머리 위에 헤드폰을 끼고 쾅쾅 힙합 리듬을 헤드폰 밖으로 흘려 보내고 있었다.

피곤한 기색의 윤 소령에게 상병 하나가 뛰어왔다.

“신고가 들어왔습니다. 옷이 없어졌다고 합니다.”

윤 소령의 눈썹이 움찔했다.

“남자 옷?”

“그렇습니다. 그런데 그게 한 벌이 아닙니다.”

소령의 싸늘한 눈초리에 상병이 급히 덧붙였다.

“여섯 벌입니다. 그리고 미장원에 누군가 침투한 흔적이 있다고 합니다. 또, 과일가게와 슈퍼에도 간밤에 도둑이 들었다고 합니다. 세탁소도 엉망이라고 합니다.”

다른 해병이 뛰어 들어와 경례를 붙였다.

“301중대 2소대 이충호 일병이 벌거벗겨진 채 PC방에 쓰러져 있는 것이 발견되었습니다.”

윤 소령이 잠시 생각에 잠기더니 시계를 보고는 말했다.

“금일 07시 30분을 기해 너구리 작전을 종료한다. 이상.”

소령의 말에 주변에 있던 장교들이 잠시 놀라 멈칫하더니 이내 부산하게 움직였다. 윤 소령이 짧게 숨을 내쉬고 방 형사를 쳐다보았다.

“반장님, 이제 그만 가시죠. 강 형사님은 이미 작전구역을 벗어났어요.”

역시 예상대로였다. 방 형사는 피곤에 절어서 다행이라고 생각했다. 의심의 표정을 푸석거리는 피부 밑으로 숨길 수 있었다.

윤 소령은 전혀 그녀답지 않게 한숨을 섞어 말했다.

“졌어요. 이번에는 말이죠.”

이렇게 말하는 윤 소령은 평소의 눈빛과 말투가 되어 있었다.

AM 07:50

시외버스터미널 화장실 대변기 뚜껑을 내리고 앉은 강 형사는 종이 봉투에 싸들고 온 양복을 쓰레기통에 쑤셔 넣었다. 후줄근한 티셔츠에 청바지 차림이 되었다. 대변기에서 나와 세수를 하고는 멋대로 깎아 우둘투둘한 머리를 매만졌다. 깎지 않은 거무스름한 수염에 부은 눈, 영락없었다. 청바지 뒷주머니에 구겨 넣었던 짝퉁 뉴욕 양키즈 모자를 뽑아 쓰고 잠바를 걸쳤다. 제가 보기에도 거울에 비친 모습은 물건 떼러 가락동 시장으로 올라가는 과일장수로 보였다.

화장실을 나와 천천히 고속버스에 올랐다. 창가에 앉아 커튼을 치고 눈을 감았다. 간밤의 일이 주마등처럼 살아났다.

교본대로 움직이는 군인들은 한 가지만 생각한다. 간단한 암시에 걸리기 쉬웠다. 어린 일병 하나 기절시키고 옷을 뺏었다. 당연히 군인 틈에 섞일 생각은 없었다. 그저 미끼를 던졌을 뿐이다. 세탁소를 뒤집어놓고 불 꺼진 PC방 컴퓨터를 모두 켜 놓았다. 불을 지를까도 생각했지만 불이란 놈은 감당할 수 없는 마물이었다. 괴물을 풀어놓는 것은 최후의 수단이었다.

기다렸다. 시간은 저들의 편이면서도 자신의 편이었다. 출근하는 직장인이 되는 것은 쉽다 못해 한숨이 나올 정도로 가뿐했다. 그리고 그들이 쳐 놓은 라인을 벗어났다.

'하지만 도대체 무슨 일이…….'

강 형사는 피곤으로 온몸이 눅진거렸지만 잠은 오지 않았다. 불안이 목덜미에 엉겨붙어 떨어지지 않는 거미줄처럼 꺼림칙하게 신경을 자극했다.

'군대가 출동했다. 왜? 안 중사가 죽었기 때문에? 아니다. 그때는 아직

몰랐을 것이다. 그럼 왜?'

생각의 끝에서 얼떨떨해 하던 남산리 파출소 순경을 찾아냈다.

'거기서부터였군……. 그런데 왜 나를 쫓는 거지?'

방 형사에게 전화를 할까 생각했지만 지금은 아니라고 생각했다. 안 중사는 살해되었고 자신은 현장에서 도주를 했다. 이런 상황에 그녀와 접촉하는 것은 상황을 더 복잡하게 만들 수 있었다.

'그녀 옆에 감시자가 붙어 있을 거다. 통화 내역도 조회될 거고.'

집으로 보낸 사진 속 광경이 떠올랐다. 폐허가 된 세종로를 뒤로 홀로 서 있던 그녀의 모습이 눈에 새겨지듯 떠올랐다. 자신이 이런 함정에 빠져 있다면 그녀 역시 지금 위험한 처지였다.

'어쩌면……?'

자신을 통해 그녀를 엮어 놓으려는 건지도 몰랐다. 연락하면 그것으로 끝일지도 몰랐다. 이젠 어쩔 수 없이 혼자 해결해야 한다.

생각이 생각을 먹어댔다.

'세종로테러는 분명 일본 우익의 짓이다. 그래서 현진이의 사진을 내게 보냈던 것이다. 그런데…….'

아무리 생각해도 논리가 연결되지 않았다. 도저히 있을 수 없는 일이었다.

'일본 우익이 어떻게 우리나라 군대까지 움직인단 말인가?'

일본 공안44가 한배회와 손을 잡으면 불가능한 것은 아니었다. 하지만 제 나라 이익을 위해서는 어떤 미친 짓이라도 서슴지 않는 이기적인 두 집단이 서로 손을 잡을 확률은 제로였다. 제로.

'하지만 만에 하나…… 둘의 이득이 같다면……?'

강 형사는 저도 모르게 고개를 저었다. 그런 일은 불가능했다. 한국과 일본 우익이 서로 좋을 일이란 게 있을 수 없다.

'상식적으로 절대 있을 수 없다……'.

하지만 강 형사는 확신할 수 없었다.

세종로를 폭파한 것부터 이미 상식을 넘어섰다는 것을 잘 알기 때문이었다.

AM 09:40

"영옥이라고 했지?"

5살짜리 꼬마 여자애는 옆에 외할머니가 앉아 있지만, 주눅든 얼굴이었다. 두려운 눈으로 고개를 조금 끄덕였다.

"오늘 유치원에 못 갔네."

눈웃음 짓는 방 형사의 말에도 꼬마의 얼굴은 풀어지지 않았다. 아빠는 부대에 출근하고 엄마도 화장품 외판원을 하다 보니 하루 종일 집이 비어 있었다. 그래서 바로 옆 동네 사는 외할머니가 돌보고 있었다. 덕분에 참극을 피할 수 있었던 거였다.

"그냥 몇 가지 물어보려고 그래. 괜찮겠지? 옆에 할머니도 계시네, 그치?"

아직도 긴장한 기색이지만 고개를 끄덕였다. 그렇지만 눈은 자꾸 뒤쪽을 향했다. 방 형사가 고개를 돌려 보았다. 화이트보드 상황판 앞에 덩치 큰 마 형사가 서 있었다.

"저 아저씨가 무서워?"

말이 떨어지기 무섭게 주눅든 표정으로 끄덕였다. 설렁한 회의실 분위기도 한몫했다. 강화경찰서에서 임시로 내준 곳이었다.

"걱정 마, 괜찮아. 저 아저씨 무섭지 않아. 형사거든."

진정시키려고 한 말이 오히려 여자애를 자지러지게 만들었다. 꼬마는 울며 할머니 품에 안겨버렸다. 방 형사의 지시로 마 형사가 신경질적으로 머리를 긁으며 나간 후에도 아이는 한참을 그치지 않았다.

겁에 질려 울어대는 5살짜리를 보며, 방 형사는 착잡하기 그지없었다.

안 중사의 사인은 기도 절단에 의한 호흡곤란과 과다출혈이었지만, 온몸에 타박상이 있었다. 부대 훈련 중 생긴 것이란 소견이 나왔다. 사망 시각은 새벽 2시 전후로, 강 형사가 그 집에 있었을 시간과 일치했다. 무엇보다 도주한 것이 문제였다. 안 중사 집 안방과 방문에 한가득인 강 형사 지문과 함께 조서를 꾸미면 당장이라도 지명수배를 내릴 수 있었다.

윤 소령 말대로 폭파 전문가인 안철균 중사는 부대 내 폭약을 관리했다. 거기에 둘은 초등학교 동창으로 밝혀졌다. 그간 전혀 접촉이 없던 둘이 갑작스레 만났는데, 한 명은 죽었고 한 명은 도망쳤다. 게다가 도망친 한 명의 집엔 산더미처럼 군용 폭약이 쌓여 있었다. 하나님이 변호인석에 앉아도 벗어나지 못할 상황이었다.

꼬마의 울음이 차츰 잦아들자, 할머니가 면구스러운 듯 말했다.

"야가, 아무튼 며칠 전부터 이런다요. 제 애비 부하나 친구들이 다 억신 군인들이어서 그라지 않았는디, 왜 이라는지 당최 모르것서요. 애비가 며칠 전에 누구와 크게 다툰 것 같던디 그때부텀 이러더라구요."

가슴이 두근거렸다.

'그럼 안 중사 몸의 타박상은 훈련 중에 난 것이 아니라 누군가와 다투다가?'

방 형사는 의자에서 일어나 여자애 앞으로 가 쪼그려 앉았다. 눈높이를 맞추며 말했다.

"영옥아, 언니가 한 가지만 물어볼게. 그래도 괜찮겠지?"

부드러운 목소리에 조금 진정이 됐는지, 울먹거리며 입을 열었다.

"어…… 언니는 형사 아니야?"

순간적으로 스치는 것이 있었다.

"어, 아니야. 아까 나간 그 아저씨만 형사야. 언니는 아니야."

비로소 아이가 입을 열었다.

"그런데 왜 여기 있어?"

물기 어린 눈이 호기심으로 반짝였다. 조금 진정된 듯했다.

"영옥이 크림빵 주려고 왔지."

하고는 가방을 열어 크림빵을 꺼냈다. 아침 대신 자판기 커피를 뽑을 때, 번들거리는 얼굴로 한 형사가 건넨 것이었다. 지칠 줄 모르고 들이대는 느끼한 한 형사가 처음으로 고마웠다.

"어때, 맛있겠지?"

빵을 쥐어든 꼬마가 힘들게 끄덕였다.

"자, 그럼 크림빵 먹기 전에 한 가지만 물어봐도 되지?"

조금 전보다 끄덕이는 것이 빨라졌다.

방 형사는 결심하고 핸드백 속에 있는 지갑을 열었다. 그리고 간직하고 있다는 것만으로도 행복한 오래된 사진 한 장을 속에서 꺼내 들었다.

"자, 이 아저씨 알겠어?"

사진을 보는 순간, 꼬마는 다시 울먹거렸다. 급히 사진을 감추고 달랬다. 하지만 울음이 터져 버렸다.

방 형사는 불길한 화살이 가슴 한복판을 뚫고 지나간 듯했다. 관자놀이가 지끈거리며 멍해졌다. 그리고 스스로에게 물었다. 자신이 정말 강 형사에 대해 얼마나 잘 아는지를.

그녀는 자신의 손에 쥔 사진을 내려다보았다.

바람개비 달린 싸구려 머리띠를 머리에 쓴 여고생이 예쁜 척 생글거리는 옆에, 그런 그녀를 보며 한심스럽다는 표정을 한 남자가 서 있었다. 그때나 지금이나 신경질적인 눈매는 하나도 변하지 않았다.

죽은 안 중사의 5살짜리 딸이 겁에 질려 울먹였다.

"그…… 아…… 아저씨가…… 형사랬어…… 으아앙……."

PM 01:50

해병2사단을 현장조사하고 돌아온 윤 소령의 표정이 어두웠다. 방 형사가 커피를 마시겠냐며 묻자 소령이 말없이 끄덕였다. 일어나 종이컵에 커피믹스를 찢어 넣었다.

"짐작대롭니다. 거기서 반출됐습니다."

자기들이 보유하고 있던 C4 폭약이 없어졌다는 것도 모르고 있던 부대는 얼음공주의 출현에 발칵 뒤집혔다. 사단장까지 뛰어내려와 진땀을 빼며 현장을 같이 돌았다.

"사라진 폭약의 일련번호가 수유리에서 회수한 폭약과 일치합니다."

컵에 뜨거운 물을 붓는 방 형사는 듣기만 했다. 어느 정도 짐작했던 일이기도 했다. 세종로에서 기모노 입은 여자 인형을 볼 때부터 느꼈던 불길함이 막상 터지자 오히려 담담했다.

방 형사의 마음이 무거운 것은 그것 때문이 아니었다. 강 형사가 전화를 꺼놓고 고향 남원으로 갔고 다시 이 강화로 혼자 움직였고 그리고 이젠 어디로 갔는지 모른다는 것 때문이었다. 수유리 폭약도 안 중사 피살도 모두 함정이겠지만, 아무 말도 연락도 않는 그 이유가 불안했다.

"문제는 양입니다."

커피를 젓던 방 형사가 고개를 돌렸다. 새로운 불길함이 가슴을 두근거리게 했다.

"채 반이 안 됩니다."

방 형사의 눈빛을 읽은 윤 소령이 건조하게 말했다.

"세종로테러에 쓰인 것과 수유리에서 회수한 것을 합해도 안 중사가 빼돌린 양의 반이 안 됩니다."

그것은 나머지 폭약이 어딘가에서 터지지 않는다고 아무도 장담할 수 없다는 뜻이었다. 눈앞이 캄캄해졌다.

방 형사가 건네주는 종이컵을 받아든 윤 소령이 의자에 앉았다.

"현재로선 안 중사가 강 형사님과 공범일 확률이 높습니다."

그렇게 보지 않는 것이 오히려 이상할 정도로 명확한 증거가 눈앞에 있었다. 방 형사는 입을 열 수 없었다.

소령이 받아든 커피를 한 모금 홀짝이며 말을 이었다.

"안 중사를 살해한 것은 폭약 출처에 대한 입막음일 가능성도 없진 않습니다만……."

이건 아니다. 살인이라니. 방 형사가 입을 열었다.

"오히려 죽여서 더 티가 나지 않겠어요?"

종이컵을 입으로 가져가던 윤 소령이 손을 내렸다. 더없이 차분한 모습이었다.

"반장님 말씀은 그러니까, 안 중사를 죽이면 주목하지 않았던 그를 오히려 주목하게 된다, 그런 말씀이신 건가요?"

"그래요. 그가 죽었기 때문에 해병2사단에서 폭약이 반출됐다는 것을 쉽게 찾게 된 거잖아요. 그러니까 강 선배가 죽였다고 단정하는 것은 잘못 아닐까요? 오히려 누군가가 강 선배를 모함하기 위해서 안 중사를 죽였을 수도 있는 거죠. 안 그래요?"

말을 하다보니 차츰 목소리에 자신감이 배어들었다.

"만약 강 선배가 세종로테러범이고 공범인 안 중사를 입막음할 목적으로 살해하려 했다면, 그게 왜 하필 지금일까요? 세종로테러 전에 살해하는 게 더 낫지 않을까요? 이미 테러에 쓸 폭약은 받았을 테니까요."

커피를 마시며 가만히 듣기만 하던 윤 소령이 끄덕였다.

"반장님 말씀이 옳습니다. 지극히 타당합니다."

하지만 표정은 반대였다. 그것이 불안했다. 윤 소령과 함께 있으면 언제나 불안했다. 모르던 뭔가가 툭 튀어나올 것만 같았다. 그리고 정말 그랬다.

"맞는 말씀인데요, 반장님. 만약 안 중사가 죽어야 할 이유가 그때가 아니라 지금 막 생겼다면 어떻게 하시겠습니까?"

"예?"

윤 소령이 입가만 엷은 미소를 지었다.

"어젯밤 강 형사님을 남산리 파출소 근처에서 국화리까지 태워준 택시기사를 찾았습니다."

아차 싶었다. 얼음공주가 또 한발 앞서 버렸다.

"기사는 똑똑히 기억하더군요. 제대로 말도 못 붙일 만큼 무서웠다고. 뭐라도 당장 요절 내버릴 것처럼 단단히 굳은 얼굴이었다고 말했습니다."

윤 소령이 종이컵을 테이블 위에 놓았다.

"안 중사가 지금 죽은 것은 죽을 이유가 지금 막 생겼기 때문입니다."

말투는 부드러웠지만 단호한 확신이 깔려 있었다.

"그게 뭐죠? 혹시, 안 중사가 자수하려 해선가요? 하지만 자수해도 이 정도 사안이면 군법회의에서 종신형 이상은 나올 것 같은데요?"

"맞습니다. 폭약 유출 하나만 해도 심각한 범죄니까요."

소령의 비웃음이 짙어졌다.

"그런데 안 중사가 자수한 것이 아니라 범인을 잡은 것이라면 어떻게 될까요?"

"예?"

"안 중사가 세종로를 폭파한 희대의 테러범을 잡는 데 혁혁한 공을 세우면 어떻게 되냐는 겁니다."

순간 방 형사의 머릿속엔 상상할 수 없는 것들이 그려지기 시작했다.

"저희가 수유리 강 형사님 집에 있는 폭약을 어떻게 찾았다고 생각하세요?"

그게 내내 궁금했다. 윤 소령이 말할 의도가 없어 보여서도 그랬지만 정신없이 몰아치다 보니 그것을 미처 묻지 못했다.

"특수부에 신고전화가 접수되었습니다. 외부에서 특수부로 연결되는 통화내용은 모두 녹음이 되더군요."

방 형사의 머릿속에 안개처럼 흐릿하던 그림이 차츰 선명해졌다.

"안 중사가 딸 생일잔치 때 찍어놓은 비디오를 안 중사 집에서 찾았습니다. 생일축하 노래를 부르는 안 중사의 목소리도 들어 있었습니다."

점점 그림이 선명해질수록 방 형사의 정신은 아마득해져 갔다.

"특수부로 걸려온 전화의 성문聲紋과 비교해 봤습니다."

방 형사의 흔들리는 눈망울을 똑바로 쳐다보며 윤 소령이 말했다.

"그렇습니다. 강 형사님 집에 폭약이 있다고 신고한 것이 바로 죽은 안 중사였습니다."

PM 05:40

방 형사는 종로를 따라 걸었다.

도대체 무엇을 구경하겠다는 것인지 폴리스라인을 따라 사람들이 계속 덤벼댔다. 땀을 비질비질 흘리며 폴리스라인에 서 있는 경찰들, 위령제를 지내야 한다고 난리를 피우는 사람들, 정체불명의 단체에서 나온 노인들까지 피켓을 들고 목소리를 높여댔다. 영업에 막대한 차질을 빚고 있다며 고성을 질러대는 상가 주인들과 약삭빠르게 포장마차를 끌고 나와 장사를 하는 사람들의 호객소리가 눈살을 찌푸리게 했다. 그들에겐 바로 옆에 주저앉아 눈물을 닦는 사람들과, 실신 직전의 아주머니들이 서로 엉겨 울부짖는 것이 보이지도 들리지도 않는 듯했다. 여기에 불쑥 마이크를 들이대고 말로만 미안하다는 리포터들과, 흔들리는 카메라를 들이대는 내외신 기자들까지 가세해서 세종로 주변 상황은 전쟁통을 방불케 했다.

흥분한 목소리, 울부짖는 눈, 얍삽한 손짓, 한숨 쉬는 입술, 번잡한 발길, 세상이 두 쪽 나도 심드렁한 몸짓……. 다들 폐기처분해야 할 시효 지난 아드레날린 주사를 맞은 듯 날뛰었다. 하나하나는 틀린 것이 없지만, 모두가 합해져서 기묘하고 비틀어진 것들을 만들어내고 있었다.

혼란을 틈타 가져다 버린 잡다한 생활 쓰레기와 먹다 버린 음식물 찌꺼기들이 뒤섞여 썩는 내가 방 형사의 코끝에 진동했다. 저절로 인상이 찌푸려졌지만 머릿속도 별반 나을 것은 없었다.

강 선배가 말도 없이 남원으로 내려갔다. 세종로가 이렇게 난장판이 되었는데도, 연락 하나 없이……. 집에는 폭약이 발견되고 그걸 유출한 것이 분명한 안 중사는 살해되었다. 그곳에 강 선배가 있다가 도주했다. 5살짜리기는 해도 안 중사의 딸이 안 중사와 강 선배가 심하게 다투었다고 증언했다. 누군가 흉내 내 어린애 하나 속이는 것은 일도 아니겠지만…….

방 형사는 마음이 무거웠다. 아니라고, 함정이라고 강변하기에는 너무 많은 전제와 무리수가 필요했다. 그래서 다시 처음부터 사건을 따져 내려갔다.

누가 어떤 이유에서였든 세종로를 폭파시킨 것은 과도했다. 일본 우익 공안44가 했다고 해도, 이건 수습이 불가능할 정도로 큰 문제였다. 강 형사를 테러범으로 모는 정도로 간단히 끝날 문제가 아니었다.

윤 소령이 말했었다.

'어떤 경우든 세종로테러를 강 형사님 혼자서 하기는 불가능해요. 세종로 지하도 천장과 기둥 등 모두 여덟 곳에 정확한 양의 폭약을 썼어요. 많지도 적지도 않게 그야말로 적절한 양만큼만 썼어요. 전문가란 말이죠. 다른 건 몰라도 강 형사님이 폭파 전문가는 아니지요.'

그녀는 찾지 못한 폭약 때문에 신경이 곤두서 있었다. 아직도 세종로를 서너 번도 더 폭파시킬 폭약이 시중을 떠돈다는 것은 군 입장에서 정말 엄청난 문제였다.

결코 대충 덮을 수 없는 일을 누군가가 벌인 것이다.

'도대체 왜?'

방 형사는 일을 꾸민 놈들이 강 형사를 잡아넣는 것이 최종 목적이 아니라고 생각했다. 폭약이 남았기 때문이다.

'설마 나까지?'

정리할수록 머릿속이 밝아지는 것이 아니라 어두워졌다. 방 형사는 입을 꾹 다물고 단서를 찾았다. 진실을 밝혀줄 단서를.

드디어 그녀의 눈에 들어왔다.

방 형사는 셔터가 내려진 맥도날드 매장 앞으로 다가섰다.

갑작스런 그녀의 출현에 놀란 남자가 고개를 들었다. 지린내 나는 구석에 몸을 웅크리고 있던 남자는 라면박스를 뺏기지 않으려는 듯 손에 꼭 쥐고 흐리멍덩한 눈을 껌뻑였다.

방 형사는 한낮에는 벌써 여름같이 더운데도 두터운 겨울외투를 입고 추워하는 노숙자 앞에 쭈그리고 앉았다. 눅진한 쉰내가 코를 찔렀다.

누런 이빨이 몇 대 남지 않은 남자는 갑자기 나타난 아름다운 여자의 은근한 향기보다 매끄러운 손에 들린 만 원짜리 한 장에 더 흥분했다. 그의 눈은 지폐에 그려진 세종대왕을 뚫어질 듯 쳐다보았다.

그래서 귀에 들어온 소리가 무얼 의미하는지 깨닫는 데는 시간이 조금 걸렸다.

"그저께 밤중에 뭘 봤죠?"

PM 06:50

삽시간에 자기 것을 다 비운 남자가 이마에 검은 땀을 번들거리며 방 형사 앞에 놓인 순대국을 힐끔거렸다. 방 형사는 자기 그릇을 들어 남자 앞에 놓았다. 남자는 고맙다는 말도 없이 숟가락으로 후벼대듯이 퍼먹었다.

주위에서 혀를 차는 소리가 들렸다. 방 형사는 주위의 따가운 눈총이 뒤통수에 꽂히는 느낌을 꾹 참으며 기다렸다.

게걸스럽게 국물까지 싹싹 비운 후 남자가 입맛을 다시며 숟가락을 놓았다. 그리고는 걸쭉한 트림을 꺼억 해댔다. 시큼하고 텁텁한 냄새가 얼굴에 훅 끼쳤다.

"지…… 진짜로 돈 주실 거지요?"

방 형사가 만 원 짜리 두 장을 더 꺼내 밥상 위에 놓았다. 거무튀튀한 손이 잽싸게 낚아채 갔다.

"자, 이제 말씀해 보세요."

하지만 중년의 노숙자는 방 형사의 표정을 살피며 슬쩍 찔러댔다.

"술기운으로 말하는 긴데……."

잠시 노려보던 방 형사가 고개를 주방 쪽으로 돌렸다.

"아주머니! 여기 소주 한 병 주세요."

곱지 않게 눈을 뜬 아주머니가 탁 소리와 함께 소주잔과 소주병을 놓았지만, 노숙자 박 씨의 눈에는 소주만 들어왔다. 누런 이빨에 침을 적시며 입맛을 다셨다.

혼자서 넉 잔을 연거푸 마시자, 이틀 동안 빈속에 쑤셔 넣은 순대국과 뒤섞인 알코올이 몸을 늘어지게 만들었다. 방 형사를 쳐다보는 눈이 개개하게 풀리며 시뻘건 핏줄이 섰다.

"아 참, 선상님도 한 잔……."

방 형사가 고개를 저었다.

그러자, 맘을 놓았다는 듯 다시 소주를 물처럼 벌컥벌컥 들이켰다. 곧 병이 비었다. 방 형사의 눈치를 살피던 박 씨가 입을 열었다. 혀가 풀려 살짝 꼬부라졌다.

"그러니끼, 그날, 그 뭐시다냐, 그…… 폭탄이 떨어지기 전날 말이지라우, 그날 밤에, 그…… 뭐시다냐, 그러니끼……."

박 씨가 꼬부라진 말로 한참을 횡설수설하며 뱉어놓은 말은 예상했던 것에서 크게 벗어나지 않았다.

며칠 전부터 종로에 있던 노숙자들이 한두 명씩 세종로 지하로 옮겨가서 잠을 자기 시작했는데, 사건이 발생한 5월 8일 새벽 3시쯤에 집단적인 패싸움이 벌어졌다는 것이다. 노숙자들끼리 싸움이 일어나는 경우가 간혹 드물게 있긴 하지만, 그건 지하도나 지하철 역사를 관리하는 공익근무요원들이 없는 곳에서 자기들끼리 다투는 정도였지 그날처럼 큰 싸움은 아니었다고 한다.

"그랴서, 그러니끼 그 뭐시다냐, 그…… 아, 그 공익! 아 맞어, 그 공익들허구 붙어버렸다니께루."

한참 예전 군대 있을 때 있었던 무용담까지 주워섬기며 늘어놓는 통에 정리가 안 됐지만 알고 싶었던 것은 확인해 줬다.

노숙자들의 싸움이 커지자 공익근무요원들이 달려들어 말렸는데, 한 노숙자가 어디서 구해왔는지 쇠파이프로 젊은 공익의 머리를 때린 것이다. 흥분한 공익과 노숙자들 간의 패싸움으로 번지며 지하도로에 있는 광고판까지 박살났는데, 결국 경찰이 출동해 모두를 연행해 가는 것으로 끝났다고 했다.

"어마어마허게 많이 왔었는디, 어, 한 삼십 명이나 될라나…… 아무튼 그날 난리가 났었어. 우린 멀리서 보다가…… 그냥 도망쳤지."

"그래서 아저씨는 어떻게 하셨어요?"

"나두 종로3가 쪽으로 도망치다가 그…… 그냥 힘이 빠져서 길에서 자버렸거든. 그런디 추운 거여. 그래서 나도 모르게 습관처럼 다시 광화문 지하로 들어갔지."

"그래요? 그럼 거기서 뭘 봤나요?"

"보긴 뭘 봐, 그 뭐시다냐, 그, 아 그 공익허구 경찰들이 못 들어가게 막더라구. 그려서 헐 수 없이 다시 3가로 갔어. 추워 죽는 줄 알았다니꺼."

방 형사는 김 순경에게 전화했다.

몇 분 되지 않아 김 순경이 그녀의 생각을 확인해 주었다. 5월 7일에서 8일로 넘어가는 한밤중에 세종로에 출동한 경찰은 단 한 명도 없었다. 당연히 노숙자들과 싸우다 머리를 다쳐 병원에 실려 간 공익요원도 없을 것이 분명했다.

쇠파이프를 휘두른 노숙자나 공익, 출동한 경찰들까지 모두 놈들이었다.

노숙자 폭력 사태는 지하철 운행이 모두 끊긴 3시였다. 3시에 세종로 지하를 순찰 돌 정도로 공익들이 성실할 리 없다. 무엇보다도 자신들의 처지를 잘 아는 노숙자가 공익의 머리를 쇠파이프로 내려칠 리도 없다.

놈들은 폭력사태를 빌미로 경찰을 가장해서 공식적으로 세종로 지하를 접수했던 것이다. 깨진 광고판과 껌뻑거리는 형광등을 보수해야 한다며 세종로 지하 천정을 뜯고 폭탄을 설치했을 것이다. 기모노 입은 음란한 인형도 같이……. 그리고는 폭파 직전까지 그 주위를 배회하는 행인들이나 노숙자로 가장해서 현장을 지켰을 것이다. 혹시 모를 변수가 끼어들지 못하게 말이다.

가방 속에서 핸드폰이 울었다.

조금 전에 통화했던 김 순경이 전화를 걸었다는 것은 급한 일이란 말이었다. 그리고 지금 급한 일은 좋을 리 없었다. 불길한 생각이 머리를 스쳤다.

"뭐, 윤 소령이?"

역시 그랬다.

김 순경이 불러주는 주소를 받아 적고는, 계속 트림을 꺽꺽 해대는 노숙자 박 씨를 뒤로하고 서둘러 순대국집을 나왔다.

김 순경의 말이 귀신 같은 윤 소령이 강 형사의 소재를 파악하고는 춘천으로 달려갔다는 것이다.

주차해 놓은 소나타로 뛰는 내내 그녀의 몸이 다시 기묘한 위화감에 휩싸였다. 꼭 강 형사와 윤 소령, 둘이 서로 짜고 숨바꼭질하는 놀이에 자신이 낀 느낌이었다.

소나타에 오른 방 형사는 액셀러레이터를 미친 듯이 밟아댔다. 그러는 내내 머릿속은 한 가지 생각이 떠나질 않았다.

'도대체 윤 소령은 어떻게 안 거야?'

눈앞에 윤 소령이 나타나 비웃는 것 같았다. 순간 섬뜩한 생각이 가슴을 꿰뚫었다.

놀라 브레이크를 꽉 밟았다. 차가 출렁거렸다. 뒤에 오던 차들이 끽끽 소리를 내며 급정거했다.

신경질적으로 경적을 울려대며 욕설을 퍼붓던 차들이 가버리는 동안, 방 형사는 망설임으로 갈피를 잡을 수 없었다. 주변 사람들 모두가 따가운 눈초리로 자기를 쏘아보는 것 같았다.

결국 천천히 핸드폰을 꺼내들었다. 어쩔 수 없었다.

"거기 춘천경찰서죠? 신고할 것이 있어서요……."

그녀의 눈은 김 순경이 불러준 주소를 적은 종이에 고정되어 있었다.

"예, 주소는 춘천시 후평동……."

PM 08:10

강력8반 사무실에는 여동생 같은 김 순경만 남아 있었다. 차출해 온 형사 셋은 어디서 무엇을 하는지 그녀가 연락해야 겨우 보고를 했다. 방 형사는 따돌림 당하는 느낌에 잠시 울적했다. 눈치 빠른 김 순경이 자리에서 일어서며 명랑한 투를 꾸며댔다.

"모두들 일찍 퇴근하셨어요."

퇴근이라는 말이 낯설었다. 강력8반이, 그것도 비상시국에, 퇴근이라니. 아예 뒷방 퇴물로 물러나 앉으라는 말보다 더 모욕적으로 들렸다. 그걸 아는지 김 순경이 말을 덧붙였다.

"특수부장님께서 별다른 일이 없으면 그러라고 하셔서……."

듣지 않는 편이 나을 뻔했다. 모르는 것이 나을 때가 세상에 훨씬 더 많았다.

가볍게 끄덕이고 반장 자리로 가 앉았다. 찌그덕 거리는 의자가 터질 듯한 신음 소리를 내뱉었다. 분주하게 서류작업을 하며 이쪽 눈치를 보는 김 순경을 생각하니 마음이 더 우울해졌다. 자신이 버팀목이 되어주어야 한다는 것이 힘에 겨웠다.

자신이 춘천에 전화한 것이 옳은 것인지 확신이 안 섰다. 자신은 반장이었다. 이 나라 특수수사를 책임지는 강력8반 반장이었다. 그런데…….

그녀의 마음속은 아직도 갈팡질팡하고 있었다.

강 형사의 얼굴이 떠올랐다. 불과 그저께 통화했는데 마치 먼 옛날 일처럼 아스라하게 느껴졌다. 붙들고 앉아 묻고 싶은 것이 산더미 같았다.

'나는 강 선배에 대해 얼마나 알지?'

한 번도 품은 적이 없는 물음이었다.

'아니면 정말 다 안다고 생각한 걸까?'

하지만 고향이 남원이라는 것도 몰랐다. 그저께 강 형사는 고향에 가면서도 고향에 간다는 말을 하지 않았다.

'왜?'

의혹이 의문을 지어냈다. 세종로테러범으로 그가 쫓기고 있다. 집요한 윤 소령이 귀신같이 따라붙고 있다.

'정말 강 선배가 세종로테러범일까?'

가슴이 다급히 도리질했다. 하지만 머리는 싸늘한 웃음을 흘렸다.

'안 중사를 죽인 것은 누구지? 강 선배가 아니라고 어떻게 확신하는 거지?'

모든 것이 또렷한 답은 해주지 않고 주위를 빙빙 돌며 떠다니기만 했다. 믿음도 확신도 엷어지려 했다.

'그를 사랑한다면서 왜 나는 확신하지 못하는 거지?'

이유는 간단했다. 너무 싱거워 웃음이 나올 지경이었다.

그에 대한 사랑이 진정인지 한 번도 스스로 물어본 적이 없기 때문이었다. 동료여서 좋아하는 것인지, 수사하면서 쌓은 정 때문인지, 자기 어릴 적을 아는 편안한 사람이어서 그런 것인지, 아니면 정말 그를 사랑해서인지…… 한 번도 그 진실을 정면으로 바라보며 물어본 적이 없어서였다.

그렇게 물어보지 않은 이유도 분명했다.

두려움이었다. 진실을 안다는 것은, 뜻하지 않은 도깨비가 튀어나오는 깜짝 상자처럼, 단순히 한 번 웃고 지나가며 잊을 수 있는 것이 아니기 때문이었다. 아는 순간 변할 수밖에 없었다. 좋든 싫든 변한다. 그리고 그 변화에는 반드시 대가가 따른다.

김 순경의 목소리가 생각 속으로 끼어들었다.

"반장님, 윤 소령님이 바꿔달라는데요."

김 순경이 자기 자리에 있는 전화기를 들고 그녀를 보고 있었다. 비로소 책상 위에 놓인 핸드폰을 보았다. 부재중 전화가 세 통이 쌓여 있었다. 아랫배가 살살 아파오며 저도 모르게 인상이 써졌다. 깊은 상념 속에 빠져 전화소리를 못 들은 것보다, 세 통씩이나 전화를 하고도 사무실로 전화해 김 순경에게 있으면 바꿔달라고 할 정도로 윤 소령이 다급하다는 것이 목에 가시처럼 걸렸다.

"예, 소령님. 접니다."

윤 소령의 말소리 뒤로 자동차 엔진소리와 바람소리가 섞여 들었다. 이동 중인 것 같았다. 그녀의 목소리 톤은 보통 때보다 조금 높았다.

춘천에서 아슬아슬하게 강 형사를 놓쳤다고 말했다. 들이닥치자 불과 몇 분전까지만 해도 있었던 기척이 남아 있었다고 했다. 서울로 올라가겠다는 말로 끊었다.

그게 다였다.

역시 그랬다. 세종로사건은 윤 소령이 수사하고 자신이 보조하기로 되어 있었다. 윤 소령이 보고할 의무는 없었다. 그런데 보고하듯 말했다. 고작 그 말을 하려고 자신을 계속 찾았을 리 없다. 냉철하고 명민한 그녀가 절대 그럴 리 없다.

윤 소령은 자신을 떠본 거였다.

바로 코앞에서 강 형사를 놓친 것이 이상하다고 생각했을 것이다. 물론 윤 소령은 춘천경찰서에 강도사건이 일어났다고 거짓 신고한 것이 방 형사라는 것을 알지는 못했을 것이다.

그런데 강 형사의 그림자를 밟아대는 것처럼 추적하는 윤 소령이 서울로 올라가겠다는 말을 했다. 굳이 할 필요 없는 말이었는데…… 했다.

방 형사는 귀 안쪽으로 피가 몰리며 심장을 따라 두근거렸다. 도대체 무슨 술수를 부리는지 귀신처럼 강 형사 뒤를 쫓는 윤 소령이 바로 자신에게 공개적으로 경고한 것이다.

'네가 공범이지?'

윤 소령의 싸늘한 눈길이 떠올랐다.

'강 형사가 어디로 갈지 넌 알잖아?'

그렇게 말한 것이다. 하지만 아무리 생각해도 그가 어디로 갈지 도저히 생각나지 않았다. 정말 불안한 것은 윤 소령의 말투였다. 그녀는 강 형사가 어디로 갈지 알고 있는 것 같았다.

PM 08:20

믿기지 않는 신속함이었다. 춘천에 간 지 채 반나절이 되지 않아서 행적이 탄로났다. 잡히지 않은 것은 순전히 운이었다. 아슬아슬했다. 경찰차가 경광등을 번쩍이며 나타나는 것을 본 순간 퍼뜩 위험을 감지하고 그대로 도망쳤다. 저쪽에선 알아보지 못했는지, 아니면 좀 이르게 사창가를 배회하는 난봉꾼이 경찰차를 보고 놀라 도망친 것으로 오인했는지 뒤따라오지 않았다. 의도는 아니었지만 결과적으로 사창가 근처 허름한 여관에 숨었던 것이 행운이었다. 4년 전 봉화산 여중생 살해사건을 조사하러 내려왔을 때 탐문하다 발견한 곳이었다. 강화에서 벗어날 때 문득 떠오른 곳이었다.

정보가 필요했다. 왜 쫓기는지도 모르고 도망치다가는 저들이 놓은 올가미에 빠지기 쉬웠다. 경찰 데이터베이스는 물론, 정보원들과 접촉하는 것도 위험했다. 거리를 배회하는 것도 마찬가지였다.

편의점 앞에 놓인 의자에 앉아 어두운 거리를 살폈다.

'이제 어디로 가나……?'

강 형사는 후회가 되었다. 강화에서 안 중사 살해와 아무 관련 없음을 설명했어야 했다. 하지만 그럴 수 없었다. 정말 죽일 작정으로 총을 쏘아댔다. 그때 손을 들고 나갔다면 그대로 사살 당했을 것이 분명했다.

막막했다. 이대로라면 결국 잡히고 말 것이다. 그리고 모든 것을 뒤집어쓰게 될 것이다. 이젠 방 형사에게 연락하는 것만으로 해결할 수준을 넘어 버렸다. 정권 말기만 아니라면 직접 윗선과 접촉할 핫-라인이 살아 있을 텐데 하는 아쉬움이 답답함이 되었다. 그러기만 하면 충분히 납득할 수 있게 설명할 자신이 있었다.

순간 강 형사는 자신이 뽑아들 카드가 하나 남아 있다는 것을 깨달았다. 곰곰이 따져보았다. 가능성은 있었지만 위험한 카드였다.

하지만 몰리고 몰린 그에겐 선택의 여지가 없었다.

강 형사는 편의점 의자에서 일어나 공중전화로 향했다.

2006. 05. 11. 목.

AM 01:20

사이먼 앤 가펑클의 오래된 LP판 소리가 낮게 흘렀다. 어둑한 바 구석에 자리 잡은 강 형사는 배경 속에 숨어 주위를 경계했다.

이름도 낯선 비싼 와인을 들고 신속하면서도 가볍게 움직이는 여자들의 발걸음이 물 흐르듯 했다. 고급스런 인테리어에 군데군데만 밝게 조명을 준 것이 다닥다닥 붙은 손님들에게도 자기들만의 공간 안에 있다는 안정감을 심어주었다. 늦은 시간인데도 낮은 목소리에 적은 미소의 사람들로 꽤 붐볐다. 아침에 출근을 신경 쓰지 않아도 괜찮은 직업 아니면, 출근이란 걸 정하는 위치에 선 사람들이었다.

부드럽게 곡선을 이루며 길게 늘어진 바에 기대 가벼운 장단을 맞추며 눈웃음 짓던 여자 바텐더가 날씬한 몸매를 살짝 흔들며 손님에게 고개를 숙이더니, 강 형사 쪽으로 미끄러져 왔다. 마른 몸매에 착 달라붙은 허벅지부터 아래로 툭 터진 드레스 차림이 고혹적이었다.

그녀는 익숙한 눈웃음을 지어냈다.

"혼자신가요?"

그제야 알았다는 듯이 고개를 들어 눈을 쳐다봤다.

"아뇨? 기다리고 있습니다."

그녀의 입 꼬리가 살짝 올라갔다.

"다들 그렇게 말씀하시지요."

강 형사는 그냥 한번 웃고는 자기 앞에 놓인 마시지도 않은 칵테일로 눈길을 돌렸다. 여자는 바에 양손 팔꿈치와 손바닥을 천천히 밀착하면서 얼굴을 내려 강 형사의 눈높이에 맞췄다.

"전 분위기 있는 분이 좋던데."

한 번도 이런 곳에 와보진 않았지만, 단란주점처럼 저속하게 들러붙지 않을 거란 것만은 알았다. 그런데 이 여자는 저속하지는 않아도 들러붙으려 했다. 머릿속에 빨간 소리가 한 번 울렸다.

"혼자 있고 싶은데요."

여자의 입술이 비웃음의 경계까지 슬며시 옮아갔다. 장난스럽게 눈을 빙글빙글 굴리더니 급기야 피식거렸다. 재미있는 놀잇감을 찾은 듯한 여자의 반응에 강 형사는 자신의 처지를 재빨리 떠올렸다. 좋지 않았다. 아주 많이.

얼떨떨한 긴장을 웃음으로 무마시키려 했지만, 여자는 선수였다.

"누굴 기다리시는데요?"

계속 어물쩍 넘어갈 수만은 없었다. 어쨌든 여긴 바이다. 혼자 오는 남자들이 대충 그렇고 그런 이유로 고독한 척 끈적한 거미줄을 치는 곳이다. 거기에 치명적 유혹을 뿜어대는 여자가 걸렸는데 계속 무시한다면 둘 중 하나다. 제 주제도 모르고 더 맛있는 먹이를 찾는 얼간이 아니면 지저분한 곳을 쑤시고 다니는 파리 떼 또는 하이에나. 얼간이는 용서가 돼도 어쭙잖은 사명감으로 기사를 쓰겠다는 것들이나 들러붙어 게걸스럽게 파헤치는 것들은 용서가 안 된다. 어딜 가든 기자와 경찰은 환대받는 족속들이 아니다. 벌써 이 여자와 말하고 있던 잘 재봉된 정장 차림의 중년 사내가 이쪽을 힐끔거리며 와인을 두 잔째 시키고 있었다.

"만나기로 한 사람이 있어요."

"누군데요? 그분이 아직 안 오셨나요?"

답이 궁했다. 한 모금도 마시지 않은 칵테일을 시켜놓고 한 시간 넘게 바에 기대어 있는 중이다. 마시려고 주문한 것이 아니었다. '퍼플 레드 레이디'라는 칵테일이 있는 줄도 몰랐다.

"곧 올 겁니다."

"약속 장소가 잘못된 것은 아니고요?"

장소는 잘못이 아니다. 분명 '미네르바'가 맞다. 114에서 가르쳐준 미네르바에는 분식집도 있었다. 도저히 퍼플 레드 레이디를 팔 것 같지 않은 몇 군데를 제외시키고 무작정 찾아갔다. 바텐더가 처음 듣는다는 듯 고개를 갸우뚱하는 순간 재빨리 나오기를 반복했다. 그렇게 네 번째 찾은 곳이 이곳이다. 그리고 바로 지금 눈앞에 파르스름한 이상한 액체가 놓여 있다.

"나올 사람이 바람맞힌 것도 아니고요?"

그건 알 수 없는 일이다.

강 형사는 경찰이지 국정원 요원이 아니었지만, 작년 광화문사건으로 청와대에 큰 도움을 준 후 핫-라인을 받았다. 딸을 구해준 것에 대한 보답 차원이었지만 사용할 수 없는 특권이었다. 핫-라인을 통해 뭔가를 요구할 정도라면 국가안보가 걸린 사건이든지 청와대가 위험할 정도의 문제여야 했다. 사소한 좀도둑이나 강도 사건이 정치적으로 난관에

봉착했다고 청와대 정무수석에게 전화할 수는 없는 노릇이다. 당연히 핫-라인을 가동할 일이 없었다. 그런데 정권 말기에 오면서 윗선이 바뀌었다. 번호는 살아 있겠지만 그것을 받을 사람이 바뀌었으니 모든 것이 끝난 거였다.

하지만 강 형사는 로마신화에 나오는 지혜의 여신인 '미네르바Minerva'와 '퍼플 레드 레이디'를 시키라는 말을 기억해냈다. 핫-라인에 자신이 부재할 경우 도움 받을 수 있는 방법이라고 했다. 자신의 직속 부하와 만날 수 있다는 말이었다. 그건 정무수석이 바뀌었어도 예전의 그와 만날 수 있는 끈이 바로 미네르바에 있다는 말이었다. 물론 전 정무수석을 찾는다고 해서 자신의 무죄가 증명될지는 알 수 없다. 하지만 적어도 말은 들어줄 거였다. 아니 그래야만 했다.

"그럴 사람이 아닙니다."

분명 접근할 자가 있을 것이다. 물론 희망사항이었다.

"어떻게 그렇게 확신하시죠?"

아픈 말을 듣기 좋게 하는 것이 이 여자의 매력인 듯싶었다. 어두운 조명 아래서 보조개가 살짝 들어가는 미소가 살살 녹일 듯했다.

"꼭 올 겁니다. 분명히……."

여자는 진열장 안에서 재롱 피우는 강아지를 보는 듯한 눈빛을 거두더니, 뒤로 돌아 벽장에 놓인 조니워커 블루라벨과 위스키 잔 둘을 들고 돌아섰다. 능숙하게 병을 따서 잔에 가득 따라 한 잔을 그의 앞으로 밀어 놓았다. 그리고 눈으로 요염하게 말했다.

"전 술 못합니다."

그녀는 가는 손가락으로 강 형사 앞에 한 시간째 그대로인 목이 긴 칵테일 잔을 가리켰다.

"칵테일은 술 아닌가요?"

분명 처음부터 모두 보았을 것이다.

"그래서 한 모금도 먹지 않았습니다."

"먹지도 않을 걸 왜 시키셨어요?"

머릿속에 경고등이 들어왔다. 지뢰밭을 지나듯 조심해야 했다.

"자릿값은 내야 하니까요."

여자는 정말 재미있는 애완견을 찾았다는 듯한 표정이 되었다.

"여기 자릿값은 그걸로 모자라는데요?"

"그래요. 그럼 조금 더 시킬까요?"

"아니요. 빈털터리 등칠 정도로 한심하진 않아요. 이 서비스나 드시죠."

그러면서 손으로 자신이 따라놓은 불그스름한 액체를 가리켰다.

"시킨 것보다 더 비싼 서비스가 나오는 건 처음 보는데요."

"시킨 것보다 더 비싼 서비스를 내오기도 이번이 처음이에요."

이 여자는 정도 이상으로 달려들었다. 이건 아니었다. 매력이라곤 온몸을 비틀어대도 한 방울 나오지 않을 자신을 상대로 들이댄다면 다른 목적이 있는 거였다. 위험했다. 손으로 바를 잡고 자리에서 일어섰다. 그녀가 '어쭈' 하는 듯 빙긋거렸다.

"왜 이러는지 궁금하지 않으세요?"

바에서 벗어나려다가 멈춰 섰다.

"예?"

"앉으시면 말씀드리지요."

은근한 눈빛이 강요했다. 주변의 이목을 의식해 일단 앉았다.

"기다리시는 분이 여자는 아니겠죠?"

"그게 중요한가요?"

"예, 매우요."

"여자라면 어쩌시려고요?"

그녀의 얼굴이 웃었지만 눈은 정색이었다. 그녀의 입에서 뜻밖의 말이 흘러나왔다.

"핸드폰 들고 화장실에 가서 신고하려고요, 강 형사님."

순간 온몸에 피가 얼어붙는 느낌이었다. 홀 안이 삽시간에 조용해진 것 같았다. 주변을 재빨리 살폈다. 아까보다는 몇 곳이 비었지만, 다들 자기들만의 세상에서 바빴다. 조금 마음이 놓이자 손을 뻗어 그녀의 가는 목을 꽉 쥘까 하는 충동이 일었다.

"무슨 소리야."

낮게 으르렁거렸다. 여자는 짐짓 무서워하는 척했다.

"어머, 그런 눈으로 보지 마세요. 그런다고 오지 않을 사람이 오지는 않으니까요."

"뭐?"

"기다리는 사람은 안 온다고요? 그리고 이제 문 닫을 시간이 됐고요."

"그걸 어떻게 알지?"

"문 닫을 시간이요?"

장난하냐는 험악한 표정에 그녀가 흠칫했다. 하지만 표정을 정리하더니, 아무 말도 하지 않고 위스키 잔을 들고는 단숨에 액체를 입안에 들이부었다. 그리고는 강 형사 앞으로 밀어 놓은 잔까지 가져다가 야릇한 미소를 지으며 마셔버렸다.

"그걸 어떻게 아냐고?"

그녀는 무시하고 다시 두 잔에 가득 조니워커를 따랐다. 그리고 한 잔을 강 형사 앞으로 밀었다.

"한 잔 하세요. 그럼 말씀드리지요."

"지금 장난하자는 거야?"

조금 전부터 자연스럽게 반말이었지만, 여자는 여전히 말을 높였다.

"한 잔 하세요. 술에 이상이 없다는 것은 제가 방금 증명해 드렸잖아요?"

야릇하게 입 꼬리가 올라가더니 이내 눈썹을 찡그렸다.

"그래, 좋아요. 제가 드리는 술은 못 마시겠다는 건가요? 좋아요. 알았어요."

하더니 다시 두 잔을 스트레이트로 마셔 버렸다. 어두운 조명 아래서도 확연하게 볼이 발그레해졌다. 다시 그녀는 잔에 위스키를 채웠다.

"한 잔 하세요? 못해요? 정말요?"

풀린 듯한 눈이 매섭게 쏘아붙였다. 답할 시간도 주지 않고 잔을 잡더니 입안에 들이부었다. 벌써 여섯 잔째였다. 그녀는 약간 흐트러지려는 자세로 다시 술을 따랐다. 난감했다. 주위를 재빨리 살폈다. 아직까지는 별 문제가 없었다. 그러나 시간문제였다.

"이번에도 안 마실 거죠?"

그녀의 입에서 풍겨오는 술 냄새가 그녀의 향수와 섞이며 그의 코를 자극했다. 다시 잔을 잡는 그녀의 손을 제지하려고 하다가 움찔하고 멈췄다. 페이스에 말리면 헤어 나오기 힘들다. 그녀는 움찔거리는 그를 보고는 코웃음을 쳤다. 다시 말끔히 마셔버리고 또 술을 따랐다. 병에 술이 반 이상 없어졌다.

이젠 아예 두 잔 다 자기 앞에 놓고 따르자마자 마셔 버렸다. 강 형사는 초조한 신경을 억누르며 지켜볼 수밖에 없었다. 이대로 일어서 나간

다면 신고하겠다는 협박이 현실이 될 것 같았다. 그렇다고 이곳에서 이 여자를 제압할 수도 없었다. 다행히 홀에 앉은 손님들은 여전히 자신들의 세계 속에서 허우적거리기에도 바쁜 듯 보였다.

술을 그렇게 붓듯이 마셔댄 그녀는 얼굴색이 더 발그레해지고 흔들리는 것이 조금 더 심해진 것 같았다. 그녀가 작은 분노를 품은 눈빛으로 그를 노려보았다.

"역시…… 독한 분이시군요……."

혀가 살짝 풀렸다. 고개를 주억거리던 여자가 그대로 바에 머리를 기대며 쓰러졌다.

강 형사는 도대체 왜 이 여자 바텐더가 자기에게 이러는지 이해할 수 없었다. 그리고 눈앞에서 순식간에 위스키 한 병을 혼자 비워버리고 쓰러진 여자를 어떻게 해야 할지 난감하기 그지없었다.

혼자 먹고 쓰러진 것이 차라리 다행이라고 생각했다. 신속하게 움직이기로 했다. 소리 없이 자리에서 일어나 신속하게 바에서 걸음을 떼려는 순간이었다. 강 형사의 뒤통수를 향해 나직한 소리가 날아왔다.

"민 수석님의 말이 꼭 맞군요."

벼락을 맞은 듯했다. 놀라 돌아섰다. 그녀는 바에 기댔던 몸을 천천히 일으켰다. 그리고 우수와 원망이 뒤엉킨 눈빛으로 그를 노려보았다. 그녀의 차가운 목소리가 도망치려 했던 비겁함 속으로 파고들었다.

"당신은 저를 만나러 온 거예요. 이 머저리 같은 형사님."

AM 02:00

전기충격을 주자 게이트맨Gate-man 특유의 소리가 나며 문이 열렸다. 서류가방을 든 양말 차림의 사내 네 명이 날렵한 몸짓으로 신속하게 현관으로 들어갔다.

작은 펜라이트가 어두운 거실 안에서 위치를 확인했다. 그리고 헤드셋으로 바깥 조금 떨어진 골목에 서 있는 밴 안의 통제실로 준비완료를 송신했다.

불과 몇 십 분 전까지 미네르바 한쪽 구석에서 분위기 있게 와인을 음미하던 반백의 남자가 밴 안에 마련된 임시 통제실에서 준비된 지시를 신속하게 내렸다.

네 사내는 헤드셋에서 내려지는 지시대로 바람처럼 움직였다.

이들이 이 집에 들어갔다 다시 나와 어둠 속으로 사라지기까지 걸린 시간은 채 10분이 되질 않았다.

AM 02:40

역삼동으로 가자는 말을 할 때부터, 알 만하다는 표정을 지으며 룸미러로 뒤를 흘깃거리던 택시기사가 거스름돈을 건네면서 능글거리는 눈짓으로 여자를 훑았다. 강 형사는 애써 무시하며 내렸다.

"이쪽이에요."

술 한 병을 다 먹은 여자치곤 거뜬해 보였다. 청바지와 티셔츠로 갈아입은 뒷모습이 스물대여섯쯤 돼 보였다. 고급빌라들이 늘어선 골목으로 거침없이 앞장서 갔다. 골목마다 주차해 놓은 고급차들과 조용한 골목이 이 동네 분위기를 말해 주었다. 그녀 뒤를 바짝 따르면서 강 형사는 매복과 도주로를 빠짐없이 체크했다.

전 정무수석 민성혁과 만날 수 있냐는 물음에 그녀는 자신을 임수연이라고만 답했다. 본명 같았다. 그게 다라는 듯 어떤 질문에도 속 시원히 답해 주지 않았다.

빌라 입구에서 패스워드를 누르자 유리문이 열렸다. 그리고 계단을 올라갔다. 202호였다. 전자키를 대자 찌링 하는 특유의 음과 함께 현관문이 열렸다.

"안 잡아먹을 테니 들어오세요."

뒤도 돌아보지 않고 말을 뱉더니 문 안으로 빨려들 듯 가버렸다. 강 형사는 열린 현관문을 두고 잠시 주저했다. 하지만 여기까지 왔으니 무조건 믿어야 했다. 조심스럽게 들어갔다.

강 형사가 재빨리 거실과 안방, 건넛방에 화장실과 베란다까지 샅샅이 살피는 동안, 그녀는 거실 한가운데 팔짱을 끼고 서 있었다.

"신고하려면 벌써 했다는 것쯤은 이미 알 때가 됐을 것 같은데요?"

눈썹이 매섭게 꺾였다.

"제가 미리 얼굴을 알고 있던 것을 다행으로 아세요. 그렇게 무턱대고 퍼플 레드 레이디를 시키는 사람이 어디 있어요. 게다가 입에 대지도 않고. 아예 나 여기 있소, 광고를 하시지 그래요."

그녀의 말이 틀리지 않았다. 다른 칵테일을 시키며 분위기를 풀다가 슬며시 물어야 했다. 하지만 이미 네 번째였던 미네르바에선 그런 인내심을 가질 수 없었다.

"이전에 민 수석님의 부탁이 없었다면 당신 같은 스타일은 트럭으로 와도 상대 안 했을 거예요. 지금이라도 싫으시면 나가시든지 맘대로 하세요. 그게 아니면 그 잘난 경계심을 버리고 쉬든지, 알았어요?"

거침없는 말투였다. 미네르바 조명 아래서 농염했던 그녀가 형광등 아래에선 다른 느낌이었다. 강 형사는 미안하다는 표정을 만들며 끄덕였다. 사람을 상대하는 일이어서 그런지, 그녀는 정확하게 표정을 짚어냈다.

"그럼 형사님은 거실에서 자세요. 난 안방에서 잘 거니까. 그리고 건넛방은 내 옷방이니까 들어가지 마시고요, 먹고 싶은 거 있으면 대충 냉장고에서 찾아봐요. 나도 뭐가 있는지 잘 모르니까."

처음 하숙하러 들어온 대학 신입생에게 주의사항을 전달하는 하숙집 주인처럼 굴었다.

"그리고 내일 혼자 있을 때도 저 거실 창문 커튼은 열지 말아요. 바짝 붙은 옆 빌라에 머리에 피도 안 마른 변태 새끼 하나가 있어요. 눈을 까뒤집고 여기를 보고 있으니까 낮에도 조심해요. 알았죠?"

그런 말이 아니었어도 커튼을 열 생각은 없었다.

"오늘은 일단 씻고 주무세요."

고개를 끄덕였지만 그녀는 할 말을 다 했다는 듯이 휙 안방으로 들어가 버렸다. 무엇에 단단히 화가 났는지 모르겠지만, 미네르바에 있을 때와는 180도 달랐다. 하지만 그런 걸 따질 계재가 아니었다.

안방문이 벌컥 열리더니 그녀가 손에 남자 속옷과 트레이닝복을 들고 나왔다.

"이거 입어요. 대충 맞을 거예요."

그리고는 다시 안방으로 들어갔다. 조금 후 안방 욕실에서 샤워하는 소리가 들렸다. 스스럼없는 행동이나 혼자 사는 여자의 안방에 남자 속옷이 있는 것으로 보아 알 만했다. 어떻든 자신과는 상관없는 일이었다. 단지 민 수석과 연락하는 것이 중요할 뿐이다.

눈을 감고 소파에 누웠다.

몸에 붙은 피곤이 몸을 가라앉게 했다. 머릿속은 복잡한 감정으로 심란했다. 어떻든 자신은 윗선과 접촉을 하는 것이 목표였다. 하지만 이제 보니 그게 과연 옳은지 확신이 서질 않았다.

차츰 힘겨운 피곤이 몸을 누르며 잠을 몰아올 때였다.

예민한 신경이 안방문이 열리는 소리를 들었다. 눈을 뜨지 않았다. 비누냄새가 가까이 다가왔다. 촉촉이 젖은 향기가 그의 몸에 엄습했다. 미네르바에서 보았던 그녀의 농염한 미소와 가는 허리가 떠올랐다. 한 올씩 벗겨지는 불온한 상상이 꼬리에 꼬리를 물었다.

"안 자는 거 알아요. 일어나요."

떨쳐내기 힘든 뭔가가 그를 강요했다.

눈을 떴다. 코끝을 간질이는 향기와 함께 그녀의 얼굴이 바로 눈 앞에 떠 있었다. 다른 의미의 긴장으로 몸이 팽팽해지고 있었다. 물 먹은 머리카락이 생기 있게 동글동글 살아 움직이는, 화장을 지운 그녀의 얼굴은 색다른 청초한 맛이 있었다. 조금 벌어진 입술이 한가득 눈에 들어오자 그는 자기도 모르게 침을 삼켰다.

그때 그녀의 입이 벌어졌다.

"할 말이 있어요."

심장이 쿵쾅거리며 어떻게 해야 할지 갈피를 잡을 수 없었다. 짙어지는 향기와 아스라한 어둠 속에서 톡톡 생기를 터트려대는 그녀의 온몸을 느끼고 싶어졌다. 그녀의 작은 어깨를 두 손으로 잡고 끌어당기려 할 찰나였다. 갑작스런 충격으로 온몸이 얼어붙는 것 같았다.

그녀가 물었다.

"그런데 왜 도망치는 거예요?"

AM 03:30

띠리링— 하는 소리와 함께 202호 빌라의 현관문이 열렸다. 구두를 벗은 양말 차림의 사내 넷이 어두운 거실 안으로 신속하게 들어왔다.

둘이 소파에 늘어져 있는 강 형사를 들어 안방으로 옮기는 동안 다른 한 명은 거실에 뒹구는 맥주병과 잔을 가져온 배낭에 재빨리 담았다.

또 다른 한 명은 냉장고를 열고 약을 타 놓았던 생수병을 회수하고 동일한 제품의 생수병을 대신 넣었다. TV가 붙어 있는 벽 위의 액자 뒤에서 자그마한 카메라와 수신기를 회수하고, 신발장을 열어 그득하게 차 있는 하이힐 사이에서 뭔가를 찾으려고 펜라이트를 분주하게 움직였다.

안방으로 들어간 사내들은 조금 시간이 걸렸다. 다른 사내들과 달리 들고 들어간 가방이 홀쭉해진 채로 나왔다. 그리고 헤드셋에 들리는 지시대로, 사내들은 혹시 남을지 모를 양말 자국과 라텍스를 낀 손자국까지도 세심히 지웠다.

모든 것이 계획대로 완벽했다.

현관 밖으로 나온 사내들은 벗어놓았던 구두를 신었다. 그리고는 바람처럼 건물을 빠져나와 어둠 속으로 사라져버렸다.

AM 03:50

"저기…… 여기가 어디냐 하면요……."

가구소매상을 하는 차 씨가 공중전화를 부여잡고 한참을 말하고는 전화를 끊었다. 부스를 나와 자신이 들고 읽은 종이를 사내들에게 건넸다.

"이젠 됐지유?"

가구공장에서 접대를 한다고 1차를 얻어먹은 것은 괜찮았다. 2차까지도 그렇게 나쁘진 않았다. 매일 있는 일도 아니었다. 공연히 3차로 물좋은 강남을 가자고 꼬드긴 김 씨가 화근이었다.

'거긴 물이 다르다니까. 나가요 애들이 정말 나간다니까. 우리라고 못 할 게 뭐가 있어. 가자.'

정작 김 씨는 여편네 전화에 찍소리 못하고 들어가 버려 공연히 달아오른 차 씨와 공장장만 오게 되었다. 그리고 어찌어찌해서 덩치 좋은 깍두기들 앞에 서게 되었다.

'아저씨들, 술을 드셨으면 술값을 내셔야지, 그냥 가면 쓰나.'

지갑을 뺏은 깍두기는 신분증을 빼갔다. 그렇게 많이 먹지 않았다고 말해도 애초에 통할 상대가 아니었다. 정신을 놓았던 것이 화근이었다.

'돈을 내. 아니면 아까 주무르던 민지하고 소희를 집으로 보내드릴까? 그래 아예 살림을 차리시지 뭐.'

표독스런 마누라 얼굴과 작은 가구점을 차려주었다고 유세를 떠는 장인의 계엄스런 얼굴이 떠올랐다. 아찔했다. 썩은 지푸라기라도 잡을 심정이었다.

그때 눈앞에 하늘에서 튼튼한 동아줄이 내려왔다. 간단했다. 써 있는 대로 전화만 걸면 그만이었다.

세종로 폭파범, 강 형사 운운, 하는 것이 맘에 걸리기는 했지만, 공중전화로 할 거고 또 신문과 방송에서 연일 거짓 전화로 경찰서가 난리라는 것을 본 터라 내심 맘을 놓았다. 혹시 그르쳐 잡혀도 술김에 한 장난이라고 하면 될 것이었다. 아니, 최소한 당장 창자라도 빼버리겠다고 으르는 우락부락한 덩치의 퉁방울을 대하는 것보다는 나을 것 같았다. 경찰들에겐 그래도 법이라도 있으니 말이다.

하지만 차 씨의 생각은 크게 잘못되었다. 3차까지 술을 먹으러 역삼동에 가지 말았어야 했다는 후회까지는 옳았다. 옳은 건 딱 거기까지였다.

차 씨의 표독스런 처와 장인은 들어오면 죽여 놓겠다고 사흘을 별렀지만, 주눅 든 슬픈 눈의 차 씨는 돌아오지 않았다. 닷새 뒤 실종신고를 했지만, 평소 잦은 부부싸움에 남편 차 씨가 자주 가출했다는 것을 알고는 경찰서에서도 시큰둥한 반응이었다. 평소와 다른 느낌이라고 아무리 호소해도 세종로테러로 비상사태인 상황에 그런 직감만으로 가출한 남편을 찾아달라는 말에 신경 쓸 경찰은 어디에도 없었다.

가구점 사장 차 씨는 끝내 돌아오지 않았다.

AM 04:40

온몸에 스미듯이 밀려드는 부드러움이 달콤한 케이크 속에 빠진 것 같았다. 입안으로 한없이 밀려드는 쾌감에 숨이 막힐 지경이었다.

"꼼짝 마!"

어두운 의식 속에 엉뚱한 소리가 끼어들었다. 주위는 부드러운 어둠이었다. 앞에 뭔가 있는 것 같지만 물눈꼽이 낀 것처럼 아른거렸다.

"움직이지 마!"

갑자기 한 줄기 빛이 눈을 향해 날아왔다. 띵한 느낌과 함께 총천연색으로 보였다. 왠지 벌들이 붕붕 날아다니는 느낌이 들었다. 눈을 깜빡였다. 그래도 알록달록한 예쁜 빛들이 눈앞에서 펑펑 터지기를 계속했다. 조금씩 의식이 살아나며 아까까지의 느낌과 뒤섞여 온몸이 기묘한 느낌으로 얼떨떨했다.

주위에 늘어선 사람들이 보이기 시작했다. 다들 총을 들고 있었다. 머릿속이 웅웅거렸다. 몸은 이상하게 흐느적거리며 뭔가 이상했지만 나쁘지 않은 기분이었다. 무척 좋았다. 붕 떠오르며 저도 모르게 히죽거렸다.

"움직이면 쏜다. 손 들어!"

몸을 덮고 있던 얇은 것이 벗겨지는 느낌이 들자, 조금 선뜻해졌다. 눈을 비비며 눈앞의 시커먼 작대기를 보았다. 그리고 흐릿한 시야에 방탄헬멧에 중무장한 군인들이 총을 들이대며 뭐라고 고함을 치는 것이 느린 장면으로 보였다. 그들 뒤로 무척 낯익은 여자가 보였다. 굳은 표정에 흔들리는 놀란 눈빛이었다. 엄청 친근하고, 엄청 가까운 느낌이라고 가슴이 말했다. 그녀가 바라보는 시선을 따라 자기 아래를 내려다보았다.

자신은 침대 위에 앉아 있었다. 그리고 바로 옆에는 부드러운 나신의 여자가 실오라기 하나 걸치지 않고 엎드려 있었다.

'누구지……?'

피카소의 기묘한 조각난 그림처럼 기억이 중간중간 튀었다. 아무리 노력해도 기억의 파편들이 잡히지 않았다. 오히려 공중에서 부딪히며 잘게 부서져 손가락 사이를 빠져나갔다. 여전히 몽롱한 것이 꿈이 분명했다.

고개를 들었다. 흔들리는 눈빛의 낯익은 여자 옆에 하얀 여자가 서 있었다. 누군지 알 수 없었다.

손을 뻗어 잡으려는 순간, 강한 충격이 머리에 떨어졌다. 뒤로 넘어졌다. 그 순간에도 출렁거리는 파도 속에 떨어지며 울렁거리는 느낌이 들었다. 곧 욕지기가 치밀며 머리가 터질듯이 비명을 질러댔다.

몸이 일으켜 세워지며 갑자기 팔이 뒤로 꺾였다. 철컥 하는 익숙한 소리가 귀에 들렸다. 정확히 무슨 일이 일어나는진 모르겠지만 사람들이 많다는 생각이 들자, 왠지 다시 기분이 좋아지며 입이 벌어졌다. 침이 흘러 발등에 떨어지는 느낌이 들었다. 그걸 보려고 하자 고개가 푹 꺾였다. 옷 하나 입지 않은 몸에 덜렁거리는 것이 보이자 기분이 더 좋아졌다.

"일단 입혀!"

짧은 목소리의 절도 있는 명령이 몽롱한 정신을 파고들었다. 하얀 여자였다. 탐스러웠다. 손을 내밀려고 하자 팔목이 당겨지며 아팠다. 그렇지만 군침이 나는 것을 멈출 수 없었다. 있는 힘껏 손을 펼쳐 달려들려는 순간, 몸이 핑그르 돌며 천정이 휙 뒤집혔다. 머리에 말할 수 없이 큰 통증이 밀려왔다. 그게 마지막이었다.

거실로 나온 방 형사는 기절한 채로 끌려 나오는 강 형사를 보자 복잡한 심경이 되었다. 다시 안방으로 들어갔다. 바닥은 온갖 발자국으로 어지러웠다. 퀸 사이즈 침대에는 실오라기 하나 걸치지 않은 여자의 매끄러운 나신이 엎드려 있었다. 다리가 살짝 벌어진 사이로 눈이 가는 것을 어쩌지 못했다. 20대 중반으로 보였다. 공허한 눈과 벌린 입에도 아름답게 보였다. 현장보존 사진 촬영이 끝나자 시신을 앞으로 돌려보았다. 별다른 외상은 없어 보였다. 하지만 이미 숨이 끊어져 있었다.

마 형사는 재미있는 것을 본다는 듯이 빈정거리는 표정이었다. 그러고는 침대 옆에는 쭈그리고 앉아 뭔가를 살피더니 조심스럽게 증거보존용 비닐에 담았다. 옷장을 뒤지던 곱슬머리 신 형사가 휘파람을 불어댔다.

"우와 죽이는데."

신 형사는 옷장 서랍을 완전히 쑥 빼냈다. 옷장 가득 담긴 팬티와 속옷을 쏟아 버리고 서랍을 뒤집었다. 주먹만 한 크기의 비닐 뭉치가 서랍

바닥에 빼곡하게 테이프로 붙어 있었다. 언뜻 보아도 50개가 훨씬 넘었다. 잇따라 빼낸 다른 서랍에도 마찬가지였다.

마 형사가 다가가 비닐로 꽉 묶어 포장된 것을 하나 뜯어냈다. 그리고 천천히 비닐을 풀었다. 안에는 흰색 가루가 가득했다.

옆에서 지켜보던 방 형사는 한숨을 길게 내쉬었다. 짐작대로였다. 강 형사가 정신없이 허우적거린 이유나, 나신의 여자가 공허한 눈으로 죽어 있는 이유가 분명해졌다. 조금 전 마 형사가 침대 옆에서 쭈그리고 앉아 찾아낸 것은 투명하고 길쭉한 1회용 주사기였다. 신 형사가 찾아낸 비닐 안에 무엇이 있는지 보지 않아도 알 수 있었다.

비닐 안에는 마약이 가득했다.

AM 10:00

바람이 불었다. 도시의 찌든 냄새가 날아왔다. 경찰서 옥상에서 아래를 내려다보는 방 형사의 머리카락이 날렸다. 텅 빈 회색 옥상마냥 그녀의 마음에도 먼지가 끼었다.

세종로사건에는 온갖 음모론이 들끓었다. 학교 수업에 불만을 품은 10대들의 반란이라는 것부터, 이순신 동상을 훼손하려는 종교 집단의 행패라는 것, 남파 간첩이 드디어 전복을 꿈꾸는 것이라는 것까지 그럴듯한 것은 물론, UFO가 광선을 쐈다는 SF까지는 상상력이라고 봐줄 수 있었다. 심지어 산신령이 타고 다니던 호랑이가 내려와서 일을 저질렀다는 말까지 나돌았다. 문제는 그런 것을 진짜로 믿는 사람들이 있다는 것이었다. 그것도 많이…….

그들이 모두 세종로에서 종로경찰서 앞으로 옮겨온 듯싶었다. 그들 모두 제각각 떠들어댔지만, 오전 오후 두 번 벌이는 퍼포먼스 때만은 일치

단결된 모습을 보여주었다.

지금 아래 현대 본사 앞에서는 특수부를 향해 빨리 해결책을 내놓으라는 화형식 퍼포먼스가 한창이었다. 강 형사가 용의자로 잡혔다는 것을 안다면 강 형사 목이라도 매달려 들 것이 분명했다.

방 형사는 미친 듯이 울려 퍼지는 꽹과리 소리와 고함을 뒤로하고 몸을 돌려 옥상 난간에 기댔다. 그리고 자신이 그러기나 한 듯이 어쩔 줄 몰라 하며 서 있는 김 순경에게 물었다.

"사람들이 왜 고함치는지 알아?"

방 형사의 납덩이 같은 얼굴처럼 목소리도 색깔이 없었다. 당황스런 질문이었다.

"모르겠는데요, 반장님."

방 형사는 처음 미소를 짓는 것처럼 어색하게 입술이 움직였다.

"그럼, 왜 분명하다고, 틀림없다고 게거품을 물며 떠드는지는?"

"글쎄요, 그것도……."

방 형사의 마네킹처럼 표정이 없었다.

"불안해서 그러는 거야, 불안해서. 자기 불안을 남들에게 퍼붓는 거지."

경찰서 조금 못 미쳐서 버스와 자가용이 접촉사고가 난 것 같았다. 뒤로 차가 꽉 밀리며 삿대질이 오가는 고성이 들려왔다. 그녀는 스산한 눈빛을 돌려 멀리 창덕궁 쪽을 향했다. 바람이 불어 그녀의 긴 머리카락을 흔들었다.

김 순경은 몰라보게 유약해진 방 형사의 모습에 가슴이 아팠다. 그대로 다가가 껴안아 주고 싶은 충동이 일었다. 그걸 알았는지 바람에 방 형사의 말이 날려왔다.

"그리고, 둘이 있을 땐…… 그냥 언니라고 불러. 몇 살 차이도 안 나는데……."

정말 평소답지 않게 그녀의 목소리에 맥이 없었다. 다가갈 수 없는 투명한 막이 처진 것 같았다. 아래에서 벌어지는 화형식이 끝났는지 흩어지는 부산스런 소리가 들렸다. 그 사이로 방 형사의 말이 흘러들었다.

"……어떻게 될 것 같아?"

강 형사에 대한 질문이었다. 그것도 답하기 어렵긴 마찬가지였다.

"글쎄요……."

강 형사가 마약에 취해 잡혀왔다는 소식은 삽시간에 경찰서에 퍼졌다. 특수부는 강 형사 검거로 한껏 고무되어 있었다. 강력8반은 물론 경찰은 이 사건에서 완전히 손을 뗄 수밖에 없었다. 겉으로는 용의자가 경찰, 그것도 강력8반 형사였기 때문이었지만, 속은 해묵은 검찰과 경찰의 힘겨루기 때문이었다.

어쩌면 그보다 더 복잡한 문제일지도 몰랐다.

죽은 임수연은 25세로 '미네르바'라는 고급 바에서 바텐더로 일했다. 하지만 정황으로 보아 고급 콜걸일 가능성이 높았다. 여자 혼자 사는 집에 임수연 본인과 강 형사의 지문 외에 많은 지문이 나왔다. 그 지문의 임자를 모두 찾으려면 몇 달이 걸릴 것 같았다. 콜걸 하나 죽은 사건이라면 대충 묻을 수 있었다. 약물과다 쇼크로 죽었다는 것까지도 괜찮다. 하지만, 싯가 60억대의 마약이 발견된 것을 그대로 묻었다가는 언제 터질지 모를 시한폭탄이 되어 돌아올 것이 분명했다. 이미 선을 넘어 적당히 덮어버릴 수 없는 문제가 되어 버렸다. 그래서 특수부는 강 형사를 빌미로 의도적으로 경찰을 배제했다. 빌어먹을 특수부장은 정치적 저울질을 자기만 독점할 생각이었다.

"그런데 반장님……."

방 형사가 고개를 돌렸다. 모든 것을 접어 버린, 차분하다기보다는 암담함을 간신히 이긴 얼굴이었다.

"그냥 언니라고 하라니까. 뭔데?"

"그게 저……."

김 순경의 눈빛이 망설이고 있었다.

"괜찮아 말해."

김 순경은 마치 자기 잘못이기라도 한 양, 쭈뼛거리며 입을 열었다.

방 형사는 듣는 내내 말이 없었다. 마음은 회색으로 물들어갔다.

퉁퉁거리며 무시하던 마 형사가 비리문제로 돌연 내사과에 조사를 받게 되었다는 것을 들을 때는 뜨끔했지만, 그런가 보다 했다. 하지만 껄렁대긴 했어도 뭔가 심지가 있어 보이던 신 형사가 돌연 사표를 냈다는 말에는 당황하지 않을 수 없었다. 결정타는 한 형사였다. 자신이 우겨서 강력8반에 온 지 불과 일주일도 지나지 않은 그가 성남경찰서로 전출을 자원했다는 것이다. 결국 차출한 형사 셋이 모두 사라져 버렸다.

'이런 거였나……?'

자원이든 타의든 강 형사를 틀림없이 세종로테러범으로 몰겠다는 확고한 의지였다. 그래서 짜맞춘 것처럼 강 형사가 잡히자마자 전격적으로 일을 벌인 것이다.

다시 혼자였다.

생각해 보면 그것이 이상했다. 그대로 두어도 혼자였을 것을 반장을 시킨 이유를 알 수 없었다.

방 형사는 새로운 의문이 떠올랐다. 어쩌면 이 모든 것은 강 형사를 향한 것이 아니라 자신을 향한 것일지도 모른다는 의심이 들기 시작했다. 그렇게 본질에 접근했다. 하지만 여전히 알 수 없는 것이 있었다.

'그런데 왜 하필 나야……?'

AM 11:00

아직도 속이 울렁거렸다. 눈에 익은 취조실이지만 매번 앉던 쪽의 반대편에 앉아 있다는 것도 울렁증을 더했다. 수갑도 풀어주지 않았다. 취조실 안에 문을 지키고 섰는 경관은 눈도 마주치려 하지 않았다. 한 켠 뒤로 조금 떨어진 책상에 노트북을 펼쳐 놓은 여경관도 마찬가지였다. 천정에 달린 카메라가 벌써부터 숨소리까지 그대로 녹화하고 있었다.

취조실 오른쪽에 커다랗게 달린 시커먼 유리창을 보았다. 그 너머 숨겨진 방에서 여기를 뚫어져라 쳐다보며 담배를 빽빽거릴 사람들을 떠올리자, 아직도 위 속에 호스가 박혀 물을 뿜어대는 것 같았다.

기억이 띄엄띄엄 건너뛰지만 대강의 상황은 알 듯했다. 다만 어떻게 자신이 있는 곳을 그렇게 콕 찍어 덮쳤는지는 요령부득이었다. 피어오르는 의심은 한 사람의 얼굴을 만들어냈지만 그럴 리 없었다. 힘써 고개를 흔들어 지웠다.

어지럼까지 겹쳐 토할 듯이 웩웩거릴 때 문이 열렸다.

방 형사가 아니었다. 소령 정복 차림의 빼어난 미모의 여군이었다. 강화도에서 군인들이 말하던 윤 소령이 분명했다. 그 뒤로 중위 계급장을 단 단단한 표정의 군인이 들어와 그의 수갑을 풀어주고 뒤로 물러났다.

윤 소령은 맞은편에 앉았다. 투명하리만치 피부가 밝다는 것이 첫인상이었다. 문득 그녀의 하얀 얼굴이 드문드문 끊기는 기억 속에서 수치스런 생각들을 끄집어 올렸다.

그녀는 파일을 열고 펜을 꺼내들었다. 사무적인 건조한 목소리가 취조실에 퍼졌다.

"이름과 주소를 말씀해 주십시오."

예쁜 목소리였다. 작년 일이 주마등처럼 지나갔다. 떠오른 옛날 그녀의 얼굴이 윤 소령의 하얀 얼굴에 겹쳐지면서 떠나질 않았다. 나긋나긋한 향기가 코끝에 스며드는 것 같았다. 몸이 달아오르기 시작했다.

"이름과 주소를 말씀해 주시지요, 강태혁 형사님."

화들짝 놀랐다. 도색잡지를 보고 있는데 골방문이 벌컥 열린 느낌이었다. 재빨리 입을 열었다.

"강태혁. 36세. 남자. 주소, 서울 강북구 수유2동 431번지. 본적, 강원도 춘천시 운교동 511번지. 직업, 형사. 소속, 종로경찰서 강력8반."

윤 소령이 눈길을 파일 속에 묻은 채 물었다.

"당신은 현재, 세종로폭파 혐의와 강화 해병2사단 안철균 중사와 그의 처 박신애 살해 혐의, 그리고 마약 소지 및 복용 혐의로 검거되었습니다. 임수연 살해 또는 과실치사 건은 아직 조사 중으로 일단 제외했습니다. 자신이 처한 상황을 이해하십니까?"

강 형사는 짧게 고개를 끄덕였다.

그것으로 시작된 사무적인 말들이 탁구공 왔다 갔다 하듯 한동안 이어졌다. 강 형사는 사실은 확인했지만 혐의는 모두 부인했다.

펜을 놓은 윤 소령이 지그시 노려보았다.

"해병2사단에서 유출된 군용 콤포지션 C4의 일부가 강 형사님 집에서 발견되었습니다. 세종로테러에 사용된 폭약과 같은 겁니다. 추가 테러 계획이 있었지요?"

조곤조곤한 말투로 혐의를 기정사실로 전제하고 교묘하게 묻는 품이, 사람들을 많이 다뤄본 솜씨였다. 정신을 바짝 차리려고 기를 끌어올리려 하자 머리가 터질 듯이 아파왔다. 인상이 저절로 찌그러졌다.

"그게 왜 제 집에 있는지는 모르겠습니다. 저는 그런 폭약을 본 적도 없습니다. 다른 누가 가져다 놓은 것이 틀림없습니다."

윤 소령의 차분한 눈빛이 집요해졌다.

"그게 왜 하필 형사님 집일까요?"

물론 왜 그런지 알고 있다. 그날 아침 세종로 사진을 받을 때부터 시작이었다. 공안44 놈들이 기모노 입은 인형 사진과 방 형사 사진을 보내 도발한 것이다.

'그렇게 나를 집에서 떠나게 한 거…….'

순간, 뭔가가 언뜻 머리를 스쳤다. 뭔가 중요한 것 같았다. 틀림없었다. 하지만 매우 불편했다. 손가락 사이에서 모래가 빠져나가듯이 그것이 빠져나갔다. 그리고는 답답한 벽에 부딪힌 듯 아무 생각이 나질 않았다. 뭔가가 떠올랐다는 생각조차도 희미해졌다.

"모…… 모릅니다."

그의 속마음을 샅샅이 훑듯 윤 소령의 냉철한 눈이 한동안 번뜩였다.

"좋아요. 그럼 왜 강화도 안철균 중사 부부를 살해했습니까?"

빈속에 독한 마이신을 먹어댄 것처럼 속이 메슥거렸다.

"아까 말했듯이 살해하지 않았어요. 제가 그곳에 갔을 때 이미 죽어 있었습니다."

"안 죽였다면서 왜 도주했습니까?"

"그건……."

윤 소령이 단호하게 말을 잘랐다.

"죄가 없다면 도주할 리 없죠. 죄가 있으니까 도주한 거고요, 그렇죠?"

그렇지 않느냐며 설득하는 표정을 지었다. 차가운 매력에 빠져 자신도 모르게 잡혀 먹히는 작은 쥐새끼 같은 심정이 되었다. 가까스로 벗어났다.

“아닙니다. 함정에 빠졌다고 생각해서 움직인 것입니다.”

“함정이요? 누가 그런 함정을 꾸몄다는 말씀이시죠? 그리고 그게 함정이라면, 왜 하필 그 함정에 형사님이 빠진 겁니까? 아니 왜 형사님을 그 함정에 빠뜨리려는 걸까요?”

입을 열 수 없었다. 일본 우익 공안44를 여기서 설명할 수는 없다. 군인들이 죽일 작정으로 총을 쏘았다는 말도 소령 계급장을 단 군인에게 할 수는 없다. 팔은 안으로 굽는 법이었다. 강 형사는 침통한 어조로 답했다.

“모릅니다.”

윤 소령이 그러냐는 듯 끄덕이며 말했다.

“그럼, 왜 연락을 끊고 소집에 응하지 않은 거죠?”

“연락을 끊은 게 아니라 핸드폰이 망가져서 그런 거라고 아까도 말씀드렸습니다.”

“보통 때 핸드폰이 망가지면 어떻게 합니까?”

불편한 쪽만 치고 들어오는 것이 잠시도 가만 두지 않았다.

“새로 구입하든지, 아니면 상황보고를 반장에게 직접 하게 되어 있습니다.”

“그런데 왜 그렇게 하지 않으셨습니까?”

조심스럽게 지뢰를 피해서 답할 수밖에 없었다.

“그럴 겨를이 없었습니다.”

“왜요? 국가비상사태가 선포된 것보다, 강력8반 반장의 소환보다 더 바쁜 것이 있으셨나요? 전화 한 통화도 못할 정도로요?"

답답했다. 고속버스 안에서 방 형사의 전화를 받았을 때, 그냥 고향에 초상이 나서 내려가는 중이라고, 그래서 내일 출근 못한다고 했으면 별일 없을 거였다. 그녀에게 쓸데없이 치부를 드러내고 싶지 않았던 알량한 자존심이 문제였다. 이렇게 크게 번질 줄은 몰랐다. 그러나 때늦은 후회였다.

복잡해지는 표정을 뚫어지게 보던 윤 소령이 펜을 소리 나게 테이블 위에 놓더니 팔짱을 꼈다.

"좋아요, 그건 됐고. 그럼 강화에 가기 전 어디에 계셨습니까?"

펼쳐진 파일 뒤쪽에 써 있는 내용일 터였다.

"고향인 남원에 갔습니다."

"왜 갑자기 고향엘 가셨습니까?"

"어머니께서 돌아가셨습니다."

"그렇군요. 그런데 그 일이 그렇게 비밀입니까? 보고를 하지 않을 정도로?"

이해하지 못하겠다는 표정으로 설득하는 윤 소령의 얼굴을 빤히 쳐다보는 수밖에 달리 취할 방도가 없었다.

"좋습니다. 그럼 왜 3일장을 다 치르지도 않고 강화로, 그것도 갑자기 올라가셨는지 설명해 주십시오."

머리채를 단단히 부여잡고 아프게 벽에 계속해서 짓이기는 행위였지만, 정작 가해자인 윤 소령은 알 리 없었다. 정당한 질문이고 자신이 그 입장이라도 그렇게 했을 것이다. 그래서 더 마음이 복잡했다.

"장례 치르러 고향에 가셨다면 셋째 날 발인까지 하시고 오는 것이 자식 된 도리 아닌가요? 그런데 왜 발인도 하지 않고 갑자기 강화로 갔냐고요? 이상하지 않아요? 그렇죠?"

코흘리개 꾀듯 자그만 입술에서 조곤조곤 흘러나오는 목소리가 감미롭게 가슴을 휘감아 요동치게 했다. 강 형사의 눈을 읽으며 윤 소령이 틈을 파고들었다.

"그건 형사님이 안 중사를 죽여야 했기 때문에 그랬던 거였습니다. 그렇죠? 맞죠?"

그렇지 않았기 때문에 진정할 수 있었다. 하지만 윤 소령의 호소하는 듯한 눈길과 마주치자 자신감이 급속도로 사그라졌다. 그냥 다 털어놓고 이 자리에서 벗어나고 싶어졌다. 그러나 그럴 수는 없었다.

"아닙니다. 전 안 중사를 죽이지 않았습니다."

윤 소령의 눈이 포기란 없다는 듯 강렬하게 빛났다. 물고 늘어질 먹잇감을 순순히 놓아줄 여자가 아니었다. 아직 손에 쥔 카드가 수두룩했다. 자신이 그 입장이래도 밤을 새워가며 몰아칠 거였다.

"그럼 왜 장례 중간에 강화로 가셨어요? 말씀해 보세요."

이 일은 공안44나 죽이려고 작정하고 날아온 총알보다 나았다. 설명할 수 있었다. 혼자만 욕을 보면 될 질문이었다. 하지만 자신이 살아온 비틀어진 삶을 말하고 싶지는 않았다. 숨소리까지 녹화해대는 비디오에 영원히 남기고 싶지 않았다. 택할 수 있다면 차라리 감옥행이 나았다. 보잘것없는 인격과 품위지만 지키고 싶은 것이 있었다. 그것을 남에게 보여줄 수는 없었다. 지저분하기 때문만은 아니었다. 눈앞의 고통을 회피하기 위해 뒤틀려온 삶의 궤적을 꺼내 보이는 것은 스스로 자신을 포기하는 것이나 다름없어서였다. 망가진 과거도 결국은 자신이 껴안아야 할 자기였다.

"말씀해 보세요. 장례 중간에 왜 올라오셨어요?"

윤 소령은 그걸 꺼내보라고 계속 꼬였다. 이 떨치기 힘든 유혹은 인간을 버리고 동물이 되라는 요구이다. 그녀가 한 것은 요구였지만 그에게는 강요였다.

강 형사는 문득 자신도 이런 짓을 남에게 수없이 저질렀다는 생각이 들었다. 가슴속에 다른 의미의 아픔이 아리게 밀려들었다. 취조했던 범죄자들, 아니 약간 다른 길을 걸으려고 시도했던 이상한 나라의 기괴한 사람들이 하나씩 떠올랐다.

그리고 점점 무엇이 옳은지 하나도 모르게 되었다.

천정을 올려다보았다. 형광등 빛이 처음 보는 광경처럼 낯설었다. 귓속이 웅웅거리더니 멍해졌다. 정신이 차츰 흐리멍덩해지면서 눈앞이 뿌옇게 되기 시작했다. 어쩌면 눈물이 날지도 모른다는 당황스런 생각에 미치자 그냥 빨리 이 모든 것에서 벗어나고 싶었다.

고개를 내려 윤 소령을 보자 그녀가 뭐라고 말하며 계속 입을 오물거렸다. 하지만 들리지 않았다. 주변이 다 얼밋거리며 흐리게 되더니만 그녀의 예쁜 입술만 점점 커졌다. 문득 뱃속 저 밑에서 시커먼 연기가 꾸역꾸역 치솟았다. 모든 것이 입술 때문이란 생각이 머릿속에 가득 차들었다. 벌떡 일어나 확 덮쳐 빨간 입술을 물어뜯고 싶어졌다. 심장소리가 귓속에서 쿵쾅거렸다. 그는 그녀의 깔끔하고 반듯하게 입혀진 옷을 찢어발기고 광폭하고 난폭하게 그 속에 있을 하얀, 유약한, 가늘게 떨릴 살을 남김없이 물어뜯고 싶어졌다. 그리고 빨간 피가 범벅이 되도록 배가 불룩하게 가득 마셔버릴 거였다. 한 입 가득 터지도록 뜯어먹을 거였다.

쾅!

"묵비권입니까?"

책상을 내리치는 소리와 어려운 말이 다시 현실을 일깨웠다. 원초적 감정과 이성적 사고 사이를 오락가락하던 정신이 이성 쪽으로 약간 기울었다. 어려운 용어가 귀를 때리자, 그 틈에 이성이 정신을 조금 더 장악했고 광기스런 감성이 그만큼 밀려나갔다. 하지만 말끔하게 가지 않고 한쪽에 웅크리고 앉아 다시 기회를 엿봤다.

그의 머릿속은 의식 저 밑에 가라앉아 있던 이상한 영역을 헤매기 시작했다. 인간이 만든 사회라는 것, 제도라는 것, 규칙이라는 것, 문화라는 것……. 이 이성의 자식들이 감성의 광기를 잠재웠다. 그렇지만 이성이 옳은가? 감성이 나쁜가? 잠재운다는 말로 사고하는 것 자체가 옳은가? 그른가? 이런 것들을…… 판단하기 어렵다. 판단한다는 생각까지도 어렵다. 아니 그냥 싫다.

모든 것이 싫다.

그냥 빨리 끝내고 싶다.

조금 더 나은 곳에, 그냥 약간만 더 편한 곳에 가고 싶다.

그게 전부다.

그렇지만 그게 다가 아니란 것을 나도 잘 안다.

이런 생각을 다시 하고 있는 나 자신 원망스럽다.

아니, 이런 식으로 생각하라고 가르친 사회가 원망스러…… 아니, 아니, 이렇게 계속 꼬리를 물고 생각에 생각을 하게 훈련된 내가, 아니, 아니, 그냥 모든 것이…….

순간, 눈앞이 핑그르 돌며 몸이 이상한 위치로 움직이는 것 같다는 느낌이 들었다. 굉장히 오랜 후에 몸에 터질 듯한 충격이 오는 느낌이 들었다.

하지만 실은 순식간에 일어난 일이었다.

취조실 문이 열리면서 의사가 급히 뛰어 들어왔다. 의자에서 옆으로 떨어져 쓰러진 강 형사의 풀린 눈을 펜라이트로 비춰보고는 청진기로 심장 고동을 체크했다.

꽤 지난 후 염려스러워 하는 주변 사람들에게 의사가 말했다.

"1차적 이유는 피로 때문입니다. 2차적으로는 체내에 흡수된 마약이 완전히 제거된 것이 아니어서 그런 것 같습니다. 머릿속이 복잡해지면서 약간의 쇼크가 발생한 것 같습니다."

약간 당황했던 윤 소령이 끄덕이며 물었다.

"취조를 계속할 수 있겠지요?"

의사뿐만 아니라, 다급하게 뒤따라 들어왔던 특수부장까지 황당하다는 표정이 되었다. 그렇지만 윤 소령의 표정은 지금 취조를 막으면 당장이라도 누구든 물고 늘어져 감옥에 처넣을 기세였다.

윤 소령의 쏘아보는 눈길이 의사를 향했다.

"글쎄요…… 너무 무리되게 하시지만 않는다면……."

눈치를 보며 의사가 말했다.

"그럼 됐어요. 모두 다 나가세요. 빨리요!"

"그래도 나중에……."

누군가의 말을 윤 소령이 단칼에 잘랐다.

"한시가 급해요. 지금 밖에는 세종로를 열 번 터뜨리고도 남을 콤포지션 C4가 어딘가에서 돌아다니고 있어요. 폭탄이 되어 청와대라도 터뜨리지 않는다고 누가 장담하실 겁니까?"

그 말에 주위가 삽시간에 입을 닫았다.

"지금은 한가하게 인권을 논할 때가 아닙니다. 아셨어요? 아셨으면 모두 나가세요!"

그녀의 기세에 다들 취조실을 나갔다. 특수부장도 고개를 절래절래 흔들었다.

윤 소령의 명령대로 김 중위는 강 형사를 다시 의자에 앉히고 생수를 몇 모금 마시게 했다.

강 형사는 자기 밖에서 이루어지는 것들을 다 알고 느꼈지만, 모든 것이 슬로우 비디오처럼 굉장히 느리게 흘러가는 것이 이상할 따름이었다. 생수를 마시자 느려진 주위가 차츰 다시 빨라졌다.

"물을 마시면서 말씀하셔도 됩니다."

이전까지 못 마시게 했던 물을 이제야 마시게 하는 것 같은 느낌이 드는 말이었다. 강 형사는 조금씩 이 여자가 무서워지기 시작했다. 그래서 상대를 무서워하면 그걸로 끝장이라는 장 반장의 목소리를 떠올리며 주눅들지 않으려고 애썼다. 하지만 잘되지 않았다.

"임수연의 빌라에는 어떻게 가시게 되셨습니까?"

강화 안 중사 문제를 건너뛴 것은 계속 질문해야 마찬가지라고 생각한 것인지, 충격 받아 쓰러질 정도로 뒤가 구리다는 것으로 판단을 정리를 한 것인지 모호했다. 어느 쪽이든 강 형사에겐 불리했다.

강 형사는 생수병 뚜껑을 돌리며 시간을 벌었다.

"강 형사님, 임수연의 빌라엔 어떻게 가시게 되었냐고요?"

다시 쓰러질까 조심스런 말투지만, 눈빛은 집요했다.

'미네르바'에서 우연히 임수연을 만나 그녀를 따라 그녀의 집에 가게 되었다고 말했다.

윤 소령의 얼굴은 미심쩍다는 표정이 역력했다. 강 형사 역시 그렇게 답하면서도 스스로도 궁색했다.

"최고급 콜걸이, 처음 만난 남자를 자기 빌라로 아무 조건 없이 데려갔다고요? 죄송한 말씀이지만, 한눈에 빈털터리로 보이는 강 형사님 같은 남자를요? 성적 매력이라곤 전혀 없는 강 형사님을요? 하룻밤 데리고 놀 거리도 안 될 텐데, 설명이 좀 궁색하지 않으세요?"

그렇다고 전 청와대 정무수석을 만나기 위해서라고 답할 수는 없었다. 한동안 대답을 기다리던 윤 소령이 다른 쪽을 물었다.

"그럼 미네르바에는 어떻게 가셨어요? 그냥 그것도 우연히 갔다, 그런 설명은 빼고요?"

이 역시 또 다른 벽이었다. 지겨운 벽이 계속해서 앞을 막아서는 것에 자신도 미칠 지경이었다. 속 시원히 모든 것을 다 풀어놓고 싶었다. 하지만 그럴 수 없었다.

순간 강 형사는 한동안 잊고 있던 것이 떠올랐다.

'어떻게 그렇게 금방……?'

강 형사는 자신의 머리를 계속해서 벽에 짓이기는 윤 소령의 질문이 그치지 않을 것을 알았다. 그리고 자신은 결코 입을 열 수 없다는 것도 알았다. 그는 다른 방법을 택했다.

"어떻게 내가 임수연의 빌라에 있는지 아셨습니까?"

취조실에 마주 앉은 이후 처음으로 주도권을 쥐게 된 느낌이었다.

윤 소령은 호기심 어린 눈으로 강 형사를 관찰했다. 차라리 이것이 더 효과적으로 그를 알 수 있겠단 생각이 들자 윤 소령이 머릿속으로 빠르게 계산했다. 그리고 말했다.

"신고가 있었어요."

"신고요?"

윤 소령이 고개를 끄덕였다.

"누구죠?"

"그건 모릅니다. 익명의 제보였어요."

강 형사가 다시 물었다.

"제보가 그 한 번이었나요?"

"아니요. 여러 번 있었어요. 허위신고도 있었지만 가치 있는 진짜 신고도 있었죠. 춘천에서 형사님을 잡을 수도 있었어요."

강 형사는 저도 모르게 끄덕였다. 어디를 가든 다 알고 있었던 것이다. 아마 남원에서 그때 떠나지 않았다면 거기서 잡혔을지도 모른다.

"강화도 안 중사 집도 신고가 있었나요?"

윤 소령의 입가가 슬며시 올라갔다.

"아니요, 그건 형사님이 알려주셨잖아요."

"예?"

"경찰 데이터베이스에서 강 형사님께서 접속해서 확인한 것이 무엇인지 알아내는 것은 몇 초면 해낼 수 있는 일이잖아요."

슬며시 웃으며 윤 소령이 준비한 일격을 날렸다.

"형사님 집에 폭약이 있다는 것도 익명의 제보였어요."

강 형사가 시선을 똑바로 하고는 윤 소령의 얼굴에 재미있다는 표정이 떠오르는 것이 보았다.

"저희가 신고전화 성문聲紋을 분석했거든요. 물론 나중에 대조한 것이지만요. 아무튼 그 결과 그 신고전화를 한 사람이 바로 죽은 안 중사였어요."

충격이 적지 않았다. 갑자기 여러 사건이 머릿속에 뒤엉키며 제각기 소리쳤다. 머리가 다시 어지러워지려했다. 윤 소령은 놓치지 않았다.

"그래서 저희는 강 형사님이 안 중사를 죽였다고 생각해요. 모친 장례식임에도 불구하고 중간에 갑자기 강화로 가신 이유가 그거라고 생각해요. 어떻게 생각하세요, 저희의 추측을?"

거듭된 잽을 맞고 정신 못 차리는 권투선수같이 몸이 휘청거렸다. 그 충격 사이로 짧은 순간, 뭔가 이상한 틈이 열렸다가 닫혔다. 뭔가가 번쩍하고는 그대로 사라져 버렸다. 아니 그냥 꺼져버렸다. 그게 무언지 조바심 나게 궁금했지만 좀처럼 다시 떠오르지 않고 벽 뒤로 숨어버렸다.

윤 소령이 계속 밖에서 뭐라고 묻는 말을 무시하고 내면으로 깊이 잠수해 들어갔다. 그래도 무엇인지 잡히지 않았다. 조금 전 윤 소령이 말한 것을 다시 한 번 되새겨도, 한 번 스러진 성냥불처럼 강한 불꽃이 다시 일지는 않았다. 한 번 살짝 보여주었던 틈을 다신 보여주지 않았다.

'분명 이건데…… 분명 이게 본질인데…….'

그의 본능이 머릿속에서 미친 듯이 고함을 질러댔다. 강 형사는 지끈거리는 머리를 쥐어뜯으며 자리에서 벌떡 일어섰다.

하지만 순간 천정이 빙글 돌며 눈앞이 하얘지면서 모든 생각이 날아가 버렸다. 풀린 다리가 흐느적거리며 쓰러지자 급박하게 다시 취조실 문이 열리고 의사가 뛰어 들어와 쓰러진 강 형사를 살폈다.

그러나 윤 소령은 딴 나라 사람처럼 책상에 흩어진 파일을 정리하며 눈을 부라리는 특수부장의 얼굴을 외면했다. 다시 취조를 맡기지 않겠다는 고함을 무시하고 그녀는 차분하게 취조실을 빠져나갔다.

윤 소령은 다시 강 형사를 취조할 생각이 전혀 없었다.

얻어야 할 것을 이미 모두 얻었기 때문이었다.

PM 02:40

서장실로 향하는 방 형사는 증기기관차가 푹푹 대는 것보다 더 격앙되었다. 문을 홱 열고 들어섰다. 책상 위에 놓인 탁상용 액자를 들여다

보고 있던 서장이 눈을 돌리더니 한숨부터 내쉬었다. 미국에 산다는 딸이 보내준 가족사진이었다.

"일단 앉아."

무시하고 책상에 바짝 다가서서, 서장의 널찍한 얼굴에 눈을 들이댔다.

"어떻게 아직 몸도 제대로 가누지 못하는 사람을 심문할 수 있죠? 그리고 심문은 제가 하든지, 아니면 최소한 배석한 상태에서 해야 하는 것 아닌가요? 현직 경찰을 군인이 심문하나요?"

"일단 앉으라니까. 앉아서 말해."

잔뜩 찌푸린 얼굴로 서장이 담뱃갑을 찾았다. 폐암 말기 진단을 받아도 담뱃갑을 움켜쥘 양반이었다.

"특수부에서 결정한 거야. 뭐라고 할 수 없었어."

"왜 뭐라고 못해요. 서장님이시잖아요?"

서장은 담배에 불을 붙이고는 길게 연기를 내뱉었다. 그리고 이마를 손으로 피곤한 듯 문지르며 방 형사의 시선을 외면했다.

"그리고 왜 제가 강 선배를 만날 수 없게 막는 거죠?"

"그것도 특수부에서 그런 거야."

"말끝마다 특수부, 특수부 하시면 어떻게 해요, 서장님!"

서장이 그것 때문이라는 듯이 얼굴이 더 시커메졌다. 다시 길게 한 모금 뿜어냈다.

"일단 강 선배를 만날 수 있게 해주세요. 그래야 하잖아요."

서장이 정말 답답하다는 표정이 되었다.

"이봐, 방 반장. 자네가 아직 상황파악이 덜 된 것 같은데, 강 형사는 강력8반이라고."

"그런데요?"

"그러데요, 라니? 아직도 모르겠어? 8반 강 형사가 용의자라면 8반 반장은 어떻겠어?"

"예?"

"아직도 모르겠어? 이번에 새로 온 형사들은 다 내뺐잖아."

느닷없이 빰을 한 대 후려 맞은 기분이었다.

"세종로사건의 용의자로 잡힌 형사의 동료였던 형사, 그리고 지금은 그 직속상관인 형사가 무사히 넘어갈 거라고 생각해? TV와 신문에서 떠들어 대는 것은 시간문제라고 지금."

방 형사는 아무 말도 못했다.

"특수부에서 자네를 심문해야 한다는 걸 억지로 뜯어말리고 오는 참이야. 알겠어?"

서장의 미안함이 섞인 말에 방 형사는 힘이 더 빠졌다.

"제발 좀 가만히 있어. 벌집을 쑤셔대지 말고……."

서장이 담배를 비벼 끄고는 고개를 조금 돌리며 그녀의 눈길을 피했다.

"칼날이 언제 자네에게 날아올지…… 나도 몰라……."

PM 03:45

'베리타스Veritas'에 도착했을 때는 약속 시간을 조금 넘긴 후였다. 시간에 죽고 사는 군인인 윤 소령은 이미 도착해 있었다. 압구정동 화려한 카페 주차장에 세워놓은 군용 지프는 그 자체만으로도 튀었다. 지프 옆에서 담배를 피우던 김 중위가 급히 담배를 숨기며 경례를 붙이는 것도 마찬가지였다.

화사하고 밝은 카페 안에서 윤 소령을 찾는 것은 쉬웠다. 세련된 분위기에 어울리는 미모였지만 군인 정복이 딱딱한 껍질같이 그녀를 감추고 있었다. 어깨에 붙은 소령 계급장에 어울리지 않게 하얀 얼굴이 더욱 그랬다.

윤 소령이 일어서서 맞이하고는 다시 앉았다. 이렇게 마주 앉아보니 소령의 차가운 미모는 정말 눈이 부실 듯했다.

"죄송해요, 차가 생각보다 많이 밀리네요."

"괜찮습니다. 저도 조금 전에 왔습니다."

커피를 시키는 동안 의례적인 말이 잠시 끊어졌다. 주문 받은 웨이트리스가 고개를 살짝 숙이고 떠나자 윤 소령이 먼저 입을 열었다.

"강 형사님 때문에 보자고 하셨습니까?"

역시 얼음공주는 말을 돌리는 것을 몰랐다.

"그래요. 강 선배를 심문하셨다고요?"

"그렇습니다. 심문 장면을 촬영한 것을 모두 보신 것으로 알고 있는데, 달리 더 궁금한 것이 있으십니까?"

윤 소령은 조금도 말을 늦추지 않았다.

"심문하신 결과는요?"

소령은 싸늘하게 대꾸했다.

"보신 것과 별다를 것은 없습니다. 강 형사님은 혐의를 모두 부인했습니다."

"현재 강 선배는 어디에 있습니까?"

"그건 말씀드릴 수 없습니다."

조금도 표정에 변화가 없었다.

"왜죠?"

"1급 기밀입니다."

"아직까지는 강 선배가 용의자일 텐데요. 그 말은 지금도 엄연히 강력8반 형사라는 말이고요. 그러니 그의 신병에 대해 반장인 제가 알 권리는 있는 것 같은데요?"

"물론입니다. 다만 제가 처리할 수 있는 사안이 아닙니다. 구체적인 보고라인을 밟으셔서 정식으로 신청하시면 가능할 것 같습니다."

얼음처럼 냉정한 눈빛으로 쏘아보았다. 계속 같은 말만 반복할 게 분명했다. 다른 방법을 택했다.

"앞으로 진행사항은 어떻게 됩니까?"

"증거를 더 보강할 생각입니다."

애매한 말이었다. 강 형사를 범인으로 지목해서 증거를 더 찾는다는 말일 수도 있고, 다른 범인을 찾는다는 말일 수도 있었다.

주문한 카푸치노와 아메리카노가 나왔다.

"허심탄회하게 묻겠습니다, 소령님."

방 형사가 마음을 단단히 먹었다.

"세종로테러범으로 처음부터 강 선배를 정하고 있었던 것은 아닙니까?"

"무슨 말씀이십니까? 표적 수사를 했다는 말인가요?"

"그게 아니라면 어떻게 강 선배 뒤를 착착 따라 붙을 수 있었던 거죠? 때때마다 강 선배가 어디 있는지 제보전화가 딱딱 왔다, 그런 말인가요?"

윤 소령이 카푸치노 거품을 입에 물고 음미하듯 말했다.

"믿기 어렵겠지만, 그렇습니다. 사실이니까요."

수유리에 폭약이 있다는 것은 안 중사가 신고했다. 그리고 남원으로 가다 강화로 방향을 튼 것은 강 선배가 파출소에 나타났다는 순경의 신고를 받고 무엇을 조회했는지 추적해서 알게 된 거였다. 굳이 따지면 귀신같이 따라붙은 것은 춘천과 역삼동 임수연의 빌라밖에 없었다.

"너무 공교롭다는 생각은 안 하셨어요?"

"공교로워도 사실은 사실입니다. 오히려 공교로운 것을 찾자면 다른 것이 있지요."

"다른 것이라니요?"

윤 소령의 눈빛이 날카로워졌다.

"강 형사님이 숨어 있던 여관 바로 옆옆 건물에 강도가 들었다는 거짓 신고가 하필 그때 왔다는 것, 같은 거 말이죠."

뜨끔했다. 방 형사가 움찔하는 것을 보고 소령이 얄미운 미소를 지으며 카푸치노 잔을 들었다.

"누가 그랬는지 그 때문에 출동한 경찰차를 보고 강 형사님이 도주해 버렸죠. 저희가 도착하기 불과 몇 분 전에 말이에요."

종로에서 춘천으로 달려가기에는 시간이 부족했다. 어쩔 수 없이 무리수를 두었다. 김 순경이 가르쳐준 주소를 보고 옆 주소를 짐작해 춘천경찰서에 신고했던 것이다.

윤 소령은 카푸치노가 더없이 맛있다는 표정을 지으며 쐐기를 박았다.

"뭐, 세상에는 공교로운 진실이 흔한 법이니까요."

방 형사는 마음을 가라앉히고 다른 방법을 찾았다.

"소령님도 아시지 않습니까, 역삼동 임수연의 빌라에서 발견된 마약은 말도 안 되는 양이란 것을요?"

"그런데요?"

"강 선배가 마약 따위를 할 사람이 아니란 것도요?"

"그런데요?"

상대하지 않겠다는 듯 소령은 같은 말만 녹음기처럼 되풀이했다.

"너무 작위적이지 않나요? 누군가가 파 놓은 함정처럼요."

윤 소령은 그러냐는 듯 고개를 주억거렸다.

"폭약도 그래요. 자기 집에 감춰두다니요. 너무 허술하잖아요. 차라리 별도의 장소에 숨겨놓는 것이 더 안전하잖아요? 안 그래요?"

소령은 다시 고개만 끄덕였다.

"그리고 강 선배가 세종로테러범이라면 도대체 그 목적이 무엇이겠어요? 동기가 없잖아요, 동기가."

소령이 슬쩍 웃었다. 방 형사는 부아가 치밀어 오르려 했다.

"정말 후지와라를 죽이려고 강 선배가 그런 걸까요? 그렇지 않은 걸 잘 아시잖아요. 모든 게 마치 강 선배를 잡아넣어야 속 시원하겠다는 듯이 되어 있잖아요? 이상하지 않으세요?"

이런 대형 사건을 현장에서 진두지휘해야 할 8반 반장에게 뒤치다꺼리나 맡긴 것도 정말 이상하다는 말은 차마 하지 못했다. 자존심이 상하고 창피했다.

윤 소령이 못내 입을 열었다.

"이상하지요. 분명 이상해요. 하지만 그런다고 앞에 놓인 사실이 바뀌는 것은 아니지요."

방 형사는 벽에 대고 말하는 것이 낫겠다고 생각했다. 방 형사는 저도 모르게 흥분되었다.

"강 선배가 범인으로 몰리는 것을 알면서도 아무런 조치를 취하지 않겠다는 겁니까? 진범을 안 잡겠다는 겁니까?"

윤 소령의 표정이 딱딱하게 굳어졌다. 불쾌한 질문이어서가 아니라 뭔가 다른 것이 있었다. 방 형사의 눈을 노려보는 얼음공주는 뭔가 다른 결심을 한 듯 보였다. 그녀의 입에서 엉뚱한 말이 튀어나왔다.

"반장님은 강 형사님이 세종로테러범이라고 생각하세요?"

"아니요. 절대로요."

즉각적인 대답에 윤 소령은 쓴웃음을 지었다. 하지만 그 뒤로 따라와 드리워지는 얇은 서글픔 같은 것이 있었다.

"어떻게 그렇게 확신하시지요?"

"강 선배라면 그렇게 어처구니없는 짓을 하지 않을 테니까요. 미련하고 어리석기는 해도 바보는 아니니까요."

무슨 생각인지 윤 소령이 수긍하는 듯 끄덕였다. 그리고 방 형사 눈을 똑바로 쳐다보았다.

"저도 반장님과 같아요."

"예?"

"회수하지 못한 나머지 폭약이 어디 있는지 왜 묻지 않았는지 아세요?"

의미심장한 눈빛이었다.

"왜냐하면 강 형사님은 범인이 아니니까요. 마약에 취한 것도 자신이 한 것이 아니겠죠. 세종로테러도 물론 그렇고요."

철벽 같던 윤 소령의 너무 쉬운 말에 그만 맥이 탁 풀렸다.

"강 형사님이 뭔가 감추고 내놓으려 하지 않는 것이 몇 가지 있긴 했지만, 그건 다른 문제 같았어요. 알아낸 것을 전체적으로 보면 함정에 빠진 것이 틀림없어요. 강 형사님은 절대 범인이 아니에요."

방 형사가 따지듯이 물었다.

"그런데 왜 강 선배를 잡아넣었습니까? 범인이 아니라고 생각한다면서요?"

윤 소령은 정말 기이한 동물을 본다는 표정을 지었다.

"아니 정말 몰라서 물으시는 거예요?"

짧은 순간이지만 윤 소령의 눈빛이 번뜩였다.

"지금 필요한 것은 진실이 아니에요. 세종로 때문에 흥분한 저들에게 던져줄 것은 진실이 아니라, 진실이라고 믿게 할 그 무엇이에요."

방 형사는 가슴이 서늘해졌다. 아주 날카로운 칼에 스윽 베인 느낌이었다. 아직 피는 나지 않지만 살짝이라도 흔들면 쿨럭 피를 토해낼 것만 같았다.

"그…… 그럼 강 선배가 결백한 것을 알면서도 이대로 두겠다는 말씀이세요?"

윤 소령은 정말 한심하다는 표정을 지었다.

"세상에 결백이 어디 있어요. 잡히면 그 순간 결백은 없어요. 그걸 정말로 몰라서 하시는 말씀이세요?"

방 형사는 윤 소령을 정색하고 쳐다봤다.

"이럴 거라면 왜 강 선배를 심문한 거죠? 혼미한 상태의 강 선배를 밀어붙이기로 심문한 것은 구색을 맞추기 위해서였나요?"

"아니요. 진실을 알고 싶었어요. 그리고 진실을 알게 되었죠."

"진실을 알았으면 진실을 밝혀……."

윤 소령이 단호하게 말을 가로챘다.

"반장님! 반장님의 마음은 알겠어요. 하지만 현실을 똑바로 보셔야지요."

이런 상황에, 더욱 얼음공주에게 충고 듣고 싶은 마음은 눈곱만치도 없었다. 하지만 가슴이 콱 막혀버렸다.

"진실을 안다고 진실을 밝혀야 하나요?"

윤 소령의 말에 순간 멍했다.

"그게 무슨……?"

소령은 몸을 굽혀 방 형사의 놀란 얼굴 바로 앞까지 다가왔다. 수정처럼 차가운 그녀의 목소리가 낮고 단호하게 파고들었다.

"강 형사님이 무고하다고, 왜 제가 나서야 하죠?"

방 형사는 그대로 얼어붙고 말았다. 폐부에 날카롭게 파고드는 차가운 현실에 몸서리쳤다.

"왜, 하필 제가 진실을 밝혀야 하냐고요."

눈앞에서 얼음공주가 아름다운 독을 공기 중에 하얗게 뿜어댔다. 그 치명적인 독에 얼어붙은 방 형사는 그만 산산이 부서지고 말았다.

"시대와 불화하고 현실과 타협하지 못하는 진실은 진실이 아니란 것을, 아직도 모르시나요?"

PM 06:20

정신을 잃었던 노인의 의식이 점차 돌아왔다. 눈이 어둠에 적응하면서 자신이 어깨가 아플 정도로 의자에 꽁꽁 묶여 있는 것을 깨달았다. 허벅지는 피가 통하지 않는 것 같았다. 어두컴컴한 주위를 두리번거렸다. 눈앞에 한 남자가 등을 돌리고 탁자 위에서 뭔가를 덜그럭거리고 있었다. 음산하게 어두컴컴한 지하실 느낌이 살갗에 두려움을 심어주었다. 정신이 하얗게 끊어졌던 노인은 여기가 어딘지 자신이 어떻게 여기에 끌려왔는지 짐작할 수도 없었다.

"내…… 내가 누군지 알고 이런 짓을 하느냐!"

등 돌린 남자는 대꾸도 하지 않고 계속 뭔가에 열중했다. 노인은 할 수 있는 호령과 짜낼 수 있는 온갖 회유를 다 부려보았다.

하지만 남자는 자신의 일을 조금도 늦추지 않고 계속했다. 그것이 두려움을 끌어올렸다. 덜그럭거리는 소리가 꺼림칙하게 등골에 들러붙었다. 그리고 그 소리가 곧 끝날 거란 생각이 스며들자 몸이 제멋대로 사시나무 떨듯 흔들렸다.

이윽고 남자가 뭔가를 들고 천천히 돌아섰다.

남자의 얼굴을 보는 순간, 경악한 노인은 그만 오줌을 지리고 말았다.

처음 보는 얼굴이었다. 하지만 아는 얼굴이었다. 숱하게 많이 봐와서 너무나 익숙한 얼굴이었다. 아니 매일 아침 거울 속에서 보는 얼굴이라고 해도 틀리지 않았다.

그건…… 고문자의 얼굴이었다.

노인은 자신의 젊은 시절을 보는 것 같은 환각에 시달리며 주체할 수 없는 공포에 몸을 비비적거렸다.

하지만 그리 오래 걸리지 않았다.

노인은 85세였다.

PM 07:30

예상대로 국가정보원 정문 앞에서 막혔다. 신분증을 돌려주며 위병이 물었다.

"약속하셨습니까?"

"물론입니다."

거짓말이었다. 약속 없이 온다는 것 자체가 무모했다. 하지만 방 형사는 지금 그보다 더 무모한 짓을 해야 했다. 날카로운 눈매의 위병이 내선 전화를 들며 말했다.

"누구시라고 말씀드릴까요?"

"종로경찰서 강력8반 방현진 반장이 찾아왔다고 하시면 알 겁니다."

내선에 대고 짧게 답하는 위병의 경직된 뒷모습을 바라보는 그녀의 가슴이 두근거렸다. 벌겋게 단 솥뚜껑 위에 올라앉은 느낌이었다. 확률은 반반이었다. 아니 어쩌면 제로일지도 모른다.

아니라고 할 경우 어떻게 할지 고민하는 그녀를 향해 돌아선 위병이 날카로운 눈빛을 쏘았다. 그리고 주의사항을 말해주고는 경례를 붙였다. 속으로 안도의 숨을 내쉬었다.

국가정보원 정문이 열렸다.

천천히 소나타를 앞으로 나가게 하며, 아니라고 하기를 바랐는지도 모른다는 생각이 그녀의 머리를 메웠다. 심장이 서서히 뛰기 시작했다. 자신이 도대체 지금 무슨 짓을 벌이고 있는지 갑자기 알 수 없어졌다. 지금이라도 그대로 돌아가고 싶었다. 솔직히 두려웠다. 얼굴을 똑바로 볼 생각을 하자 숨이 막혀왔다. 이마에 땀이 흐르는 느낌이 들었다. 목이 바짝 말랐다.

그렇지만 강 선배를 구해낼 수 있는 유일한 방법을 포기할 수는 없었다. 절대로.

그녀는 총기를 맡기고 가슴에 방문패찰을 찼다. 시원시원하게 걷는 여자요원의 뒤를 따라 복잡한 복도를 걸어갔다. 천정과 벽 곳곳에 CCTV가 그녀의 온몸을 훑듯이 잡아댔다.

'기획조정실'이라고 된 커다란 사무실로 들어섰다. 넓은 사무실 양쪽으로 파티션을 나눈 자리가 가득했고 사람들은 돌아보지도 않고 뭔가에 골몰하고 있었다. 사무실 중간을 지나 '실장실'이라고 써진 문 앞에서

요원이 멈췄다.

노크하자 들어오라는 소리가 들렸다. 요원은 문을 열고 절도 있게 한쪽으로 비켜서서 그녀가 들어가게 해주었다.

건물에 들어오면서 속으로 계속 연습하던 말을 입안에서 더욱 빠르게 반복했다. 입안이 바싹 말랐다. 숨을 깊게 들이마셨다가 천천히 내쉬었다. 그리고 발걸음을 옮겨 문 안으로 들어섰다.

그녀 뒤에서 작은 소리로 문이 닫혔다.

커다란 마호가니 책상에 컴퓨터 모니터가 두 대 놓여 있었다. 그 양쪽으로 산더미처럼 쌓아놓은 서류와 파일들 틈에서 50대 후반의 여성이 고개를 숙이고 심각한 표정으로 뭔가에 계속 사인을 하고 있었다. 세련된 지성미가 흐르는 미인이었다.

그녀의 성격처럼 책상 위에는 실무적인 것들 외에 사적인 것은 하나도 없었다. 꽃병은 물론 그 흔한 탁상용 액자 하나 없었다. 굳이 따진다면, 투명한 아크릴에 검정 글씨로 '기획조정실장 백성연'이라고 쓰인 명패가 유일하게 비실용적인 것이었다.

그녀가 바로 이 나라 그림자에서 모든 것을 기획하고 처리한다는 바로 그 여자였다.

지금 사인하는 몇 가지는 급하게는 당장, 늦게는 10년 후에 이 나라의 판도를 완전히 바꿀 것들이었다. 복잡다단한 국내외 문제들이 그녀 손에 들어가면 깔끔하게 정리되어 하얗고 말끔한 옷을 입고 나왔다. 모든 것이 그녀의 작은 머리에서 기획되고 추진되고 꼭 그렇게 이루어졌다. 그녀의 팀은 단호하고 일사불란한, 그녀 생각의 구현체이자 확장이었다. 모든 것이 그녀의 눈이고 귀이며 손이고 발이었다. 그녀는 팀원들의 시간과 공간은 물론 생각과 느낌, 감정까지 지배해야 한다고 생각했고, 또 지배했다. 그녀는 주위를 떠도는 공기까지 복종한다고 믿는 것 같았다. 하지만 어느 누구 하나 불평을 제기하지 못했다. 아니 않았다. 마녀라고 수군거리기를 주저하지 않는 자들조차도 이 매혹적인 압제자 앞에서는 어떤 이의도 제기하지 못했다. 그녀가 자기 뜻대로 모든 것을 통제하는 만큼 그들의 눈앞에 원하는 결과를 가져다주기 때문이다.

그러니 그녀 앞에 타협이란 없었다. 협상도 조율도 없었다. 오직 그녀 자신의 생각과 의지만이 있을 뿐이었다. 그녀가 걷는 길에는 연민도 동정도 자라나지 않았다. 배려는 그녀의 반대말이고 포용은 그녀가 태어날 때부터 없었던 말이었다.

지금 방 형사는 이런 전제군주와 협상을 해야 했다. 아니 애걸을 해야 했다. 방 형사는 사무실에 들어온 그대로 한참을 아무 말 없이 서 있었다. 뭐라고 말을 붙여야 할지 혼란스럽기만 했다. 기껏 연습했던 말이 하나도 떠오르지 않았다.

눈 한 번 들지 않고 일에 몰두하는 것이 무시하는 것이 아닌 줄은 알지만, 오랫동안 잊혔던, 아니 잊은 줄로 알았던 아린 응어리가 치받치며 자신을 더욱 어리게 만들었다. 목에 콱 막혀 오는 것을 참으려 했지만 그럴수록 그러기 힘들어졌다. 데워진 눈가가 막 일을 내려 할 참이었다.

"앉으시죠, 방 반장님."

차가우면서도 날카로운 말이 가슴을 콱 메이게 했다. 덕분에 못난 꼴을 보이진 않았다. 백 실장은 여전히 서류에서 눈을 떼지 않은 채였다.

방 형사는 한 걸음 다가가 중앙에 놓인 중후한 물소가죽 소파에 앉았다. 가죽이 그녀의 심정만큼이나 팽팽했다.

실장이 말했다. 눈은 서류에서 떨어지질 않았다.

"저와 만날 약속을 하셨다고 거짓말을 하셨더군요, 방 반장님."

각오한 일이었다. 실장은 다음 서류를 펼치며 말을 이었다.

"그래 얼마나 중요한 일인지 들어보죠. 만약 쓸모없는 일로 제 시간을 뺏은 거라면, 아무리 강력8반 반장님이라고 해도 용서치 않겠습니다."

그녀의 말은 조금도 허세가 없었다. 정말 그럴 사람이고, 그렇게 할 능력이 있는 사람이었다.

하나도 변하지 않은 그녀의 모습에 가슴이 벌겋게 달아오르며 한쪽이 얇게 잘려나가는 아픔이 온몸에 퍼졌다. 저도 모르게 차가운 눈물이 뺨을 타고 내렸다.

눈물의 일렁거림이 전달되었는지, 실장이 서류를 넘기면서 비웃었다.

"천하의 방현진이 울다니, 조금 웃기는군요."

냉혹한 말이 방 형사의 눈물샘을 터지게 만들었다.

"계속 울 거면 나가시죠, 반장님. 전 바쁩니다."

지체 없이 실장이 책상 위의 인터폰 버튼을 누르며 말했다.

"김 비서관! 반장님 나가……."

"엄마!"

갑작스런 말에 백 실장이 이맛살을 찌푸렸다.

"김 비서관, 다시 연락하지. 일 봐요."

그리고는 방 형사를 똑바로 노려보았다. 사무실에 들어오고 처음이었다. 차갑고 사무적인 눈빛이 방 형사의 마음을 아프게 찔러댔다.

"반장님, 지금 무슨 말씀하시는 거죠? '엄마'라니요? 전 딸이 없습니다."

눈동자 하나 흔들리지 않고 준엄하게 말하는 실장의 얼굴이 처음 보는 것처럼 정말 낯설게 여겨졌다. 방 형사의 입술이 울먹임으로 잘게 떨렸다.

"제 딸은 10년 전에 죽었습니다. 이상한 소리 마시……."

"엄마!"

울먹이는 목소리에 백 실장의 눈망울이 조금 흔들린 듯도 했다. 실장은 자리에서 일어서더니 옆으로 몸을 틀어 외면하고는 팔짱을 꼈다.

"지금 여기에 강력8반 반장으로 오셨다면 제가 만나드릴 수 있습니다. 그런데 그게 아니라, 말도 안 되는 가족 타령이나 늘어놓으시려 하신다면……."

방 형사가 다시 뭐라 하려 하자, 실장이 하던 말을 끊고 단호하게 소리쳤다.

"당장 꺼지시죠, 방현진 씨!"

그리고는 완전히 몸을 돌려 등졌다. 방 형사의 눈에는 이 나라 그림자의 전제군주 흡혈마녀의 뒷모습이 가냘프게 떨리는 것처럼 보였다. 착각일지도 몰랐다. 방 형사의 어깨가 일렁거리며 눈물이 떨어졌다.

아무것도 없는 집에서 자수성가했던 아빠와 달리, 엄마는 뼈대 있는 집안의 고명딸이었다. 위로 오빠들이 모두 정관계에 진출해 내로라하는 위치에 있었다. 외갓집에 가면 숙연한 분위기가 늘 회담장 같았다. 낄낄거리는 웃음이나 연예인, TV, 영화 얘기는 입에 담지도 못했다. 가벼운 농담 하나 찾아볼 수 없는 사막 같은 집안이었다.

처녀적 엄마도 경직된 가풍에 질렸다고 했다. 법대에 가라는 외할아버지의 말씀을 어기고 영문학을 택한 것이 작은 반항이었다. 불같이 화를 내실 줄 알았던 외할아버지는 그러진 않으셨지만 한 달을 말씀하지 않으셨다고 한다.

외할아버지의 불호령은 정작 영문학을 택했던 때가 아니라, 아빠를 만나 결혼하겠다는 사실을 알렸을 때였다. 당시 아빠가 외무고시를 패스한 촉망받는 인재였지만, 외할아버지의 눈에는 막 문턱을 넘어선 수많은 풋내기들 중 하나일 뿐이었다. 반면 결혼할 때 엄마는 이미 그 대학 최연소 교수였다. 여교수라는 걸 눈 씻고 찾아봐도 겨우 한둘 보일까 말까 하던 시대에 모교의 교수로, 그것도 최연소로 발탁된 것은 물론 엄마의 실력만은 아니었다. 엄마의 실력이나 능력이 부족하단 말은 아니지만, 그런 일은 다른 세상일과 마찬가지로 실력으로만 되는 것이 아니었다. 직접적으로 외할아버지나 외삼촌들의 힘이 작용했다고 생각지는 않는다. 하지만 그 대학에서 외할아버지와 외삼촌들의 위세를 결코 무시하지 못했을 거라고 생각한다. 엄마 입장에서는 꿈에 그리던 교수가 되는 것이었지만, 대학 입장에서는 이래저래 월급쟁이 직원 한 명 더 뽑는 셈일 테니, 그런 일로 정관계에 중요한 인맥을 만들 수 있다면 그보다 남는 장사가 없을 거였다.

엄마와의 결혼을 두고 아빠에게는 승진의 당근과 좌천의 채찍이 놓였지만, 아빠는 내가 잘 알고 있는 그 모습처럼 잔잔한 단호함으로 승부했다고 한다. 아무런 대응도 없이 결혼을 계획대로 밀고 나갔고, 아프리카 변방 나라로 발령되자, 결혼식 대신 신혼여행을 그 나라로 먼저 가는 강수를 두었다. 물론 엄마는 학교를 퇴직했다. 외할아버지가 그렇게 막았지만 결국 신문에 작은 기사가 났고, 그것으로 상황이 종료되었다. 추문보다 무서운 것이 외할아버지에게는 없었기 때문이다.

외적 상황은 그렇게 끝났지만 내적 상황은 아빠가 아프리카 나라들을 거쳐 일본대사로 와 나카모토 신이치와 깊은 교유관계를 맺기 전까지 어렵게 돌아갔다. 일왕의 협박에도 굴하지 않고 신념을 지켰다는 살아 있는 전설인 신념의 나카모토가 인정한 유일한 한국인이 되고 나서야, 비로소 외할아버지는 아빠를 인정했고 엄마를 용서했다. 그 후 외할아버지는 엄마를 관계官界로 끌어들였다.

엄마는 어느 분야에서든지 성공할 수 있는 노력파였다. 충분한 능력과 재능도 있었다. 그런데 그 재능을 영문학이 아닌 관직에서 꽃을 피웠다는 것이 나의 불행이었다.

우리 집이 일 년에 두 번 억지로 가는 외갓집처럼 딱딱해지며 곧 부서질 크래커마냥 조마조마하게 메마르기 시작한 것이 그때부터였다. 홍겨울 때면 줄곧 바이런의 시를 읊조리기까지 하던 엄마가 그런 적이 있었는지 기억나지 않을 정도로 변했다. 무엇보다 바빴다. 출근이 급한 아빠가 밥을 챙겨주는 횟수가 점차 늘어나더니, 국그릇과 프라이팬을 도무지 찾을 수 없다는 식의 불평이 엄마에게 언제부턴가 익숙해지기 시작했다. 그렇게 엄마의 모습이 주방에서, 거실에서 사라지더니 같이 얼굴을 맞대고 놀던 기억까지 가물거리게 되었다. 집에서 엄마를 보는 날이 현저하게 줄어들수록 엄마는 더욱 빛나기 시작했다. 남들에게는 황홀한 그 빛이 내 눈을 찌를 때면 나는 눈을 깜빡거리지 않을 수 없었다. 깜빡거리며 눈을 비비는 그 끝은 언제나 아린 눈물이었다.

엄마는 나보다 일에 더 취해 살았고, 그것이 차츰 엄마의 삶 전부가 되었다. 엄마의 말이 간단하고 짧아지는 것을 느낀 것은 한참 후였다. 날카로운 눈매와 냉철한 입매는 외할아버지에게 받은 천성이라고 생각한다. 하지만 거기에 담기는 의미와 떠오르는 표정은 엄마가 달려간 그 길에서 만들어진, 또 만들어낸, 고도의 정치술이었다. 엄마는 충분히 세련되었고, 배경이 든든했으며, 영민하고 냉철했다. 그리고 이 나라에 그런 여성이 꼭 필요한 시기였다. 하지만 나도 아빠도 엄마가 꼭 필요한 시기가 그때였다.

불의의 사고로 돌아가시기까지 아빠가 일본대사로 지내는 홋카이도에 있는 나카모토 신이치의 고택에서 지냈던 시절이 아무도 없는 서울 엄마 집에서 지내는 때보다 훨씬 즐거웠다는 것에 대해 나는 일말의 죄책감도 없다. 아빠가 돌아가시고 엄마가 있는 서울에 왔지만, 엄마는 여전히 만나보기 힘들었고, 일 해주는 아줌마와 시간 맞춰 번갈아 오는 과외선생님들이 내가 만나서 말할 수 있는 전부였다. 그들도 모두 엄마의 직간접적 언질을 잘 따르는 사람들이었다. 일거수일투족이 하나도 빠짐없이 엄마의 측근에게 보고되는 것 같았다. 딱 한 명 예외가 있었다. 더벅머리 깡마른 강 선생만이 아무것도 모르고 천방지축으로 맘껏 떠들어댔다. 엄마의 암묵적 사인도 무시했다. 그가 내 앞에 나타난 것이 엄마 일생일대의 실수였겠지만, 나에겐 하나의 빛이었다. 어떤 말을 해도 엄마에게 들어가지 않는 숨구멍이 생겼다. 기뻤다. 거의 매일 울며 깨어나던 아빠 꿈을 꾸지 않게 된 것이 그즈음이었다. 엄마가 선생님을 잘라버렸지만, 아빠 꿈을 다시 꾸지는 않았다. 그만큼 내가 컸다. 아빠는 기억 속 추억의 한 갈피를 채우며 아름답게 자리 잡게 되었다. 그렇게 난 아빠를 보냈고, 엄마를 떠나, 경찰이 되었다. 처음으로 내가 내 생각대로 결정한 일이었다. 지금까지 단 한 번도 후회하지 않았다.

모두 강 선생님이 없었다면 있을 수 없는 일이었다. 그는 나에게 준 것이 많지만 난 그에게 준 것이 하나도 없다. 따지고 보면, 주려고 하지도 않았다.

그런데 그가 지금 헤어 나올 수 없는 수렁에 빠져 있다. 과외에서 잘리는 것과는 비교가 되지 않는 위험에 처해 있다.

난 지금 그를 죽이고 싶도록 미워했던, 그리고 아직도 미워하는 엄마에게 그를 풀어달라고 애원해야만 한다. 엄마라면 할 수 있다. 분명히…… 그런데…….

"끌려 나가기 전에 어서 나가시죠, 방 반장님!"

서릿발 같은 목소리가 자신이 처한 상황을 아프게 일깨워줬다. 두 번 말하지 않는 성격인 것을 잘 아는 방 형사는 비서관이 들어오기 전에 손으로 자국 난 얼굴을 닦았다. 수치심이 밀려왔다. 나약함이 저주스러울 만치 부끄러웠다. 외면당하고 나자, 주저앉아 손을 내미는 쉰내 나는 부랑자나 다를 바 없었던 자신의 처지에 얼굴이 화끈거렸다. 한없이 처량하고 비참했다.

결심했다.

절대로 다시는 손을 내밀지 않겠다고……. 이를 악물고 다짐했다.

그리고 그 자리에서 일어섰다.

PM 09:20

올림픽대로를 달리는 소나타의 엔진이 들끓었지만, 마음에 된서리를 맞은 방 형사는 까마귀 마냥 축 처졌다.

강화 안 중사 살해현장을 다시 살폈다. 어린 딸도 다시 만났다. 미네르바도 들렀다. 하지만 소득이 없기는 마찬가지였다. 큰 기대는 안 했지만 허탈한 마음은 진정되지 않았다. 피곤으로 들쑤시는 몸이 저려왔다. 화장도 푸석푸석하게 들뜨는 것 같았다.

'공안44의 음모가 분명하다. 놈들이 강 선배를 압박해 저승으로 보내려는 거다.'

하지만 과도했다. 세종로를 폭파시킬 정도로 크게 벌이지 않고도 충분히 할 수 있는 일이었다. 그런데도 감행했다.

불편한 위화감은 꺼림칙한 결론으로 치달았다.

강 형사를 잡은 것이 일본 조직이 아니라 바로 우리라는 엄연한 사실은 한 가지를 분명하게 말해주고 있었다. 인정하고 싶지 않지만 그랬다.

그것은 일본 공안44의 입김이 우리 경찰과 군대 속에 퍼져있다는 말이었다.

PM 10:15

역삼동 임수연의 빌라 앞에는 정복 순경 둘이 서 있었다. 골목을 지나는 동네 사람들은 쑥덕거리는 분위기는 아니지만 은근한 관심의 눈초리로 흘낏거렸다.

봉인한 문을 열고 들어갔다. 거실에 불을 켰다. 바닥에 정신없이 찍힌 발자국만 빼면 새벽과 별다를 것이 없었다. 천천히 하나씩 다시 살폈다. 한참 걸렸다. 중요한 것들은 증거물로 수거해 가서 특별할 것이 남아 있지 않았다.

여기도 결국 아무 소득이 없었다. 소파에 털썩 앉자 절로 한숨이 나왔다. 갑갑함이 밀려왔다. 적막한 집 안에 꽉 막힌 공기가 터질듯이 그녀를 눌러댔다.

무의식적으로 일어나 커튼을 잡고 열어젖혔다.

순간 번뜩하는 것이 창문 밖을 스친 듯했다. 머릿속에서 불꽃이 터졌다. 방 형사는 그 즉시 임수연의 빌라를 박차고 뛰어나갔다. 문을 지키던 순경들이 깜짝 놀라 어리벙벙한 표정으로 달려가는 그녀의 뒤를 보다가, 고개를 흔들어댔다.

방 형사는 바로 옆동 빌라로 뛰어 들어갔다.

막아서려는 경비원에게 신분증을 들이대며 밀어버리고는 계단을 뛰어올라갔다. 맘속으로 계산한 빌라의 현관 앞에 멈춰 섰다. 순간적으로 기를 끌어올린 탓에 땀이 뒤늦게 솟았다. 흐르는 땀을 손등으로 닦으며 생각했다.

엘리베이터가 없는 빌라였고, 계단을 올라오는 동안 마주친 사람도 없었다.

급한 호흡을 가다듬으며, 혹시 위로 도주한 자가 있을 것을 대비해 재빨리 위층을 확인했다. 계단에는 아무도 없었다. 이 빌라를 나간 사람도, 들어간 사람도 없었다. 한 가지 가능성은 집을 나와 다른 집으로 도피했을 가능성이 있다. 하지만 그럴 가능성은 적어 보였다.

'그 정도로 전문적인 도주를 할 자라면 조금 전과 같은 멍청한 실수를 할 리 없지.'

방 형사는 핸드백 안에서 조심스레 권총을 꺼내들었다. 숨을 한번 크게 들이쉬고 초인종을 눌렀다.

네 번 누르고 나서야 안에서 움직이는 기척이 나더니 여자의 목소리가 들렸다.

"누구세요?"

"저희 집 앞에 쓰레기를 버리시면 어떡해요. 이게 뭐예요?"

방 형사는 짜증이 묻어나는 목소리를 냈다.

"예? 그게 무슨 소리세요?"

"아니 교양 없게 같은 빌라에 살면서 이게 뭐예요? 좀 보세요. 눈이 없으세요?"

지잉 하는 소리와 함께 문이 열리고 50대 초반 펑퍼짐한 아줌마의 얼굴이 나왔다. 방 형사는 열린 문을 홱 잡아당기며 아줌마를 벽으로 밀어 붙이고는 그대로 거실로 뛰어 들어갔다. 그리고는 총을 들고 예상한 방향의 방문을 잡고 열어젖혔다.

"꼼짝 마!"

갑자기 나타난 총을 든 여자에게 놀란 여드름투성이가 화들짝거렸다. 고3쯤 돼 보이는 사내애는 놀라 손을 위로 치켜들고 벽에 붙어 벌벌 떨었다.

방 형사는 재빨리 사내애를 잡아 침대에 엎어뜨리고는 팔을 뒤로 꺾어 제압했다. 뒤따라온 그의 어머니로 보이는 아까 그 중년 아줌마가 놀라 새된 비명을 질러댔다.

"무슨 짓이에요?"

듣기 역겨운 억양이었다.

"겨…… 경찰에 신고할 거예요?"

"안 그러는 게 아드님 신상에 좋을 걸요."

방 형사는 침대에 엎어져 벌벌거리는 사내애를 향해 소리쳤다.

"너 조금만 움직이면 그대로 죽을 줄 알아. 알았어?"

그리고는 놀란 토끼눈이 되어 있는 아줌마를 무시하고 방 구석구석을 뒤졌다. 예상했던 것이 쏟아졌다.

방 여기저기에서 망원경, 헤드폰, 리모컨, VCR, 라디오 비슷한 이상한 전자기기에 온갖 크기의 비디오테이프까지 쏟아져 나오자, 아줌마는 입이 떡 벌어지며 눈이 동그래졌다. 방 형사가 천천히 총을 집어넣고 신분증을 꺼내 뭐라고 말하려는 아줌마 얼굴에 들이댔다.

"조용히 끝내고 싶으면 방문 닫고 나가세요. 당장! 아니면 즉시 경찰서로 연행하겠어요. 알겠어요?"

아줌마는 방 형사의 서슬보다 믿었던 아들이 침대에 엎어져 한마디 대꾸도 못하는 것에 더 큰 충격을 받은 듯 싶었다. 몇 번을 망설이더니 나갔다. 분명 문 밖에서 귀를 대고 있을 거라고 생각하며, 방 형사가 조금 전까지 그 애가 앉아 있던 의자를 발로 끌어당겨다 앉았다. 그리고 발로 그 애 옆구리를 걷어찼다.

"일어나 앉아."

여드름투성이의 얼굴은 불안과 수치심으로 시뻘겋게 되어 있었다. 방 형사가 번뜩거리는 듯한 느낌을 받았던 것은 불빛에 반사된 망원렌즈였다.

"고3?"

주눅 든 고개가 옆으로 흔들었다.

"재수생?"

풀이 죽은 얼굴로 천천히 끄덕였다.

방 형사가 구찌핸드백에서 수갑을 꺼내 침대 위에 툭 던졌다.

"이제부터 말로 하지 않고 고갯짓으로 까닥거리면 이걸로 채워서 경찰서로 끌고 가겠다. 네 엄마가 충격을 받든 말든 난 상관없어. 알았어?"

말을 처음 배운 것 같은 소리가 작게 흘러나왔다.

"……예."

녀석은 풀이 확 죽어 있었다.

"너 매일 밤 옆집을 훔쳐봤지?"

한참동안 당황한 눈망울이 흔들렸다. 방 형사가 의자에서 일어나서 수갑을 쩔그럭거리며 집어 들었다. 목소리가 다급하게 나왔다.

"예! 예! 봐…… 봤습니다."

방 형사가 인상을 쓰다 다시 천천히 앉았다.

"재깍재깍 말해. 알았어?"

"예……."

녀석은 우물쭈물했지만 묻는 것을 순순히 털어놓았다. 무엇보다 바닥에 가득 쏟아져 나온 움직일 수 없는 증거물 때문에 피해갈 수 없다는 것을 알고 체념했기 때문이다.

현동혁이라는 여드름투성이 재수생은 완전히 임수연에게 빠져 있었다. 바로 옆 빌라여서 웬만한 소리는 다 들렸다. 작년 여름 창문을 열어 놓고 잔 적이 있었는데, 그날 이후로 일이 커져버렸다. 공교롭게도 임수연도 그날 거실 창문을 열어 놓았던 것이다. 혼자 살다보니 임수연은 습관적으로 욕실 문을 닫지 않았는데, 샤워하는 소리와 대충 큰 수건을 두르고 욕실을 빠져나온 여인에게, 여드름투성가 그만 홀라당 뒤집혀 버리고 만 것이다.

그날 이후 젊은 혈기에 조금씩 더 깊이 빠져 들어 밤이면 밤마다 공부한다는 핑계로 엿보고, 엿듣고, 살펴보았던 것이다. 구하기 힘든 적외선 망원경까지 인터넷으로 외국에서 구한 것이 넉 달 전이었다. 남자가 와서 자고 간 적도 있다는 말을 할 때는 분개와 아쉬움의 미묘한 기색이 교차했다.

방 형사가 조심스럽게 물었다.

"어제 새벽에도 봤지?"

다시 그는 고개를 끄덕였다. 방 형사가 수갑을 들자 다급히 '그렇다'고 답했다. 내성적인 재수생이 콜걸에게 홀딱 빠져버린 것이 어처구니없어 웃음이 나왔지만 그는 심각한 중증이었다.

"뭘 봤어? 말해 봐."

한참을 주저하던 그가 말했다.

"남자와 같이 들어왔어요. 남자가 샤워를 한 후…… 여자가 샤워를 한 것 같아요."

적외선 카메라와 소리만으로 상황을 재구성해 내는 것이 하루 이틀의 일이 아닌 것이 분명했다.

"그리고 남자는 거실 소파에 눕고, 여자는 그냥 안방으로 들어간 것 같아요. 그런데……."

"그런데 뭐?"

방 형사는 바짝 긴장되었다.

"갑자기 사람들이 들이닥친 것 같아요."

가슴이 두근거리기 시작했다.

"그게 무슨 소리야?"

"펜라이트 빛이 여러 개였어요."

"펜라이트?"

적외선 망원경까지 있는 녀석이어서 그런지 묘사나 상황이 비교적 정확했다. 몇 명인지 모를 사람들이 그녀의 빌라에서 한동안 뭔가를 하고 나갔다는 말을 할 때는 자신도 조금 긴장한 기색이었다.

"몇 시쯤이었는데?"

별로 기대하지 않은 질문이었는데 의외로 정확한 답이 나왔다.

"3시 30분이 조금 넘었을 거예요."

"펜라이트를 가진 누군가가 들어온 때가?"

"예."

"아까 말한 남자와 같이 여자가 돌아온 때는 언제였는데?"

"그건 2시 50분쯤이었어요."

어떻게 그렇게 정확하게 시간을 아느냐는 말에 벌게진 얼굴로 한참을 주저하던 녀석이 결국 털어놓았다.

이 소심한 변태 같은 녀석이 블로그에 소설을 빙자한 일지를 적고 있었던 것이다. 어이없는 표정이 된 방 형사를 녀석은 똑바로 쳐다보지도 못했다. 한심했지만 못된 놈은 아니었다. 조금 안쓰럽기까지 했다. 이대로 두면 전형적인 히키코모리가 될 것 같았다. 그녀의 그런 눈빛을 알았는지 녀석이 생각지 않은 말을 했다.

"그런데요, 거기 쓰지는 않았지만, 2시쯤인가, 그 빌라에 불빛이 있었어요."

"뭐?"

임수연이 오기 전이라 일지에 적을 생각을 하지 않았다고 했다. 놀란 방 형사의 머릿속이 정신없었다. 2시라면 임수연과 강 형사가 빌라에 들어오기 전이었다.

"분명 2시야?"

다짐받듯 물었다.

"예, 틀림없어요. 2시쯤 펜라이트 빛이 비치는 것 같았어요."

"펜라이트 빛이면 빛이지, 그게 무슨 소리야? 명확히 말해!"

자신도 아쉽다는 듯이 그가 말했다.

"자세히 못 봤거든요. 바로 그때, 엄마가 2시 다 됐으니 오늘은 그만 자라며 문을 두드리셨거든요. 그래서 급히 망원경을 감추고 눕느라 제대로 못 봤어요. 한참 누워 있다가 2시 20분쯤 다시 봤는데 그땐 아무도 없었어요."

방 형사는 머릿속은 잠시 혼란스러워졌다. 자신이 앉아 있는 곳이 어디인지, 무엇을 하고 있었는지도 잊어버리고 그날 상황을 머릿속으로 그려보았다.

임수연과 강 형사가 빌라에 온 것은 2시 50분쯤이었다. 여드름투성이의 말대로라면 강 형사는 소파에서 잠을 잤다. 3시 30분 쯤 들어온 자들이 강 형사를 안방으로 옮기고 상황을 연출한 것이 분명했다. 그동안 강 형사는 깨어나지 않았다.

'이미 당한 것이다. 그건 2시에 누군가 들어와 준비를 했다는 말이다. 결국 2시에 온 자들과 3시 30분에 온 자들은 같은 자들이다. 그렇다면 그건…….'

방 형사의 머릿속에서 천둥이 쳤다.

'놈들은 강 선배가 임수연 빌라로 올 것을 이미 알았다는 얘기잖아?'

귀신 같은 놈들이었다. 무슨 재주를 부렸는지 강 형사가 어디를 가든 훤히 꿰뚫고 있었다. 그러자 너무 자연스러운 의문이 솟았다. 그 기묘한 위화감이 몸에 달라붙어 도무지 떨어지질 않았다.

'직접 잡지 않고, 왜 우리에게 넘긴 거지?'

뭔지 모르지만 완전히 저들의 손아귀에서 놀아난 것이다. 아니 지금도 놀아나고 있는 중일지도 모른다.

'놈들의 목적이 뭐지? 강 선배를 잡는 것? 그를 잡아서 도대체 뭘 하려고?'

의문이 꼬리를 물었다. 하지만 아무리 생각해도 세종로를 폭파시켜서 얻을 것이라고 하기에는 턱없이 부족했다.

갑자기 전화벨 소리가 그녀의 정신을 흔들어댔다. 정신을 차리고 핸드백 속을 뒤져 전화를 꺼냈다. 모르는 번호였다.

"여보세요, 누구시죠? ……예? 뭐요?"

방 형사는 전화를 끊고 정신없이 방문을 열고 뛰쳐나갔다. 문밖에 서 있던 펑퍼짐한 아주머니가 뒤로 나동그라졌다. 하지만 다른 것이 눈앞에 들어오질 않았다.

빌라를 미친 듯이 뛰어 내려가 자신의 소나타로 달렸다. 머릿속에선 피가 끓었고 눈에선 불꽃이 튀었다. 전화는 방 형사의 아파트 동 경비원이 한 거였다.

지금 경찰들이 잔뜩 와서 그녀의 아파트를 압수수색한다는 말이었다.

PM 11:40

경비 아저씨는 엉거주춤한 자세로 어쩔 줄 모르고 서성이고 있었다. 터질 듯한 브레이크 소리와 함께 소나타가 멈춰 서자, 안도의 숨을 쉬고 달려들었다.

"저기 아까 전부터 경찰이라고 달려와서는, 아무리 말려도 문을 뜯고……."

문을 뜯었다는 말에 방 형사는 가까스로 진정했던 성질이 터져 버렸다. 위층에 머물러 있는 엘리베이터 버튼을 신경질적으로 누르다가 그냥 옆의 계단을 숨도 쉬지 않고 뛰어 올라갔다.

거친 숨을 몰아쉬며 서 있는 그녀의 눈앞에 참혹한 광경이 펼쳐져 있었다.

아파트 현관문이 활짝 열린 채 시커먼 사내들이 들락날락거렸다. 새로 단 게이트맨은 볼썽사납게 뜯겨져 옆에 패대기쳐져 있었다. 문 앞에는 단단해 보이는 검은 양복의 사내가 서 있었다.

분노한 방 형사가 들어서려는 것을 단호한 손으로 막았다.

"지금은 압수수색 중입니다. 물러나십시오."

"내 집이야!"

"물러서십시오."

침을 뱉듯 외쳤다.

"영장 가져와!"

검은 덩치가 움찔하더니 대꾸를 못했다.

"영장 가져오라고 이 새끼야!"

하고는 그대로 덩치의 사타구니를 차버렸다. 단말마의 신음을 토하며 검은 덩치가 앞으로 몸을 푹 숙였다. 그러자 순간 현관문 바로 안에 서 있던 다른 검은 양복이 총을 빼들고 겨눴다.

"꼼짝 마!"

방 형사는 분노로 온몸의 피가 거꾸로 솟았다. 그 모습에 검은 양복이 순간적으로 주춤거렸다.

"뭐, 뭐가 어째? 꼼짝 마?"

놈이 총을 쏴서 가슴이 뻥 뚫리면 정말 시원할 것 같은 기분이 들었다. 주변의 다른 요원들조차 석상이 된 듯 움직이질 못했다.

"그 총으로 쏘겠다고? 그래 한번 쏴 봐. 쏴 봐! 쏴 보란 말야, 이 개새끼야!"

말을 하며 서서히 다가가던 방 형사가 그대로 검은 양복의 뺨을 후려갈겼다.

이때 부엌 쪽에서 준엄한 표정의 40대 요원이 나왔다. 그러자 다른 요원들이 재빨리 고개를 숙이며 뒤로 조금씩 물러갔다.

"방현진 씨 맞습니까?"

"그래, 나다. 그런데 넌 누군데 내 집에서 이 지랄이야?"

참았던 성질이 다 폭발하는 듯했다. 쌓이고 쌓인 것을 다 풀어버리는 기분이었다.

"특별수사본부 감찰단에서 나온 김명수 경정입니다. 수색에 협조해 주십시오."

"웃기네! 영장 있어? 영장 가져와!"

하며 밀고 들어가려 했다. 그러자 사타구니를 맞고 쓰러졌던 덩치가 손을 들어 다시 막으려 했다. 뿌리치려 할 때, 감찰단에서 나왔다던 그 자가 눈앞에 영장을 펴 보였다.

정말 확실한 수색영장이었다. 순간 맥이 탁 풀렸다. 특수부장의 야비한 얼굴이 떠올랐다. 그러자 저절로 욕이 튀어나왔다.

'이 씨발 놈들이 정말…….'

방 형사는 영장을 잡아채자마자 그대로 찢어버렸다.

"무…… 무슨 짓이십니까?"

그리고 놀란 그의 양미간에 가방에서 꺼낸 시그Sig 권총을 겨눴다.

총을 꺼내 겨누자 흥분해서 터질 것 같던 마음이 차분해지면서 머리가 차갑게 맑아져 왔다. 총을 김 경정에게 겨눈 채, 다시 앞을 막으려 했던 덩치의 사타구니를 그대로 차버렸다. 푹 쓰러져 끊어질 듯한 신음을 흘렸다. 들끓던 감정이 조금 풀어졌다. 놀란 눈의 김 경정에게 달려들어 목을 틀어쥐고 총으로 관자놀이를 찔렀다.

"영장도 없이 남의 집에서 무슨 짓이야."

낮은 목소리로 을렀다.

"영장은 방금 전……."

힘껏 목을 조르자 말을 마치지 못했다.

"꺼져!"

목이 감겨 괴로운 듯 캑캑거리는 김 경정 주위로 압수수색을 하던 요원들이 모여들었다. 한눈에 보기에도 일급요원들만 선발한 것이 분명했다.

"난 강력8반 방현진 반장이다. 어떤 씨발놈이 내 집을 수색해? 무슨 혐의로 이 지랄이야. 도대체 어떤 개새끼야?"

그때 안쪽에서 굵은 목소리가 들렸다.

"제가 그 개새끼입니다, 반장님."

김 경정을 끌어 쥔 채로 돌아봤다. 안방에서 나온 듯한 50대 남자가 지긋한 눈빛으로 그녀를 바라봤다.

특수부가 발족할 때부터 특수부장 뒤에 말없이 있던 남자였다. 감찰부장이라고 소개할 때 인사한 것이 전부였다. 한 번도 전면에 나선 적이 없는 자였다.

"감찰부장께서 직접 오실 정도로 똥줄이 타셨나 보군요."

감찰부장이 푸근한 눈웃음을 지었다.

"영장은 있었지만, 반장님께서 없애신 것 같군요."

그는 찢겨 땅에 떨어진 영장에 눈을 주며 말했다. 낮지도 높지도 않은 목소리였다. 분노도 기쁨도 담을 수 있는 톤이었다. 만만치 않은 자였다.

"다시 만들어 오겠습니다."

하고는 넉살좋게 웃었다. 다시 적법 절차를 밟겠다는 말처럼 했지만 이미 볼 것은 다 봤다는 뜻이었다. 물러날 때를 아는 자가 용장이라고 했다. 그는 아무것도 잃지 않고 떠날 명분을 찾은 거였다. 거실에서 난리가 나서 욕설이 난무해도 나서지 않은 것은 그 때문이었다.

눈웃음을 짓던 감찰부장이 지나가는 말투로 툭 던졌다.

"참, 무슨 혐의냐고 하셨지요? 무슨 혐의인지는 반장님도 잘 아실 텐데요?"

감찰부장은 환히 웃었지만 눈빛은 섬뜩했다. 방 형사는 등골이 서늘해졌다.

"강태혁 형사와 공모했을 가능성에 대해 철저히 조사해야 하는 저희 입장을 반장님께서도 이해하실 거라 생각합니다."

그러더니, 방 형사가 말할 틈도 없이 재빠르게 지시했다.

"모두 물러서!"

방 형사에게 말할 때와는 완전히 다른 목소리였다. 뒷목에 힘줄이 쭈뼛 설 것만 같은 강렬함이 배어 있었다. 감찰만 20년 넘게 한 것이 그냥 된 것이 아님을 깨달았다. 독수리 같이 번뜩이는 눈빛으로 방 형사를 쏘아보는 것과는 영 딴판의 부드러운 말투가 감찰부장의 입에서 흘러나왔다.

"이제 그만 김 경정을 놓아주시지요. 반장님."

어쩔 수 없이 김 경정의 목을 풀어주었다.

감찰부장은 가볍게 고개를 살짝 숙여 인사하며 그녀 옆을 스치듯이 지나쳐 현관문을 빠져나갔다. 그리고는 계단을 걸어 내려가는 구두소리가 이어졌다. 그를 따라서 썰물처럼 다른 요원들도 사라졌다.

눈앞엔 온 거실에 흩어진 물건들과 어지럽게 찍힌 구두자국만 남았다. 구두자국이 그녀의 마음을 마구 짓밟아댔다.

안방으로 들어갔다.

산산조각 난 어항과 향수병 서너 개가 깨져 굴렀다. 어항 옆에 축 늘어진 금붕어들은 퍼덕거리지도 않았다. 어항 물이 침대 밑까지 흥건하게 흘러 방 안에 나뒹굴고 있는 그녀의 속옷들을 적셔 놓았다. 그녀의 팬티와 브래지어가 흩어진 서류들 사이에서 젖은 채 저들의 발에 짓밟혀 있었다. 능욕을 당한 것보다 더 참담한 수치심과 분노가 밀려들었다.

수색하러 온 것이 아니라 수색할 수 있다는 것을 과시하러 온 것이었다. 경비원이 연락할 시간을 주고 달려오기까지 충분히 기다렸다가 움직였다. 상관없는 어항을 깨뜨리고 브래지어, 팬티를 던져놓은 것이다. 본때를 보인 것이다.

죽은 장 반장이 생각났다. 든든히 막아주던 호탕한 웃음이 그리웠다. 알았다면 특수부장 멱살을 흔들어댈 강 형사가 보고 싶어졌다. 사무치게 그리웠다. 그리고 자신이 허울뿐인 반장이란 사실이 서럽고 처량했다. 자기 집에 들어와 마음껏 유린하는 자들에게 고작 악이나 써대고 영장이나 찢어대는 것이 전부인 자신이 너무나도 초라하고 비참했다.

침대에 걸터앉은 그녀는 차가운 것이 볼을 따라 흘러내리고 있는 것을 한동안 알지 못했다.

2006. 05. 12. 금.

AM 05:10

"바…… 반장님……."

경찰서 현관에서 방 형사를 기다리던 김 순경이 울먹거렸다. 방 형사는 힘겹게 웃어주었다.

"괜찮아. 왜 힘들게 나와 있어. 들어가."

하지만 괜찮을 리 없다는 것을 알았다. 새벽에 긴급호출한 것도 그렇지만, 서장이 이런 새벽에 출근해서 기다린다는 것은 결코 일반적인 상황이 아니었다. 대충 훈시로 끝낼 일이 아니었다.

짐작 가는 것이 있었다. 어젯밤 수색영장 찢은 것을 가지고 특수부장이 한밤중에 서장을 깨운 것이 틀림없었다. 연락이 되지 않자 퇴근한 김 순경까지 불러내 정신없이 닦달했을 것이다. 안 봐도 뻔했다.

하지만 그런 단순한 문제가 아니었다.

서장실에 들어서자마자 서장의 고함을 들을 줄 알았던 방 형사는 너무 놀라 순간 그 자리에 멍하게 서 버렸다.

서장실 소파 한가운데 몸을 깊숙이 파묻고 있는 사람 때문이었다. 바로 옆에 서서 어쩔 줄 모르고 있던 서장은 그녀가 들어서자 비로소 안도하는 표정이었다.

정신을 차린 방 형사가 그제야 거수경례를 했다. 그녀는 언제 자신이 이렇게 긴장된 표정으로 경례를 했는지 기억도 나질 않았다.

소파에 앉아 있던 자는 강력8반 반장인 그녀의 직속상사이자 우리나라 치안 총책임자인 경찰청장이었다.

"앉게."

굵고 중후한 목소리였다. 그녀는 맞은편 소파에 재빨리 앉아, 자세를 꼿꼿이 했다.

"편히 앉게."

방 형사는 정신이 바짝 났다. 새벽부터 경찰청장이 직접 자신을 찾았던 것이다. 그것도 경찰청사로 호출하지 않고 종로경찰서로 내려와 기다리고 있었다. 방 형사는 가슴이 끔찍하게 뛰었다. 결코 좋은 일일 리 없었다.

청장이 옆에 서 있는 서장을 향해 말했다.

"서장은 잠시 자리를 피해주게."

서장이 즉시 절도 있게 짧은 대답을 하고는 서장실을 빠져 나갔다. 나가는 그의 얼굴을 흘낏 보았다. 밤새 팍 늙은 듯해 보였다.

경찰청장이 그녀를 똑바로 보고 입을 열었다.

"법무부 장관께서 직접 전화하셨네."

무슨 영문인지 몰랐다. 수색영장을 찢은 것이 아무리 잘못이라 해도 법무부 장관까지 전화를 하다니, 너무 과했다. 하지만 그 건이 아니었다.

"자네 어제 역삼동에 갔었지?"

순간, 거슬리는 억양의 아줌마와 여드름투성이 재수생의 얼굴이 눈앞에 휙 나타났다. 찜찜한 기분이 들며 아랫배가 살살거렸다. 청장이 담배를 한 개비 꺼내 물고 불을 댕겼다. 그리고 길게 한 모금 빨아 내뱉었다.

"그 재수생 놈이 현성복 법무부 장관 막내 놈이야."

깜짝 놀랐다. 그리고 순간적으로 모든 것을 깨달아 버렸다.

"올해가 마지막이란 생각으로, 학원 가까운 곳으로 집을 얻어 내보냈다고 하시더군."

청장은 담배를 집은 손가락으로 관자놀이를 살살 문질렀다.

"자네가 그 집에 총을 빼들고 들어가서 협박을 했다고 하시더군."

한마디도 답할 수 없었다. 집에 경찰들이 왔다는 말에 뛰어나오느라 정신이 없었다. 하지만 상대는 법무부 장관이었다.

"난 물론 자네가 아무 생각 없이 그랬다고는 생각지 않네. 어떻게 된 건가?"

청장의 말이 가슴을 무겁게 했다.

어렵게 힘을 낸 방 형사가 임수연 빌라에 갔던 것에서부터 적외선 망원경과 여드름투성이 재수생이 진술한 내용까지 차근차근 설명했다. 강 형사가 함정에 빠진 것이란 사실도 빼놓지 않고 강조했다.

설명을 다 들은 청장은 담배를 재떨이에 비벼 끄고는 한동안 침통한 표정으로 말을 하지 않았다. 침묵이 길어질수록 그녀의 불안은 깊어졌다.

이윽고 청장이 묵직한 어조로 입을 열었다.

"장관께는 내가 잘 말해 보겠네. 자넨 더 이상 이 문제에 나서지 말게."

법무부 장관도 실제 실력행사를 할 생각은 없었을 것이다. 경고였다. 다른 곳에서 적외선망원경이 어떻고, 옆집 콜걸이 어떻고, 주절주절 나불대지 말라는 경고였다. 퍼지기 전에 재빨리 진화하려고 경찰청장에게 직접 연락한 것이었다.

"자네는 다른 일을 맡게. 세종로사건은 잊고. 알겠나?"

덜컹했다. 사형선고를 받은 기분이었다. 방 형사는 눈을 꼭 감았다.

세종로사건을 잊으라는 말은 강 형사를 잊으란 것과 같은 말이었다. 강 형사가 함정에 빠졌다는 것은 여드름투성이의 증언이면 충분했다. 하지만 자기 아들이 밤마다 망원경으로 옆집 콜걸을 훔쳐보며 자위를 했다고 법정에서 증언하게 할 아버지는 한 명도 없다. 그 아버지가 법무부 장관이라면 더더욱 그렇다.

방 형사는 할 말이 산더미 같았지만 다 부질없는 말이었다. 감았던 눈을 떴다. 물기가 젖으려고 했다.

청장이 자리에서 일어섰다. 방 형사도 즉각 따라 일어섰다. 사무실 문으로 걸어가던 청장이 그녀 앞에 섰다. 그녀를 똑바로 보더니 오른손을 들어 그녀의 어깨를 살며시 토닥였다.

그리고 서장실을 나갔다.

방 형사는 그 자리에 주저앉을 뻔했다. 그대로 목을 놓아 울 뻔했다.

모두들 강 형사를 그냥 버리겠다는 생각이었다.

AM 05:50

서장실을 나오는 방 형사를 맞은 것은 김 순경이었다. 복도에서 기다리던 서장은 앞서 나온 경찰청장을 수행해 어디론가 간 것 같았다.

"바…… 반장님……."

세상 끝이 와도 팔딱거릴 것 같던 방 형사의 축 처진 어깨를 보며 김 순경이 울먹일 듯 말했다. 김 순경 역시 서장에게 들었던 것이다.

이미 그러기로 정해놓은 수순이란 생각에 맥이 탁 풀렸다. 휘청거릴 뻔한 것을 김 순경이 껴안듯 잡고 옆에 있는 벤치에 앉혔다. 그리고는 복도 끝으로 뛰어가 자판기에서 커피를 뽑아가지고 돌아왔다.

한 잔을 건네며 김 순경은 짐짓 아무렇지 않은 표정을 지으려 애썼다. 그런 모습에 방 형사는 김 순경 역시 삼촌처럼 따르던 강 형사의 일로 가슴이 미어져 있다는 것을 알았다. 이젠 어디에 갇혀 있는지조차 알 수 없게 된 강 형사를 자신만 걱정하는 것이 아니란 사실이 작은 위안이 되었다.

김 순경의 눈에 물기가 한 꺼풀 흔들리는 듯하더니 방 형사에게 파일 하나를 건넸다. 그리고 사무적으로 말하려고 안간힘을 쓰며 서장의 지시사항을 전달했다.

경찰청장이 말한 다른 사건이었다.

연세대에 살인사건으로 추정되는 변사체가 발견되었다는 말이 꼭 먼 나라 얘기마냥 낯설었다. 뉴욕도 아니고, 서울은 아무렇게나 변사체가 여기저기 출현하는 곳이 아니었다. 분명 엄청난 일이었지만 지금 그녀에게는 양말을 짝짝이로 신고 나온 것보다 훨씬 사소한 문제처럼 느껴졌다.

방 형사는 커피의 달짝지근한 맛이 오늘따라 싫었다. 텁텁한 입안에 엉겨 붙는 것이 불쾌했다. 달라붙어 거미줄처럼 신경을 거스르는 것이 불편했다. 종이컵에 그려진 나무 그림에도 부아가 났다. 만사가 불만이고 짜증스러웠던 사춘기 여고생으로 돌아간 듯했다. 어디를 향할지 모를 분노로 가슴이 씨근거리고 격한 감정에 눈시울이 붉어졌다.

"반장님, 이러지 마세요."

누가 볼까 김 순경이 주위를 에둘러 보며 방 형사의 어깨를 감싸 흔들었다.

"반장님이 이러시면 강 형사 아저씨는 어떻게 해요. 예? 반장님?"

눈물이 더 뜨거워졌다.

손에 쥔 커피 잔 속으로 몇 방울 떨어지며 커피를 튕겨냈다. 튕겨진 커피가 손등에 떨어졌다. 갑자기 자신이 더 없이 한심스럽고 멍청해 보였다.

'도대체 이게 다 뭐란 말인가? 이따위 것들이…….'

방 형사는 손에 쥔 종이컵을 벽에 확 던져 버렸다. 벽에 부딪힌 커피가 사방으로 흘렀다.

김 순경이 발버둥치려는 그녀의 어깨를 두 손으로 꽉 감싸며 진정시켰다. 격하게 버둥거리던 몸이 차츰 가라앉으며 숨죽인 흐느낌으로 변했다.

김 순경이 방 형사를 끌다시피 데리고 여자 화장실로 들어갔다. 화장을 고치는 몇 명의 순경들이 있었다.

"모두 나가!"

김 순경의 고함이 화장실 안에 쩌렁쩌렁 울렸다. 한 번도 본 적이 없는 김 순경의 그런 모습에 다들 놀라 급히 사라졌다.

문을 잠갔다. 그리고 방 형사를 대변기 뚜껑 위에 앉히고는, 그녀 앞에 무릎을 쭈그리고 앉아 눈을 맞췄다.

한참을 그냥 그러더니 느닷없이 김 순경이 말했다.

"언니, 우리 목욕할래요?"

언니라는 말에 방 형사의 물기 어린 눈이 조금 반응했다. 그렇게 부르라고 자신이 말했던 것이 떠올랐다. 경찰서 옥상에서……. 문득 장난기 가득한 김 순경의 눈 속을 들여다보았다.

"언니, 우리 여기서 물 왕창 틀어 놓고 목욕할래요? 옛날에 언니가 많이 그랬잖아요. 그때 나도 한번 그러고 싶었는데 용기가 없어 못했거든요. 어때요, 지금 한번 해볼래요?"

경찰서에는 숙직이 잦은 남자들을 위해 남자 욕실이 작기는 하지만 있었다. 같이 숙직을 해도 여자 욕실은 없었고, 없다는 사실을 아는 남자들도 없었다. 온 경찰서에서 미친년 소리를 듣던 때, 방 형사가 서장 귀에 들어가라고 걸쭉한 욕설을 한 후에야 겨우 생겼다. 여경들 모두 고마워했지만, 나서서 고맙다고 말한 사람은 한 명도 없었다. 그저 새침하게 조금 늘어난 당연한 혜택을 제일 먼저 차지하려고 끼리끼리 사소한 다툼을 벌이는 데 신경을 쓸 뿐이었다.

"자, 언니. 어서요!"

그러더니 김 순경이 정복을 벗기 시작했다. 김 순경이 하는 양을 멀거니 보고 있자, 이전 생각이 났다. 온갖 듣지 못할 상소리들을 들어가면서도 그렇게 설쳐댄 이유가 지금 어딘가에 갇혀 있을 강 형사의 맘에 들려고 그랬다는 것에 미치자, 다시 눈물이 북받쳤다.

'난 전투적인 여자가 좋아.'

분명 그렇게 말했다. 장난으로 그가 그렇게 말했다. 장난인 줄 알았지만 장난으로 받아들이고 싶지 않았다. 짧은 미니에 탱크탑 차림으로 출근해 온 경찰서를 경악하게 했던 일이 떠오르자, 뻣뻣한 얼굴이 땅기며 슬며시 입가가 올라갔다.

"뭐 해요? 자, 빨리 벗어요."

밖에서 문이 잠겼다고 투덜대는 소리가 들려왔다. 그 소리에 굳은 얼굴이 조금 더 움직였다.

그것을 보고 김 순경이 방 형사에게 달려들어 간질이며 옷을 벗겼다.

본능적으로 몸을 뒤틀며 방 형사는 생각했다. 서로 몸을 부딪칠 수 있는 따뜻한 사람이 있다는 것이 이처럼 소중한 것이란 것을 몸으로 느꼈다. 피부에 살아오는 짜릿한 감각이 따스하게 그녀의 가슴을 감쌌다. 조금 기분이 풀어졌다.

서로 깔깔대며 옷을 벗은 두 여자는 폭포수가 떨어지듯 화장실 세면대 물을 콸콸 틀어버렸다. 웃음소리와 콸콸거리는 소리가 물기에 윙윙거리며 좁은 화장실에 넘쳤다.

청소함 속에서 바가지와 세숫대야를 꺼내온 김 순경이 바가지로 방 형사의 얼굴에 끼얹은 것이 시작이었다.

"앗, 차가워!"

방 형사는 세숫대야 한가득 세면대에 담긴 물을 퍼서 김 순경의 머리 위에 퍼붓고는 까르르 거렸다.

화장실 안이 온통 물 천지가 되었다. 그 속을 벌거벗은 두 여자가 아이들처럼 뛰어다녔다.

밖에서는 문을 두드리는 소리가 갈수록 커졌지만 두 여자의 깔깔대는 장난은 그렇게 그칠 줄 몰랐다.

AM 08:40

미처 다 마르지 않아 생글거리는 머리카락을 하고 방 형사가 밴의 조수석에 올랐다. 샴푸 냄새가 싱그럽게 퍼졌다. 뒤따라 조수석 옆에 와 방 형사에게 말을 거는 김 순경까지 젖은 머리인 것을 보고, 밴 안에 있는 형사들이 어리둥절한 표정을 지었다. 김 순경이 귀를 기울이는 방 형사에게 소곤거렸다. 방 형사가 싱긋 웃고는, 운전대를 잡고 있는 형사에게 말했다.

"가시죠."

밴이 연세대를 향해 출발하자 한껏 개운했던 마음에 회색 먼지가 조금씩 달라붙었다. 8반 반장이 수하 형사들이 하나 없어 다른 부서에서 두 명을 임시로 차출했다는 것도 그랬지만, 무엇보다도 지난 일들이 하나씩 되살아났기 때문이다.

세종로폭탄테러, 강화도 안 중사 살해, 강 형사 도주, 역삼동 임수연 집에서의 검거, 특수부장, 가택수색, 여드름투성이 재수생, 법무부 장관, 그리고 경찰청장의 지시까지…… 모든 것이 한바탕 꿈속의 일 같았다.

작년에 왔을 때 차분한 열기로 진지했던 캠퍼스가 세종로보다도 더 어수선했다. 축제 마지막 날이었다. 절정으로 치닫는 날의 캠퍼스는 바깥세상과는 동떨어진 별천지였다. 눈이 가는 곳마다 인상이 찌푸려졌다. 여기저기 눈에 띄는 어제의 토악질이 오늘의 흥분에 묻혀 있었다. 굴러다니는 소주병도, 먹고 던진 핫도그 막대기도, 들뜬 학생들의 눈에는 들어오지 않는 것 같았다.

윤동주시비尹東柱詩碑는 찾기 쉬웠다. 외솔관으로 올라가는 운치 있는 조그만 길 바로 옆이었다. 사진으로만 보았던 시비 앞에 폴리스라인이 쳐져 있는 것이 그녀의 눈에는 꼭 축제 한 토막의 이벤트 같았다. 정복 순경의 경례를 받자 자신의 위치가 분명해지며 마음가짐이 가지런해졌다. 댄스경연대회장 쪽으로 여학생 허리를 끼고 걸어가는 뾰족 머리 남학생의 눈길이 자신의 허리라인을 훑는 것을 느끼며 방 형사는 폴리스라인을 넘었다.

양복 차림의 머리 허연 80대 노인이었다. 책상 다리에 팔짱을 낀 채로 바닥에 앉아 윤동주시비에 등을 기대고 있었다. 현장사진을 찍느라 퍽퍽거리는 플래시만 아니라면 편안하게 사색에 잠겨 있는 것이라고 해도 괜찮을 듯싶었다. 곱게 늙은 얼굴이나 베르사체 양복으로 보아 결코 이런 곳에서 노숙할 노인이 아니었다.

살인이 분명했다. 다만 이곳이 현장인지가 문제일 따름이었다.

쾌활한 목소리가 그녀의 사색을 깼다.

"반장님이 되셨다면서요?"

뒤로 고개를 돌렸다. 시선이 머문 곳에 어련하겠냐는 표정으로 미소를 짓는 반백의 품위 있는 중년 신사가 있었다. 마음 한구석에서 덜컹 소리가 났지만 재빨리 감추었다.

"오랜만에 뵙네요, 민 박사님."

민영환 박사는 국과수 위촉 검시의였다. 현장이 연세대학교라는 것을 아는 순간 생각했어야 했다. 그는 이 대학의 의대 교수였다. 자타 공인 최고의 실력자였다. 이런 외적인 사실은 어떻든 아무 상관없었다. 문제는 민 박사가 그녀 아버지의 오랜 친구이고, 예전에는 그녀에게 설날마다 세뱃돈을 주던 사람이었다는 점이다. 그건 그렇게 간단한 문제가 아니었다.

"벌써 감식이 끝났나요?"

방 형사의 사무적인 말투에, 민 박사도 잠시 그녀의 아버지를 생각하던 것에서 깨어난 듯했다. 직업적 어조가 되었다.

"저도 조금 전에 왔어요. 그냥 대충 보기만 했습니다."

민 박사는 아버지의 장례식 이후에는, 중학생인 그녀에게도 높임말을 줄곧 썼다. 방 형사가 죽은 노인 쪽으로 시선을 돌렸다.

"사인이 뭡니까?"

"교살입니다. 뒤에서 목이 졸린 것 같습니다. 저 목을 보세요. 손자국이 퍼렇게 올라와 있죠?"

그가 가리킨 곳에 난 희미한 몇 가닥 줄을 유심히 살폈다. 민 박사가 말을 이었다.

"범인은 장갑을 꼈던 것 같습니다."

손가락 흔적을 남기지 않으려고 한 것이었다. 또한 한여름 같진 않아도 더운 5월에 장갑을 꼈다는 것은 우발적 범행이 아니란 말이기도 했다.

"계획적 살인이군요?"

"그렇습니다. 이런 날씨에 장갑을 끼고 있으면 아무래도 의심을 받겠지요. 범행 장소는 여기가 아닌 것 같습니다."

그녀가 민 박사를 돌아보며 물었다.

"사망시간은 어떻게 됩니까?"

"자세한 것은 검시를 해서 시반의 위치와 사후경직 정도를 봐야 알겠지만, 어제 저녁 7시 전후가 될 것 같습니다."

민 박사가 그렇다고 말하면 틀림없었다.

그동안 양 형사가 최초 목격자인 경비원의 심문을 끝내고 방 형사에게로 왔다. 1반 천 반장이 실력은 인정한다며 보내준 자였다. 짜리몽땅하지만 돼지감자처럼 다부져 보였다.

"새벽에 청소를 하다가 발견했답니다. 어제 밤늦게까지 학생들로 정신이 없어서 언제부터 저기에 있었는지는 모른답니다."

그놈의 축제 때문이었다. 누가 가져다 놓아도 몰랐을 수 있다는 말이었다.

"서로 돌아가셔서 피살자 신원이 나오는 대로 인적사항과 특이사항을 찾아보세요."

짧게 고개를 숙이고 돌아갔다. 그야말로 사무적이었다. 소속감이 없으니 그 이상을 바랄 수도 없었다.

그때 민 박사의 목소리가 들렸다.

"반장님! 여기 좀 보세요."

그가 가리키는 곳을 보았다. 시체를 옮기려던 감식반원들을 제지시키고 민 박사가 손가락으로 뭔가를 가리켰다. 그가 지시하는 곳을 유심히 보았다. 시체가 팔짱을 끼고 있어서 제대로 보지 못했던 부분이었다.

시체의 왼손이었다. 왼손 네 번째 손가락의 마지막 마디가 없었다.

가슴이 기이한 느낌으로 심장이 뛰기 시작했다. 방 형사의 눈길을 느낀 민 박사가 설명했다.

"약지 손가락의 마지막 마디가 잘렸습니다. 주위를 샅샅이 뒤졌지만 없습니다."

"원래 없는 것이 아니고요?"

말도 안 된다는 것을 알지만 물었다.

"저 손끝을 보세요. 억지로 지혈한 흔적이 남아 있습니다."

"억지로요?"

"예, 그러니까 아마도 죽이기 전에 손가락을 자르고 지혈을 한 후, 그 다음에 목 졸라 살해한 것 같습니다."

민 박사의 추론보다도 그 말이 주는 충격이 방 형사의 머릿속을 흔들어 놨다. 손가락을 자르고, 피가 튀기고, 광기 어린 듯 지혈을 하고, 그리고 죽인다……?

노인의 비싼 양복에는 얼룩 하나 없었다. 손가락을 자른 후 입혔다는 뜻이었다. 급하고 거친 숨소리와 시근덕거리는 신음 소리가 공기 중에 팽팽하게 떠다니는 착각이 일었다.

진정하고 상황을 정리했다.

"그렇다면 사망 장소도 여기는 아니겠군요?"

"물론이죠. 여기서 손가락을 자르고 지혈을 했다고 하기는 어려우니까요."

방 형사는 주변을 휙 둘러봤다. 아름답고 정겨운 캠퍼스였다. 현장인 윤동주시비가 있는 곳은 사방으로 조망하기 좋은 위치였다. 그것은 사방에서 잘 보이는 곳이란 말이기도 했다.

'왜 여기에 가져다 놓았지?'

놓았다기보다는 연출했다가 정확한 표현일지도 몰랐다. 누군가 일부러 윤동주시비에 가져다 놓았다면 이유가 있다는 말이었다.

갑자기 아랫배가 싸르르 아파왔다. 생각보다 힘든 사건이 될 것 같은 불길한 느낌이 들었다. 다시 고개를 돌렸다. 감식반원들이 막 시체를 들것에다 싣고 있었다.

"잠깐!"

날카로운 그녀의 저지에 다들 움찔하며 멈췄다. 방 형사가 손가락으로 시체를 가리키며 말했다.

"저걸 벗겨 보세요."

그녀의 손이 오른쪽 구두를 가리켰다. 모두의 눈길이 갈색구두에 모아지자, 정말 그 구두가 이상하다는 것을 알아챘다. 감식반원 한 명이 구두를 벗겨내려고 잡는 순간 물큰한 것이 구두 밖으로 끈적거리며 흘렀다.

구두를 벗기자 구두 안에서 찐득거리는 검붉은 피가 가득 엉겨 있는 양말이 나왔다. 사후경직으로 빳빳한 발과 달리 양말은 발가락 쪽이 처지며 축 늘어졌다. 양말을 벗기려는 감식반원에게 방 형사가 소리쳤다.

"지금 제정신이에요? 그 속에 든 것을 바닥에 흩어버릴 작정이에요?"

얼떨떨해 하는 감식반원에게 다른 반원이 네모난 쟁반 같은 것을 건네자, 비로소 감식반원이 시체의 오른발 밑에 그걸 받혔다. 검붉은 뻘을 밟은 것 같은 양말이 이윽고 벗겨지자, 전에는 발가락이었을 것이 자잘하게 피에 엉겨 쏟아지며 물컥 비린내를 풍겼다.

오른발 발가락 전부가 완전히 으깨져 있었다.

전후 관계를 복잡하게 계산하는 방 형사의 머릿속에 한 가지는 분명하게 떠올랐다.

범인은 미친놈이 틀림없었다.

PM 12:30

경찰서에 돌아와 임시로 만든 8반 사무실로 들어서자, 양 형사가 기다리고 있었다.

"일이 좀 복잡하게 될 것 같습니다."

"예? 왜요?"

"거물입니다. 죽은 자가."

피살자 신원은 지문이 있어 금방 나왔다.

"이름은 주신덕. 나이 85세. 예전 정권에서 교통부장관을 역임했습니다. 주소는 종로구 안국동이고, 본적은 함경도 함흥으로 나와 있습니다. 처는 12년 전 사망했고, 아들이 둘 있는데 모두 미국에서 대학을 마치고 현재 결혼해서 미국에 거주하고 있습니다."

방 형사가 손으로 뒷목을 주무르며 물었다.

"혼자만 서울에 있었단 말인가요? 일가친척도 없어요?"

"먼 친척이 있지만, 별다른 교유가 있었던 것 같지는 않습니다. 아들들의 입출국 사실도 5년 동안 없습니다. 피살자 역시 미국으로 출국한 기록이 없습니다. 완전히 콩가루 집안인 것 같습니다."

잠시 생각하던 방 형사가 물었다.

"부자인가요?"

"골프장 2개, 콘도 회원권 3개를 포함해, 전국 각지에 부동산이 상당합니다. 무엇보다도 정관계 인맥이 상당한 것 같습니다."

"영장을 발부받아서 입출금 내역 등 돈의 흐름을 살펴보세요. 그리고 미국에 있다는 자식들에게 연락해서 들어오라고 하세요."

양 형사가 마뜩치 않은 표정으로 짧게 끄덕이고 사무실을 나갔다. 계속해서 엮이는 것이 불편한 것 같았다.

'하긴 여기가 콩가루다…….'

인사도 없이 사라진 세 부하 형사들이 떠올랐다. 강 형사도 생각났다. 한숨을 내쉬며 자리에 푹 파묻혔다. 조금 있자 문이 열리며 김 순경의 생기 있는 얼굴이 나타났다.

"여기 계셨군요. 민 박사님의 검시 결과가 나왔어요."

방 형사는 등받이에서 몸을 일으키며 건네주는 자료사진을 받아 살폈다. 왼손 사진과 오른발 사진은 호러물의 한 장면 같았다.

왼손 약지는 지혈하려고 꿰맨 흔적이 있었다. 아무리 봐도 익숙해지지 않는 장면들이었다. 김 순경이 말을 이었다.

"사망추정 시각은 저녁 7시로, 다른 곳에서 죽은 후 옮겨진 것이 분명하다고 합니다."

역시 윤동주시비 앞에 시체를 앉혀 놓은 이유가 있다는 말이었다. 발가락을 으스러뜨려 양말 안에 가득 넣고, 손가락을 자르고 꿰매는 복잡한 짓을 한 이유도 역시 있다는 말이었다.

이유 있는 살인이었다. 머릿속에서 강 형사가 냉소적인 표정으로 말했다.

'살인에 이유가 있다고 생각하는 놈들? 그런 놈들은 말야, 자기가 하는 짓이 진짜로 옳다고 믿는 놈들이야. 시대의 사명이 어쩌고, 민족의 부름이 어쩌고, 하는 그런 말들을 주워섬기는 놈들은 일단 의심하라고. 신이 계시를 내렸다는 놈도 있어. 완전히 돌아버린 놈들이지. 그러니 아예 타협이 안 되는 거야. 타협이…….'

관자놀이가 욱신거렸다.

'그런데 무엇보다 심각한 건 말야, 멈추질 않는다는 거야. 절대로 멈추질 않지. 놈이 죽기까지 말이야…….'

살살 관자놀이를 문지르며 일어서는 방 형사에게 김 순경이 말했다.

"박사님께서 직접 반장님을 뵙고 싶다고 하시던데요."

의외였다.

"나를? 민 박사님이?"

김 순경이 끄덕였다.

"뭔가 하실 말씀이 더 있으신 것 같았어요. 세브란스 부검실로 오시라던데요."

특별한 일이 분명했다. 알았다고 하고는 가방에서 자동차 열쇠를 꺼냈다.

사무실을 나와 경찰서 마당으로 가는 동안 조바심이 나며 초조해졌다. 뭔가가 자꾸 가려는 방향을 막아서며 엉뚱한 곳으로 머리채를 잡아

끄는 느낌이었다.

그녀의 느낌은 정확했다. 하지만 그녀는 아직 그것이 무엇인지 알지 못했다.

PM 01:50

"손가락이 잘린 거나, 발가락이 으깨진 것, 모두 살아 있을 때 그런 겁니다."

민 박사는 시신을 덮고 있는 흰 천을 벗겼다. 쭈글쭈글한 노인의 나체가 드러났다. 말라붙어 버린 성기가 제일 먼저 눈에 들어왔다. 흥분도 아니고 호기심도 아니었다. 그쪽으로 향하는 것은 그냥 몸에 태곳적부터 기억된 본능일 따름이었다. 그 본능이 맘에 들지 않았다. 저절로 눈살이 찌푸려졌다.

"순서대로 말씀드리면, 범인은 먼저 왼손 약지 마지막 마디를 자른 후 실로 꿰매서 지혈했습니다. 그리고 오른쪽 발가락들을 망치 같은 둔기로 부셨습니다. 그 후 목을 졸라 죽였습니다. 사망 원인은 질식사입니다."

차가운 스테인리스 침대에 고깃덩어리처럼 누워 있는 시체를 두고 이런저런 말을 하는 것이, 민 박사에게는 일상적일지 몰라도 방 형사는 여전히 익숙지 않았다. 낯설다 못해 불쾌하기까지 했다.

"그런 말씀은 전화로도 하실 수 있는 말씀이실 텐데요."

방 형사의 말 속에 날이 선 것을 느낀 민 박사가 엷게 웃었다.

"물론 그것 때문에 오시라고 한 건 아닙니다. 이것 때문입니다."

하고는 민 박사가 녹화 중인 VCR의 방향을 시체 쪽으로 조정했다. 그리고 라텍스 장갑을 끼더니 메스 꺼내 들고 그녀를 향해 고개를 살짝 끄덕였다. 그러고는 배를 쭉 갈랐다.

들큰한 냄새가 울컥 뱃속에서 뿜어져 나왔다. 민 박사는 아랑곳하지 않고 손을 넣어 익숙하게 뭔가를 찾았다. 질척질척 휘젓는 소리가 신경을 예민하게 했다.

잠시 후, 민 박사가 주먹만 한 장기를 들어내 옆에 놓았다. 위장 같았다.

방 형사는 뒤로 한 발자국 물러나 팔짱을 꼈다. 냄새도 냄새지만 똑바로 보고 싶지도 않고, 민 박사의 이런 독단적 행위도 맘에 들지 않았다.

일단 지켜볼 심산이었다.

뱃속에서 꺼낸 위장을 민 박사가 좀 전에 시체 배를 가를 때와는 달리 아주 조심스럽게 천천히 갈랐다. 그리고 역시 위속에 손을 넣고 주물럭거리기 시작했다. 메스꺼운 것이 살짝 입안에 넘어왔다. 시큼한 느낌이 나며 혓바닥이 텁텁해졌다.

위속에서 민 박사가 뭔가를 꺼내 바로 옆에 놓인 깨끗한 플레이트에 떨어뜨렸다.

두 개였다. 불그스름한 작은 도장처럼 생긴 것 하나, 말라비틀어진 오이조각 같은 것 하나. 둘 다 일반적으로 사람 뱃속에서 나올 것은 아니었다.

민 박사가 오이조각 같은 뭉치를 핀셋으로 들더니 불빛에 비춰보았다. 그녀도 조금 다가가 유심히 살펴보았다.

"그게 뭐죠?"

"글쎄요, 아직은 잘 모르겠습니다. 분석 팀에 넘겨서 확인해 봐야 할 것 같습니다."

자신의 전문분야가 아니란 말이었다. 방 형사가 표면이 끈적거리게 풀어져 가는 도장 같은 것을 손으로 가리켰다.

"저건요?"

대답 대신 민 박사가 천천히 라텍스 장갑을 벗었다. 방 형사의 눈길을 느꼈는지 그녀의 얼굴을 보고 어쩔 수 없다는 듯이 민 박사가 입을 열었다.

"반장님께서 찾으시던 겁니다."

"예? 제가 찾던……."

순간, 머릿속을 무섭게 스쳐 지나가는 것이 있었다. 그녀의 놀란 눈을 응시하던 민 박사가 우려 섞인 표정이 되었다.

"맞습니다. 피살자의 약지손가락입니다. 소화가 어느 정도 진행되어 물컹거리며 조금 풀어져 한눈에 알아보기는 힘들지만, 손톱이 남아 있습니다. 틀림없습니다."

정말로 구역질할 뻔했다. 눈앞에 범인이 저질렀던 미친 짓이 하나씩 차례로 그려졌다.

"부검 전에 X-선 촬영을 했는데, 위장에 이상한 것이 두 개 보이더군요. 혹시나 하는 생각이 들어서 오시라고 한 겁니다. 직접 보시게요."

민 박사는 방 형사를 똑바로 쳐다봤다. 그녀가 어릴 적 세배를 한 후 덕담을 하던 때의 표정이었다. 정말 훌륭하게, 이러이러하게 살아야 한다는 진지한 모습에 나직한 목소리.

"범인은 피살자를 데려다가 손가락을 잘랐습니다. 진정제를 다량 투여한 것으로 약물 반응이 나왔습니다. 그래야겠지요. 단순히 칼로 그렇게 쉽게 잘라지는 것이 아니니까요."

민 박사의 눈빛이 더 강렬해졌다.

"그 후 잘라낸 손가락을 강제로 먹인 겁니다. 손가락이 소화된 상태로 보아, 대략 죽기 30분 전에 먹인 것 같습니다."

박사의 눈빛이 빛날수록 방 형사의 속은 메슥거렸다. 자꾸 몸이 바닥에 짜부라지는 느낌이었다.

"손가락을 먹인 후 천천히 나머지 오른발을 잘게 부쉈습니다. 한참을 고통 속에서 헤맸을 겁니다. 어쩌면, 어서 죽여 달라고 피살자가 애원했을 수도 있습니다. 그렇지 않다 해도 최소한 이것 한 가지는 분명합니다."

방 형사는 신물이 넘어오려는 것을 억지로 삼켰다.

"피살자의 목에 손이 감겨오는 순간 피살자는 매우 행복했을 겁니다."

방 형사는 어떤 말도 할 수 없었다. 민 박사가 굳이 불러 역겹고 섬뜩한 장면을 연출하는 이유를 알 것 같았다.

창백하게 굳은 그녀의 얼굴을 향해, 민 박사가 비로소 아버지 친구다운 말투로 말했다.

"현진아, 이건 말이다…… 너에게 어울리는 일이 아니야."

PM 07:00

북악산 기슭에 자리 잡은 한정식집 '일송정'은 바깥채와 안채로 나뉘어져 있다. 일반 손님들은 물론 내로라하는 인사들조차 안채가 있는지 잘 몰랐다. 주인과 오랜 교분이 있지 않으면 들어갈 수 없기 때문이었다.

그 안채를 지나 외길을 따라 좀 더 들어가면 한적한 곳에 아담한 한옥이 한 채 더 있었다. 옛날 선비들이 집을 떠나 과거시험 공부하기에 딱 알맞은 산골 암자처럼 생겼는데, 문을 열고 들어가면 그야말로 선비들 안방처럼 단출하게 꾸며진 방일 뿐이었다. 하지만 그런 외양과 달리 그 한옥에는 최첨단 보안장비와 기기들로 서너 겹의 보호장치가 되어 있었다.

유무선 통신은 물론, 완벽한 방음으로 외부와 철저하게 단절된 그 방 안에, 검버섯이 가득한 노인이 굳은 표정으로 앉아 있었다. 전임 국회의장이자 집권당 당수를 여러 차례 지낸 노인은 아흔을 앞둔 나이라곤 여겨지지 않게 정정했다. 앞에 놓인 간단한 다식과 정종에 손을 대지도 않았다. 따끈하게 데워져 내온 술은 이미 식을 대로 식어 버린 지 오래였다.

검버섯 노인이 이맛살을 깊게 찌푸렸다. 늦어지는 것이 맘에 걸렸다.

이윽고 문이 열리고 두 명의 노인이 함께 들어왔다. 마른 체구의 키 큰 노인은 발을 약간 절었다. 뚱뚱한 체구의 작은 노인은 머리카락이 거의 없었다. 평생을 자신의 몸과 건강을 위해 애쓴 보람이 있었는지 그들 역시 노구지만 정정했다.

두 노인이 자리 잡기를 기다린 후 검버섯 노인이 무거운 입을 열었다.

"급히 오시라고 해서 당황하셨겠소이다."

검버섯 노인의 의중을 살피며 마른 체구의 노인이 물었다.

"무슨 일이십니까? 혹시 지난번 일이 그르쳐서…… 그것 때문에?"

세종로테러가 터지자, 한배회에서는 계엄을 생각했다. 입각해 있던 자들에게 청와대 비상대책회의에서 계엄을 관철시키도록 지시했었다. 하지만 성사되지 못했다.

"정 장관께서 현직에 계셨다면 쉽게 될 일이었지요. 요즘 것들은 물러 터져서, 영……."

마른 노인은 전 국방부장관이었다. 검버섯 노인의 은근한 추임에 전

국방부장관이자 4선의원인 정준오의 쭈글거리는 얼굴이 다리미로 편 듯 환해졌다.

"현 회장이 물러터지니 아랫것들이 그 모양이지요."

정 의원은 속으로 현임 한배회장을 떠올리며 혀를 찼다. 유유자적한 답시고 청평 호반에서 움직이지 않고 있는 것도 영 맘에 들지 않았다. 국가와 민족이 심히 걱정스러웠다.

빼빼 마른 정 의원이 생각 속에 잠긴 것을 보고 검버섯 노인이 아직까지 한마디도 않고 있는 뚱뚱한 체구의 대머리 노인에게 말을 건넸다.

"홍 의원께선 반대당에서 고생이 많으십니다, 그려."

홍학규 의원은 재계 주요 관직을 두루 역임한 3선 의원으로 검버섯 노인이나 정 의원과 매사에 각을 세웠다. 정치부 기자들은 물론 일반인들까지 상식처럼 아는 얘기였다. 심도 있게 현대사를 파헤친 역사책에서도 이들은 천하의 앙숙이자 불구대천의 원수처럼 격돌한 것으로 쓰여 있었다. 그러나 실상은 반대였다. 그 모두 오래전부터 철저하게 의도한 계획에 의해 차근차근 빈틈없이 진행되어 온 결과였다. 그런데 느닷없이 만나자고 부른 것이다.

그래서 뚱뚱한 홍 의원은 초조했다. 그렇게 봐주기를 원하는 이들의 의도대로 완벽한 진실이 되어버린 이 시점에 이런 모임은 위험하다 못해 두려웠다. 진실이 되어버린 조작이 들통 날 위험을 감수하고 모일 정도라면 결코 만만한 문제가 아니기 때문이다.

뚱뚱한 몸집의 홍 의원이 입을 열었다. 단단히 굳은 표정이었다.

"무슨 일로 부르셨습니까?"

그 말에 검버섯 노인의 얼굴이 심각해졌다. 검버섯이 한층 더 우중충해 보였다. 문밖에서 폭탄이 터져도 들리지 않을 일송정 안가임에도 노인은 목소리를 낮췄다.

"주신덕이 당했소이다."

방 안의 온도가 갑자기 훅 떨어지면서 다들 얼어붙은 듯했다. 노인들이 갑자기 제 나이를 먹은 듯 쭈그러들었다.

검버섯 노인의 이어지는 설명에 두 노인은 숨소리도 내지 못하고 눈알만 빠르게 흔들렸다. 이야기가 끝난 후에도 마찬가지였다. 정종은 이미 싸늘하게 식어버렸다.

"어떻게…… 전임 한배회장인 신덕이가? 혹시 내부에 적이……?"

신중한 표정의 홍 의원이 말했다.

"그럴지도 모릅니다. 그래서 급히 오시라고 한 겁니다. 지금의 현 회장이 처리하기엔 일이 커질 것 같습니다."

두 노인 모두 고개를 주억거리며 각자 자기 생각에 빠졌다. 오랫동안 군을 지휘했던 전 국방장관인 정 의원은 계엄이면 간단히 처리할 수 있다는 생각이 들자, 그깟 계엄 하나 처리하지 못한 현 회장의 무능을 속으로 맹렬히 비난했다. 신중한 홍 의원은 한배회 회원들을 하나씩 눈앞에 떠올리며 가능성 있는 배신자를 찾아내기에 분주했다.

두 노인의 머릿속을 헤아린 검버섯 노인이 낮은 한숨을 쉬며 말했다.

"지금 중요한 건 그런 게 아닙니다."

그럼 무엇이냐는 듯이 노인들의 시선이 모아졌다.

"놈을 잡는 일은 제가 알아서 처리하겠습니다. 오늘 급히 오시라고 한 것은 조심하시라는 말씀을 드리려고 그런 겁니다. 칼날이 우리를 향하고 있는 것 같습니다."

군인 출신답게 마른 체구의 정 의원이 발끈했다.

"어떤 놈이 감히 이 나라를 이끌어 온 우리에게 칼을 들이댄다는 겁니까? 빨갱이들입니까? 아니면……"

검버섯 노인이 대답 대신 말을 잘랐다.

"놈이 신덕이의 왼손 약지 손가락을 잘랐습니다."

말의 충격은 꽤나 컸다. 아무도 입을 열지 못했다. 한참 후, 비쩍 마른 정 의원이 입을 열었다.

"우…… 우연이 아닐까요?"

검버섯 노인이 고개를 저었다.

"아닙니다. 신덕이 뱃속에서 손가락과 그것이 나왔습니다."

방 한가운데 큰 무쇠기둥이 쿵 떨어진 듯했다. 정 의원은 올 것이 왔다는 듯 눈을 감았다. 틀림없다는 표정이 된 것은 뚱뚱한 홍 의원도 마찬가지였다.

충분히 이해되었다고 느낀 검버섯 노인이 말을 이었다.

"이제 아시겠습니까? 놈이 무엇을 노리는지?"

대답 대신 서로 쳐다보는 두 노인의 얼굴은 공포로 뻣뻣해졌다. 홍 의원이 조심스럽게 입을 열었다.

"그건…… 오래전 우리가 처리한 문제 아니었던가요?"

입으로 가져가던 술잔을 탁자에 놓으며 검버섯 노인이 말했다. 목소리는 가라앉을 대로 가라앉아 있었다.

"그것이 다시 열린 것 같습니다."

침통함으로 얼굴이 일그러진 검버섯 노인의 손이 가늘게 떨리고 있었다.

"무엇보다 문제는…… 그걸 누가 열었는지를 이번엔 모른다는 겁니다."

20년 전 그 일을 처리하고, 주신덕을 한배회장으로 선임하고 뒤로 물러났던 세 원로는 서로를 의심하기 시작했다. 그 일을 알고 있는 자는 주신덕이 죽은 지금, 오직 이 방 안에 있는 셋뿐이었다. 평생 국가와 민족을 위해 살아왔다고 자부하는 이들은 이 나라 초기부터, 아니 그 이전부터 같이 지낸 사이였다. 이들 노인의 마음은 한결같았다.

'아흔을 바라보는 이 시점에 배신이란 번잡스런 일이다. 그렇다면 어떻게 이런 일이…….'

한배회의 세 원로는 한동안 아무 말도 하질 못했다. 눈앞에 닥친 죽음의 그림자 앞에서 국가와 민족은 잠시 잊을 수밖에 없었다.

정 의원과 홍 의원은 눈길을 주고받으며 검버섯 노인의 호출을 생각했다. 주신덕이 죽었다는 것을 먼저 안 것도 그이고, 핫-라인을 가동해서 부른 것도 그였다. 국가와 민족을 위해서는 절대 열어서는 안 되는 그것이 20년 만에 다시 열렸다고 말한 것도 그였다. 의심의 안개는 끝이 없었다.

검버섯보다 얼굴이 더 검게 변한 노인이 술잔을 잡아 천천히 입으로 가져가는 것을 유심히 살폈다. 노인은 왼손잡이였다. 오래전부터 익숙히 보아 알고 있던 것이지만, 오늘 따라 두 노인의 눈이 검버섯 노인의 왼손에서 떨어지질 않았다. 약지가 다른 손가락보다 조금 더 짧은 것이 뚜렷이 들어왔다.

전 국회의장을 역임하고 집권당 당수를 수차례 지낸 검버섯 가득한 노인은 젊은 시절부터 왼손이 오른손과 달랐다.

왼손 약지 마지막 마디가 없었다.

2006. 05. 13. 토.

AM 03:00

비가 후드려치는 소리에 송 씨가 잠에서 깼다. 깜깜한 새벽 경비실 한 켠에 마련된 자그마한 숙직실은 처량한 감정에 휩싸이게 하기에 충분했다. 송 씨는 스스로 생각을 털어버리고 몸을 일으켰다. 일용직으로 대학에 취직해 백양관 관리를 맡은 지 4개월이 되어 그럭저럭 일이 몸에 붙었다.

창밖에 번개까지 번쩍이자 정신이 바짝 들었다. 축제 마지막 날이라고 어젯밤 늦게까지 온 난리를 피워대던 학생들이 남기고 간 쓰레기가 산더미 같을 것을 생각하니 맘이 조급해졌다. 채비를 차리고 백양관 숙직실을 나섰다.

밖은 백양로를 밝히는 가로등으로 깜깜하지는 않았지만 굵어지는 빗줄기에 간혹 벼락까지 쳐대는 것이 을씨년스러웠다. 정문 옆에 보이는 세브란스 건물은 밤새도록 환한 것이 별세계처럼 보였다.

일을 시작했다. 백양관 앞에 산더미처럼 쌓인 쓰레기를 마대자루에 집어넣는 것부터였다. 우비를 입고 하니 일이 배나 힘들고 더뎠다. 페트

병을 밟아 납작하게 만드는 일까지 하고 나자, 땀에 등이 다 젖었다. 먹다 버린 캔에 음료수가 남아 있는 것을 모르고 들다가 바지에 쏟았을 때는 순간 욕이 튀어나왔다. 캔을 재떨이로 사용했는지 풀어진 담배꽁초와 탁한 담뱃진이 음료수에 섞여 냄새가 역했다. 한두 번 있는 일도 아니었지만 번번이 부아가 났다.

점점 굵어진 빗방울로 팬티까지 다 젖고 나서야 끝이 없을 것 같던 일이 얼추 끝났다.

계단 밑에서 싸리 빗자루를 꺼내 들고 윤동주시비 쪽으로 걸어 올라갔다. 하얀 띠로 주위를 둘러친 폴리스라인이 눈에 들어왔다. 공연히 경찰들이 시체 나르는 것을 보았다는 후회를 할 때쯤이었다.

번개가 번쩍였다. 송 씨는 저도 모르게 흠칫 뒤를 돌아보며 두리번거렸다. 머리카락을 타고 내리며 시야를 가리는 빗방울을 손으로 쓸어내며 괜한 생각이라고 두근거리는 맘을 가다듬었다.

폴리스라인 안은 건드리지 못하지만 주변 계단은 송 씨의 관할로 청소해야 했다. 망할 놈의 축제만 아니면 별로 다니지도 않는 한적한 계단인데, 하는 생각을 주워섬기며 점점 거세지는 폭우를 헤치고 다가갔다. 드문드문 있는 보안등 불빛도 억세게 퍼붓는 빗줄기에는 무용지물이었다. 빨리 끝내는 것이 상책이었다. 빗자루를 들고 동주 시비 밑에서부터 올라가는 계단을 쓸기 시작했다. 평소 하던 익숙한 일이 진행되자 조금 긴장이 풀렸다. 아스라한 빗자루 소리가 빗속에 들려오는 것이 꽤 괜찮다는 생각이 들 때였다.

문득 고개를 쳐든 그의 눈앞에 뭔가 불길한 느낌이 스쳤다. 그냥 아무것도 아니라고 머릿속은 달랬지만 가슴은 틀림없다고 요동쳤다. 다시 번개가 쳤다. 그러자 오래된 석조 건물의 시커먼 형상이 번들거렸다. 그건 윤동주시비 바로 위쪽에 있는 다락방이 달린 자그마한 건물이었다.

핀슨홀이었다.

그 고색창연한 3층짜리 건물에는 학교법인사무처가 있었다. 길 건너 그쪽은 송 씨의 관할이 아니었다. 번개가 치더니 뒤미처 천둥이 우르릉 내리 쪼갰다. 세찬 폭우가 머리 위를 퍼부어댔다.

뭔가가 있었다. 분명 있었다. 비에 젖어 번들거리는 핀슨홀에 뭔가가 있었다.

그대로 떠나라고 가슴이 미친 듯이 고함쳐댔다. 하지만 무엇에 홀린 듯 송 씨는 천천히 핀슨홀을 향해 다가갔다. 기관차소리마냥 미친 듯이 뛰는 심장소리가 턱에 와 부딪혔다. 옷은 이미 물에 빠진 생쥐마냥 푹 다 젖어 버렸다. 플래시를 놓고 온 것을 후회했다. 멀리서 그냥 비춰만 보면 다 될 건데, 하는 생각이 머리에 가득 찰 때쯤, 거세게 퍼붓는 빗줄기 사이로 기이한 냄새가 스멀거리며 흘러들었다. 머리카락을 타고 내려와 자꾸 시야를 가리는 빗물을 훑어내며 조심스럽게 다가간 송 씨는 점점 더 짙어지는 냄새의 정체를 알 것도 같았다.

서너 걸음만 더 가면 될 즈음이었다. 하늘이 깨지듯이 벼락이 치며 번쩍거렸다. 그 순간 그는 그대로 세찬 빗속에 주저앉아 당장 툭 튀어나올 것 같은 눈을 부릅뜬 채 심장이 터질 듯이 고함을 질러대고야 말았다.

"으아악!"

번들거리며 나타난 것은 한 노인이었다. 퀭한 눈의 노인이 열십자로 두 손을 벌린 채 핀슨홀 외벽에 기대서서 죽음의 냄새를 진하게 풍겨내고 있었다. 금방이라도 덮치듯이 달려들 것만 같았다.

송 씨가 미친 듯이 비명을 질러댄 것이나, 이후 종종 이상한 눈빛의 비쩍 마른 노인이 시커먼 입을 벌리고 달려드는 악몽에 시달린 이유가 그것 때문만은 아니었다.

노인의 발치에는 도저히 사람의 입안에 있었던 것이라고는 생각하기 힘든 그것이 구무럭거리며 요동치고 있는 것처럼 보였기 때문이었다.

혓바닥이었다.

AM 10:20

토요 휴업일이라며 늦잠을 자는 아들놈을 억지로 깨워놓고 나오느라 출근이 조금 늦은 이점숙 씨는 오늘따라 마음이 더 무거웠다. 학원 특강에 가라고 깨워놓기는 했지만 웅얼거리며 딴소리를 해대는 것에 속이 확 상했다. 누구 때문에 이 짓을 하는 건데, 라는 말이 목구멍까지 올라왔다가 내려갔다. 게다가 세종로 폭발사건으로 경쟁업체인 교보문고가 문을 열지 못한 지금이 마케팅의 적기인데 너무 안이하게 대응하는 것 아니냐는, 나이 어린 팀장에게 핀잔까지 듣게 되자, 갑자기 신세가 처량하게 느껴졌다. 힘들게 대학까지 나와 결혼해 애 낳느라 자의반 타의반으로 그만 둔 회사가 생각났다. 그때 그만두지 않았으면 지금쯤은 못해도 과장은 되었을 텐데, 하는 생각이 더 비참하게 만들었다.

하지만 워낙 낙천적인 이점숙 씨는 우중충한 날씨 탓이려니, 하기로 했다.

'하긴 대형할인마트에서 가격표 찍는 것보단 좋아하는 책과 지내는 이 일이 훨씬 낫지.'

애들 눈이 무서워 가깝고 편한 자기 동네 할인마트를 냅두고 버스를 두 번씩이나 갈아타고 멀리 외곽에 있는 할인마트로 출근하는 건넛집 현식이 엄마보다는 백배 낫다는 생각에 가뿐한 느낌이 들며 기운이 났다.

꽉 들어찬 서가 사이로 다니며 책을 정리하고 재고를 확인했다.

"저기, 《마지막 남은 별자리》는 어디에 있어요?"

오래전에 나온 책인데 요즘 들어 갑자기 잘 나가는 책이었다.

"저를 따라 오세요."

이점숙 씨는 늘 걷던 익숙한 서가들 사이를 지나 책이 꽂힌 서가로 갔다. 어제 네 권을 보았는데 다 나갔는지 자리에 없었다.

"다 나갔나 보네요. 잠깐만 기다려 주세요. 가져다 드릴게요."

뒤따라온 여학생이 고개를 끄덕이고는 두리번거리며 옆의 다른 책들에 눈길을 주었다. 이점숙 씨의 눈엔 그 여학생 모습에 볼멘소리로 신경을 긁어대던 뿌루퉁한 아들놈이 겹쳐졌다. 뉘 집 딸인지 대견하고 한편으로 부러웠다. 왠지 빨리 찾아줘야겠다는 생각이 들어 평소보다 발걸음을 더 재촉했다.

하지만 이점숙 씨는 책을 생각처럼 빨리 가져다주지 못했다. 아예 책을 가져다줘야 한다는 생각까지 잊어버리고야 말았다.

그녀가 판매서가 뒤쪽 창고에서 《마지막 남은 별자리》가 첩첩이 쌓인 것을 보고, 진열할 것을 겸해서 서너 권을 집어 들었을 때였다. 문득 이상한 것이 눈에 띄었다. 웅당 별자리 그림이 그려진 책 표지가 보여야 할, 집어낸 책 밑에는 엉뚱한 것이 보였다.

연일 TV에서 세종로를 폭파시켰다고 보여주던 바로 그것이었다.

처음엔 그것이 무엇인지 잘 몰랐다. 너무 당황한 그녀는 폭약 앞에 붙어 있는 디지털시계가 84:07에서 06으로 다시 껌뻑거리며 05, 04로 변하는 것이 무슨 의미인지 한동안 알지 못했다.

잠시 후 멍한 기분에서 깨어난 그녀는 저도 모르게 손에 들었던 책을 떨어뜨리며 찢어지게 비명을 질러댔다.

AM 10:40

세브란스 부검실의 스테인리스 침대 앞에 다시 선 방 형사는 껄끄럽기 그지없었다.

"사망 원인은 질식사가 아닙니다."

민영환 박사의 설명은 무덤덤하다 못해 심드렁했다. 방 형사가 자신의 충고를 듣지 않은 것에 대해 불편한 마음이 된 것이 분명했다. 사무적인 어투가 이어졌다.

"질식시킬 필요도 없었습니다. 심장마비 쇼크사입니다."

방 형사의 눈이 부검용 침대 위에 놓인 노인의 팔목에 고정되었다. 커다란 쇠못으로 핀슨홀 정문 옆 벽에 예수처럼 팔을 벌리고 박혀 있던 장면이 떠올랐다. 지옥의 시커먼 구멍처럼 벌어진 입과 금방이라도 툭 튀어나올 듯한 두 눈알이 아직도 뇌리에 생생했다.

'어쩌면 산 채로…….'

지난 새벽 미친 듯이 퍼붓는 빗속에서 커다란 망치를 들고 노인의 팔목에 못질을 해댔을 광기스런 모습이 떠올랐다. 시체가 지금은 깨끗이 닦여 밝은 형광등 아래 놓여 있지만 스멀거리며 퍼지는 죽음의 냄새는 여전히 짙게 풍겼다.

민 박사는 그녀의 시선이 향한 곳을 보고는, 이미 말하지 않았느냐는 표정이 되었다.

"역시 지난번 경우와 마찬가지로 왼손 약지 마지막 마디가 없습니다. 잘린 후 지혈된 것까지 똑같습니다. 문제는 혀인데요, 아마도 그걸 자를 때 쇼크사 한 것 같습니다."

잘린 혀는 시체의 발치에 던져져 있었다. 방 형사는 아무 말도 하지 못했다. 범인이 한 짓의 충격을 감당하기에도 벅찼다. 민 박사는 잔혹하게 몰아붙일 심산인 것 같았다. 부검실 한쪽을 가리켰다.

"저쪽에 반장님께서 찾으시는 것이 있습니다."

방 형사가 천천히 가리킨 쪽으로 가서 플레이트 위에 놓인 것을 확인했다.

어제 발견된 주신덕의 배에서 나온 것과 마찬가지로, 골무같이 변한 손가락과 길쭉한 오이처럼 생긴 정체불명의 것이 눈에 들어왔다. 손가락은 주신덕의 경우와 달리 소화가 덜 돼 원래 모습을 유지하고 있었다. 쇼크사로 죽은 후 억지로 입안에 쑤셔 넣은 것이 분명했다. 치밀어 오르는 욕지기를 참으며 표정을 유지하려 애썼다.

"사망시간은 어떻게 됩니까?"

민 박사는 마뜩치 않다는 표정으로 부검소견서를 건넸다. 받아서 해당 항목을 훑었다. 추정 시간이 자정 즈음이었다.

시신을 처음 발견한 관리인의 말에 따르면 그가 새벽 3시쯤부터 청소를 시작했다고 했다. 그렇다면 그 사이에 시체를 연세대로 옮겨왔다는 말이었다. 핀슨홀을 택한 것이나, 십자가 형상으로 벽에 박아 놓은 것이나 분명 목적이 있는 살인이었다. 게다가 이틀 연속이었다.

그나마 다행인 것은 어제 윤동주시비에서 발견된 주신덕 건은 세종로 사건 때문인지 언론에서는 별다른 기사를 내보내지 않았다. 하지만 이렇게 연쇄살인이 되면 상황은 달라질 것이다. 벌통을 건드린 것처럼 난리를 피울 신문을 생각하자, 다시 관자놀이가 쿡쿡 쑤시며 아랫배가 싸르르 아파왔다.

방 형사가 파일을 접으며 이마 옆을 문질렀다.

“몸에 다른 상처는 없나요?”

“소견서에 다 썼습니다.”

최대한 시비를 걸겠다는 태도였다. 방 형사는 맘을 꾹 눌렀다.

“어제 윤동주시비에서 발견된 시체 뱃속에서 나온 것은 분석이 끝났나요?”

“아직입니다.”

방 형사가 오이처럼 생긴 정체불명의 것을 손가락으로 가리키며 말했다.

“저것도 같은 거로 보이는데 맞죠?”

못마땅한 표정으로 민 박사가 짧게 끄덕였다.

방 형사는 같이 분석을 하라는 말을 남기고 민 박사의 부검실을 나왔다. 진흙탕 속에서 밤새 허우적거린 것처럼 피곤했다. 화장이 들뜨며 얼굴을 땅겨댔다.

병원 로비에 있는 커피전문점으로 향했다. 탐문수사를 마친 양 형사가 카푸치노를 시켜놓고 기다리고 있었다. 통화 중이던 그가 손을 들어 표했다. 방 형사가 앉자 전화를 끊으며 말했다.

“두 번째 피살자의 신원이 나왔습니다.”

약간 긴장한 표정이었다. 어제 죽은 첫 번째 피살자인 주신덕은 부동산 재벌에 전 교통부장관이었다.

“정준오 의원입니다.”

두 번째 피살자도 어느 정도 대단한 노친네일 거라 예상은 했지만 이 정도일 줄은 몰랐다. 방 형사는 놀라 마시던 커피를 떨어뜨릴 뻔했다. 훼손이 심해 곧 알아보지 못했지만 어디선가 본 듯했던 것이 그래서였다. 정 의원은 전 국방장관을 역임한 4선 의원으로 현 집권당 실세였다.

기자들이 진드기처럼 들러붙어 벌떼처럼 쏘아댈 모습이 눈앞에 파노라마처럼 펼쳐졌다. 악몽이 따로 없었다.

방 형사가 숨을 돌리고 지시했다. 정 의원의 행적과 주변 상황 그리고 어제 죽은 주신덕 전 장관과의 관련성을 확인하라는 지시까지 하다 보니 할 일이 너무 많다고 느껴졌다. 한꺼번에 너무 많은 것을 시킨다는 생각이 들었지만 어쩔 수 없었다.

"무엇보다 사람들 눈에 띄지 않게 조심하세요. 그리고 기자들이 뭐라 하든 무조건 모른다고 하세요. 특히 어제 죽은 주신덕과 관련성은 무조건 부인하세요. 아셨죠?"

사무적으로 고개를 끄덕이고 양 형사가 일어나 가버렸다. 그녀도 반쯤 남은 커피를 마저 마시고 일어설 참이었다. 그때 구찌 핸드백 속에서 핸드폰이 울렸다.

김 순경이었다.

영풍문고에서 시한폭탄이 발견되었다는 신고가 특수부에 접수되었다는 것을 다급한 목소리로 알려주었다. 전화를 끊은 방 형사는 커피를 그대로 휴지통에 던져버리고 소나타를 향해 뛰었다.

가슴이 이상한 희망으로 요동쳤다.

영풍문고는 세종로 근처였다. 그리고 폭탄이었다. 무슨 폭탄인지는 아직 모르지만, 누가 봐도 세종로사건과 관련이 있었다. 아니 있어야만 했다. 반드시 그래야만 했다.

'빨리, 빨리, 빨리.'

경찰청장까지 손을 떼라고 했다. 법무부장관 아들놈이 걸려 있다며, 분명하게 강 형사가 함정에 빠졌다는 사실을 알고도 덮었다. 누군지 몰라도 상당히 위에서부터 내려온 뭔가가 진행 중인 것은 분명했다. 그 정도라면 영풍문고의 시한폭탄을 애들 장난감 해프닝 정도로 바꾸는 것은 일도 아니었다. 아무것도 아닌 것으로 만들어 버릴 것이다.

'그렇게 돼서는 안 돼!'

강 형사가 잡혀 있는 상태에서 발견된 이 폭탄은 분명 그의 무죄를 밝혀줄 증거였다. 윤 소령의 차가운 얼굴이 떠오르며 그녀의 말이 생각났다. 눈앞에 있는 듯 속으로 대꾸했다.

'그래 어수룩한 진실이다. 어수룩한 것이 야멸친 거짓에게 잡아먹히는 세상인 것도 잘 안다.'

방 형사는 소나타의 문을 열고 핸드백을 조수석에 던졌다. 그리고 경광등을 올려놓고 미친 듯이 소나타를 밟아댔다. 그녀의 머릿속엔 딱 한 가지 생각뿐이었다.

'하지만 난 반드시 어수룩한 진실이 더러운 거짓을 씹어 먹는 것을 보고야 말겠다.'

방 형사는 이를 악물었다.

PM 12:10

방 형사의 느닷없는 출현에 윤 소령은 기다렸다는 듯이 맞이했다.

"이쪽으로 오세요, 반장님."

영풍문고 매장 안에는 부산히 움직이는 폭발물처리반과 군인들 외에 일반인이라곤 매니저로 보이는 30대 남자 말고는 아무도 없었다.

"오늘 아침 11시쯤 매장 직원이 발견해서 신고했습니다."

방 형사가 수사에서 제외되었다는 것을 모를 리 없지만 윤 소령은 아무런 내색을 하지 않았다. 느닷없이 만났음에도 그녀의 말과 행동은 평소와 다름이 없었다. 방 형사는 그녀를 알면 알수록 조심해야겠다는 생각이 깊어졌다.

“시한폭탄이었습니다. 사용된 폭약은 콤포지션 C4로, 강 형사님 집에서 찾아낸 것과 같은 종류입니다. 물론 역시 군용입니다.”

윤 소령은 얼굴빛 하나 변하지 않고 방 형사의 마음을 집어냈다.

“다행이시겠습니다. 저희에겐 불행이지만.”

그녀의 천성인 것 같았다. 번잡한 것은 가차없이 잘라버리고 단도직입적으로 말하고 행동하는 것은 그녀의 냉정한 표정만큼이나 분명했다.

“강 형사님이 잡혀 있는 상황인데 이런 일이 벌어졌으니, 그에게 혐의를 두는 것은 일단 관망세로 한발 물러설 수밖에 없을 것 같습니다. 물론 여기에 폭탄을 가져다 놓은 것이 공범의 소행일 수도 있겠지만, 어쨌든 이전처럼 마녀사냥식으로 강 형사님을 일방적으로 몰아붙이는 것에는 제동이 걸릴 것 같습니다.”

“마녀사냥식이었다는 것은 알고 계시군요.”

비꼬는 말투에도 윤 소령은 개의치 않는 표정이었다.

“부인할 생각은 없습니다. 전에 말씀드린 것처럼 저는 강 형사님이 범인이 아닐 거라고 전부터 생각하고 있었으니까요.”

주변의 사람들을 피해 한쪽으로 걸어가며 윤 소령이 말을 이었다.

“제 의견을 말씀드릴까요?”

끄덕였다.

“아마 다시 이런 일이 일어날 겁니다.”

“이런 일이라뇨?”

“이렇게 치밀하면서도 허술한 일 말이에요.”

방 형사는 걷던 걸음을 멈춰 서서 윤 소령을 쳐다봤다. 그녀의 눈빛엔 조금의 자만도 없었다.

해병2사단에서 유출된 C4의 양은 상당했다. 세종로테러에 쓰인 것과 수유리에서 찾아낸 것을 합해도 많이 모자랐다. 여기서 발견된 폭약을 직접 보지는 않았지만 아직도 모자랄 것이 분명했다.

"아직 회수하지 못한 폭약이 계속 이런 식으로 나올 수 있다는 말인가요?"

윤 소령은 가볍게 고개를 저었다.

"그런 말이 아닙니다. 제 생각으론 오늘 발견된 폭약은 다른 곳에서 나온 것 같습니다."

"다른 폭약이라니요?"

그러면 안 되었다. 말도 안 되었다.

방 형사는 이곳으로 오는 내내 되뇌었던 생각을 다시 반복했다.

"오늘 발견한 폭약은 터지지 않았기 때문에 단서를 많이 남겼습니다. 도화선을 연결하는 방식과 기폭장치를 안착시키는 방법, 하다못해 디지털시계가 싸구려라는 것까지 말이죠. 물론 지문 하나 없이 깨끗하고요. 폭탄제조 방식은 그야말로 기초적인 단순한 방법을 썼어요. 폭탄의 A, B, C만 알아도 누구든 만들 수 있는 방법으로요. 이 말은 결국 더 조사해 봐야 나올 것이 없다는 말이지요."

윤 소령답지 않게 골똘한 표정이 되었다.

"그런데 말이죠, 재미있게도 이번 폭약은 일련번호를 지웠어요."

방 형사의 머리가 빨리 돌아가기 시작했다.

"모르죠, 세종로를 폭파시킬 때도 일련번호를 지우고 사용했는지는. 하지만 전 안 그랬을 거라고 전 생각해요. 지우려 했다면 강 형사님 집에서 발견된 폭약들도 한꺼번에 지웠을 테니까요."

방 형사는 차츰 윤 소령이 하려는 말의 의도가 보이기 시작했다.

"일단 터져버려 확인할 수 없는 세종로 것은 빼고 생각해 보죠. 강 형사님 집의 것은 일련번호가 그대로 있고 오늘 것은 일련번호를 일부러 지워 없앴다? 뭔가 미묘하게 다른 두 손길이 느껴지지 않나요?"

윤 소령의 입가가 살짝 올라갔다.

"왜 오늘 것은 일련번호를 지웠을까요? 왜 그랬을까요? 일부러 지울 필요가 있었을까요?"

방 형사의 머릿속에 작은 빛이 번뜩였다.

'서…… 설마……'

그녀의 표정을 보고 윤 소령이 의미심장한 표정이 되었다.

"맞아요. 범인은 애초부터 폭탄을 터뜨릴 생각이 없었어요. 세종로에서 08시에 터졌던 폭탄이 여기는 낮 12시로 설정돼 있더군요."

시간 얘기를 듣자 확실해졌다.

"요즘 잘나가는 베스트셀러 사이에 놓은 것이나, 폭탄 해체가 순식간에 되도록 손쉬운 방법을 택한 것이나, 12시까지 넉넉한 시간을 둔 것, 이 모든 것이 바로 그런 의도에서였죠. 처음부터 터뜨릴 생각이 없었다는 것."

그래서 번호를 지운 것이었다. 터지지 않고 남으면 추적이 가능하니까.

"생각하시는 대로예요. 일련번호가 남아 있으면, 강 형사님 집에서 발견된 것과 이어지지 않는 번호라는 것이 금방 들통 날 테니 말이죠."

윤 소령의 차가운 얼굴에 재미있다는 듯 미소가 지어졌다.

"지금 누군가가 강 형사님이 범인이 아니라고 시위를 시작한 거예요."

미소가 섬뜩할 정도로 짙어졌다.

"강 형사님이 풀려나려면 아무래도…… 이것 한 번으론 약하지 않겠어요?"

까르르거릴 것처럼 웃던 윤 소령이 정색을 하고 방 형사를 똑바로 쳐다보았다.

"그런데 그게 누굴까요? 세종로테러범으로 강 형사님이 잡혀 있다는 것을 아는 사람들이 그리 많지 않은데…… 대체 누구죠?"

윤 소령의 차가운 눈길에 방 형사는 가슴이 서늘해져 왔다.

PM 05:20

경찰서 지하 자료보관실을 들어서자마자 제일 먼저 코를 찌른 것은 역시 화장품 냄새였다. 자료담당 연 순경은 오늘도 화장이 아니라 분장을 하고 있었다. 어쩌면 분가루 속에 그냥 풍덩 빠졌다가 나왔는지도 모른다.

저절로 찌푸려지려는 인상을 억지로 참으며 서류에 사인을 하고 세종로사건 증거물 박스를 신청했다. 서류를 흘낏 보고는 사무적으로 일어나 안쪽으로 들어가 앵글에 차곡차곡 쌓아놓은 증거물 박스들 사이로 사라졌다.

방 형사는 열람용 테이블로 가 앉아 증거물 박스를 기다렸다.

영풍문고에 설치된 폭탄은 터질 것이 아니었다는 윤 소령의 말이 옳은 것 같았다. 머릿속에 묘한 위화감이 떠나지 않는 것은 그 말을 윤 소령이 했기 때문이었다. 찰거머리같이 강 형사의 뒤를 따르던 여자였다. 말로는 강 형사가 범인이 아니라고 하면서도 전격적으로 몰아붙여 잡아넣은 여자였다. 그런 그녀가 강 형사가 풀려날 수 있는 중요한 단서를 스스로 말했다. 그것도 먼저……. 물론 미리 말하지 않아도 곧 알 수 있는 일이었다. 하지만 그녀의 눈빛은 결코 자만도 조롱도 아니었다. 정말 진실을 말하는 것 같았다.

'진실 사냥꾼.'

그렇다면 정말 그녀 말대로 때때마다 공교롭게 신고전화가 왔다는 것이 진실일 수도 있었다. 만약 그렇다면 그 이유는 하나밖에 없었다.

연 순경이 증거물 박스를 가져다 놓고 사라졌다.

라텍스 장갑을 끼고 기다리던 방 형사는 손을 떼라는 경찰청장의 경고를 완전히 한쪽으로 밀어버렸다. 그리고 강 형사 집에서 압수한 물품부터 하나씩 살폈다. 목록은 증거물이 있었던 위치까지 꼼꼼하게 기록되어 있었다. 군 폭발물처리반으로 넘어간 폭약만 빼고 다 있었다.

한참을 살폈지만 특별한 것이 아무것도 없었다.

'분명 여기 어딘가에 있을 텐데…….'

박스를 모두 치우고, 강화도 안 중사 살인사건 증거물 박스를 꺼내 풀었다. 이 목록도 세심하고 꼼꼼했다. 빠진 것도 없었다. 그리고 특별한 것도 없었다. 안 중사를 살해한 흉기가 아직 발견되지 않은 것이 문제긴 했지만 전체 그림에서 봤을 때, 그건 그리 중요하지 않았다.

다시 박스를 치우고, 역삼동 임수연 빌라에서 수거한 증거물을 살폈다. 시시콜콜한 것까지 몇 번이고 다시 살폈지만, 역시 마찬가지였다. 아직 뜯지 않은 콘돔 껍질을 벗기면 혹시 뭐라도 나오지 않을까, 하는 엉뚱한 생각까지 했다.

확신이 급속히 사라져갔다. 관자놀이를 비비며 일어섰다. 잠시 복도에 나가 바람이라도 쏘여야 할 것 같았다.

밖으로 나가 커피를 뽑아 들고 다시 돌아왔다. 자판기 커피 맛은 그냥 달짝지근하기만 했다.

경극 배우처럼 화장을 한 연 순경이 인상을 쓰며 다가왔다. 짙은 화장품 냄새에 골이 띵했다.

"마지막 것도 가져다 드려요?"

불만이 가득한 표정은 화장으로도 가려지지 않았다. 말투도 반말은 아니지만 반말보다 더 기분 나쁜 투였다. 퇴근 시간이 지났다는 얘기를 참 독특하게도 한다며 속으로 혀를 찼다.

"남은 게 있어요?"

연 순경은 오른손 검지를 하나 펴서 까닥거렸다. 직급으로 보나 상황으로 보나, 해서는 안 되는 짓이었지만, 방 형사는 사소한 것에 성질낼 기분이 아니었다.

"가져다줘요."

이전 것보다는 조금 작은 박스였다.

박스를 놓고는 백설공주 계모 같은 표정으로 조금 떨어져 배회하는 폼이 빨리 끝내라는 눈치였다.

무시하고 박스 속에 있는 것을 테이블에 쏟았다. 임수연 빌라에서 체포될 당시 강 형사 물건들만 따로 모은 것이었다. 강 형사의 옷과 양말 그리고 자질구레한 소지품들이 전부였다. 도대체 뭐에 쓰던 건지 손때가 가득 묻은 4B 몽당연필 한 개와 먼지 묻은 갈색 양말까지 들어 있었다.

역삼동 침대에서 벌거벗은 임수연을 껴안고 흐느적거리던 강 형사의 풀린 눈이 떠올랐다. 그 전과 후를 상상하고 싶지 않았다. 마약에 취한 상태라고는 해도…… 어쩌면 이미 침대에 올라가서…….

어느 쪽으로 생각하든 모두 다 그녀가 바라지 않는 상황으로 생각이 치달았다. 살며시 고개를 흔들어 생각을 지웠다.

강 형사의 소지품을 하나씩 다시 살폈다. 여기도 특별하다 할 것은 없었다. 핸드폰이 없었지만 그건 강 형사가 깨져서 버렸다고 진술한 것을 심문 비디오로 봐서 알고 있었다.

"제가 담죠."

하이에나처럼 먹잇감을 노리던 연 순경이 달려들었다. 후딱 해치우고 문 닫고 퇴근하고 싶은 생각에 마구 나섰다. 연 순경이 휙휙 증거물을 담았다.

그때, 갑자기 방 형사의 눈에 번쩍 뜨이는 것이 있었다.

"잠깐!"

연 순경이 막 담으려던 것을 손에 든 채 짜증이 역력한 표정으로 돌아봤다. 하지만 방 형사의 눈은 연 순경 손에 들린 것에 못 박힌 듯 떨어지질 않았다.

그건 양말이었다. 갈색 양말.

방 형사는 연 순경의 손에서 양말을 뺏어 들었다. 그리고 유심히 살펴보았다. 분명 남성용 양말이었다. 피곤 때문인지 조금 전에는 모르고 그냥 지나갔다.

'이건 강 선배의 것이 아니다.'

평소 회의할 때 강 형사의 모습을 생각해 보았다. 회식한다고 삼릉갈비집에 갔을 때의 기억도 떠올려봤다. 아무리 생각해도 이 양말은 절대 강 형사의 것일 수가 없었다.

방 형사는 연 순경이 거의 다 담았던 박스를 다시 쏟았다. 짜증이 머리끝까지 차오른 연 순경은 아예 포기한 얼굴로 팔짱을 꼈다. 방 형사는 다시 하나씩 조심스럽게 살펴보았다. 이 갈색 양말 외에 다른 양말은 없었다. 방 형사는 갈색 양말의 냄새를 맡았다. 그러더니 눈도 떼지 않고 말했다.

"연 순경, 아까 그 세 번째 박스 좀 가져와요."

흥분한 목소리에 반말이 섞인 투였다. 그건 방 형사가 평소대로 돌아갔다는 뜻이었다. 연 순경은 퇴근이고 뭐고 험한 꼴을 당하지 않으려면 빨리 움직여야 한다는 것을 알았다. '미친년'이라고 속으로 구시렁거리며 박스를 들고 왔다.

방 형사는 역삼동 임수연 집에서 수거한 증거물 목록을 죽 살피더니, 연 순경이 가져온 박스를 다른 테이블로 가져가서 몽땅 쏟았다. 그리고는 뭔가를 찾아 주워들었다.

그것도 양말이었다. 남성용 하얀 양말이었다.

'이거다.'

방 형사는 그 양말을 코에 갖다 댔다. 고린내가 진동했다. 다시 목록을 들고 확인했다. 이 하얀색 양말은 거실 소파 옆에서 수거한 것으로 적혀 있었다. 아까의 갈색 양말은 안방 침대 밑에서 수거한 거였다.

방 형사는 양말을 놓고 수유리 강 형사의 집에서 압수한 물품 목록을 정신없이 넘겼다. 그리고 자신의 생각이 옳았음을 확인했다. 안방에서 수거한 갈색 양말은 보통 일반 양말이었다. 하지만 거실에 있던 흰 양말은 발가락 양말이었다.

방 형사는 강형사가 툭하면 신발을 벗고서 발가락을 꼼지락거리던 것을 떠올렸다. 질색을 했지만 그때마다 그는 씩 웃기만 했었다. 수유리 그의 집에서 압수한 양말들도 모두 발가락 양말이었다.

임수연은 콜걸이었다. 갈색 양말은 다른 사람의 것이 분명했다.

방 형사는 임수연의 안방 침대를 떠올려 봤다. 정확하지는 않지만 침대시트에 레이스가 있었던 것 같기도 했다. 만약 그렇다면 갈색 양말을 침대 밑에서 발견한 것과 들어맞았다. 누군가 떨어뜨렸는데 레이스에

휘말려 침대 밑으로 들어갔던 것이다. 강 형사가 안방에서 체포될 때 옷을 입지 않은 상태여서 감식반원이 침대 밑에 떨어진 갈색 양말을 그의 것으로 착각한 것이다.

'누군지 모르지만 양말 주인을 찾으면 재미있겠군.'

양말이란 것이 사소한 것인 데다 전날 신은 것이다 보니 누군지 몰라도 신경 쓰지 않았던 것이다. 그냥 다음 날 임수연이 내준 새 양말을 신고 나갔을 것이 분명했다.

오랜만에 입가가 저절로 환해졌다.

하지만 임수연의 빌라에 떨어져 있던 누군가의 양말 하나를 수사진에서 강 형사의 것으로 오인했다고 해서 크게 바뀔 것은 없었다. 길어졌던 입가가 다시 줄어들면서 방 형사는 강 형사의 하얀 발가락 양말과 누구의 것인지 모를 갈색 양말을 테이블 위에 던졌다.

절망이라기보다는 낙심이었다. 뒤이어 회의감이 몸을 감쌌다.

마음에 한 차례 여울이 지나가고 나자, 그녀의 눈에 하얀 양말의 얼룩이 들어왔다. 저도 모르게 손이 움직여 양말을 집어 들었다. 장갑처럼 우스꽝스럽게 생긴 발가락 양말 바닥에 영어로 뭔가 글씨가 써 있었다. 자세히 보니 'Akua'라는 글씨가 거꾸로 찍혀 있었다. 양말 상표가 아니라, 신발 깔창에서 묻어난 것이었다.

방 형사는 헛웃음이 나왔다.

강 형사다웠다. 'Aqua아쿠아'의 짝퉁 신발을 산 것이다. 장례식장에 운동화를 신고 갈 수 없어, 고향에 내려가는 길에 시장바닥에서 싸구려를 산 것이 분명했다.

방 형사가 일어서서 임수연 빌라에서 수거한 신발 박스를 뒤진 것은 거의 무의식적 행동이었다. 딱히 뭔가가 짚여서는 아니었다. 굳이 의미를 찾자면, 강 형사가 어떤 신발을 샀는지 단순히 궁금했던 게 이유였다. 하지만 그 결과는 그녀가 상상할 수 없는 곳으로 튀었다.

처음에는 강 형사의 신발이 없어진 줄로만 알았다. 하지만 분명 임수연 빌라 신발장에서 한 켤레의 남성용 랜드로버를 수거했다고 목록에 적혀 있고, 그 물품이 그녀의 눈앞에 있었다. 분명 아까도 본 것이었다. 보면서 강 형사의 신발이려니 한 것이었다.

방 형사는 그 갈색 랜드로버를 들어 유심히 살폈다.

물론 새것이었다. 밑창에 고무가 아직도 냄새를 풀풀 낼 것 같은 새것이었다. 치수도 분명 그의 것이었다. 냄새를 맡았다. 새 신발 냄새에 고린내가 조금 섞여 있었다.

하지만 이건 결코 강 형사의 것일 수 없었다.

왜냐하면 이 랜드로버의 깔창 바닥에는 'Akua'라는 글씨 대신 'Aqua'라고 써 있기 때문이었다.

'이…… 이거였구나…….'

방 형사는 비로소 저들이 강 형사를 귀신같이 추적했던 이유를 알았다.

그의 신발에 발신기를 부착했던 것이다. 양말이나 속옷은 위험하기도 하지만 벗어버린다. 다른 것들도 잃어버릴 수 있다. 하지만 구두를 바꿔 신는 경우는 거의 없다. 랜드로버 뒷굽에 작은 구멍을 파는 것만으로도 발신기 정도는 쉽게 심어 넣을 수 있었다.

임수연 빌라를 훔쳐보던 여드름투성이의 말이 떠올랐다. 임수연과 강 형사가 오기 전에도 사람들이 들어왔지만, 그들이 잠을 자고 있을 때에 다시 들어왔다고 했다. 경찰들이 들이닥치기 전에…….

'놈들이 똑같은 랜드로버로 바꿔치기한 거였다. 그랬다. 그래서 몰랐

던 거다.'

수신기를 붙인 강 형사의 랜드로버를 회수해 가고 새 랜드로버를 가져다 놓은 것이다. 이래저래 새것이기에 티가 나지 않을 거였다. 하지만 그들은 강 형사가 쪼짠하다는 한 가지를 놓쳤다. 강 형사가 신은 것은 디자인까지 완전히 베낀 짝퉁 'Akua'였다는 것을 모르고, 정품 'Aqua'로 바꿔치기 했던 것이다.

잠시 새로운 희망에 흥분했던 방 형사는 다시 침울해졌다.

신발이 바뀌었다는 것을 증명하려면 여드름투성이의 증언이 필요했다. 아니 증언이 나온다고 해서 수신기가 붙은 증거물이 나오는 것은 아니었다. 이 상태로는 그냥 추론일 뿐이었다.

방 형사는 복잡한 생각 속으로 빠져들었다. 역삼동 빌라에서 있었던 일들이 주마등처럼 머릿속에 그려졌다.

'설사 신발이 바뀌었다는 것을 증거로 받아들여도 마찬가지다. 도대체 누가 그 신발에 발신기를 부착했는지는 여전히 모르……'

순간 머리를 내려치는 듯한 엄청난 충격에 방 형사는 비명을 질러댈 뻔했다. 탁자 위에 놓인 새 랜드로버가 눈에 터질 듯이 들어찼다. 그녀는 저도 모르게 온몸을 와들와들 떨었다.

그녀는 그만 무서운 진실을 대면하고야 말았다.

PM 08:20

종로경찰서 강력1반 천규덕 반장이 샤워를 마치고 숙직실 문을 열고 들어섰다. 수건으로 머리를 털며 이부자리를 보던 천 반장은 순간 움찔하고 말았다. 한 쪽에 방 형사가 셔츠 차림으로 누워 있는 것이 보였기 때문이다. 예전에 한 번 부딪힌 이후로 가급적이면 피했다. 부하 형사가 하나도 없게 된 그녀에게 재빨리 양 형사를 보내준 것도 그 때문이었다. 그런데 무슨 바람이 불었는지 심각한 표정으로 숙직실에 누워 있는 것을 보게 되자, 괄괄한 성격의 그도 뜨끔하지 않을 수 없었다.

조심스레 그녀를 보았다. 말없이 눈을 감은 채 오른팔을 올려 이마에 대고 있는 모습이 지쳤다기보다는 충격을 받은 것처럼 보였다. 그러자 조금 안 돼 보인다는 생각이 들면서, 겉과 달리 여린 그녀의 속마음을 잘 아는 천 반장은, 그녀를 두고 뒤에서 미친년이라고 불렀던 것이 미안해졌다.

"어이, 방 반장. 집에 안 가고 왜 여기서 이래?"

목소리에 눈을 살짝 뜬 방 형사가 천 반장인 것을 알고 다시 눈을 감았다. 집에 가라고 다시 말하려다가, 강 형사 일이 떠오르자 괜히 건드려 좋을 것 없다 싶어 입을 다물었다. 반대편 벽 쪽으로 가서 TV 리모컨을 막 들었을 때였다.

"천 반장님……."

천 반장은 방 형사의 느린 목소리가 무척 부담스러웠다. 전혀 그녀답지 않았다. 엉거주춤하게 리모컨을 든 채 조심스레 답했다.

"왜?"

"반장님이라면 어떻게 하시겠어요?"

뚱딴지같은 소리였다.

"뭘?"

그녀가 천천히 윗몸을 일으켜 앉았다. 풀어 헤쳐진 머리카락이 허리 근처까지 왔다. 날씬한 허리라인에 힘이 느껴지는 것이 천 반장 눈에도 매력적이었다. 지적인 얼굴에 흐르는 부드러운 자신감과 활달한 성격에 거침없는 행동, 그럼에도 남을 배려하는 섬세한 마음씨……. 이런 데 있어서는 안 되는 여자라는 생각이 볼 때마다 들었다.

“강 선배가 범인이 아니라 함정에 빠졌다는 것을 알면, 지금 같은 상황에서 그를 구출하기 위해 어떻게 하시겠냐고요?”

그제야 천 반장은 영풍문고 폭탄 얘기를 떠올렸다.

“글쎄……?”

천 반장은 머리를 긁적거렸다. 그 사건은 자기 담당도 아닐 뿐더러 함부로 말하기도 어려웠다. 더욱 요즘 같은 때는 입조심을 해야 했다.

“영풍문고에 폭탄을 설치한 자가 세종로를 폭파시킨 자일까요?”

“글쎄, 그럴지도…….”

“최소한 강 선배를 해롭게 하는 짓은 아니지요?”

“그렇기야 하지만…….”

“천 반장님!”

갑자기 방 형사가 소리를 빽 질렀다.

“아니, 왜 그래?”

돌변한 방 형사의 모습에 찔끔했다. 아무리 생각해도 미친년이 맞는 것 같았다.

“그렇게 우물쭈물하실 거예요? 명확하게 말씀하시라고요. 도대체 누구냐고요? 강 형사가 잡혀 들어간 것이 억울하다고 생각해서 폭탄까지 만들 정도로 그를 사랑하는 사람이 누구냐고요?”

당황스런 얼굴의 천 반장이 방 형사 눈치를 보며 더듬거렸다.

“그야…… 강 형사 부모들 아니겠어……. 그럴 힘이 있는지는 모르겠지만…….”

생각 안 해본 것은 아니다. 하지만 그럴 리가 없었다. 방 형사는 랜드로버를 바꿔치기한 것을 몰랐다면 훨씬 쉬웠을 거라는 생각에 머리가 아파왔다. 모든 것이 알 수 없게 뒤엉켜 버린 것이다.

"아니요, 가족들은 아니에요. 절대로……."

방 형사는 자신이 도달했던 무서운 진실을 다시금 머리에 떠올렸다. 그런 줄 모르는 천 반장은 심각해진 그녀의 표정에 자신이 엉뚱한 말을 해서 그런 건가 했다.

"가족 말고 누가 있죠? 이 세상에서 저 찌질이 벽창호 같은 강 선배를 우호적으로 생각할 사람 말이에요?"

인상까지 찌푸리며 다그치는 방 형사의 서슬에 난감해진 천 반장이 잠시 멀뚱거렸다. 아무리 생각해도 머릿속에 한 사람밖에 떠오르지 않았다. 눈치를 보며 조심스럽게 말을 꺼냈다.

"그건…… 바로 너잖아."

PM 08:40

가회동에 유서 깊은 아흔아홉 채 기와집이 있다. 정조 때 영의정을 지낸 미재微才 권우길 가문의 집이다. 전쟁에 쓸리고 세월에 퇴락한 곳을 복원하면서 내부를 최신식으로 수려하게 꾸며 쾌적하면서도 고풍스러웠다. 보는 이들마다 옛날과 지금이 오묘하게 조화되었다며 입을 모아 찬사를 보내는데, 그건 비단 뼈대 있는 가문의 기품 있는 집이기 때문만은 아니었다. 아흔을 바라보는 이 집의 주인이 역대 집권당 당수에 국회의장을 지냈기 때문이었다.

매사에 위엄과 품위를 논하며 누구든 내려보듯 하는 검버섯 노인은 오늘만은 평소의 평정심이 아니었다. 마당을 가로질러 사랑채로 걸어가는 노인의 속마음은 얼굴 가득한 검버섯마냥 시커멨다.

노인은 따라오는 경호팀장에게 고갯짓을 하고 사랑채에 올랐다. 이 사랑채는 청와대 안가보다 더 철저하게 보호되고 있다는 것을 알지만 불안감은 조금도 줄어들지 않았다. 방문을 열고 들어가 정해진 자리에 앉아 옆에 놓인 전화기를 들었다. 완벽하게 보안이 되는 전화라는 것을 모르지 않지만 주저하지 않을 수가 없었다.

가까울수록 경계해야 한다는 것이 노인의 지론이었다. 결국 뒷목을 잡는 것은 측근이란 사실을 몸으로 알고 있었다. 한배회 동료라고 해서 믿을 순 없었다. 가깝기 때문에 더 경계해야 할 대상들이었다. 검버섯이 꿈틀거렸다. 정해진 번호를 누르자 저편에 조심스런 목소리가 나타났다.

—홍학규 의원께서 오늘 오후 라인에서 벗어나셨습니다.

전화기를 내려놓는 노인의 얼굴은 검버섯까지 하얘진 듯했다.

'어제 그리 주의를 당부했건만…….'

누군가 올라타서 누르는 것처럼 가슴이 답답해져 왔다.

전임 한배회장 주신덕이 어제 살해당했다. 오늘 새벽 한배회를 같이 결성했던 동료 정준오도 당했다. 혀가 잘린 채 십자가 형상으로 매달렸다고 했다. 그런데 이제 홍학규까지 사라진 것이다.

'같은 놈이 분명하다. 왼손 약지에 연세대…….'

긴 한숨을 내쉬며 자신의 왼손을 들어 보았다. 약지에 있어야 할 마지막 마디가 하나 없었다. 노인은 깊은 회한에 젖었다.

그 옛날, 조국을 위해서라면 가루가 되어도 좋겠다던 다짐이 가슴에 되살아나 요동쳤다. 정말 해맑게 웃던 그의 모습이 어제인 듯 생생하게 떠올랐다. 그의 뒤로 아름다운 그녀가 손에 잡힐 듯 나타났다. 옛날 속에서 헤매던 그가 상념에서 벗어나자 한 가지가 남았다.

'도대체 누가…… 그 맹세를 아는 거지?'

분명 그 옛날의 맹세를 아는 자의 소행이었다.

하지만 불가능했다. 그 옛날의 맹세를 아는 자들은 이미 오래전에 모두 죽었다. 아무도 없다. 아무리 생각해도 자신 외에는 없었다.

20년 전 그 옛날의 맹세가 폭탄이 되어 돌아왔을 때, 그것을 그대로 덮었다. 그것이 국가와 민족을 위해 해야 할 마땅한 일이었다. 그 확신은 지금도 변함이 없다. 그런데 20년 전 그것을 같이 덮었던 자들이 차례로 죽고 있다. 주신덕을 시작으로 정준오도 죽었고, 거기에 홍학규까지 사라졌다. 그러면 이제 그 일을 아는 자는…… 자신뿐이었다.

노인은 자신의 목을 향해 서서히 죄어오는 놈의 손길이 느껴졌다. 순간 저도 모르게 몸서리쳤다는 것을 깨닫자 낭패감이 밀려들었다. 창백해진 노인은 차라리 홍학규가 한배회를 배신하기 위해 이탈한 것이라고 믿고 싶었다. 하지만 그렇지 않다는 것을 누구보다 잘 알았다.

'누구지? 옛날의 맹세를 아는 자가 도대체 누구지?'

그 옛날의 맹세를 모르고는 그렇게 분명하게 왼손 약지를 잘라 강제로 먹일 리 없다. 틀림없이 알고 있다.

불현듯, 노인의 머릿속에 2월 말 교토에서 온 손님이 떠올랐다. 그쪽이라면…… 알고 있다. 하지만 그들은 아니다. 검버섯 노인은 고개를 저었다. 그럴 리 없었다. 그들 역시 진실이 열리기를 바라지 않는다. 그들에겐 그것이 열리기보다는 열리지 않는 것이 더 가치가 있다. 그래서 2월 회합 때 내게 뒷수습을 부탁했던 거고 지금 그들의 요구대로 하고 있는 중이다.

'아직 일이 반도 끝나지 않았는데…….'

지금 그것을 열어서 좋을 것은 그들에게도 없었다.

'아니야, 그들은 아니야.'

검버섯 노인은 답답함으로 가슴이 묵직해졌다. 트림이 나며 골이 심하게 울렸다. 이마를 문질렀다. 주신덕, 정준오, 홍학규가 눈앞에 차례로 나타났다 사라졌다. 물밑에서 이 나라를 움직이던 한배회의 수뇌부가 한순간에 거품처럼 사라져버렸다. 단 이틀이 걸렸다.

그 순간 노인의 눈이 기이하게 커졌다. 저도 모르게 눈가가 파르르 떨렸다.

'왜 하필 지…… 지금이지?'

얼굴의 검버섯이 기괴하게 일그러지며 파르르 떨리기 시작했다.

'이틀 만에 할 수 있는 일을…… 왜 지금까지 차…… 참은 거야?'

PM 09:20

컴퓨터 모니터에 나타난 화상을 노려보는 방 형사의 눈초리가 매서워졌다. 국과수에서 뱃속에 들어 있던 오이같이 길쭉한 것의 성분분석이 끝났다는 연락을 받자마자 급히 달려왔다.

종이였다.

"뭉쳐진 것을 더 풀까 했습니다만 훼손될까봐, 일단 쉽게 풀어지는 부분만 펼쳐서 찍은 사진입니다."

"뭔가 써 있군요?"

모니터를 보던 방 형사가 컴퓨터를 능숙하게 조작하는 가슴이 떡 벌어진 국과수 연구원에게 물었다. 장난스럽게 웃는 얼굴 사진이 들어간 명찰에는 기용대라고 쓰여 있었다. 갓 서른을 넘긴 것 같은 탄탄한 몸매가 연구원이라기보다는 테니스 선수 같았다.

"예, 조금 더 확대해 볼까요?"

조그셔틀을 돌리며 키보드를 조작해 화상의 크기와 밝기를 조절했다. 화질이 떨어져 잘 보이지 않게 된 화상을 프로그램 처리로 맑게 보정시켰다.

종이가 조금 풀어진 틈으로 어느 정도 알아볼 수 있는 글자가 나타났다. 일어에 능통한 방 형사는 대번에 알아보았다. 인쇄된 것은 아니고 누군가 손으로 쓴 필기체였다.

"히라가나군요?"

"그렇습니다. 다른 각도에서 보실래요?"

처음부터 방 형사의 미모에 반한 것 같은 연구원은 늦은 시간임에도 불구하고 친절했다.

각도를 바꿔 보았지만 종이가 완전히 펴진 상태가 아니어서 알아볼 수 있는 온전한 단어가 되지 못했다.

"뭉쳐진 것은 이 한 장이지요?"

무슨 말인지 잠시 이해하지 못하던 그가 뒤늦게 알아듣고 답했다.

"아, 예, 그렇습니다. 한 장을 돌돌 뭉친 거예요."

그의 행동을 무시하고 다른 것을 물었다.

"종이의 재질은 어떤가요?"

"제 전문이 아니어서 모르겠지만, 요즘 쓰는 보통 복사지 같습니다. 자세한 건 성분분석을 해봐야 합니다."

뭔가의 원본을 복사한 거란 말이었다. 천천히 끄덕이고 물었다.

"두 번째 시체에서 나온 것도 역시 마찬가지로 종이인가요?"

"예, 그렇습니다. 그런데 그건 화학작용이 덜 진행되어서 조금 더 펼칠 수 있었습니다. 보시겠어요?"

연구원이 다른 파일을 불러냈다. 정준오 의원 뱃속에서 나온 종이는 덜 붙어 있었다. 어렵게 화학작용이라고 말했지만, 간단히 말하면 그냥 소화였다. 죽은 후에 강제로 뱃속에 쑤셔 넣은 것이어서 소화가 덜 되었던 것이다.

모니터에 반쯤 펼쳐진 종이가 보였다. 같은 일본어였다. 앞의 것과 글씨체도 같은 것 같았다. 군데군데 울고 글자가 흐려져서 명확하지는 않지만 대강 알아보기에는 어렵지 않았다.

그건 사건조서였다. 일본어로 된 사건조서.

'연세대, 윤동주시비, 고색창연한 핀슨홀, 벽에 못 박은 십자가형, 그리고 일본어 조서…….'

방 형사는 피해자의 나이를 떠올렸다. 주신덕 전 장관은 1921년생으로 85세, 1917년생인 정준오 의원은 올해 89세였다.

모든 것이 분명해졌다. 살인자의 메시지는 처음부터 분명했다.

정 의원 현장조사 때부터 어느 정도 짐작은 했다. 지금은 연세대학교 법인사무처가 사용하는 핀슨홀이 예전 일제강점기 연희전문일 때는 기숙사였다. 그런데 그게 단순한 기숙사가 아니었다. 누구나 알 만한 사람이 지냈던 기숙사였다. 핀슨홀이 1922년 지어졌다는 것이나 기숙사로 사용했다는 것, 그리고 유명한 그가 거기 있었다는 사실은 따로 조사한 것이 아니었다. 학교에서 동판으로 만들어 핀슨홀 벽에 붙여놓은 것을 읽기만 해도 알 수 있는 일이었다. 살인자는 메시지를 보냈다. 그것을 놓칠까봐 친절하게도 정 의원 시체로 동판을 가려놓았었다. 못 박힌 시체를 치우자 동판이 보란 듯이 드러났다.

방 형사는 맘속에 한 글자를 떠올리며 컴퓨터 모니터에 나타난 일본어 조서를 주의 깊게 살폈다. 그리고 잠시 후 찾고 있던 글자를 확인했다.

"됐습니다."

갑작스런 방 형사의 말에 연구원은 티 나게 아쉬운 표정을 지으며 어떻게든 점수를 따려 했다.

"완전히 다 펼쳐지면 파일을 반장님께 보내드릴까요?"

방 형사는 싱긋 눈웃음으로 답하며 국립과학연구소 특수처리 2연구실을 나왔다.

국과수 주차장에 세워 놓은 소나타로 향하는 방 형사는 곧 다시 살인사건이 일어날 것을 확신했다.

누가 죽을지는 모르지만, 분명히 노인일 것이고 아마 남자일 것이다. 그 역시 왼손 약지 손가락이 잘릴 것이고, 그는 잘린 손가락을 똘똘 뭉쳐진 종이와 함께 억지로 먹어야 할 것이다. 그리고…… 연세대 어딘가에 던져질 것이다.

이런 생각에도 다른 때와 달리 가슴이 타거나 초조해지지 않았다. 연세대에 수사대를 급파해서 잠복하면 범인을 잡을 수 있다는 생각이 들었지만, 선뜻 행동에 옮기지 않았다. 아니 못했다. 꼭 그래야 하는지 의심스러웠다.

하지만 8반 반장이라는 직책이 어깨를 딱딱하게 눌러댔다. 결국 짧은 한숨을 내쉬고 전화기를 꺼내 김 순경을 찾았다.

"연세대를 레벨 4507로 전담하라고 해요. 지금 당장."

전화를 끊은 그녀는 오히려 태평스러워졌다. 며칠 전 꼭 손가락을 자르고 고문하는 것을 떠올렸을 때 느꼈던 야비하고 잔인한 살인자에 대한 증오심이 이상하게도 더 이상 일지 않았다. 물론 눈앞에 있다면 잡겠지만, 굳이 잡으러 나서야 할까, 하는 해서는 안 되는 회의감까지 들었다. 잔학한 엽기적인 살인마가 미워지지 않았다. 잘은 모르지만 이해할 수 있을 것 같았다.

문득 강 형사가 생각났다. 범죄자와 동일시하는 그를 옆에서 지켜볼 때마다 답답해하던 자신이 같이 떠올랐다. 비로소 강 형사의 마음속 한 켠을 이해할 수 있게 된 것 같았다.

소나타 문을 열면서도 반드시 살인범을 잡을 생각보다는 그가 하려는 일의 진실이 무엇인지 더 궁금하다는 생각을 했다. 그러자 윤 소령의 차가운 얼굴과 따져보는 듯한 눈빛이 떠올랐다. 그녀는 진실을 밝히는 것이 아니라 진실을 알고 싶다고 했다. 그랬다. 이젠 그녀도 이해할 수 있을 것 같았다. 진실을 아는 것보다 밝히는 것이 더 힘든 일이었다.

세상에 자신할 것이 정말 아무것도 없구나, 하는 회한 섞인 상념으로 어깨가 조금 쳐졌다. 하지만 괴로움은 아니었다. 가슴속에 뭔가가 툭 터진 느낌이었다. 나쁘지 않았다.

운전석에 앉아 시동을 걸려다가 앞을 보았다. 유리창에 자기 얼굴이 비쳤다. 어두운 밤이 번잡한 거리를 감추어 유리를 거울이 되게 했다. 똑똑히는 아니지만 밖을 지나는 자동차 헤드라이트 빛에 현혹되지만 않으면 자기를 볼 수 있었다. 유리에 먼저 비치는 제 얼굴을 잊고 바깥의 번잡함에 마음을 뺏기게 하는 것은 낮이었다. 창밖으로 보이는 일에 흥분하고 분노하는 찡그린 시선은 제 얼굴을 보지 못하는 낮에나 일어나는 일이다. 사방이 캄캄한 밤에는 그러지 않는다. 자기 얼굴을, 자기를 보게 된다.

그녀는 천천히 헤어밴드를 빼내고 흐트러진 머리를 풀어 매만졌다. 머리카락이 조금 자란 것 같았다. 손끝에 전달되어 오는 매끄러움이 오랫동안 잊고 있던 감미로움을 생각나게 했다.

가슴이 촉촉해지려 했다.

조심스럽게, 정성들여, 머리를 뒤로 모아 하나로 묶었다. 유리 거울 속 그녀의 얼굴이 그녀에게 조금 변했다고 말을 걸었다. 그녀는 차분한 미소로 이제 조금 더 솔직해질 수 있을 것 같다고 답했다.

깨진 어항을 새로 사야겠다는 생각을 했다. 이번엔 금붕어 말고 좀 더 강한 놈을 키워야겠다고 맘 먹었다. 거북이나 작은 상어도 괜찮을 것 같다는 생각에 미치자, 그녀는 저도 모르게 미소가 지어졌다.

시동을 걸었다. 엔진 소리가 낮게 요동쳤다. 그녀의 맑아진 머릿속으로 이야기가 흘러들어왔다. 조금 전 연구실 모니터에서 찾아낸 글자가 눈앞에 나타났다. 저절로 그 글자가 이야기를 하나씩하나씩 풀어서 들려주었다. 그 글자가 모든 것을 말해주었다. 지금의 냉혹한 살인자에게 처참하게 피살된 자들은 더 먼 옛날 더 냉혹한 짓을 서슴지 않았다고……. 이 시대에 이런 잔인한 살인자를 만들어낸 것은 모두 그들의 짓이라고…… 말해주었다.

방 형사는 천천히 액셀러레이터를 밟았다. 소나타가 밤거리를 헤치며 조용히 나갔다.

어쨌든 살인자는 막을 수 없을 것이다. 그 사실에 맘이 놓였다. 누구를 죽일지 알 수 없다는 것이 지금처럼 좋을 줄은 몰랐다.

누가 죽을지는 죽을 그자만 알고 있을 것이다. 그리고 그자는 절대로 경찰에 도움을 청하지 않을 것이다. 아니 못할 것이다. 자신이 저지른 과오를 자신이 누구보다도 똑똑히 알고 있을 테니 말이다. 물론 그 과오는 절대로 밝혀져서는 안 되는 것일 터이다. 비록 목숨과 바꾸는 한이 있더라도…….

너무나도 분명했다.

연세대, 윤동주시비, 기숙사 핀슨홀, 십자가, 일제강점기를 거쳐 온 두 노인……. 그리고 그들 뱃속에 집어넣은 일본어 사건조서…….

명확했다. 너무나도 똑똑히.

주신덕과 정준오의 뱃속에서 나온 종이는 어떤 사건의 조서를 복사한 것이었다. 그 조서는 1943년 일본 시모가모[下鴨] 경찰서에서 작성한 것으로, 같은 해 도쿄[東京]에서 붙잡힌 어떤 사람을 심문한 내용을 기록한 것이었다.

방 형사가 모니터에서 어렵게 찾아낸 것은 두 글자였다.

東柱동주

그 조서는 암울한 시대를 뜨겁게 살다간 민족시인 윤동주尹東柱의 시모가모 경찰서 조사 기록이었다.

PM 10:50

코엑스 본관 앞에 그냥 소나타를 던져놓고 뛰어 들어갔다. 경찰서로 향하다가 급히 코엑스로 방향을 튼 것은 윤 소령의 전화 때문이었다. 폭탄이 발견되었다는 말을 마치 자기 작품이 전시된 화랑에 초대하는 어조로 말했다.

입구에서 윤 소령의 부관 김 중위가 맞았다. 컨벤션홀로 안내하는 그를 따라 뛰었다. 소령이 그녀를 부른 이유는 간단했다. 영풍문고에서 추리한 것을 다시 확인시켜 주려는 것이었다.

넓은 홀에는 이미 호텔 보안관계자들과 폭발물처리반원들로 빼곡했다. 팽팽한 기운이 가신 것을 보니 급한 불은 끈 듯했다.

한쪽에서 뭔가를 지시하고 있던 윤 소령이 방 형사를 보고 다가왔다.

"조금 늦으셨군요. 일단 처리했습니다."

중요한 장면을 보지 못해 아쉽겠다는 말투였다.

"시간은요?"

"오전 10시에 터지도록 세팅되어 있었습니다."

방 형사가 정오로 설정되어 있던 영풍문고 폭탄을 떠올리며 말했다.

"지난번과 달리 이번엔 터졌겠군요?"

"신고전화가 없었다면 그랬겠죠. 포럼이 09시에 시작할 예정이었으니까요. 한참 집중할 때 터졌겠지요. 하지만 같은 패턴입니다. 폭약에 일련번호를 없앤 것이나, 폭탄을 설치한 방법, 시계까지 싸구려인 것이 완전히 동일합니다. 동일범입니다."

윤 소령은 의기양양해 보이기까지 했다.

"신고는 공중전화였습니다. 확인해 보니 바로 요 앞 삼성역에서 건 거더군요."

장난전화 같아도 폭탄 신고에는 무조건 출동하는 것이 원칙이다. 게다가 영풍문고 건도 있었고, 장소가 내일이면 세계경제문화포럼이 열릴 곳이었다. 범인은 그 점을 고려했을 것이다.

분주하게 후속 처리를 하는 부하들을 하나씩 눈여겨보며 윤 소령이 말했다.

"범인의 목적은 딱 하나에요. 세종로폭파는 강 형사님이 한 것이 아니다, 라고 시위하는 것. 바로 그거죠."

윤 소령이 싱긋 웃기까지 했다.

"정말 재미있어요. 과격한 폭파범이 새가슴이라니."

방 형사의 묻는 눈길에 윤 소령이 답했다.

"영풍문고나 여기 코엑스나 실제로 터뜨릴 생각은 없었거든요. 세종로를 불바다로 만든 놈과는 완전히 다른 자인 거죠."

실제로 터뜨리면 더 효과적이었을 텐데, 하는 엄청난 생각을 하는데, 갑자기 핸드폰이 울렸다. 죄지은 것처럼 화들짝 놀라는 방 형사를 보고 윤 소령이 의미심장한 미소를 지었다. 그 눈길 때문에 누군지 확인도 하지 않고 전화를 받았다.

—자네 지금 어딘가?

엉뚱하게도 특수부장이었다. 그가 직접, 그것도 급한 어조로 전화한 것이 걸렸다. 게다가 경찰청장이 세종로테러에서 손을 떼라고 지시한 상황이었다.

"예, 저는……."

정치적이고 음험한 그답지 않게 소리를 버럭 질렀다.

—내가 후지와라를 보호하라고 하지 않았는가?

"예?"

완전히 잊고 있던 후지와라 유이치가 불쑥 나타났다. 그것도 이 밤중에. 맘에 안 들었다. 정확히 뭔지는 모르지만 뭔가 삐걱거리고 순조롭지 않았다.

세종로테러가 자기를 노린 거라고 우기는 후지와라를 진정시키라는 지시는 분명 받았다. 그건 보호하라는 말과는 많이 달랐다. 게다가 세종로테러에서 떨어지라는 경찰청장의 지시를 특수부장은 몰랐단 말인가? 하지만 더 이상 따질 계제가 아니었다.

급히 전화를 끊은 방 형사는 윤 소령에게 상황을 설명하고 정신없이 소나타를 주차해 놓은 곳으로 뛰었다. 그리고 경광등을 내걸고 미친 듯이 액셀러레이터를 밟으며 도로를 질주하기 시작했다.

워커힐 호텔에 있어야 할 후지와라 유이치가 실종되었다는 전화였다.

PM 11:40

폭발할 것 같은 소리를 내며 워커힐의 가파른 고개를 올라가 호텔 앞에 소나타를 급정거시켰다. 입구에 우락부락한 덩치의 무관장 헐크 곤조가 급한 일본어를 내뱉어댔다. 후지와라에게 세종로사건을 설명할 때 옆에서 끈적한 눈길로 몸을 훑던 불쾌한 기억이 떠올랐지만, 사안의 심각성이 감정을 잠시 미루게 했다.

흥분한 헐크 곤조는 후지와라가 10시쯤 산책을 하겠다고 경호원 둘과 나선 후 아직까지 연락이 되지 않는다는 말을 다급하게 반복했다.

방 형사는 프런트 데스크로 다가가, 상당히 시달린 것 같은 데스크 직원에게 신분증을 내밀며 말했다.

"모든 객실 상황과 투숙 현황, 예약 현황을 출력해 주세요. 지금 당장!"

데스크에서 한 걸음 떨어져서 뒤따라온 곤조에게 물었다.

"어떻게 경호원 둘만 따라가게 하셨습니까?"

질책 아닌 질책이 되어 버렸다. 뭔가를 저울질하는 당혹스런 표정이 곤조의 커다란 얼굴에 스쳤다.

"제대로 말씀하지 않으시면 상황이 더 복잡해집니다."

곤조가 잠시 주저하더니 결심한 듯 말했다.

"그건 저희 소관입니다."

철저한 비밀주의였다. 무슨 일이 있었던 것이 분명했다. 슬쩍 떠보았다.

"특별한 전화나 연락을 받고 나가신 것은 아닌가요?"

"그건 아닌 것 같습니다. 그냥 주변 경치가 괜찮으니 한번 둘러보시겠다며 나가신 겁니다."

굳게 닫힌 덩치의 입은 열리지 않을 것이 분명했다. 뒤에서 경호원으로 보이는 남자가 재빨리 다가와 곤조의 귀에 속삭였다. 그러자 곤조의 얼굴이 귀신을 본 것처럼 해쓱해졌다.

부하의 보고를 들려주는 곤조의 말에 방 형사도 역시 경악하지 않을 수 없었다.

"공을 수행했던 두 경호원의 시체가 조금 전 호텔 쓰레기장에 발견되었답니다."

가서 확인하겠다며 뛰어가는 곤조를 보내놓고, 방 형사는 프런트 데스크에 몸을 기댔다. 직원이 건네는 서류를 받아들고 투숙객 명단과 객실 상황을 체크했다. 며칠 사이 계속되는 사건들로 그녀의 신경은 이미 너덜너덜했지만, 정신을 집중하려고 노력했다.

워커힐로 오면서 광진경찰서에 인력 차출을 요청했지만 늦어질 거란 말을 들었다. 폭발물 건으로 모두 코엑스로 간 상황이었다. 그렇다고 전경들을 불러들일 수는 없었다. 시위진압이면 모를까 오히려 거치적거렸다. 더욱이 특수부장은 몇 번이나 소리 나지 않게 처리해야 한다고 신신당부를 했다.

다시 광진경찰서에 전화를 했다. 떠났다고는 하는데 적어도 20분은 더 걸릴 것 같다고 대답했다. 모든 것을 일본 경호원들에게만 맡기고 있는 상황이 맘에 들지 않았다. 하지만 어쩔 수 없었다.

생소한 당혹감과 무력감이 엄습했다. 1급 상황이었다. 후지와라가 분명 특급 요원들만 데려왔을 텐데, 그들이 당했다는 것은 보통 문제가 아니었다. 특수부장의 말이 이해되었다.

'수행 경호원이 살해됐다는 것만 해도 외교문제로 난리가 날 사안이

다. 그런데 거기에 후지와라 같은 국빈이 사라졌다고 한다면……'

상상만 해도 끔찍했다.

투숙객 명단을 살피는 방 형사는 정말로 후지와라 유이치를 노리는 자가 있었다는 사실에 혼란스러웠다. 정말 그렇다면 세종로테러도 처음부터 다시 검토해야 한다는 소리였다. 엉킨 실타래 속에 뛰어들어 엉뚱한 곳을 잡고 흔드는 바람에 더 엉켜버린 실처럼 머릿속이 점점 더 복잡해져 갔다.

고민을 거듭하고 있는 그녀에게 단단한 체구의 남자가 달려왔다. 후지와라의 경호원인 듯했다. 표정만큼 다급한 일본어였다.

"마사유키 무관장님께서 지하주차장으로 급히 오시랍니다."

그게 누구냐고 물으려고 일어서려는 찰라, 우락부락한 헐크 곤조의 성이 마사유키라는 것이 기억났다.

남자의 표정과 '지하주차장'이란 말이 주는 급박함에 신속하게 그 남자를 따라 엘리베이터로 뛰었다.

엘리베이터가 열리자 빈 공간에 그가 냉큼 먼저 탔다. 방 형사가 뒤에 따라 타서는 안쪽에 선 남자를 등지고 돌아서게 되었다. 그때는 몰랐다. 하지만 버튼을 누르고 문이 닫히자, 불현듯 섬뜩한 느낌이 뒷목을 타고 올라왔다.

틀림없었다.

자신의 히프와 허리라인을 훑어보는 끈적거림이 아니었다. 등을 보이고 선 것이 후회스러웠다. 묵직한 긴장감이 가슴을 지그시 눌렀다. 뒤통수에 느껴지는 쏠 듯한 눈빛이 그녀의 심장을 차츰 급하게 뛰게 만들었다. 엘리베이터 안의 공기가 숨 막힐 듯 팽팽해지며, 숨소리가 천둥처럼 귀에 울렸다. 핸드백에 있는 총을 꺼내들지 않은 것이 후회되었다. 가슴 안쪽에 차지 않고 핸드백에 넣어 다니던 것도 후회되었다. 저도 모르게 땀이 한 방울 뒷목을 타고 내렸다.

땡 소리와 함께 문이 열리자, 왼쪽 뒤에 섰던 그 남자가 먼저 내렸다. 순간 터질 듯했던 긴장감이 풀어지면서 작은 한숨이 나왔다.

'후, 아니었나……?'

뻣뻣했던 어깨를 풀며 따라 내렸다. 공연히 긴장했다는 조롱 섞인 핀잔의 목소리 한쪽에, 그건 분명 살기였다는 진지한 소리가 끼어들었다. 그런 살기는 웬만한 자들이 뿜어낼 수 있는 것이 결코 아니라고 목청을 높였다.

하지만 곧 생각을 멈췄다. 작게 터지는 소리가 나며 앞서 가던 남자가 갑자기 고꾸라졌기 때문이었다. 본능적으로 몸을 낮추며 굴렀다. 바짝 엎드린 채로 재빨리 핸드백에서 권총을 꺼내 들었다. 심장이 급격하게 뛰기 시작했다.

남자 경호원이 엎어진 바닥에 벌건 피가 흥건해졌다. 소음기를 착용한 총이었다. 주차장 어디선가 조준하고 있는 적이 있다는 생각에 온몸이 예민해졌다.

방 형사는 바닥에 납작 엎드려 주차장을 가득 채운 자동차들의 바퀴 사이로 동향을 살폈다. 움직이는 것이 하나도 없었다. 이마에 긴장으로 흐른 땀이 끈적거렸다. 고개를 조금 들어 신속하게 주차장 CCTV 위치를 확인했다. 각 위치마다 정확히 달려 있지만 누군가에 의해 방향이 엉뚱하게 틀어져 있었다.

전문가라는 생각을 하는 순간, 퍽 하며 지하주차장의 불이 한꺼번에 나갔다. 비상구 표시등마저 없었다면 한 치 앞도 보지 못할 상황이었다.

그믐달이 구름 속에 숨은 것 같은 어두움이 주위에 내려앉자 신경이 머리끝까지 곤두섰다. 등 뒤로 흐른 땀이 급격하게 식으며 서늘해졌다. 입안이 바싹 마르기 시작했다.

함정이었다.

엘리베이터에서 느낀 것은 살기가 분명했다. 헐크 곤조를 핑계로 지하주차장으로 끌어들인 것이다.

'엘리베이터 안에서도 가능했는데 굳이 왜 여기서……. 그리고 왜 이 자를 죽인 거지? 동료 아닌가?'

온통 알 수 없는 의문들로 머릿속이 뒤죽박죽이었다.

슬며시 핸드폰을 꺼내 들었다. 수신 불가 지역 표시가 떴다. 무선통신 차단까지 할 정도면 단단히 준비한 것이 틀림없었다.

방 형사는 권총을 힘있게 잡고 지금 장소에서 가장 가까운 계단 통로까지 최단 거리를 계산했다. 그리고 최대한 안전하게 통과하는 방법을 머릿속에 그렸다. 일단 계산이 끝나자 지체 없이 뛰었다.

한 블록을 가기도 전에 7시 방향에서 소리 없는 총탄이 날아왔다.

슉, 슉, 슉, 슉.

아슬아슬하게 그녀 뒤를 스치고는 바로 옆에 있는 벤츠 유리창을 박살냈다. 재빨리 몸을 굴려 바짝 엎드렸다. 심장이 터질 듯이 헐떡거렸다.

스나이퍼였다.

신속하게 움직였기 때문에 운이 좋았지만 일단 목표물로 포착된 이상, 팔이나 다리 하나 정도는 버릴 각오를 해야 했다. 그것도 운이 아주 좋을 때 얘기였다. 공포의 끝자락에서 터무니없는 분노가 솟아, 총알이 날아온 쪽으로 돌진할까도 했지만 그건 정말 어리석은 만용이었다.

'냉정하게, 냉정하게…… 살아야 한다. 살아나가야 놈을 물어뜯을 수 있다.'

심호흡을 하듯 숨을 조절하며 감정을 골랐다.

자동차들 사이사이로 움직이는 수밖에 없었다. 맘을 가다듬고 이동하려고 머리를 살짝 드는 순간, 슈슉 하며 총알이 날아와 바로 옆에 있는 에쿠스 조수석 문에 들이박혔다. 구멍이 나지 않았다면 날아오는 기척도 몰랐을 거였다. 아직 적의 위치도 확인하지 못했다. 놈은 적외선 렌즈를 사용하는 것이 분명했다. 시간을 끌수록 불리했다.

심호흡을 깊이 한 후 건너편의 흰색 BMW로 굴렀다.

슉, 슉, 슉.

BMW가 민감해서 그랬는지 유리창이 깨진 것을 도둑질로 생각했는지 시끄러운 경고음을 뱉어냈다. 소리 때문에 총알이 날아오는 것은 더욱 알기 힘들어졌다. 헐떡이는 숨에 맞춰 땀이 비 오듯 했다. 재킷 속의 블라우스가 몸에 감기듯 달라붙었다.

다시 몇 번 굴렀지만 겨우 자동차 석 대를 지나왔을 뿐이었다. 그것도 한 번은 그녀의 얼굴 바로 앞으로 총알이 날아오기도 했다. 그동안 자동차 다섯 대의 문과 유리창이 박살났고, 두 대의 자동차가 경고음을 울려댔다. 지하주차장이 난리가 났지만 아무도 나타나지 않았다.

'후지와라를 납치한 것도 나를 죽이려고…….'

헐떡거리는 숨소리에 섞여 자신을 부르러 왔던 그 남자 경호원이 생각났다. 불현듯 머릿속에 섬광이 튀었다.

'어쩌면 후지와라가 납치된 것이 아니라, 처음부터 놈들이 나를 죽이려고 일부러……. 아니다. 그것도 말이 되지 않는다.'

죽이려 했으면 엘리베이터에서 가능했다. 그게 아니어도 그 남자 경호원이 스나이퍼에게 더 가까이 끌고 가도록 한 후 처리할 수도 있었다. 그랬다면 자신은 벌써 차가운 시체가 되어 뒹굴게 되었을 것이다.

쓸데없는 생각이 떠오르며 가설에 가설이 엉켜 서로 물어뜯기 시작했다. 머리를 흔들었다. 도저히 빠져나갈 방법이 떠오르지 않았다. 왕왕대는 자동차 경고음들로 큰 지하주차장이 공명하며 웅웅대는 것이 더 혼란하게 만들었다. 귀를 흔들어 놓는 소리 때문에 화가 나려는 순간, 한 가지 희미한 가능성이 떠올랐다.

방 형사는 몸을 낮춘 채로 총알이 날아온 것 같은 방향으로 미친 듯이 총을 쏴댔다. 그리고 몸을 굴려 그 방향으로 전진했다. 그쪽에 주차되어 있던 고급 승용차들도 부서지자 경고음을 뱉어내기 시작했다. 여전히 보이지 않는 총알이 날아왔지만 그 횟수가 현저히 줄었다.

'생각이 적중했다. 놈도 소리에 혼란스러운 것이다.'

하지만 은색 도요타 앞 타이어에 등을 대고 탄창을 갈아 끼우고 다시 총을 쏘면서 구르는 순간, 왼쪽 팔뚝이 불에 덴 것처럼 뜨거워졌다. 굴러서 검정 다이너스티 옆에 멈추고 팔을 보았다. 재킷 왼쪽이 찢어진 곳에 붉은 피가 흘러나오기 시작했다. 뼈를 다친 것 같지는 않지만 출혈이 심했다. 눈으로 보자 더 화끈거리며 쑤셔댔다. 통증이 온몸으로 퍼지며 땀구멍에서 진액을 내뿜었다. 이마와 목덜미가 온통 땀으로 끈끈했다. 마음이 다급해지며 초조해졌다. 스타킹 한 짝을 벗어 입으로 물고 오른손으로 당겨 억지로 왼쪽 팔뚝을 묶었다.

적은 쉽게 속지 않았다. 시간을 끌수록 더 불리해질 것이 뻔했다. 총알도 부족했다.

'완전히 걸렸군…….'

방 형사는 오한이 든 것처럼 몸이 떨리는 것을 어쩌지 못했다. 움직이지도 않았는데 소리 없는 총알이 몇 번 더 날아왔다. 건너편 흰색 포드 운전석 문에 계속해서 구멍을 내댔다.

조롱이었다. 그녀가 다친 것을 알고 도발하는 것이었다. 들리지 않는 야유와 희롱이 눈앞에서 날름거렸다. 방 형사는 끓어오르는 분노에 온몸이 떨렸지만 도발에 넘어갈 만큼 어리석지는 않았다.

가쁜 숨을 몰아쉬는 방 형사는 자신의 숨소리가 가쁜 것이 힘들어서 그런 게 아니란 것을 깨달았다. 화끈거리던 팔이 뻐근해지더니 차츰 빈 수수깡 같은 느낌이 들면서 눈앞이 살짝 흐려지고 가물거리기까지 했다. 내려다보니 흘러내린 피로 바닥이 지저분했다. 제대로 묶어지지 않은 것이었다. 블라우스를 시뻘겋게 물들인 피가 아래로 흘러 검정색 바지가 이미 거무튀튀하게 굳어지고 있었다. 생각보다 출혈이 심했다. 가벼운 현기증이 일었다.

시간이 많이 없었다. 이대로라면 승산이 전혀 없었다.

'공격이 최선이다. 놈을 잡자!'

그녀는 탄창을 확인하고 검정 다이너스티에 기대면서 살짝 몸을 일으켰다. 다이너스티에 검붉게 핏자국이 쓸렸다. 숨이 불규칙하게 가빠지기 시작했다. 눈을 질끈 감았다.

그리고 눈을 뜸과 동시에 앞에 있는 자동차를 향해 신속하게 발걸음을 옮겼다. 날아온 총알이 왼뺨 바로 옆을 스쳤을 때, 한순간 공포가 밀려오며 다리가 꼬여 엎어졌다. 생각만큼 신속한 발걸음이 아니란 걸 알았다. 굴러서 전진하기에도 체력이 많이 떨어져 있었다. 총을 들 힘도 남아 있는 것 같지 않았다. 금방 끊어질 듯 숨을 헉헉거렸다. 하지만 방 형사는 총을 들고 앞을 향해 겨누면서 천근만근이 된 발을 떼어놓으려 했다.

그때 그녀가 타고 내려왔던 엘리베이터 옆 비상구가 열리면서 빛이 새들어오는 것과 동시에 총을 든 사내들이 문을 박차고 포위 자세로 신속히 달려왔다.

억지로 총을 들어 올리는 손이 천근만근 같았다. 끝이라는 생각이 드는 순간, 사내들의 총구가 그녀가 달려가려는 쪽을 향해 불을 뿜었다. 적이 아니었다. 긴장이 풀리며 순간적으로 다시 현기증이 나서 휘청했다. 누군가 저쪽에서 재빨리 다가오는 발소리가 들렸다. 그렇지만 추를 매단 듯 머리가 무거워 제대로 고개를 들 수 없었다. 억지로 고개를 들고 손을 뻗어 총구를 꽉 그러쥐었다. 달려오는 남자가 양손을 흔들며 말했다.

"스톱! 스톱! 적이 아니오, 적이 아니오."

가물거리는 정신에 뜻은 알아들었지만, 어느 나라 말인지 몽롱했다. 그냥 그렇다는 것만 알아들었다. 다가와 부축하는 남자의 향기가 우호적이란 것이 느껴졌다. 풀어지려는 눈을 억지로 떴다. 모델같이 수려한 얼굴이 눈에 들어오자, 비로소 그가 일본어로 말했다는 것을 깨달았다.

후지와라 유이치였다.

"괜찮습니까? 반장님?"

그녀를 안아 일으키려 했다. 주위의 시끄러운 자동차 경고음과 어수선한 총 소리가 강 저편 배경으로 물러갔다. 반가웠다. 하지만 이전의 불편함을 잊지는 않았다. 간신히 힘을 냈다.

"납치된 것이…… 아니었나요?"

사막의 모래를 한 움큼 토해내듯 목소리가 갈라졌다.

"갇혀 있는 것을 마사유키 무관장이 찾아 구해주었소. 놈들은 나를……."

뒤의 말은 제대로 들려지지 않았다. 후지와라 얼굴에 긁힌 자국과 찢어진 옷이 눈에 들어왔다.

후지와라가 부축해 주는 팔에 힘을 주고 몸을 일으켰다. 눈앞이 아찔해지면서 하얗게 되었다 살짝 돌아왔다. 그의 목을 안았다. 몸이 젖은 빨래마냥 축 처졌다. 남자의 향기가 강하게 풍겼다. 죽음에서 살았다는 안도감이 묘한 매력에 빠지게 했다. 순간 그녀의 설레는 마음에 뜻 모를 죄책감이 가슴을 죄어왔다.

부축을 받아 엘리베이터로 가는 그녀는 설렘과 죄책감의 불편한 근원을 찾으려 애썼다. 설렘은 알아도 죄책감은 이유를 찾기 힘들었다.

자신이 너무 간사하게도 살아났다는 안도감에 변한 것 때문에……. 그가 잘생겨서……. 제멋대로인 강 선배에게 질려서…… 강 선배가 잡혀 있는 때에 이런 감정을 느껴서…….

아니었다. 모두 아니었다.

하나씩 제외하자 맨 밑바닥에 하나가 남았다. 똑바로 보고 싶지 않은 불편한 진실이 도사리고 있었다. 남들에게는 그것 때문은 아니라고 변명하겠지만 사실 그게 진실이라는 것을 그녀는 부인할 수 없었다. 아무리 스스로 설득하고 변명해도 진실은 사라지지 않으니 말이다.

후지와라의 얼굴과 향기에 설렘과 죄책감이 불편하게 동거했던 것은 그가 일본인이었기 때문이었다.

"스나이퍼는 처지했나?"

후지와라가 총을 빼들고 뒤쪽에 바짝 따라오는 경호원에게 물었다. 계단으로 도주하는 것을 경호원 둘이 쫓아갔다고 했다. 그녀의 능숙한 일본어 실력을 알고 있으면서도, 후지와라는 부축한 방 형사에게 다시 한국어로 차근차근 설명했다. 그의 세심한 배려에 저절로 끌리는 감정이 엉키면서 무거운 부끄러움이 일었다.

엘리베이터를 탄 그녀는 만류하는 후지와라에게 괜찮다며 엘리베이터 안에 있는 지지대를 잡았다. 후지와라에게 의지하고 싶지 않았다. 정신이 희미해지고 다리가 크게 흔들렸지만 이를 악물고 참았다. 더 이상 기대고 싶지 않았다. 이런저런 소리들이 지겹게 머릿속에서 떠들어대는 것이 싫었다. 이것이든 저것이든 모두 다 싫었다. 그냥 빨리 위층으로 올라가 동료들을 불러서 이 복잡한 상황을 벗어나고 싶었다.

엘리베이터 문이 거의 다 닫히려는 찰나, 다시 문이 열렸다. 무심코 고개를 들어 보았다. 갑자기 검정 스키마스크에 적외선 고글을 쓴 사내의 얼굴이 나타났다.

"악!"

외마디 비명을 지르며, 사내가 들이대는 총구를 피해 본능적으로 몸을 숙였다.

슈슉 하는 소리와 함께 뒤에 있는 거울이 박살이 났다. 깨진 거울 조각이 느린 화면처럼 눈앞에 흘러갔다.

다시 쏘려는 고글 쓴 사내의 총구를 향해 옆에 섰던 후지와라가 달려드는 순간, 다시 슈슉 하는 소리가 들린 것 같았다. 그리고 그녀 앞에서 있던 후지와라의 몸이 둔탁한 충격에 뒤로 밀리면서 웅크리고 앉은 그녀에게로 쓰러지려 했다.

피를 많이 흘려 지치고 희미한 의식의 그녀가 기억하는 마지막 장면은 눈앞으로 떨어지는 후지와라의 등이었다.

2006. 05. 14. 일.

AM 04:30

며칠 동안 밤잠을 설쳤다. 그렇지만 눈은 어김없이 정해진 시간에 떠졌다. 한평생 눈이 오나 비가 오나 변치 않는 운동 습관이 아흔을 바라보는 그가 건강을 잃지 않은 이유 중 하나였다. 일흔다섯이 될 때까지 뛰던 것을 지금은 산책으로 바꿨지만 그 거리는 오히려 늘렸다. 검버섯 노인은 의지의 한국인이란 말을 무척이나 좋아했다.

한 벌에 기백만 원 하는 운동복을 걸치고 한옥 마당에 나섰다. 푸석푸석한 느낌이 들면서 손바닥이 말랐다. 컨디션이 좋지 않다는 표시였다. 새벽 공기도 때 아니게 쌀쌀했다. 그래도 주저하지 않고 운동화를 신었다.

경호원들이 다가와서 낮은 목소리로 코스를 물었다. 예전과 같다는 말을 듣고 치직거리는 무전으로 요원들을 배치하는 소리를 들으며, 자신이 서 있는 정점의 느낌에 한껏 빠져들었다. 몸에 아드레날린이 솟구쳤다.

그러나 그것도 잠시였다. 눈앞에 잘린 손가락이 떠다녔다. 정준오가 핀슨홀 벽에 십자형으로 못 박히듯 죽었다는 소식을 들었을 때 놀랐던 느낌이 되살아났다. 가슴이 빽빽하게 무거워졌다. 주신덕과 정준오가 당했다는 사실이 도저히 믿겨지지 않았다.

'홍학규마저…… 연락이 되지 않으니……'

살살 걷기 시작했다. 문을 나서서 뒤쪽 북악스카이웨이 쪽으로 방향을 잡았다. 군데군데 서 있는 경호원들의 모습이 눈에 들어왔다. 든든하다는 느낌보다는 불안감이 앞섰다. 저들 중에 있을 수도 있었다. 죽거나 사라진 이들도 평소에 경호받고 있었다는 사실이 가슴을 헐떡이게 했다. 의사가 스트레스를 조심하라고 했던 말이 떠올랐다.

마른 땀이 약간 날 때쯤 자주 가는 호젓한 약수터가 눈앞에 나타났다. 원래부터 약수터를 찾는 사람들이 많지 않은 동네인 데다가, 슈퍼에서 생수를 팔게 된 이후 눈에 띄게 사람들이 줄었다. 가끔 배드민턴을 치는 노부부는 물론, 새벽에 자주 눈인사를 했던 성성한 머리의 노인조차 오늘은 보이지 않았다. 경호에 각별히 신경 쓰라는 지시로 이렇게 했구나 하는 생각을 하며 검버섯 노인은 아무도 없어 을씨년스럽기까지 한 약수터로 다가갔다.

약수터의 바가지를 보는 순간, 노인의 머리에 얼음 번개가 꽂힌 느낌이 들었다. 철렁하다 못해 심장이 터지는 줄만 알았다. 온몸이 딱딱하게 굳은 채 가늘게 손을 떨었다.

자신이 늘 떠먹던 작은 바가지 밑에 하얀 편지봉투가 놓여 있었다. 아직 어둑어둑한 사위에 흰 봉투는 눈에 시릴 정도로 빛났다. 가슴이 미친 듯이 뛰기 시작했다. 의사의 말이 다시 떠올랐다.

다가가 떨리는 손으로 편지봉투를 집어 아무렇지 않은 듯이 주머니에 쑤셔넣었다. 열 걸음 뒤에 서서 경계하고 있는 경호원들이 보았을지 모른다는 생각이 들자, 주머니가 천근만근 무겁게 느껴졌다. 심장을 누군가 운동회 날 큰북처럼 두들겨대는 것 같았다. 그것이 점점 커져 골까지 윙윙거렸다. 주변을 둘러보았다. 뒤에 서 있는 경호원 둘을 빼고는 아무도 없었다. 하늘이 빙빙 도는 것 같았다.

'놈은 내가 어디에 가는지도……'

노인은 자신이 생각하는 것이 사실이라는 것을 도저히 인정할 수 없었다. 오늘 이쪽으로 코스를 잡은 것은 새벽에 일어나 그냥 정한 것일 뿐이다.

'그럼, 모든 코스에……'

노인은 자신이 다니는 모든 길에 이것과 같은 준비를 했을 거라고는 믿을 수 없었다. 하지만 그렇다는 증거가 지금 그의 주머니 속에 들어 있었다. 놈은 철저하게 통제된 곳에 버젓하게 봉투를 가져다 놓은 것이다.

어떻게 내려왔는지 기억이 나지 않았다. 평소와 달리 땀을 많이 흘리는 것을 이상스럽게 생각한 경호원이 다가와 괜찮으시냐고 물었던 것 같은 기억만 어렴풋이 있을 뿐이다. 대문을 열고 마당에 들어서자 찢을 듯이 두드려대던 북소리가 조금 잦아지는 듯했다.

마당을 천천히 걸으며 심호흡을 했다. 100m 달리기를 한 것보다 더 숨이 차고 가빴다. 땀이 이마에 홍건하게 흘러내렸다. 거실로 들어가자 평소보다 일찍 들어온 것을 이상하게 생각한 며느리가 서둘러 인사를 했다. 방으로 들어갔다. 문을 잠갔다. 그리고도 한 번 주위를 휘 둘러보고 앉았다.

그리고 떨리는 손을 진정시키며 봉투를 꺼냈다.

하얀 편지봉투 속에서 두 장의 종이가 나왔다. 우선 조금 큰 것을 펼쳤다.

눈앞이 노래졌다. 현기증이 일어 자기도 모르게 바닥을 짚었다.

그건 시모가모 경찰서에서 윤동주를 조사했던 기록의 일부를 복사한 것이었다.

'역시 알고 있구나……'

오래전의 후회가 물밀듯 밀려왔다. 그러나 지금 중요한 건 그것이 아니었다.

버젓이 약수터 바가지 밑에 이걸 놓았다. 그건 어디에라도 가져다 놓을 수 있다는 것을 시위한 것이다. 방송국에 그대로 보내는 것은 일도 아니었다.

노인은 종이를 놓고 흔들리는 머리를 부여잡았다. 조금 차분해졌다. 그러자 중요한 한 가지 사실이 떠올랐다. 자신에게 보냈다는 것이었다. 그건 협상의 여지가 있다는 말이었다. 협상이라는 생각이 들자 자신감이 회복되었다. 협상과 타협은 그의 장기이자 전부였다.

또 다른 한 가지 사실이 떠올랐다. 그건 놈이 자신을 죽이려 했다면 벌써 죽었다는 것이었다. 그러자 자신이 죽지 않을 거란 확신이 들었다.

먼저 간 주신덕과 정준오가 생각났다. 그건 본보기였다. 협박이었다.

'놈은 거래를 원하고 있다……'

아직 보지 않은 작은 종이로 눈길이 갔다. 이제는 한결 차분해진 손으로 그 종이를 들었다.

역시 협상 카드였다.

AM 10:00 낙선재

자기가 가는 모든 곳을 다 점검했다는 것이 다시 분명해졌다. 창덕궁 안에 있는 낙선재는 낮에 가끔씩 산책하는 곳이었다.

노인은 일단 커다란 짐을 내려놓았다. 하지만 언제 또다시 이 카드를 들고 자신의 목을 죄어올지 몰랐다.

평생 남의 목을 죄었지 자기 목이 죄일 줄은 몰랐던 검버섯 노인은 공포에서 벗어나자 불쾌감과 끝 모를 수치심이 끓어올랐다. 그것이 천천히 분노로 모아졌다. 그동안 자신의 분노가 쏟아진 곳에 피바람이 일었던 것을 기억해냈다. 이번에도 그래야 했다. 더욱이 이번 일은 자신의 목이 걸린 문제였다. 잔인한 미소가 검버섯을 타고 흘렀다.

노인은 천천히 시간을 기다렸다.

AM 09:30

조선시대 고궁 중에 가장 아름답게 원형대로 보존되어 있는 곳이 창덕궁이었다. 그곳을 걸을 때마다 이 나라를 제대로 지켜야 한다는 생각이 머릿속을 깊게 파고들며 가슴속에 새겨졌다.

갑작스럽게 창덕궁으로 가겠다는 말에 경호실장은 놀라지 않았다. 자주 있던 일이었다. 놈들은 이런 것까지 감안한 것이 분명했다. 어디까지 마수가 뻗쳤을지 약간 불안해졌다. 칼끝과 칼끝이 맞붙어 밀어대는 상황에서는 털끝만 한 방심도 죽음으로 이어졌다. 협상이 어려울지도 모른다는 생각을 애써 누르며 태연하게 걸음을 옮겼다.

집을 나서 현대사옥 뒤쪽으로 방향을 잡았다. 세종로 때문에 어수선한 틈을 탄 시위대들의 시끄러운 소리가 거기까지 들렸다. 도대체 나라가 이 지경까지 된 것이 이해되지 않았다.

'나라를 더러운 것들이 오염을 시키고 있어…….'

그 오염물들은 조직 안까지 스며든 것이 분명했다. 썩어빠진 생각에 물든 것들과는 말조차 해서는 안 된다. 놈들과 말하는 것만으로도 더러워진다.

나약해지고 있는 한배회의 결속과 수뇌부가 못마땅했다. 계엄 하나 제대로 처리하지 못하는 회장의 무능력이 불쾌하기까지 했다. 국가와 민족이 흔들려 이리저리 끌려가고 있는 마당에 도대체 무슨 일을 하고 있는 건지 도무지 알 수가 없었다. 전임 회장과 조직의 원로들이 끔찍하게 사망하고, 실종 중인데도 속수무책으로 뒷짐만 지고 있는 것에 분노가 끓어올랐다. 전체 회의를 소집해야 할 것인지를 심각하게 고민했다. 하지만 그럴 수 없었다. 그것이 열렸기 때문이다.

눈앞에 시모가모 기록이 나타났다.

'놈을 빨리 처리하자. 그것만이 나라를 바로 세우는 길이다……'

자신도 모르게 눈살을 찌푸렸는지 멀리 서 있던 경호실장이 다가왔다. 손을 흔들어 괜찮다고 표시하고 창덕궁 문으로 향했다.

경호원이 매표해 오는 것을 기다리고 있는데 천진난만한 얼굴의 꼬마가 풍선을 들고 자신에게 뛰어왔다. 놀란 경호원이 어떻게 할지 몰라 난감한 얼굴이 되는 것을 보고, 괜찮다고 손을 저었다.

6살 정도 돼 보였다.

"할아버지, 할머니가요, 이걸 빠뜨리고 가셨다고 전해달래요."

내민 것은 꼬마에게는 조금 무거워 보이는 서류봉투였다. 잠시 갸우뚱했지만 고맙다며 꼬마의 머리를 쓰다듬어 주고는 돌려보냈다.

자신의 처가 저승에서 보낸 것은 아닐 테니 그들이 보낸 봉투가 분명했다. 묵직한 것이 폭탄일 수도 있지만 아닐 거라 확신했다. 죽이려고 했으면 기회가 많이 있었다.

꺼내볼 수 없었다. 경호원들까지 속여야 했다. 봉투 바깥을 잡으며 손으로 느껴봤다. 손바닥만 한 상자였다. 엉뚱한 상상에 가슴이 약간 떨렸지만 애써 참으며 창덕궁 문 안으로 들어섰다. 뒤로 멀찌감치 따르는 경호원 둘을 느끼며 천천히 낙선재로 향했다.

그때 봉투 안에서 부르르 진동이 느껴졌다. 화들짝 놀랐다. 일정하게 반복되자 핸드폰이란 것을 알았다.

걸어가는 도중에 있는 벤치에 앉았다. 자연스럽게 봉투를 열고 상자를 꺼냈다. 한 번 멈췄던 진동이 다시 이어졌다. 상자를 열고 핸드폰을 꺼냈다.

—다시 억울한 희생이 있어서는 안 됩니다, 권 선생님.

기계적으로 변조한 음성이었다.

"누구냐?"

—억울한 희생을 막으십시오.

억울한 희생?

"그게 무슨 소리냐?"

—시간이 그리 많지 않습니다. 억울한 희생을 막으십시오.

순간 떠올랐다. 무엇을 원하는지 알 듯했다.

—그것만이 옛날에 억울한 희생을 만드신 것에 대한 작은 보상이 될 겁니다.

놈은 다 알고 있었다. 따사한 햇빛을 받으며 앉았지만 한기가 몸을 훑고 지나갔다.

"왜 하필 그인가?"

—모릅니다. 저는 주인의 충실한 사냥개일 뿐입니다. 그리고 저희가 권 선생님의 수고를 조금 덜어드렸다는 것도 아마 잘 아실 겁니다.

무슨 말인지 알아들었다.

—충분히 알아들으셨을 거라 생각합니다. 더 이상의 연락은 이제 없을 겁니다. 무슨 말인지 아시지요?

기회는 단 한 번이란 말이었다. 즉시 조치하지 않으면 목에 칼을 꽂겠다는 말이었다. 아니, 이 국가를 쑥대밭으로 만들겠다는 말이었다.

"너희들을 어떻게 믿느냐?"

—믿으십시오.

"너희가 다른 일로 다시 또……."

전화기의 웃음이 말을 끊었다.

—하하하하, 저희가 권 선생님처럼 맹세를 헌신짝으로 여기는 줄 아십니까?

가슴 한가운데로 시퍼런 칼이 관통한 느낌이었다.

—그리고 이건 노파심에서 말씀드리는데, 저희를 찾을 생각은 마십시오. 권 선생님께서 맘만 먹으시면 무얼 못하시겠습니까만, 누구를 믿으실 작정이십니까? 선생님께서 뿌려놓으신 세포들이요? 하하하하, 그 세포가 암세포가 되어 선생님을 물어뜯지 않는다고 확신하실 수 있으십니까?

마지막 말은 공연한 이간책일 수도 있었다. 그렇지만 꼭 아니라고 하기도 어려웠다. 새벽 약수터의 하얀 편지가 떠올랐다.

철저한 놈들이었다. 지금 통화하는 핸드폰도 대포폰일 것이 뻔했다.

"학규는?"

—아, 그건 권 선생님께서 즉시 알아차리지 못하시고 시간을 끄셔서 어쩔 수 없었습니다. 메시지가 이미 나갔습니다. 아직 메시지를 못 받았나 봅니다.

그리고는 일방적으로 전화가 끊겼다.

폴더를 닫았다. 맑은 5월 하늘의 반짝이는 햇빛 아래에 앉은 노인의 속은 먹구름이 잔뜩 끼였다.

그들의 요구를 들어주는 것은 어렵지 않았다. 그것이 자신에게 해가 되는 것도 아니다. 하지만 쉽게 결단을 내리지 못하게 하는 것이 있었다. 그것이 노인을 계속 괴롭혔다.

그들은 엄청난 인력과 위험부담을 쏟아부어 가면서 일을 수행한 것이 틀림없었다. 지하에 숨어 있는 자신들이 드러날 위험을 안고서 한배회와 정면으로 부딪혔다. 그렇게까지 했는데 그들이 요구한 것은 너무 싱거울 정도로 사소했다. 아니 초라했다.

도무지 이해되지 않았다. 다시 곱씹어 생각해도 마찬가지였다.

'이렇게까지 할 정도로 그가 중요하단 말인가……?'

AM 10:00

주변이 새하얀 안개 속에서 엘리베이터 문이 열렸다. 검은 스키마스크 위에 적외선 고글을 쓴 사내가 총을 겨눴다. 가슴을 찔러댈 듯 크고 길었다. 총구에서 불이 뿜어져 나왔다. 쓰러졌다. 옆에는 후지와라가 가슴에 피를 뿜어대면서 쓰러져 있었다. 자신의 가슴을 보자 자기 얼굴이 들어갈 만한 큰 구멍이 나 있었다. 대포를 쏜 구멍 같다는 생각이 들었다. 비명을 지르려 하자, 스키마스크 사내가 손으로 입을 틀어막았다. 음탕하게 늘어지는 기괴한 웃음소리를 내며 사내가 검정 스키마스크를 천천히 걷어 올렸다. 올라가는 마스크 밑으로 서서히 얼굴이 드러났다. 아는 얼굴이었다. 강 형사의 얼굴이 음흉하게 키득거렸다.

"으아악!"

저도 모르게 몸을 일으키려 하자, 터질 듯한 통증이 왼팔에 쏠렸다. 정신이 하얗게 되면서 눈앞에 뿌연 것이 덮쳤다. 주변에 누군가가 달려오는 것 같은 소리가 났다. 욱신거리는 통증이 조금 익숙해지자 뿌연 것이 걷히며 시야가 밝아오기 시작했다. 그러자 악몽을 꾸었다는 것을 깨달았다.

처음 눈에 들어온 것은 고급스런 천장에 붙어 있는 휘황찬란한 불빛이었다. 낮고 카랑카랑한 목소리가 귀 바로 옆에서 들려왔다.

"괜찮으십니까?"

일본어라는 것을 아는 순간, 정신이 퍼뜩 났다. 일어나려고 윗몸을 일으키는데 다시 팔이 떨어져나갈 것 같은 통증이 밀려왔다. 오른쪽 팔에도 작은 통증이 있었다.

"누워계셔야 합니다."

만류하려는 듯 나타난 손을 향해 소리쳤다.

"내 몸에 손대지 마!"

뜻보다 말투로 알아들은 것 같았다. 그녀는 천천히 일어나려고 비척거렸다. 몸에 감각이 살아나면서 왼쪽 팔에 상처를 묶은 붕대가 느껴졌다. 오른쪽 팔뚝에는 링거액이 꽂혀 있었다. 아픔이 익숙해지자 다른 느낌이 살아났다. 블라우스와 브래지어는 어디로 갔는지 홑이불 속에 팬티만 입고 있었다. 당혹스러움보다 수치심이 앞섰다.

한눈에 의사임이 분명한 금테안경을 쓴 50대 남자가 옆에서 걱정스런 눈으로 내려다보고 있는 것이 비로소 인식되었다. 조금 전 말했던 자 같았다. 대충 상황이 이해되었다. 스나이퍼에게 당해 피를 많이 흘렸던 것을 감안할 때, 사라진 속옷은 몰라도, 링거액이나 붕대, 의사의 걱정스런 눈빛 같은 것은 충분히 이해되는 상황이었다.

정작 문제는 다른 것에 있었다. 이곳은 병원이 아니었다.

"여기가 어디죠?"

날카로운 일본어에 의사보다 그 뒤에 서 있는 간호사가 더 놀란 표정이 되었다.

"워커힐 호텔입니다."

"뭐요?"

그때 문이 열리며, 전에 만났을 때 후지와라의 시종장이라 자신을 소개한 노인이 들어왔다. 하시모토 뭐라고 했던 이름도 기억날 듯했다. 언제나 굳어 있는 얼굴이 더 딱딱해 보였다.

억지로 허리를 일으켜 앉아 가슴에 이불을 끌어당기며 그에게 물었다.

"제가 왜 여기 있지요?"

공손하게 허리를 약간 구부린 채 그가 답했다.

"피를 많이 흘리셔서 저희 수행 의사가 응급조치를 했습니다."

"그런데요?"

"절대 안정이 필요하다는 의사의 지시에 따라 반장님의 상태를 체크하고 있었습니다."

"그런데 왜 여기냐고요? 병원이 아니고?"

"긴급상황이었습니다."

"우리 쪽에는 의사가 없답니까?"

"누구도 믿을 수 없는 급박한 상황이었습니다. 아무에게나 반장님을 내어줄 수 없었습니다."

그럴듯한 핑계였다. 계속 물어야 같은 말만 반복할 것이 분명했다. 속을 드러내지 않는 눈빛을 가지고 있었다. '내어줄 수 없다'는 말에 엘리베이터 안에서의 마지막 기억을 더듬으며 조심스레 입을 열었다.

"후지와라 씨는 어떻게 되었습니까?"

진정으로 걱정스러워 하는 목소리에 시종장이 약간 감동한 듯했다.

"조금 다치셨지만 생명에는 지장이 없으십니다. 지금 쉬시고 계십니다."

"그럼 스나이퍼는?"

시종장이 그 특유의 조근거리는 목소리로 전후 상황을 설명했다.

납치되어 지하식당 옆 창고에 감금되어 있던 후지와라를 헐크 곤조가 구해냈다. 범인이 잡히지 않은 데다가 방 형사가 한참을 기다려도 나타나지 않자, 다시 조를 짜서 수색했는데, 방 형사가 보았듯이 지하주차장에서 스나이퍼를 만났던 것이다. 그녀를 구해내는 동안 두 명의 경호원이 도망치는 스나이퍼를 좇았는데 오히려 당하고, 다시 지하주차장으로 돌아온 스나이퍼가 엘리베이터 앞에 나타났던 것이다. 결국 그녀를 죽이려는 것을 후지와라가 용감하게 몸으로 막는 바람에 그녀가 살았는데, 그때 계단을 살피며 지하주차장으로 내려오던 다른 경호원이 스나이퍼를 처치했다고 한다.

후지와라가 몸으로 막았다는 말을 들을 때 기묘한 감정이 가슴을 스쳤다.

"방탄복을 입으셨습니다. 육상 자위대에 계셨던 것을 말씀하시면서 계속 반장님 수색에 직접 참가하시겠다고 하셨습니다. 계속 만류했습니다만 당신을 찾으시려다가 반장님이 실종되신 것이므로 당신 책임이라시며 막무가내셨습니다. 그래서 할 수 없이 무관장이 방탄복을 드렸습니다. 그것이 아니었다면 지금쯤……."

다행이었다. 말꼬리를 흐린 것은 단순히 한 명이 죽고 사는 문제가 아니란 말이었다. 한·일 양국간에 엄청난 분쟁이 될 뻔했다. 일본 왕실의 고위인사가 한국에서 총격을 받아 죽었다는 것은 누구의 문제냐를 떠나, 한국에게는 치명적 부담이 아닐 수 없었다. 더욱이 여성천황 계승 문제로 현재 일본에서 인기가 급상승 중인 후지와라 유이치라는 점에서 그 분쟁의 폭발력은 가히 상상을 뛰어넘을 터였다.

'영풍문고와 코엑스의 터뜨리지 않는 폭탄으로 경찰력을 빼돌린 사이 후지와라를 처리하려 한 것인가? 아니다. 후지와라를 죽이려 했으면 납치해 창고에 감금할 것이 아니라 살해했을 것이다. 그렇다면 나를 죽이려고 했단 말인가?'

방 형사는 폭탄을 설치하고 후지와라를 납치한 것이 궁극적으로 자신을 노리려고 했다는 사실이 믿겨지지 않았다.

'하지만 죽이려 했으면 그냥 할 수도 있잖아. 무슨 폭탄씩이나 설치하고 난리를 피울 필요가 어디 있어. 그냥 간단히 처리할 수 있는데 뭐 하러 이렇게 복잡하게…….'

머릿속이 혼란스러워지면서 현기증이 날 듯했다. 눈앞에 자신을 노리던 스나이퍼의 총구가 떠오르자 몸서리쳐졌다.

우선은 여기서 벗어나는 것이 급선무였다. 노회한 시종장의 눈빛은 뭔가 이득을 위해 자신을 구금하려는 속셈이 분명해 보였다.

방 형사는 단호한 목소리를 내려고 노력했다.

"제 옷과 가방을 가져오세요."

"옷은 오염되어서 저희가 버렸습니다. 가방은 잘 보관하고 있습니다."

"다른 옷이라도 주시지요. 이렇게 벗겨놓고 구경하시자는 겁니까?"

시종장이 단호히 손사래를 쳤다.

"아닙니다. 그럴 리가요. 곧 다른 옷을 가져다 드리겠습니다."

시종장이 고개를 돌려 간호사에게 낮은 목소리로 옷을 가져오라고 지시했다. 간호사가 나가는 것을 보고 방 형사가 말했다.

"전화를 써야겠습니다."

"그건 안 됩니다."

방 형사가 눈을 치켜떴다.

"왜죠?"

"보안상의 이유입니다."

"보안상의 이유요?"

"아시겠지만, 지금 후지와라 공께서 요양 중이시고, 또 납치까지 되신 적이 있어서 보안 단계를 최고로 올려 수행 중입니다."

시종장이 머리를 절도 있게 숙이며 단호하게 말했다.

"이해해 주십시오."

그들다웠다. 이해할 수 없는 것을 이해해 달라고 우기면서도 조금도 미안해 하지 않는 거만함이 묻어났다. 저들 말을 따라 주변만 빙빙 돌면 결국 저들의 저의에 얽히게 된다. 정면 돌파 외에 다른 방법이 없었다.

"지금 나를 감금하는 것을 이해해 달라는 말입니까?"

방 형사의 성난 눈빛에 시종장은 전혀 아니란 듯한 표정을 지었지만 눈빛은 그렇다고 말하고 있었다.

"아닙니다. 절대 그렇지 않습니다. 반장님께서는 조금 전까지도 저희의 극진한 간호를 받고 계셨습니다."

노회한 시종장은 오히려 분노한 표정을 지어냈다. 절대 보내주지 않겠다는 의지를 다시 한 번 확인한 셈이었다. 방 형사는 총에 다친 왼팔의 감각을 조금씩 살려보았다. 근육은 괜찮은 것 같았다. 재빨리 계산했다. 팬티만 입고 있는 것이 좋은 무기가 될 수도 있을 것 같았다. 가능성은 반반이었다. 하지만 맘먹었으면 즉시 해야 했다.

그녀는 알겠다는 듯 고개를 천천히 주억거렸다. 시선은 시종장의 속을 알 수 없는 눈을 응시했다.

"시종장님, 그렇게 빙빙 돌리지 마시고 차라리 그냥 한 번 ……"

말을 하면서 가슴을 가리고 있던 이불을 확 내렸다. 시종장과 의사의 눈이 놀라 휘둥그레졌다.

"올라타고 싶으시면……."

재빨리 왼손으로 오른 팔뚝에 꽂힌 링거바늘을 빼면서, 침대에서 몸을 옆으로 굴러 내려와 의사의 목을 오른팔로 감았다.

당황한 시종장이 손을 들며 저지하려 했지만 아슬아슬하게 잡히지 않았다. 갑작스레 움직여 눈앞이 캄캄해지며 토할 듯이 어찔했지만 성공했다. 방 형사는 왼손에 든 링거바늘을 의사의 왼쪽 눈앞에 찌를 듯이 가져다 붙였다.

"꼼짝 마! 조금만 움직이면 평생 후회할 일이 생길 거야."

하고는 방 형사는 천천히 의사를 뒤로 끌며 방문 쪽으로 걸었다. 당황보다는 분노의 눈빛이 가득한 시종장이 노려보는 것을 정면으로 쏘아보며 인질의 목을 조이고 뒤로 잡아끌었다.

워커힐 스위트룸이 이렇게 넓은 줄 미처 몰랐다. 토할 듯이 울렁거리는 것을 이를 악물고 참았다.

"반장님, 이러시면 안 됩니다."

그녀의 눈엔 말로는 연신 달래면서 다가오는 시종장의 보폭을 보았다. 상당한 무술 실력을 숨기고 있었다. 조금만 틈을 보이면 달려들 것이 분명했다.

"물러서!"

의사의 눈밑을 살짝 찔러 피를 냈다.

"으아악!"

의사가 호들갑스럽게 경악하자, 방 형사의 다친 상처가 벌어졌는지 왼쪽 팔뚝을 싸맨 붕대가 붉게 물들더니 붉은 점이 점점 커졌다. 링거바늘을 홱 뽑은 오른쪽 팔뚝에서도 피가 흘렀다.

서너 걸음이면 방문 손잡이를 잡을 수 있는 곳까지 왔다. 그동안 시종장은 일정한 간격으로 따라오며 입에 발린 회유를 계속해댔다. 녹음기처럼 반복되는 입과 달리 그녀의 빈틈을 노리는 시종장의 눈빛과 손매는 갈수록 매서워졌다. 잡히면 다쳤다는 것에도 아랑곳하지 않고 그대로 카펫 위에 메다꽂을 것 같았다.

손을 뒤로 뻗으면 문을 열 수 있는 위치까지 왔다. 눈알을 금방 파고들 것 같은 바늘 때문에 온몸이 부들거리며 경직된 의사의 등에서 땀이 흘러 그녀의 가슴과 배를 끈적거리게 했다. 의사의 귀에 입술을 가져다 대고 짧게 말했다.

"문 열어!"

벌벌거리며 고개를 끄덕인 의사가 손을 뒤로 더듬거려서 손잡이를 잡았다. 그리고 떨리는 손으로 문을 조금 열었다. 생각대로 경호원이 둘 있었다. 그들의 호흡으로 위치를 파악한 그녀는 의사를 끌고 뒷걸음질 치듯이 문 밖으로 나서려는 듯하다가, 그대로 의사를 시종장에게 밀쳐버리고는 열린 문 쪽에 있는 경호원을 등으로 밀어붙였다. 부딪히는 순간 충격으로 정신이 어찔했지만 경호원의 오른손에 들린 총을 감싸쥐고 잡아당기며 같이 넘어졌다. 바닥에 넘어진 채 반대편에 선 경호원 머리 위를 노리며 두 손을 움켜쥐어서 격발되게 했다.

탕!

총알이 날아가 벽에 구멍을 내며 시멘트 먼지가 났다. 반대편 경호원이 무의식적으로 머리를 감싸고 고개를 숙이는 동안, 넘어뜨린 경호원의 얼굴을 팔꿈치로 가격하고 총을 완전히 빼앗았다. 모든 것이 눈 깜짝할 사이에 벌어졌다.

"꼼짝 마! 총 버려!"

왼 팔뚝을 감싼 붕대는 완전히 피를 먹은 솜처럼 흥건해져서 피가 뚝뚝 떨어져 내렸다. 양팔에서 피를 흘리는 팬티 차림 여자의 성난 눈빛에 경호원이 주춤거렸다.

탕탕!

사정없이 총알이 경호원 머리 위 벽에 붙은 액자에 구멍을 냈다. 놀란 경호원이 총을 떨기고 두 손을 들었다. 열린 문으로 시종장이 나오며 말했다.

"이러시면 외교 분쟁이 일어납니다."

준엄한 듯 훈계 투의 목소리에 방 형사는 끓어오르는 것을 멈출 수 없었다.

탕탕탕!

총알이 날아가 시종장이 서 있는 곳 바로 위의 문지방을 맞췄다.

"입 닥쳐!"

흥분이 조금 가라앉았지만, 시종장의 얼굴은 조금도 변함이 없었다. 오히려 야릇한 웃음을 띠었다.

시종장을 향해 총을 겨누고 몸을 벽에 기댄 채 뒤쪽으로 주춤주춤 걸었다. 점점 멀어지는 그녀를 향해 경호원들이 일정한 거리를 유지한 채 다가왔다. 먹이가 쓰러지기를 기다리는 하이에나처럼 밉살스럽게 빙글거리며 노리기만 했다.

"물러서!"

그녀의 위협에 그들은 오히려 흥분의 기색을 떠올리며 다가왔다. 눈은 그녀의 봉긋한 유방과 부드러운 라인을 핥고 있었다. 수치심이 일었지만 이마에 총알을 박아 넣을 수는 없었다. 더욱 시야가 흐릿해지며 둘이 넷으로 흔들리는 것이, 쏴도 맞출 것 같지 않았다. 이미 감각이 없어진 왼팔을 타고 흘러내린 피가 복도의 카펫에 구불거리는 붉은 점선을 그리며 그녀를 따라왔다.

갈수록 흐릿해지는 정신을 잡으며 드디어 엘리베이터에 다다랐다. 버튼을 누르자 엘리베이터 움직이는 소리가 들렸다. 약간 긴장한 기색이 돌더니 경호원들이 총구의 방향을 노리면서 달려들려 했다. 그때였다.

"그만둬!"

시종장이었다. 경호원들 뒤에서 모습을 드러낸 그의 얼굴은 빈정대는 표정이 역력했다. 그때 땡, 소리가 나며 엘리베이터 문이 열렸다. 그녀가 뒷걸음질쳐서 타고는 급히 1층 로비를 눌렀다. 총은 여전히 겨눈 채였다. 문이 닫히는 사이로 시종장의 말소리가 귀를 파고들었다.

"곧 후회할 거다……."

색다를 것이 없는 말이었지만, 로비를 향해 내려가는 엘리베이터가 그대로 지하로 처박힐 것처럼 불안해진 것은, 닫히는 문틈으로 시종장의 비웃는 표정이 만족스런 표정으로 바뀌는 것을 본 것 같았기 때문이었다.

긴장이 풀어지자 엘리베이터 벽 천장이 빙글빙글 돌며 그녀 눈앞으로 쏟아졌다. 바닥에 쓰러진 그녀는 자꾸 멀어져 가는 의식을 억지로 붙잡으려 했지만 손아귀에 움켜쥔 모래처럼 손가락 사이를 빠져나갔다.

잠시 후, 새된 비명 소리가 워커힐 호텔 로비를 가로질렀다. 지갑을 잊고 왔다며 객실에 올라갔다 오겠다던 아내의 목소리임을 알아차린 미국인 관광객 스티븐 씨는 깜짝 놀라 소리가 난 곳으로 달려갔다. 그리고 계속해서 비명을 질러대는 아내를 껴안으며 그녀가 손으로 가리키는 곳을 쳐다보았다.

열린 엘리베이터 안에는 나체의 아름다운 동양인 아가씨가 총을 든 채 피를 흘리며 쓰러져 있었다.

PM 03:30

구름 위에 솜이불을 깔고 누운 것 같은 느낌으로 눈을 떴다. 천장에 붙은 밝은 형광등이 마음을 차분하게 가라앉혀 주었다.

"조금 더 주무세요."

맑고 상냥한 목소리도 그랬다. 하지만 머리는 힘겹게 삐걱거렸다. 20대 초반의 가냘픈 몸매의 간호사였다. 최대한 기쁘게 웃어주려 했지만 쉽지 않았다. 그런 그녀를 보고 간호사가 더 밝게 웃어주었다.

"식사를 하시고 싶으시면 죽을 드셔도 된다고 의사 선생님께서 말씀하셨는데, 드릴까요?"

의사라는 말에 워커힐에서의 일이 떠올랐다. 변한 얼굴을 먹지 않겠다는 의미로 받아들였는지, 그녀가 다시 밝게 웃으며 말했다.

"드시고 싶으실 때 말씀해 주세요. 그럼 물은 어떠세요?"

힘겹게 고개를 끄덕이자, 간호사가 머리를 받쳐주며 빨대가 꽂힌 잔을 내밀었다. 시원한 물맛이 갈라진 입안을 적시자 청량감이 가슴에 퍼졌다. 갑자기 원기가 솟는 것 같았다. 궁금한 것을 물었다.

"오늘이 며칠이죠?"

간호사가 웃으며 답했다.

"일요일이에요. 그리고 여긴 서울대병원 특실이고요. 불편하신 것이 있으시면 언제든지 말씀하세요. 출혈이 심해서 수혈을 좀 했어요. 외상은 크지 않고 관통상과 타박상이 좀 있어요. 한동안 어깨가 뻐근하실 거예요."

원하는 것을 하나씩 알려주는 것이 환자의 속마음까지 살피려고 노력하는 것 같았다. 나이에 비해 유능한 간호사였다.

신뢰에 몸과 마음이 풀어지면서 다시 혼혼히 잠에 빠졌다.

얕은 잠 속에서 어제와 오늘이 눈물과 웃음 속에서 섞이며 몸부림 쳤다. 그러다 잠에서 깬 것은 냄새 때문이었다. 담배 냄새였다.

"깼나?"

짧고 퉁명스런 목소리가 서장이었다. 서장 뒤쪽을 보니 불만스런 표정이 되어 있는 간호사의 가냘픈 몸매가 보였다. 친절한 간호사는 골초답게 온몸에 담배 냄새를 몰고 다니는 서장을 못마땅한 눈으로 바라보고 있었다. 서장이 간호사를 돌아보며 말했다.

"잠시 나가 주시겠습니까?"

말투는 권유가 아니라 명령이었다.

조금 뿌루퉁한 표정으로 간호사가 나가고 문이 닫히자, 서장이 침대에 누운 방 형사를 똑바로 내려다보았다. 조짐이 좋지 않았다.

어떤 일이든 나약하게 침대에 누워서 듣고 싶지는 않았다. 억지로 일어나려는 그녀를 서장은 만류도, 부축도 하지 않고 그대로 보고만 있었다. 그녀가 이를 악물고 몸을 일으켜 앉았다. 어깨와 팔이 욱신거리며 부들거렸다.

"서장님도 앉으시죠?"

그러자 서장이 내키지 않는 얼굴로 의자를 끌어다 앉았다. 그녀는 침대가 의자보다 조금 높은 것이 마음에 들었다.

"말씀하세요."

서장은 말없이 리모컨을 들어 침대 발치 쪽 벽에 있는 벽걸이 TV를 켰다. MBC 특보였다. 서장이 채널을 돌려 KBS를 맞췄다.

예상대로 코엑스에서 발견된 폭탄 발견 소식과 세계문화포럼이 연기되었다는 뉴스가 나왔다. 현장 장면 뒤로 바삐 움직이는 폭발물처리반과 사건을 수습하는 경찰들의 모습이 보였다. 난감한 표정으로 호텔을 빠져나가는 세계 저명인사들을 바삐 따라가는 카메라와 리포터들의 모습이 흔들리는 영상에 고스란히 담겨 방송되었다. 몇몇 호텔 투숙객과 호텔 직원들의 인터뷰도 사이사이 나왔다.

이런 일로 서장이 찾아올 정도가 아니란 생각에 서장의 눈길을 살폈다. 그의 시선을 따라 화면 밑에 흘러가는 자막을 쳐다보았다.

그러자 느닷없이 뭔가에 크게 얻어맞은 느낌이 들었다.

닫히는 엘리베이터 문틈으로 얼핏 본 시종장의 비웃음이 떠올랐다. 그가 왜 경호원들을 만류했는지 비로소 깨달았다. 이럴 줄은 몰랐다.

자막은 계속 같은 내용만 반복했다. 글자가 번쩍거리기까지 했다.

워커힐 호텔 내부 CCTV 영상 단독 입수

그녀의 표정을 살피고는 서장이 리모컨으로 텔레비전을 껐다.

잠시 말이 없었다.

서장은 담배를 피우고 싶어 안달이 난 표정으로 입을 열었다.

"자네가 후지와라 유이치가 투숙하고 있는 스위트룸을 향해 무차별 난사하는 영상이네."

분명 어렵게 한 말이었다. 하지만 다음에 이어질 말을 알 것 같았다. 섭섭했다. 가슴이 선뜩할 만큼 서운했다.

서장은 어두운 얼굴로 깊은 숨을 내쉬었다.

"일본 측에서 경비를 이유로 해당 층 CCTV를 통제실에서 통제하고 있었네. 그리고…… 자네가 방을 나와 총을 쏜 직후 해당 CCTV 영상 CD를 그들이 회수했네. 그들 말로는 워커힐 보안담당이 몰래 복사해 KBS에 넘긴 것 같다고 했지만 그들이 흘린 것 같네."

방 형사는 아무 말도 하지 못했다. 머릿속에 영상이 그려졌다.

알몸에 팬티 차림의 웬 여자가 문을 열자마자 뛰어나와 경호원을 단숨에 넘어뜨리고 총을 빼어 쏘며 다른 쪽에 서 있던 경호원을 죽이려 한다. 그리고 문을 열고 나온 50대 남성을 향해 마구 총을 난사해댄다.

그것이 의도적으로 피해서 쏜 것이라는 것을 말없는 영상이 말해줄 리 없다. 아니 피해서 쏘았다고 해도 달라질 것은 없다. 무장하지 않은 상대를 향해 총을 쏜 것은 분명한 사실이었다.

"KBS 쪽을 일단 누르고는 있네. 후지와라 쪽도 한국 방송에 영상이 나가길 바라는 눈치는 아니네. 한데……."

말을 하지 않아도 알았다. 일본 방송에 넘기면 그만이었다. 아니, AP나 로이터 같은 연합통신에 넘기면 그걸로 끝이었다. 정말 끝이었다. 단순히 그녀 개인의 문제가 아니었다. 일본 고위인사를 향해 미친 듯이 총을 쏘아댄 여자가 한국 특수경찰이라는 것이 전 세계에 퍼질 것이다.

서장은 정말 담배 생각이 간절한 듯했다.

"후지와라 납치와 지하주차장에서 벌어졌던 총격까지…… 다 자네에게로 돌려질 걸세.”

침대가 크게 흔들리는 느낌을 받았다.

‘그래서 총격을 벌였던 걸까? 아니…… 분명 날 죽이려고 했는데…….’

지금 와서 서장에게 왜 빨리 자신을 구출해내지 않았냐며 탓하는 것은 무의미했다. 그리 오래 잡혀 있었던 것도 아니었다. 따지고 보면 후지와라 측이 직접적인 위해를 가한 것도 아니었다. 결과적으로 그녀 스스로 난리를 피운 꼴이 되어 버렸다.

시종장의 비웃는 듯했던 표정과 그의 단단한 발걸음이 다시 생각났다. 그는 스위트룸 안에서도 충분히 제압할 수 있는 실력이었다. 하지만 그렇게 하지 않았다. 그들은 그녀의 성격까지 정확하게 계산하고 있었던 것이다.

방 형사는 참담한 심경에 눈을 감았다. 피할 수만 있다면 피하고 싶었다. 감출 수 있다면 모두 숨기고 싶었다. 전부 꿈이라고 하고 싶었다. 하지만 그럴 수 없다는 것을 알았다. 눈을 떴다. 모든 것이 그대로였다.

서장이 다시 어렵게 입을 열었다.

“저들과 지금 협상 중이네. 추문은 저들도 꺼려하는 바이긴 하지만, 쉽지 않은 상황이네. 자네에게 온 것은…….”

말을 맺지 못하고 주저하던 서장이 품에서 서류와 만년필을 꺼냈다. 그녀가 건네는 것을 받아 들었다. 맨 위의 큰 글자가 눈에 확 들어왔다.

놀라 홱 올려보는 그녀의 눈길을 서장이 고개를 돌려 외면했다. 얼굴에 묻은 찌든 피곤이 여기저기 불려 다니며 시달린 기색이 역력했다. 방 형사는 입술을 깨물었다. 입안에서 일렁거리는 소리가 입술을 흔들려 했다. 피가 날 정도로 꽉 깨물었다.

그건 사직서였다.

이미 그녀의 이름이 적혀 있었다. 사인할 자리만 남기고 요식적인 것이 모두 워드로 잘 정리되어 있는 서류였다. 강력8반 소속 부하 강태혁 형사가 조사 중이므로 도의적인 책임을 지고 물러난다는 것과, 자신 역시 책임 소지를 분명하게 하기 위해 내사과에서 조사를 받겠다는 내용이었다.

눈이 뜨거워지며 눈앞에 있는 것들이 일렁거렸다. 이를 악물고 입술이 붙어버릴 정도로 꾹 다물었다. 하지만 저절로 눈물이 떨어졌다. 손으로 눈 주위를 씻으며 다시 사직서의 내용을 읽었다. 맨 밑의 날짜에 가 눈길이 멎었다.

5월 12일 금요일

그저께였다.

방 형사의 가슴 속에서 뜨거운 것이 다시 눈으로 쏟아지려 했지만 억지로 참았다. 서장은 고개를 돌려 외면했다.

서장이 온 이유를 알았다. 단지 사직을 받겠다는 것이 아니었다. 지금이 아니라 그저께 사직한 것으로 처리하겠다는 것을 분명히 하려는 것이었다. 그러면 최악의 상황으로 문제가 치달아 일본과 외교적으로 꼬여도, 일단 그녀 혼자 미쳐서 날뛴 것으로 처리할 수 있는 것이다. 워커힐에 가기 전에 이미 사직한 상태로 정신적으로 안정적이지 않다는 등 꾸며댈 시나리오가 몇 가지 생기는 거였다.

서류를 들고 서장이 왔지만 그의 결정일 리 없다. 강력8반은 경찰청장 직속이었다. 경찰청장 아니면 그보다 더 위에서 내려온 것이 분명했다.

결정적으로 어려운 때 품기보단 던져버리는 것이 조직의 생리인 줄은 알지만, 안다고 서럽지 않은 것은 아니었다. 물기가 생기려는 눈으로 다시 서장의 옆얼굴을 노려보았다. 시커멓게 된 수척한 얼굴이 그도 역시 괴로워하고 있다고 말했다. 공연한 화풀이나 칙칙한 미련은 더 추했다. 어떻든 이 상황은 자신이 초래한 것이었다.

고개를 돌리고 만년필을 들었다. 손이 가볍게 떨렸다. 종이 위에 처음 배속 받아 강 형사에게 경례를 하며 윙크를 하는 자신이 보였다. 샐쭉거리며 강 형사에게 퉁퉁거리던 자신의 모습도 보였다. 눈시울이 뜨거워졌다.

지난 일이 떠올랐다. 총을 쏘지 못하게 하는 장 반장에게 성질을 부리던 것도 생각났다. 억수같이 쏟아지던 폭우 속에서 힘겹게 사투를 벌이던 것도, 절체절명의 순간을 모면하던 상황들도, 그리고 불바다가 된 세종로에 우뚝 서서 하늘을 노려보던 모습도…… 모두 떠올랐다.

만년필 뚜껑을 열었다. 그리고 종이를 잡았다.

우둘투둘하지만 사인을 했다. 마음처럼 흔들리는 글자지만 그녀의 이름, 방, 현, 진이 분명했다.

그 위로 다시 눈물이 한 방울 떨어져 채 마르지 않은 잉크가 번졌다. 그러자 투두둑거리며 쏟아지려 했다. 재빨리 종이를 빼서 옆으로 내밀었다. 고개는 서장을 외면한 채 손만 길게 내밀었다. 아무 말도 없이, 담배 냄새만 가까이 왔다가 종이와 함께 멀어졌다. 그리고 잠시 후 문이 열렸다 닫히는 소리가 들렸다.

그 소리의 여운이 아리게 사무쳤다. 몸이 한없이 조그맣게 줄어들었다. 눈앞에 있던 어설픈 길이 발밑으로 무너져 내렸다. 시커멓고 무서운 낭떠러지가 되었다. 언제나 저 앞에 기다리고 있던 바로 그 길이 지금 막 꿈처럼 사라져 버렸다. 모든 것을 포기하고 선택한 그녀의 삶이 지금 막 끝나고 말았다.

'이제 어디로 가지……?'

텅 빈 가슴으로 밀려드는 막막한 공기가 그녀의 눈에서 눈물이 되어 말없이 볼을 타고 흘러내렸다.

PM 04:30

대놓고 인터넷에서 다운받아 숙제를 내라고 하는 선생들이 더 문제다. 공부는 배워가는 과정이 중요하다. 그 과정 속에서 깨닫는 것이 공부의 목적이고 묘미다. 남들이 다 인터넷으로 숙제를 해도 너는 절대 그래서는 안 된다.

성호영 씨가 노상 집에서 하는 말이었다. 몸소 실천해 보라는 아내의 해묵은 핀잔에, 휴일이라 큰맘 먹고 서대문형무소역사관을 찾은 것이 문제의 시작이었다.

입이 댓발은 나온 초등학교 4학년 아들놈을 끌고 평소 못하던 아버지 노릇을 하겠다고 단단히 맘을 먹었다.

"여기는 말야, 옛날에는 죄수들을 가두던 형무소였어."

"언제 옛날인데?"

짜증이 한가득인 아들놈의 말에 답이 막혔다. 안내 팸플릿을 슬쩍 훔쳐보고 말했다.

"일제시대에도 그랬대."

"일제시대 아냐, 일제강점기야! 선생님이 그랬어."

악을 쓰듯 대드는 것이 손쉬운 인터넷을 놔두고 끌고 나온 것을 두고두고 원망할 기세였다. 자신이 어린 시절 아버지를 대했던 것을 생각하면 정말 만감이 교차했다. 아들놈이 바락바락 대드는 것이 어처구니도 없고 눈꼴도 시었지만, 그동안 하지 못한 아버지 노릇이라 생각하며 꾹 참았다.

일요일 늦은 시간이라 지금 입장하는 사람은 그와 아들밖에 없었다. 대부분 보고 나오는 사람들이었는데, 그것도 띄엄띄엄 몇 되지 않았다.

성호영 씨는 뿔난 아들놈의 심통에 아랑곳하지 않고 건물 하나하나를 데리고 다니면서 동물원의 신기한 동물 이름 가르쳐주듯이 '야, 여기가 독립운동지사들을 고문하던 곳이래.' '우와, 여기 만세운동 하는 것을 그대로 만들어 놓았다'는 식의 말을 계속 늘어놨다. 뚱뚱한 몸집에 뾰루지가 단단히 난 아들놈은 들은 척도 않고 터덜거리는 것이 빨랑 끝내고 집에 들어가 아이스크림을 퍼먹으며 컴퓨터 게임에 빠질 생각을 하는 것 같았다.

실제 감방으로 사용되던 건물에 다다랐다. 하늘에서 보면 'V자' 모양으로 양쪽으로 갈라져 길게 늘어선 구조로 되어 있는 건물인데, 안에 들어서니 죽 늘어선 감방문의 색깔이나 분위기가 강원도 오지 시골 초등학교 화장실 같은 느낌이었다. 휑한 분위기나 썰렁한 느낌이 한겨울에는 여기서 정말 얼어 죽을 수도 있겠구나, 하는 생각이 들었다.

그런 생각으로 감방 문을 하나씩 열어보며 앞으로 가던 성호영 씨는 자신 뒤에 따라오던 아들이 보이지 않는다는 것을 한참 후에야 알았다.

"진석아, 어디 있니? 진석아!"

오던 길을 다시 거꾸로 되짚어 돌아가며 불렀지만 아무 대답이 없었다. 을씨년스런 감방의 분위기 때문인지 갑자기 다급해진 성호영 씨는 조금 빠른 걸음으로 찾았다. 하지만 아들의 모습은 어디에도 보이지 않았다. 이름이 역사관이긴 해도 앞에 형무소란 이름이 붙어 꺼림칙하던 것이 불안이 되어 엄습했다. 지하에 전시해 놓았던 일제강점기 고문기구와 참혹한 상황을 재현해 놓은 것이 자꾸 눈앞에 떠오르며 가슴이 공연히 두근거리기 시작했다. 절대 그럴 리가 없다는 것을 알면서도 자꾸 불안해졌다.

'그건 옛날이고…… 지금이 어느 땐데……'

그렇지만 성호영 씨의 발걸음은 이미 뛰는 수준을 넘었다. 목소리도 높아졌다. 아들을 찾는 다급한 소리가 긴 감방 안을 울렸다.

그가 다른 건물을 살펴보려고 V자 감방 건물을 뛰어나가자 자식을 찾는 비명 같은 목소리가 여운을 드리우며 감방 안에 길게 흘렀다. 그 여운마저 잦아들 때쯤이었다.

삐걱.

감방 문 하나가 빠끔히 열렸다.

뚱뚱한 몸집에 심술궂은 표정의 진석이 놈이 복도로 슬며시 나왔다. 자신을 찾지 못하고 여기저기 뛰어다닐 아버지 생각을 하자, 집에서 나오기 싫은 것을 억지로 끌어낸 것에 앙갚음이 되었다며 낄낄거렸다. 그리고는 주머니 속에 넣었던 츄파춥스 하나를 꺼내 물고 느긋하게 걸었다. 그러다가 무심코 그냥 감방 문을 발로 뻥 찼다.

뻐엉!

건물에 소리가 길게 울리는 것이 쏠쏠한 재미가 있어 보였다. 분명 아버지가 있으면 하지 못하게 할 것이 뻔했다. 문화재가 어쩌니, 공공시설이 어쩌니, 듣기 싫은 잔소리를 한바탕 늘어놓을 것이 분명했다.

그런 생각을 하자 더 신이 났다. 입안 가득 침이 고였다. 펄떡펄떡 뛸 듯이 흥분되었다. 길게 늘어선 감방문을 따라 달리며 하나씩 발로 뻐엉, 뻐엉 발길질을 해댔다. 재미가 그야말로 장난이 아니었다.

감방 문은 옛 모습 그대로 보존할 목적이어서 간단한 시건 장치뿐이었다. 그것을 풀고 발로 차면, 삐걱거리며 몇몇 문들이 차는 서슬의 반작용으로 열렸다. 그게 더 기가 막히게 재미났다. 그래서 안 열리는 것은 열릴 때까지 감방 문을 몇 번이고 거듭 찼다. 한 번은 아래에 뚫려 있는 배식구로 헛발길질을 해서 넘어지기도 했지만 재미는 더 짜릿짜릿했다. 복도 쪽으로 잡아 당겨야 열리는 문이다 보니 아무래도 어떤 문은 여러 번 차야 겨우 빠끔 열렸다.

문을 차대는 소리에 지나가던 어른 몇이 한심하다는 듯 보고 지나갔지만 뭐라 하지 않았다. 그리고 아버지는 오지 않았다.

'그럼 그렇지, 큭큭큭.'

길고 넓은 옛 서대문형무소 감옥 안에는 문을 차는 발길질 소리와 텅하고 열리는 감방문 소리만 연이어 계속 울렸다. 땀이 삐질삐질 나왔지만 닌텐도 게임보다 백배는 더 신난다고 생각하며 무아지경에 빠져들었다. 그렇게 잘 안 열리는 문도 고집스레 차서 열고야 말았다.

그 문도 그랬다.

시건 장치를 풀고 몇 번을 차도 열리지 않았다. 이상스레 빡빡한 것이 부아를 돋웠다. 족히 열 번은 찬 것 같은데 조금도 열릴 기미가 없었다. 성질이 날대로 난 이 심술쟁이 녀석은 그 감방문 손잡이를 쥐고 힘껏 잡아당겼다. 하지만 살짝 움직일 뿐 열리질 않았다. 오기가 발동했다. 젖 먹던 힘까지 다 짜내서 손잡이를 틀어쥐고 다시 힘껏 잡아당겼다.

갑자기 확 문이 열리는 바람에 뒤로 벌렁 나자빠졌다. 조금 아팠지만 그래도 뿌듯한 성취감에 만족스러웠다.

하지만 부딪힌 머리를 쓰다듬으며 일어나던 녀석은 눈앞에 펼쳐진 광경에 그대로 철퍼덕 주저앉으며 오줌을 지리고 말았다.

"끼아악!"

찢어지는 다급한 비명 소리에 달려온 아버지 성호영 씨는 '무슨 일이냐?'며 놀란 눈으로 벌벌거리는 아들놈을 부축해 일으켰다. 그리고 녀석이 부들거리는 손으로 가리킨 곳을 바라봤다.

문이 열린 감방 안을 보는 순간, 성호영 씨는 커다란 해머가 머리를 내려치는 것 같은 충격을 받았다. 그도 아들처럼 그 자리에 넘어져 뒤로 도망치려는 듯 두 다리를 비비적거리며 고함을 질러댔다.

감방 안에는 노인이 있었다. 열십자로 팔을 벌린 땅딸막한 대머리 노인이 감방 중앙 벽에 못이 박힌 채로 붙어 있었다.

노인의 두 눈이 있던 자리에는 지옥의 깊은 심연처럼 시커먼 구멍이 입을 떡 벌리고 있었다. 그 시커먼 구멍과 두 팔목에서 흘러내린 시뻘건 피가 바닥에 흥건하게 고인 모습은 역사관 지하에서 보았던 음산한 형무소의 옛날 모습 그대로였다.

하지만 감방문을 뻥뻥 차던 심술궂은 녀석이 한동안 정신과 치료를 받은 이유는 그것 때문만은 아니었다. 선뜻 인간의 것이라고 하기 어려운 둥근 눈알 둘이 노인의 발치에 굴러다니고 있었기 때문이었다.

이렇게 사라졌던 홍학규 의원이 처참한 시체가 되어 돌아왔다. 하지만 그 사실은 신문 어디에도 실리지 않았다.

PM 08:40

방 형사는 침대에 멍하게 누워 있었다. 이젠 눈물도 나오지 않았다. 껍데기만 남고 텅 빈 것 같은 느낌이었다.

병실 문이 열리며 가냘픈 몸매의 그 간호사가 들어왔다. 어려운 표정을 지으며 뭐라고 말하려는 차에 검은 양복을 입은 남자 두 명이 날렵한 몸짓으로 들어와 방 형사가 누운 침대 앞에 섰다. 그중 한 명이 말했다.

"실장님께서 모셔 오시랍니다."

보여주는 신분증이 아니어도 어디에서 보냈는지 알 수 있었다. 다른 한 명이 들고 온 종이 가방을 방 형사에게 건네주며 밖에서 기다리겠다는 말과 함께 나갔다.

건네준 가방 안엔 상표도 뜯지 않은 옷이 들어 있었다. 청바지에 티셔츠, 언더웨어까지 빠짐없이 있었다. 치수도 맞아 보였다. 이건 지금 반드시 가야 한다는 의미였다. 떠오르는 즉시 실행에 옮겨야 직성이 풀리는 실장은 주위 사람들에게도 그것을 강요했다. 거부나 회피는 불가능했다.

방 형사는 걱정스러워 하는 간호사의 부축을 받으며 침대에 일어나 앉아 환자복을 벗었다.

"며칠 더 계시는 것이 좋은데……."

"괜찮아요. 덕분에 다 나았어요."

힘겹게 웃었다. 온몸에 맥이 없고 얼굴이 푸석푸석한 것이 몇 달을 앓은 느낌이었다. 왼팔은 여전히 당기며 욱신거렸다. 저절로 찡그려질 때마다 간호사의 걱정스런 표정이 더 깊어졌다.

평상복을 입고 나니 기운이 조금 나는 듯했다. 하지만 거울에 수척하게 마른 모습이 비치자 갑자기 울컥하는 것이 올라왔다. 지금까지 살면서 이루려고 했던 것을 그들이 모두 빼어갔다. 모래사장에 높이 쌓아 놓았던 황홀했던 성이 한순간의 파도에 모두 휩쓸려 갔다. 그것에 대해 자신은 조금의 반항도 저항도 못했다. 한마디도 하질 못했다.

위로하려는 간호사를 손으로 만류하고 눈물을 닦았다. 닦을수록 새롭게 나오는 눈물을 계속해서 닦았다. 가슴속 깊이 뭔가를 다짐하고 싶었다. 하지만 새롭게 다짐할 것이 아무것도 없었다. 텅 빈 가슴에 바람이 든 듯 헛헛했다.

어제까지 그렇게 중요하던 것들이 갑자기 중요하지 않게 되었다. 하나라도 더 찾고 더 알아야 한다며 악다구니 쳐대던 것들이 다 부질없는 노릇이 되어 버렸다. 꿈이 허공에 풀어져 멀리멀리 날아가 버렸다.

무엇을 해야 할지, 어디로 가야 할지…… 아무것도 떠오르지 않았다. 그들이 가자는 곳으로 가는 것이 그나마 지금 할 수 있는 유일한 일이었다.

검정색 체어맨 방탄차는 국가정보원 정문을 자연스럽게 통과했다. 차를 세운 곳은 며칠 전에 왔던 곳이어서 눈에 익었지만 낯설고 어색했다. 옆에서 부축하려는 것을 손으로 제지했다. 계속 링거액을 맞았지만 영양은 부족했다. 조금 어지러웠지만 쓰러질 정도는 아니었다.

며칠 전 쫓겨나다시피 나온 그곳으로 안내되어 들어갔다. 비서관이 자리에서 일어나 실장실에 노크하더니 들어가게 비켜 주었다.

여전히 엄마는 바쁘게 일하고 있었다. 하지만 지난번과는 달랐다. 그녀가 들어서자마자 자리에서 일어나 앞의 소파에 앉으라고 말하고는 먼저 앉아 다리를 꼬았다.

그녀는 천천히 소파에 앉았다. 엄마는 며칠 전과 다름없는 옷차림에 변함없는 표정이었다.

"화장 안 했구나? 곧 죽을 거 아니면 화장해라."

반말이었다. 자신을 딸로 받아들인다는 뜻이었다. 그리고 그 잔소리도 10년 전 그대로였다. 그러지 않으려고 했는데 눈물이 주르르 흘렀다.

"쓸데없이 우는 것도 병이다. 꼭 울어야 할 때는 딱 한 번이다. 헤프면 못 쓴다."

부모가 죽었을 때도 우는 것이 아니라고 했다. 여자는 평생에 한 번 절체절명의 순간에 써 먹기 위해 울지 말아야 한다고 강조했다. 무기를 남발하면 더 이상 무기가 아니라고도 했다. 이전엔 듣기 싫던 것들이 모두 되살아나며 서글픈 추억에 잠기게 했다.

"벙어리냐? 왜 답을 못해? 그리고 울지 말라고 했다. 바르게 앉아라."

손으로 얼굴을 닦았다. 그것도 하지 말라는 목록에 있었다는 것이 기억났지만 어쩔 수 없었다.

"보고 받았다."

부른 목적이 역시 이것이었다.

"바보 같은 짓을 했더구나."

냉정한 말투가 다른 의미에서 그녀의 가슴을 북받치게 했다. 엄마는 언제나 그랬다. 딸의 마음보다 딸의 외모에 더 신경 썼다. 딸이 먹는 것보다 입는 것에 더 관심을 가졌고, 딸이 생각하는 것보다 딸에 대해 남들이 생각하는 것에 더 민감했다. 그녀에게 그렇게 살아야 한다고 강조했다. 하지만 그녀에겐 강조가 강요였다.

오랫동안 길들여져 온 몸이 반응했다. 가벼운 긴장이 파문을 일으키며 왼팔을 스치며 떨어져나갈 듯이 욱신거렸다.

"그래 어쩔 생각이냐?"

묻는 것이 아니라 다음 강요를 위한 포석이었다. 그렇다는 것을 너무나 잘 알았다. 울먹이던 눈의 물기가 순식간에 말랐다.

"경찰에서 잔머리를 굴렸더구나. 사직이라……."

엄마가 가볍게 코웃음을 쳤다.

"그런 식으로 해결될 것이 아니란 건 너도 알고 있겠지? 경찰 내사과에서 너를 지금 당장 체포해도 그 문제는 가라앉지 않을 거다."

온몸이 심장 고동을 따라 맥박 치며, 번지점프대에 서서 주저할 때처럼 움츠러들었다.

"일본대사관에서 비공식 항의를 했다. 후지와라 유이치의 납치사건이 한국 경찰에서 꾸민 일이 아닌가 하는 항의였다. 곧 공식적으로 대통령을 만나 따질 생각이라고 하더구나."

다시 닫히는 엘리베이터 문 사이로 비웃던 시종장의 표정이 눈앞에 맴돌았다.

"조금 전 긴급회의가 있었다. 거기서 일본 측이 제시한 사안을 검토했다. 결론은 그 한 가지 방법밖에 없다고 결정했다."

그 다음 엄마의 입에서 튀어나온 말은 도저히 믿을 수 없는 말이었다. 그녀는 자신의 귀를 의심하지 않을 수 없었다. 그러나 엄마의 표정은 농담이 아니라고 말하고 있었다.

순간 엄마의 책상에 그 흔한 탁상용 액자 하나 없다는 것이 생각났다. 서장이 그렇게 사위 욕을 해대면서도 딸과 사위의 사진을 책상 위에 두고 매일같이 보는 것과 너무나도 달랐다. 사진 놓을 자리에도 엄마는 서류를 쌓아놓았다.

방 형사는 온몸이 남의 몸처럼 얼얼한 느낌이 들었다. 입안까지 얼어붙은 것 같았다. 눈만 깜빡거렸다. 한참을 노력한 끝에 입을 열었지만 제대로 혀가 굴러가지 않았다.

"그…… 그게…… 어…… 엄마가 할…… 소리에요?"

돌아온 소리는 청천벽력이었다.

"난 네 엄마가 아니다!"

땅이 흔들리며 사무실 지붕이 그대로 꺼져 머리 위로 내려앉는 기분이었다.

"몇 번을 말해야 알겠느냐? 넌 내 딸이 아니라, 지금 국정원에 와서 조사를 받는 참고인일 뿐이란 말이다. 그리고 네가 할 수 있는 일은 국가를 대표하는 실장인 내가 제안하는 것을 따르는 것뿐이다."

더 이상 입을 열 힘도, 이유도, 의미도 없었다. 다시 눈물이 고였지만 의미는 달랐다. 도대체 무엇이 문제인지 모르겠다는 엄마의 표정에, 그녀는 어금니에 힘을 주며 절대로 여기선 울지 않겠다고 다짐했다. 서럽고 막막했지만 죽어도 울지 않겠다고 맹세했다.

"지금 나 보고 국가를 위해…… 팔려가란 말이에요? 그게 정말 어엄…… 아니 당신이 원하는 거예요?"

엄마는 '당신'이란 말에도 표정 하나 변하지 않았다. 흡혈마녀라고 사람들이 말하는 것이 정말 무슨 뜻인지 확실히 알 것 같았다.

"원하는 것? 넌 아직도 꿈속을 헤매는구나. 원하는 것도 아니고, 요구하는 것도 아니다. 지금 국가가 너에게 명령하고 있는 것이다. 알겠느냐?"

엄마의 얼굴이 어느 날 문득 거울을 볼 때 그 속에서 발견한 낯선 자기 얼굴처럼 이상해 보였다. 도대체 진짜 엄마의 얼굴이 어떤 것이었는지 기억나질 않았다.

"지금 너 하나 때문에 강대국 일본과 외교 분쟁을 하라는 말이냐?"

앞에 앉은 엄마의 얼굴이 일렁거리며 흔들렸다. 무서웠다. 일렁일렁 흔들리며 지워졌다가 세상 누구라도 될 수 있는 얼굴로 변해가는 것 같아 두려웠다.

"책임을 져라. 네가 뿌린 씨다. 알겠느냐?"

잊혀진 기억의 저편에서 어떤 얼굴이든 엄마를 건져내고 싶었다. 웃어주지도 푸근하게 감싸주지도 않는 얼굴이라도, 매사에 신경질적으로 성을 내는 얼굴이라도 그것이 엄마이기만 하면, 가져다가 채워놓고 싶었다. 그렇지만 기억에서 가져온 그 얼굴이 진짜 엄마인지는 정말 자신이…… 없었다.

"그리고 네가 그렇게 하지 않으려 해도, 난 반드시 그렇게 되도록 만들 것이다."

방 형사가 비명을 지를 듯 표정이 변할 때, 실장이 허리를 등받이에서 떼며 그녀 앞으로 몸을 조금 수그렸다.

"그리고 또……."

엄마의 얼굴에 마녀처럼 사악한 미소가 번졌다.

"……고생하는 네 선생에게 작은 보답이라도 해야지 않겠니."

더 이상 그녀의 기억 창고에는 엄마의 얼굴이 하나도 남아 있지 않았다. 그녀는 모든 얼굴을 다 잃어 버렸다.

조금 전 이를 악물며 다짐했던 것이 무너졌다.

방 형사의 성난 눈에서 흔들리는 눈물이 뺨을 적셨다.

PM 11:30

체어맨이 청담동 아파트 정문을 통과했다. 복잡한 단지 내 도로를 능숙하게 돌아 115동 앞에 섰다. 조수석에 탔던 검정 양복 사내가 재빨리 내려 뒷좌석 문을 열고는 한쪽으로 비켜섰다. 한참 열린 채로 있던 문으로 초췌해진 방 형사가 천천히 내렸다. 그녀는 그대로 서서 어두운 밤 따스하게 켜진 몇몇 아파트의 불빛을 지나 하늘을 쳐다보았다. 별을 찾았다.

그녀의 뒤를 향해 정중하게 고개를 숙인 사내는 뒷좌석 문을 닫고는 익숙한 몸짓으로 조수석에 올라탔다. 그 즉시 체어맨이 소리 없이 미끄러져 사라졌다. 스산한 바람이 불어 그녀의 머리카락을 날렸다.

한참을 그렇게 서서 하늘을 올려다보았다. 서울에선 좀처럼 보기 힘든 별이 몇 개 보였다. 며칠 동안 일어났던 일들이 주마등처럼 하늘에 펼쳐졌다 사라졌다. 말라붙은 심정에 움직이는 것이 하나도 없었다.

'현진아, 운다고 해결되는 것은 하나도 없어. 억울해도 더 열심히, 계속 앞으로 나가야 하는 거야. 알았지?'

야속하고 얄미운 그의 얼굴이 그렇게 말했다. 하지만 눈에는 흘러내릴 물기가 조금도 남아 있지 않았다.

몇 대의 자동차가 회색이 되어버린 그녀를 의아스럽게 보며 지나가는 것 같았다. 그들을 향해 이보다 더 의아스럽고 이상한 일들이 세상에는 얼마든지 있다고 말해주고 싶었다. 하지만 부질없는 짓이었다.

뒤쪽에서 누군가 다가오는 소리가 났지만 아무렇지 않았다. 궁금하지도 않았다. 무엇이든 모두 그녀가 가려는 반대 방향으로 그녀를 끌고 갔다. 그렇게 모든 것이 흩어져 버렸다. 이젠 두렵지도 않았다. 더 이상 하고 싶은 것도 갖고 싶은 것도 없었다. 더 뺏길 것도 남아 있지 않았다. 모두 다 사라졌다. 그도, 가족도, 꿈도, 희망도…… 모두 다…….

"이걸 돌려드리려고 병원에 갔었습니다."

천천히 돌아섰다.

후지와라 유이치의 잘생긴 얼굴이었다. 내민 손에는 구찌 핸드백이 들려 있었다. 워커힐에서 잃어버린 그녀의 것이었다. 하루 종일 시달린 그녀의 어디서 나온 힘인지 몰랐다.

짝!

후지와라의 고개가 돌아가자, 어둠 속에서 있던 움직임 셋이 즉시 밝은 곳으로 뛰어나왔다. 후지와라가 손을 들어 제지하자 신속하게 다시 어둠 속으로 들어갔다.

"병원에 안 계시기에……."

짝!

다시 고개가 돌아갔다. 후지와라의 왼뺨에 붉은 손자국이 선명했다. 그는 다시 입을 열었다.

"그래서 여기서 기다리고 있었……."

짝!

세 번째 돌아갔던 얼굴이 다시 방 형사를 향했을 때도, 후지와라의 눈빛은 변함이 없었다.

방 형사는 그의 손에서 핸드백을 빼어들고 아파트 현관으로 걸어갔다. 그렇게 그대로 들어가 버렸다.

후지와라는 그냥 그 자리에 서 있었다.

차들이 이번에는 그를 이상한 눈으로 쳐다보고 지나갔다.

잠시 후, 성난 눈빛의 방 형사가 아파트를 나와 후지와라 앞에 섰다. 그를 잡아먹을 듯이 쏘아보며 손에 든 작은 것을 땅바닥에 패대기쳤다.

아기 주먹만 한 작은 상자가 깨지면서 안에 든 것이 땅바닥에 굴렀다. 가로등 불빛에 반짝했다. 그녀의 핸드백 속에 그가 넣어놓았던 거였다.

반지였다. 다이아몬드 반지.

"지금 놀리니?"

한국말이었다. 후지와라도 한국말로 말했다.

"아닙니다. 일이 이렇게 되었지만, 이번 일이 아니었어도 당신께 프러

포즈를 할 생각이었습니다."

"장난하니? 네가 나를 언제 봤다고 프러포즈야!"

후지와라는 간곡한 표정으로 말했다.

"작년 광화문사건 때 당신을 보고 반했습니다. 이건 진심입니다."

전 세계로 중계되었던 광화문사건이 문제였다. 그것이 온 이목을 끌어들였던 것이다.

후지와라는 천천히 몸을 굽혀 떨어진 반지를 주워들었다. 그리고 손으로 정성스레 문지른 후 그녀에게 내밀었다.

"제 사랑을 받아주십시오."

그녀의 깨물은 입술이 부들부들 떨렸다. 두 손이 모멸감과 분노로 와들와들 흔들렸다. 하지만 정중하게 고개 숙인 후지와라의 머리 위로 엄마의 냉정한 말이 떠올랐다.

'두 나라간의 상징적 결합이 될 거다.'

그녀는 그것이 왜 꼭 자기여야 하는지 이해할 수 없었다. 그리고 이해하고 싶지도 않았다.

그렇지만…… 그렇지만…….

하늘에서 별이 반짝 빛나며 떨어졌다.

2부 | 바람의 혼돈

2006. 06. 22. 목.

PM 08:30

세종로가 폭파된 지 한 달이 더 지났다.

날카로운 눈을 지닌 몇몇 기자들이 세종로테러가 터지기 직전에 가장 뜨거웠던 정치권의 문제인 측근비리와 국회 날치기, 재벌 땅 상속 문제 등을 의도적으로 물타기 하려는 시도였다고 파헤친 보도기사를 준비했지만, 어이없다는 편집장의 표정에 가로막혔다.

'그렇다고 세종로를 폭파시켜? 그게 말이 돼?'

'정말 그게 진실이라 치자. 그걸 사람들이 믿겠냐?'

편집장의 말은 압력이라기보다는 합리적인 판단이었다. 촉이 발달한 기자들은 분명 뭔가가 있다는 느낌을 떨쳐버리지 못했지만 어쩔 수 없었다. 그들 자신들도 역시 세종로테러의 목적을 알 수 없었기 때문이었다.

범인은 여전히 잡히지 않았다. 하지만 특별수사본부는 사건을 종결하고 해체했다. 범인을 잡지 못하는 무능은 그렇다 쳐도 국민들의 불안을 그대로 둘 수 없다는 것에 모두가 동의했다. 공식적으로는 종결시켜야만 했다.

세종로지하도에서 배선공사를 하던 일꾼들이 지하에 매설되어 있던 도시가스 관을 잘못 건드려 새어나온 도시가스가 전기 스파크에 발화되어 폭발이 일어났다는 특수부의 발표는 엉성하기 그지없었으나, 심각한 어조로 담화문을 읽는 특수부장에게 온갖 플래시가 터진 이후, 배선공사 일꾼을 파견했던 신영전기 고준수 사장이 구속되는 것으로 모든 일이 마무리되었다. 얼마 후 고 사장은 병보석으로 풀려났고 신영전기는 서울시로부터 대형 설비 프로젝트를 주문받게 되었지만 아무도 그 일을 알지 못했다. 어떤 언론도 이를 보도하지 않았기 때문이다.

결국, 갖가지 음모론을 만들어 떠들어 대던 사람들이 하나둘씩 다른 관심거리를 찾아 흩어졌다. 끝까지 남은 피켓은 남파 공작원 시나리오와 UFO 공격설이었지만 피켓과 현수막 뒤에 선 사람 수가 눈에 띄게 줄어 있었다. 같은 말을 반복하던 언론도 싫증내기 시작한 국민들 눈치를 따라 재빨리 다른 먹잇감으로 옮겨갔다.

강 형사가 범인으로 지목되자 당장이라도 끌어내 단두대에 세울 것처럼 침을 튀기던 고위인사들도 그가 증거 불충분으로 풀려났다는 소식엔 별반 관심을 보이지 않았다. 영풍문고와 코엑스에서 발견된 폭탄 소식이 자신들의 절대적 확신에 큰 구멍을 냈기 때문이었다. 충동과 광기, 위협과 흥분은 다른 먹이를 찾아 헤맸다. 허위를 착색시켜 진실로 둔갑시킬 새로운 광기의 확신을 찾아 떠났다.

사람들은 쉽게 잊었다. 그리고 자신들이 했던 말을 기억하지 못했다. 그들이 던진 돌도 그들이 부르짖었던 구호도 그 자리에 그대로 있건만 사람들은 그것이 어떤 것인지 기억해내지 못했다.

눈에 보이는 큰 변화 때문이었다. 세종로가 재빠르게 복구되어 이순신 장군 상이 다시 세워지고 그 뒤로 새로 세종대왕 동상까지 만들어 세워놓을 계획이 발표되자, 처음엔 망설이며 지나던 행인들이 하나둘씩, 그리고 하루 이틀, 그 위를 지나면서 땅 밑의 일을 망각하기 시작했다.

세종로에서 숨져간 무고한 사람들의 가족 친지들조차 대대적인 회유책과 거액의 보상금에 스러져간 사람들의 얼굴을 운명이란 이름으로, 한이란 애처로움으로, 잊으려 했다.

그렇게 사람들이 흥분하고, 그렇게 지나가고, 그렇게 잊혀져 갔다. 국가도, 정부도, 국민도, 심지어 그 과정을 모두 지켜본 사람들도, 더 이상 진실에 관심을 두지 않았다. 모두 시간의 퇴적 속에서 새로운 것으로 눈을 돌리고 있었다.

하지만 딱 한 명, 그는 그럴 수 없었다. 너무나 많은 것을 바꾸고 앗아갔기 때문이었다.

강 형사는 물어뜯어 분홍빛으로 부푼 입술을 하고 인사동 가판 옆에 털썩 앉아 있었다. 지나가는 사람들의 얼굴에 흐르는 웃음과 즐거운 소리에 증오가 일었다. 가슴속의 위험한 불꽃이 그르다는 것은 알지만 그것을 끄고 싶지 않았다. 그렇게라도 하지 않으면 심장이 끓어올라 그대로 터져버릴 것만 같았다.

일어나 비척거리며 걸었다. 방향은 언제나처럼 종로 쪽이었다.

덥수룩한 수염에 신경질적인 표정을 보고 겁먹은 젊은 연인들이 피해 걸었다. 자기가 생각해도 형사가 아니라 깡패 부랑자였다. 하지만 바꾸고 싶지 않았다. 똑바로 걷고 싶지 않았다. 엇나간 마음은 행동까지 엇나가게 했다.

골목 어디선가 갑자기 방 형사가 뛰어나와 그의 볼을 살짝 꼬집으며 장난칠 것만 같았다. 가슴이 탁 트이는 상쾌한 향기를 풍기며 그의 귀에 '어이, 강 형사, 지금 뭐하는 거야?' 하며 굵은 목소리를 흉내 낼 것만 같았다. 그리고 깔깔거리며 박수를 치고, 뭐라 하는 그의 핀잔에 새치름 혀를 날름거릴 것만 같았다. 언제나처럼 그렇게…… 말이다.

그러나 그럴 수 없었다. 그런 일은 더 이상 꿈에서도 일어나지 않았다.

강 형사의 발걸음은 눈을 감고도 갈 수 있는 그 포장마차에 도착하자 멈췄다. 꼼장어를 굽고 있던 주인이 흘낏 보더니 아무 말 없이 소주와 잔을 그의 앞에 내 놓았다. 한 잔을 따라 그대로 들이켰다. 아무렇지도 않았다. 맹물처럼 아무렇지 않았다. 오늘은 얼마를 마셔야 맛을 알 수 있을까, 하는 생각이 들었다. 넉 잔을 거푸 마셨다. 마찬가지였다. 그의 몸이 좌우로 흔들린다고 건너편에 앉은 손님들이 흘낏거리며 우려했지만, 그는 조금도 비척거리지도 흔들리지도 않는다고 생각했다. 취한 건 세상이었다. 그는 다시 잔에 투명한 액체를 따르기 시작했다.

풀려난 강 형사에게 떨어진 명령은 생각 밖이었다. 종로경찰서로 복귀하라는 거였다. 놀랐지만 그는 이유를 묻지도 따지지도 않았다. 알려줄 것 같지 않아서였다.

거기에 강력8반은 더 이상 없었다. 아무도 없었다. 방 형사는 사직서를 제출했다고 했다. 하지만 그렇게 믿는 사람은 한 명도 없었다. 사직했다고 말해준 천 반장조차도 믿지 않는 말투였다. 그녀가 경찰이 된 이유를 경찰서 앞 신문가판대 아저씨도 알고 있기 때문이다.

그렇지만 모두 쉬쉬 했다. 그가 나타나면 피하기 바빴다. 방 형사는 공식적으로 사표를 낸 날 이후부터 잠적이었다. 핸드폰은 물론 집 전화도 혼자만 울렸다. 집에 가봤지만 그녀의 흰색 소나타와 오토바이 아프릴리아만 아파트 주차장에 먼지를 뒤집어쓰고 있었다. 다들 잊으라는 표정과 눈빛이었다.

그래도 그 일이 있기 전까지는 복귀한 그를 동정했지 백안시하지는 않았다. 하지만 이젠 의경들까지 대놓고 뒤에서 무시했다.

그가 그 장면을 본 것은 경찰서 휴게실이었다. 텔레비전 앞에 겹겹이 쌓인 사람들은 어둡고 심각한 표정이었다. 임시뉴스였다. 심장을 불길하게 뛰게 하는 앵커의 말은 사람들을 비집고 들어가 본 화면에 비하면 아무것도 아니었다.

화면에는 플래시 세례를 받으며 환하게 웃는 그녀가 서 있었다. 그 옆에는 다정하게 팔짱을 낀 영화배우만큼 잘생긴 훤칠한 남자가 손을 흔들며 웃고 있었다. 그 자리에 그대로 얼어붙어 벼락에 맞은 듯 소스라친 이유는 둘이 다정하게 팔짱을 낀 채 웃고 있어서만이 아니었다. 화면 밑에 크게 떠 있는 믿을 수 없는 자막 때문이었다.

한·일 양국 간의 세기의 결혼, 역사적 화해와 공영

'이…… 이건…….'

고함이 머릿속 가득 윙윙거리는 순간, 귀에 파고든 앵커의 자랑스러운 듯한 목소리가 그의 가슴을 가차없이 후벼냈다.

"후지와라 유이치 일본 왕자와 방현진 한국문화예술교류협회 회장의 결혼식이 다음 달 17일 일본 도쿄의 일왕 거처인 고쿄[皇居]에서 성대히 열릴 예정입니다."

언제 방 형사가 한국문화예술교류협회 회장이 되었는지는 모르지만, 그보다 더 충격적인 것은 결혼한다는 거였다. 그것도 일본 왕자와…….

'그럴 리가…… 그럴 리가 없어!'

하지만 화면 속의 그녀는 활짝 웃는 얼굴로 플래시를 받고 있었다. 손을 흔드는 그녀의 머리는 발랄한 숏컷트였다. 한 번도 본 적이 없는 숏컷트였다. 그것이 그녀와 참 잘 어울렸다.

포장마차 천장에 매단 흐릿한 전구 빛이 뭔가에 가려져 버렸다. 힘겹게 고개를 들어 올려보았다. 짧은 머리에 시골아저씨 얼굴. 괄괄한 성격. 입이 걸어 방 형사와 처음부터 사사건건 부딪혔던 사람. 강력1반 반장, 천 반장이었다.

그가 맞은편에 앉았다. 말라비틀어진 김치 쪼가리 옆에는 쓰러진 병까지 해서 세 병이 비어 있었다. 강 형사가 다시 앞의 잔에 술을 따랐다.

"이제 그만 잊어."

그날 이후 거의 매일같이 인사동 골목이나 종로에서 그를 찾아내는 것이 천 반장의 일이었다. 복귀한 강 형사를 서장은 1반에 끼워 넣었다. 그것으로 천 반장의 일과가 하나 더 늘어났던 것이다.

"사는 게 어디 마음처럼 되나……."

누구를 향한 말인지 모르지만 천 반장의 긴 한숨이 강 형사의 마음을 더 아프게 했다. 뭔가 시큼한 것이 울컥 식도를 타고 올라오려 했다. 간신히 참고 술을 다시 들이켰다.

세종로테러와 영풍문고, 코엑스의 폭탄 사건은 완전히 기무사로 넘어갔다. 몇 명 얼토당토않은 만만한 놈들을 잡아서 열심히 족치다가 풀어주기를 몇 번 하더니 그것도 시들한 듯했다. 여전히 답을 찾고 있는지 아니면 미제사건으로 처리할 수순을 밟고 있는지 알 수 없었다. 군인들은 상대하기 어려운 족속들이었다. 편하게 돌려세우는 '군사보안'이란 말이 그들에게 전지전능한 힘을 주었다. 한국의 심장이 파괴되었는데 뚜껑을 덮었다고 넘어갈 속셈인지도 몰랐다. 누군가 진실을 알 텐데도 아무도 말하지 않았다.

"그만 가자! 강 형사."

그렇지만 아직 술이 맹물이었다. 취하고 싶지만 취해지지 않았다.

다시 술을 따르려는 강 형사의 손에서 천 반장이 소주병을 뺏었다. 그런 그를 벌건 눈으로 쳐다보았다. 머릿속이 요동을 쳤다.

며칠 동안 언론은 새로 나타난 먹이에 광분했다. 철저하고 세밀하게 하나하나 뜯어먹기 시작했다. 온갖 가십성 박스 기사들이 지면을 메웠다. 인터넷은 찬반 양론으로 갈려 헐뜯기에 바빴다. 찬성 편 얘기는 언제나 그렇듯이 진부한 것 일색이었다. 한·일 우호와 교류란 단골 멘트로 시작해서 동아시아 평화로 끝나는 정해진 레퍼토리였다. 후지와라 부부가 노벨평화상을 받게 될지도 모르고 그렇다면 국익에 도움이 된다는 실질적인 찬성론도 있었다.

하지만 반대쪽은 언제나 그렇듯이 한없이 신랄했다. '횡재했네, 촌년 왕비 되다.' '우리가 창녀냐!' 같이 대놓고 욕설을 내뱉는 수준 이하도 있었지만, 뼈아픈 지적들이 없을 리 없었다.

'약소국의 설움을 몸으로 보여주시다니, 참 훌륭하십니다.'

'위안부 할머니들이 피눈물이 마르질 않는다.'

'독도가 통곡한다.'

'왜 하필 후지와라냐?'

이에 대해, TV 토론에 나왔던 한 교수가 지적한 것이 그래도 본질에 가장 가까웠다.

'여자가 남자에게 시집을 간다고 생각하는 것 때문입니다. 거꾸로 일본 여성이 한국 남성과 결혼했다면 지금 같이 과열된 반응은 훨씬 덜하리라 봅니다. 이 모든 게 남성우월주의의 산물이라 할 수 있겠죠.'

그 교수의 말이 옳다고 해도 바뀔 것은 하나 없었다. 그는 그냥 그렇다고 말을 했을 뿐이다. 자신이 분석한 사실에 우려를 표하는 듯 표정을 지었지만, 스튜디오를 나온 후에는 말끔히 잊어버릴 것이다. 진실에 정작 안타까워 한 것도, 슬퍼한 것도, 괴로워 한 것도 아니었다. 그냥 그렇다는 메마른 논리가 다였다. 차라리 기괴한 분노를 뿜어대는 자들은 어느 쪽이기라도 했다. 그들은 나름의 열정과 애정이라도 가지고 있다. 그러나 이런 분석을 늘 입에 달고 다니는 작자들은 단지 그 어려운 말을 하려고 어려운 말을 지어낼 뿐이다. 자신도 모르는 어려운 말에 빠져 노는 재미로 살 뿐이다. 따지고 반대하고 분석하고 비판하는 것으로 제 할 일을 다 했다고 생각하는 자들이다.

그런 그들에게 후지와라와 방 형사의 결혼은 하늘에서 떨어진 횡재였다. 척척 들어맞는 이론을 들이대며 날카롭게 분석하는 명쾌함을 만천하에 보여줄 보기 드문 기회인 것이다. 기괴한 홍분의 무리들과 달랐어도 결국은 마찬가지였다. 그들에게 이쪽이든 저쪽이든 아무 상관없었다. 오직 홍분할 말잔치만이 필요할 뿐이었다.

대안이 없기는 모두 마찬가지였다. 옳든 그르든, 찬성이든 반대든, 비난하든 위로하든, 그 모든 것이 강 형사의 마음을 무너지게 하는 것은 같았다.

"이제 그만 하라니까!"

괄괄한 천 반장의 고성에 허름한 포장마차 안에 있던 손님들이 힐끔거리며 슬쩍 자리를 빠져나갔다.

뭐라고 말은 못하고 입맛만 다시고 있는 주인의 눈치를 보고, 피해를 줄 수 없다는 생각에 강 형사가 플라스틱 의자에서 일어섰다. 핑 돌며 휘청거렸다. 머리와 다리가 제각기 움직였다. 생각과 달리 포장을 확 젖혔다. 힘겹게 무거워진 발걸음을 옮겼다. 입에선 술 냄새보다 고무탄 내가 나는 것 같았다.

몇 걸음 걷다 말고 허리를 구부리고 토하기 시작했다.

한참을 토하고 나니 시금털털한 쓴 물이 입안에 흘렀다. 정신이 조금 맑아졌다. 맑아진 것이 맘에 들지 않았다. 술맛을 느낄 수 없는데 흐려졌다 맑아졌다 하는 것이 짜증스러웠다. 그래도 차라리 계속 어지럽고 몸이 흐느적거리는 것이 나았다. 꾸역꾸역 올라오는 욕지기가 차라리 나았다.

옆에 있는 다른 포장마차에 들어가 소주를 시켰다. 그때 포장을 들추고 누군가 들어와 그 옆에 앉더니, 입에 들어가려는 소주잔을 손으로 막았다. 고개를 돌려 옆을 보았다. 풀어진 눈이 천 반장의 단단한 눈과 마주쳤다. 언제 왔지, 하는 천진난만하게 어리석은 생각이 들었다.

"그만 해!"

강 형사가 천 반장의 손을 뿌리치고 소주를 다시 마시려 하자, 반장이 병째 빼앗아 땅에 던져버렸다.

"왜 이러세요?"

말이 꼬부라져 들리는 것이 흉겨웠다. 수염으로 헝클어진 그의 입이 씰룩거렸다.

"아하! 한 잔 하시려고요? 좋아요, 저 아줌마 여기 소주 한……."

말을 마치기도 전에 시멘트 바닥에 나가 떨어졌다. 볼이 얼얼하다는 느낌은 다음이었다. 갑작스럽게 맞은 탓에 머리가 어찔했다. 일어나려 했지만 쉽지 않았다. 의자가 넘어지며 나뒹굴었다. 한참을 엎어져 허우적거리다가 손으로 힘겹게 땅을 짚으면서 일어섰다.

다시 천 반장이 주먹을 날렸다.

우당탕 소리가 나며 탁자 위에 나동그라지며 오뎅 국물을 뒤집어썼다.

한눈에 깡패 같아 보이는 인상의 남자가 주먹을 날려 사람을 패자, 그나마 남아 있던 사람들이 순식간에 사라졌다. 포장마차 안은 어쩔 줄 몰라 하는 주인만이 강 형사가 쓰러지는 서슬에 넘어진 의자와 엎어진 탁자를 보며 울상을 짓고 있었다.

아찔한 머리를 좌우로 몇 번 털고는 피식 웃음을 지으며 일어나려 했지만 정말 쉽지 않았다. 한참을 낑낑거리며 어렵게 일어나자마자 다시 무쇠 같은 주먹이 날아들었다.

정통으로 맞은 강 형사는 코피를 흘리며 이리저리 넘어진 탁자 위로 나뒹굴었다. 천 반장은 주머니에서 돈을 꺼내 주인 앞에 놓고는 기절해 버린 강 형사를 질질 끌며 포장마차를 나왔다.

PM 11:20

시원한 바람이 불었다. 그렇게 느끼는 순간 얼굴에 욱신거리는 통증이 엄습하며 깨어났다. 머리가 터질 듯이 빠근했다. 벤치에 누워 있었다. 땅을 손으로 짚고 억지로 일어나 앉았다. 눈앞에 남산 타워가 쏟아질 듯 보였다.

옆에 앉은 천 반장이 고개를 돌리지도 않고 그에게 캔 커피를 건넸다.

권하는 캔 커피가 둘로 보이며 흐릿하게 눈앞에서 흔들렸다.

후유증이었다. 잡혀 들어간 다음 날, 이유도 없이 맞을 때였다. 실수였는지 의도였는지 뭔가에 뒷머리를 맞고 기절한 다음부터였다. 짧게는 몇 초간 길게는 몇 분 동안 그랬다. 피곤하면 더 심했다. 하지만 그깟 일로 병원에 가기도 그렇고 어디다 말하기도 그랬다.

몇 번 헛손질하다가 받아들었다. 캔 하나 따는 것도 힘겨웠다. 이건 술 때문이었다. 손가락이 제멋대로 놀았다. 꼭 따야 한다는 생각 하나만으로 달려들어 한참 만에 겨우 땄다.

커피 맛은 달짝지근했다. 눈앞에 펼쳐진 야경은 평화롭기 그지없었다.

"너희를 볼 때 부러웠다."

갑작스런 엉뚱한 말에 강 형사가 무거운 머리를 돌려 천 반장을 쳐다봤다. 강 형사가 씰룩거리며 입을 열었다.

"집어치워요."

천 반장의 단단한 눈빛에 어디선가 날아온 빛이 비쳤다.

"네깐 놈을 위로할 생각은 조금도 없다. 있는 그대로 말해줄 사람이 나밖에 없는 것 같아 동료로서 말할 뿐이다."

강 형사가 천 반장을 쏘아보았다. 하지만 산 아래 야경을 향한 천 반장의 눈길은 그의 옛날을 더듬는 듯했다.

"사랑하던 여자가 있었다. 결혼할 생각이었다."

강 형사가 아는 한 괄괄한 천 반장은 욕을 걸쭉하게 하면 했지, 이런 말을 할 사람은 절대 아니었다.

"결국…… 하지 못했지."

그러더니 천 반장이 담배를 꺼내 물고 켜지지 않는 라이터를 한참 틱

턱거렸다. 바람이 휙 불었다. 어렵사리 불을 붙여 길게 푸른 연기를 내뿜고 말했다.

"죽었다."

강 형사는 담배 연기 속에 그의 한숨이 섞여 있는 것이 보였다.

"살인이었지."

그의 말은 툭툭 끊어졌지만 담배 연기는 계속 이어졌다.

"집에 강도가 들었다더군……."

바람이 다시 휙 불어왔다.

"아직도 못 잡았지……."

바람이 그의 단단한 얼굴을 쓰다듬고 지나가는 것 같았다. 그의 표정은 달래려는 갓난아이가 계속 울자 어쩔 줄 몰라 하는 아버지처럼 되었다.

"내가…… 형사인데도 말이야……."

그리고 아무 말도 하지 않았다. 대신 그의 씁쓸한 미소와 짙푸른 담배 연기가 모두 말해주었다.

"강 형사, 내가 진짜 괴로운 것이 무엇인지 아나?"

답을 요구하는 물음이 아니었다. 연기만 따라가던 천 반장의 눈길이 조금 흔들렸다.

"내가 진짜로 범인을 잡으려고 했을까…… 하는 마음이 들어서다."

갑작스런 그의 말에 그를 쳐다보았다. 단단한 그의 눈에 이슬이 맺히려는 것처럼 보이기도 했다.

"그녀 집안에 반대가 심했다. 다른 남자를 만나게 했다. 그녀 집이 부자였거든. 나랑은 비교도 되지 않는……."

천 반장은 말을 마무리 짓지 못했다. 마지막 담배 연기를 뿜어낸 천 반장은 씁쓸한 눈빛이 되었다.

"그때 나는 그녀를…… 미워했던 것 같다. 어쩌면 지쳤던 것일지도……. 차라리 그냥 시작하지 말았으면 하는 후회도 했다. 비겁하게도 말이야……."

가난뱅이 남자와 전도양양한 엘리트 남자 사이에 낀 유복한 집안의 여자 이야기. 흔한 이야기였다. 하지만 당사자에게는 세상에 하나뿐인 이야기였다.

"어쩌면 나는 그녀가 죽어서 기뻐……."

차마 말을 뱉지 못했다. 형사가 할 수 있는 말이 아니었다.

천 반장은 다시 담배를 꺼내 불을 붙였다. 한참을 연기를 날리며 아무 말없이 앉아 있었다. 연기에 그렇게 모든 것을 실어 보내고 차츰 괄괄한 그로 돌아오는 것처럼 보였다.

"애처럼 칭얼대지 마라."

천 반장의 눈빛이 더없이 깊어졌다.

"넌 나처럼 후회할 짓을 하지 마라. 넌 아직 기회가 남아 있다."

강 형사는 그를 쏘아보았다.

"기회요? 이미 다 결판난 것 아닌가요?"

천 반장은 담배를 비벼 끄고 자리에서 일어섰다. 그리고 아래로 길게 뻗은 조명이 드문드문 켜진 길을 바라보았다.

"방 형사는 흔들리지 않았다."

"예?"

강 형사는 따라 자리에서 일어나려 했지만 잘 안 되었다.

"네가 먼저 포기한 거다. 일본 왕자와 결혼한다는 말에 네 놈이 먼저 꽁지를 빼고 도망치고 있단 말이다. 일본 놈과 싸워볼 생각도 않고 제

처지가 시궁창이라고 쫄아서 겁을 먹고 있단 말이다."

천 반장이 강 형사를 정면으로 쏘아보았다.

"난 네놈이 그렇게 겁쟁이라고 생각하지 않는다."

그러더니 천 반장은 강 형사를 그대로 두고 길을 따라 내려갔다. 그의 말에 뭔가가 터질 듯이 끓어오르던 강 형사가 그의 뒤에 대고 고함을 질렀다.

"그걸 어떻게 알아요?"

천 반장이 우뚝 멈춰 섰다.

"현진이가 나를 좋아하는지, 그걸 어떻게 아냐고요?"

우뚝 멈춰선 그가 몸을 돌렸다.

"언제나 그녀는 너를 믿었다. 세상 모두가 너를 말려 죽이려 할 때도……."

뭐라 형언할 수 없는 서글픈 느낌이었다.

"그녀는 믿고 있었다. 아무리 세상이 너를 잘못이라고 해도, 그렇게 말하는 세상이 틀렸지 네가 틀린 것이 아니라고, 그렇게 믿고 있었다."

천 반장이 쓸쓸한 미소를 지었다.

"그런 걸 사랑이라고 하는 것 아닌가?"

가슴이 콱 메인 강 형사는 입을 열 수가 없었다.

천 반장의 목소리가 우수에 어린 듯 길게 늘어졌다.

"난 못 믿겠다. 그런 그녀가…… 너를 떠났다는 것을……."

그리고 천 반장이 다시 몸을 돌려 내려갔다. 어두운 하늘 아래 내려가는 그가 중얼거린 소리가 강 형사의 귀에 나직하게 흘렀다.

"그런데 넌 믿는 것 같구나……."

2006. 06. 23. 금.

AM 11:00

"그런 건 말씀드릴 수 없습니다."

프런트의 여직원은 인형 같은 얼굴에 만들어낸 미소로 답했다. 워커힐은 국빈방문이 잦은 곳이었다. 이런 곳의 직원이 보기에 수없이 상대해 온 국가 원수 급들에 비하면 경찰 신분증 같은 것은 한심해 보일 것이다. 그렇지만 기다렸다는 듯이 가차없이 자르는 품이 단단히 준비하고 있던 것 같았다. 벽에 대고 머리를 받아봐야 피가 나오는 것은 이쪽일 뿐이었다. 강 형사는 끄덕이고는 일단 뒤로 물러섰다.

로비에 있는 커피숍으로 가 푹신한 의자에 앉았다. 주문을 받으러 온 깔끔한 제복의 여자를 동행이 오면 주문하겠다는 말로 돌려보내고는 프런트 직원을 멀리서 바라봤다. 크고 작은 여러 국제행사를 치른 경험이 있는 곳답게 만만치 않았다. 후지와라의 숙소였던 스위트룸에 올라가 보겠다는 것에도 수색영장을 요구했다. 이전 같으면 막무가내로 밀어붙였겠지만, 지금 자신의 처지는 직위해제를 당하지 않은 것만 해도 감지덕지해야 할 판이었다.

강 형사는 생각을 정리했다.

천 반장의 말대로 방 형사가 원치 않지만 TV에 나와 후지와라 옆에서 웃고 있다면 이유는 한 가지뿐이었다. 절대 벗어날 수 없는 함정에 빠진 것이다. 그리고 그건 그녀가 다뤘던 두 사건 중 하나 때문일 것이 분명했다. 그런데 세종로사건 기록과 연세대사건 관련 기록은 모두 각기 기무사와 서대문경찰서로 이관되어 있었다. 세종로사건 기록을 찾았을 때 돌아온 답변이 그랬다. 세종로사건은 잡혀 있다 풀려난 후 자신이 어떻게 연루되었는지 확인할 생각으로 그나마 기록을 대강 훑어본 적이라도 있지만, 연세대사건은 노인 셋이 연쇄적으로 끔찍하게 죽었다는 것만 들었을 뿐이다.

자신이 잡혀 있던 동안의 일도 김 순경이 설명해 준 것이 고작이었다. 경찰청장이 나타나 방 형사에게 세종로사건에서 완전히 손을 떼라고 한 것과 연세대사건 때문에 세브란스와 국과수를 오간 것, 그리고 특수부에 접수된 후지와라 실종신고로 특수부장이 그녀를 급히 워커힐로 보냈다는 것이 전부였다. 워커힐 이후는 김 순경도 몰랐다.

강 형사의 직감은 후지와라에 모였다. 그의 행적에 수상한 점이 한두 가지가 아니었다. 세계문화포럼은 5월 15일부터 2박 3일이었다. 대부분 일요일인 14일이나 빨라야 13일에 방한했다. 모두들 한가한 사람들이 아니다. 그런데 후지와라 일행은 그전 주 일요일인 7일에 한국에 왔다. 비행기로 채 2시간이 되지 않는 거리까지 생각하면 너무 이른 입국이었다. 물론 한국에서 내내 공식적인 일정과 외교적인 만남이 준비되어 있었다지만, 그건 만들기 나름이었다. 실제로 8일 세종로테러가 터지자 대부분 취소시켰다.

세종로테러 이후 출국하지 않은 것도 의아스러웠다. 자기 목숨을 노렸다고 항의하면서도 숙소만 프라자호텔에서 워커힐로 옮겼을 뿐 일본으로 귀국하지 않았다. 포럼 때문이라고 핑계를 대도 마찬가지다. 위험 때문이라면 귀국했다가 다시 입국해도 될 넉넉한 시간이 있었다. 그렇다고 일본에서 경호 인력이 더 넘어오지도 않았다.

후지와라가 납치되었다는 것도 미심쩍었다. 납치됐다고 주장한 것도 그들이고 납치된 후지와라를 찾은 것도 그들이었다. 그가 납치되었다는 것에 의심의 눈초리를 보내지 않은 이유는 간단했다. 피를 흘리며 처참하게 죽은 그의 경호원 둘이 쓰레기 더미에서 발견되었기 때문이다.

'그 정도 자작극이야 눈 감고도 해치울 놈들이지…….'

가슴속에 핏줄을 타고 내려오는 끓는 감정이 있었다. 깍듯하게 고개를 숙여대는 그들의 가식적인 모습을 볼 때마다 치솟는 역겨움에 욕지기가 나올 지경이었다.

이대로 물러설 수 없다는 생각이 들자, 그에게 한 가지가 떠올랐다. 잘만 하면 될 듯도 했다. 강 형사는 커피숍에서 일어나 내선전화가 있는 곳으로 갔다. 어렵게 내선을 몇 번 갈아타고 이사장 비서실에 연결되었다.

강 형사는 비서실장의 귀가 번쩍 뜨일 말을 던졌다. 그리고 전화를 끊고 커피숍에 돌아와 시계를 보며 기다렸다.

채 5분이 되지 않아 비서실장으로 보이는 40대 중반의 남자가 황급히 나타났다. 훤칠한 외모에 중역회의 사회를 도맡아 할 것 같은 시원시원한 음성이었다. 정중하게 고개를 숙이는 품이 그 자리까지 올라간 이력을 여실히 보여주었다.

"비서실장 박병호입니다. 이사장님은 지금 외부에 계십니다. 일단 저희 사무실로 올라가시지요."

그러냐는 표정을 지으며 일어섰다. 그리고 그를 따라 천천히 호텔의 중심부로 올라갔다.

호텔 사무실은 명성답게 쾌적하고 안락했다. 강 형사는 푹신해 보이는 소파에 약간의 거드름 섞인 표정으로 몸을 깊숙이 파묻었다. 반대편 소파에 엉덩이를 반쯤 걸쳐 앉은 비서실장이 진지하게 물었다.

"여기서 잃어버리신 게……."

"내가 한가해 보입니까?"

단박에 말을 잘라버렸다. 실수를 했다는 듯이 주섬거리던 실장이 조심스레 입을 열었다.

"저희 직원을 시켜 철저하게 조사하겠습니다."

강 형사가 눈빛을 강렬하게 만들어 쏘았다.

"그 직원이 가져가지 않는다고 장담하실 수 있습니까?"

"그럼 후지와라 공……."

"어허!"

갑작스럽게 낸 큰 소리에 실장이 찔끔했다.

"한 번만 더 전하의…… 새어나가면, 앞으로 영원히 워커힐에서 우리 국민들 얼굴을 보지 못할 줄 아시오."

실장은 비굴할 정도로 굽실거리기 시작했다. 당장이라도 눈알을 굴리며 두 손을 비벼댈 것 같았다.

"그럼 어떻게……."

"내가 온 것은 그것을 내가 잘 알기 때문이오. 당시 상황을 잘 아는 직원 하나를 불러주시오."

큰 사면을 얻은 듯 얼굴이 밝아진 실장이 잠시만 기다리라고 하고는 재빨리 일어나 테이블로 가 전화기를 들었다.

잠시 후 실장의 융숭한 인사를 받으며 강 형사는 사무실을 나왔다. 1층에 내리자 30대 중반의 직원이 정중하게 맞으며 보안팀장이라고 자신을 소개했다. 기름 바른 머리를 숙이고는 안내하겠다며 친절하게 앞장섰다. 낙하산이 분명해 보이는 보안팀장은 자신이 일을 맡은 지 두 달이 채 안 되었다는 것을 연신 강조하며 어떻게든 책임을 모면해 보려고 애썼다. 강 형사는 속으로 쾌재를 불렀다. 조심조심 자기 입장을 지켜가는 것밖에는 관심이 없는 남자라면 상대하기 쉬웠다.

강 형사가 프런트 앞을 지날 때, 조금 전에 냉정히 거절했던 담당 여직원과 눈이 마주쳤다. 예상했던 일이었다. 그녀가 들으란 듯 보안팀장에게 말했다.

"저 직원은 아주 유능하더군요. 불시에 테스트했지만 철저하게 전하에 대해 함구했습니다. 아주 좋습니다. 좋아요."

강 형사의 말과 그 말에 고개를 조아리는 팀장을 본 프런트 여직원은 허리를 쭉 펴며 정중하게 고개를 숙였다. 속으로 비웃음을 흘리며 팀장을 따라 주방으로 내려가는 강 형사는 후지와라의 이름 팔기를 정말 잘했다고 생각했다.

비서실장에게 전화로 한 말은 간단했다.

'전하께서 잃어버린 물건을 찾으러 왔다.'

하지만 이들의 반응은 생각 이상이었다. 후지와라는 가는 곳마다 돈을 뭉치로 뿌려댄 것이 분명했다.

PM 12:20

식당 옆 창고에는 바닥에서 천장까지 식자재가 가득 쌓여 있었다.

"그때도 이 정도 쌓여 있었습니다."

식용유가 가득 든 드럼통이 놓인 곳을 가리키며 보안팀장이 말했다. 애초부터 있지도 않은 일왕가의 반지가 거기에 있을 리 없지만, 찾겠다고 한 만큼 건성으로라도 찾는 시늉을 해야 했다.

"여기에 전하께서 억류되어 계셨다는 말입니까?"

일본대사관에서 나온 사람인 줄로만 철석같이 믿는 보안팀장은 행여 자신의 잘못으로 일본 관광객이 끊어질까 전전긍긍했다.

"죄송합니다. 저희 힘으로는 어쩔 수가……."

손을 들어 말을 막았다.

"그건 이미 알고 있습니다. 그럼 전하께서 여기서 나오신 후에 객실로 올라 가셨겠군요."

"아니 그러지 않으셨습니다."

"뭐요?"

갑작스레 올라간 눈에 팀장은 자신의 잘못이기나 한 듯 주눅든 목소리가 되었다.

"그게…… 수색에 참가하셨습니다."

"수색이요? 누구를 또 수색한단 말입니까?"

그것도 모르고 있었냐는 표정에 되려는 순간, 강 형사가 급히 말했다.

"전하의 모든 행적은 비밀입니다. 우리 대사관에서도 알 수 없습니다."

미심쩍은 눈빛이었다. 채찍이 필요했다.

"당일 전하께서 납치되셨던 불미스러운 일에 대해 본국에선 이곳의 보안을 거듭 문제 삼고 있습니다. 곧 실사단이 내한할 겁니다."

팀장의 얼굴이 당황한 기색으로 급속히 변했다. 당근도 필요했다.

"그리고 황가의 상징을 찾게 되면 팀장님이 백방으로 노력했다는 것을 내가 직접 본국과 이곳 이사장님께 말씀드리겠습니다."

우려의 얼굴이 펴지면서 팀장이 아무도 없는 데도 주위를 둘러보고는 낮은 목소리로 말했다.

"전하께서는 직접 사라진 자를 찾으셔야 한다며 나서셨습니다."

놀라운 일이었다. 납치되었던 자가 풀려나자마자 수색에 참가했다? 도대체 누구를 찾는데?

머릿속이 후끈 달아올랐다. 한국인이라면 찾아 나설 리 없고, 일본인이라면 그보다 높은 자가 당시 이곳에 누가 있단 말인가. 아니 비록 더 높은 자가 있었다고 해도 경호원들이나 나서는 일에 국가요인이 나선다는 것은 말도 안 됐다. 수행한 무관장이 절대 허락할 리 없었다.

"찾으셨습니까?"

"예, 그렇습니다."

"어떻게 아십니까?"

팀장은 엘리베이터에 달린 CCTV로 본 상황을 간략히 설명했다. 킬러의 총격에 후지와라가 몸을 날려 막았다는 말을 들자, 도대체 누구기에 그렇게까지 했는지 더욱 궁금해졌다.

"그가 누구입니까?"

"예?"

"전하께서 구출하신 자 말입니다."

"제가 말씀 안 드렸나요? 죄송합니다. 전 말씀드린 줄 알고 그만……."

다음 순간 보안팀장 입에서 나온 말에 강 형사는 그만 한 대 얻어맞은 듯 휘청거릴 뻔했다.

"예? 정말입니까? 분명한 겁니까?"

팀장이 틀림없다는 듯 고개까지 힘차게 끄덕이는 것이 거짓이 아닌 듯했다.

"그렇습니다. 며칠 전 TV에 나온 분이셔서 분명하게 기억합니다."

땅이 흔들리는 것 같은 충격이었다. 머릿속에 퍼즐들이 냄새를 풀풀 풍기며 날아다니기 시작했다.

한참 후에야 보안팀장이 자신을 계속 불렀다는 것을 깨달았다.

"저…… 괜찮으십니까?"

"괜찮습니다."

정신을 추스르며 말했다.

"그 방현진이란 한국 형사는 많이 다쳤습니까?"

팀장의 눈빛을 보고 '한국'이라는 점을 강조했다. 역시 보안팀장은 신출내기였다.

"기절한 상태였습니다. 왼팔에서 피가 많이 흘러 옷을 적셨습니다."

"그래서 병원으로 옮겼습니까?"

"아닙니다. 그건 나중입니다."

"예? 나중? 그게 무슨 말씀입입니까?"

팀장이 눈치를 보며 조심스럽게 말했다.

"전하의 침소인 23층 스위트룸으로 옮겼습니다. 전하께서 황공하옵게도 수행 의사를 급히 부르셨습니다."

너무 의외의 사실들이 연속으로 나타나 이젠 놀랍지도 않았다. 강 형사가 재차 물었다.

"그런데, 나중이란 말은 뭡니까?"

팀장은 눈에 띄게 불안해했다. 다시 다그치자 정말 해서는 안 되는 신성모독이나 되는 듯이 입을 열었다.

"그게…… 엘리베이터에서…… 쓰러진 채……."

눈알을 불안스럽게 굴리며 떠듬거리며 말에 강 형사는 가슴이 터져버릴 것만 같았다. 그러나 지금은 일본대사관 직원이라는 사실을 억지로 떠올리며 끓어오르는 것을 눌러버렸다.

"물론 그 형사가 그런 일을 당했다는 것은 외부에서 모르게 했지요?"

강 형사의 복잡한 표정을 다르게 이해한 보안팀장은 공범자의 미소를 지었다.

"물론입니다. 처음 발견한 스티븐 부부도 철저하게 함구시켰습니다."

결혼 30년 기념으로 관광을 온 미국인 부부를 어떻게 구워삶았는지 자랑스레 늘어놓는 것을 건성으로 끄덕이며 강 형사는 들끓는 머리를 가라앉히려 노력했다. 티 나지 않게 조심하며 말했다.

"그곳으로 갑시다."

"예?"

"구출했다던 장소 말입니다. 전하께서 그곳에 계셨다면 거기에 반지를 떨어뜨리셨을 수도 있지 않겠습니까?"

"아, 그렇지요. 황가의……."

"입 다무세요."

찔끔한 보안팀장은 창고를 나와 지하주차장으로 앞서 갔다.

지하주차장 곳곳을 지적하며 하나씩 설명하는 팀장의 말을 들으며 강 형사는 서둘러 복구한 총탄 흔적을 유심히 살폈다. 메우고 칠을 새로 했지만 미세한 티가 났다. 그래도 팀장이 가르쳐주지 않았다면 도저히 찾을 수 없을 것들이었다. 총탄 흔적의 위치와 각도를 고려해서 탄도의 방향을 머릿속에 그렸다.

이리저리 걸어 다니며 위치를 잡아보고 보폭을 세는 것을 팀장은 반지를 찾으려고 그러는 것이라고 편한 대로 생각했다. 팀장은 그날따라 이상하게 주차장 CCTV가 고장이 나서 제대로 작동하지 않았다는 말을 덧붙였다. 그래서 후지와라가 쓰러진 방 형사를 데리고 엘리베이터에 탄 이후에야 엘리베이터 CCTV로 볼 수 있었다고 했다.

한참을 조사했다. 기둥이 파손된 흔적으로 보아 저격용 라이플이 분명했다. 총격 흔적은 저격수가 충분히 살인할 수도 있는 위치를 점유하고 있었다는 것을 말해주었다. 결국 왼팔에 피가 흘렀다는 증언은 왼팔만 쏘았다는 말이었다. 사건 후 며칠 지났긴 하지만 TV에 나온 그녀의 모습은 다친 것 같아 보이지 않았다. 경상이란 말이었다.

머릿속에 시나리오가 몇 가지 떠올랐다.

강 형사는 여긴 없는 것 같다며 후지와라가 묵었던 스위트룸으로 가자고 했다.

팀장은 이미 몇 번 청소를 했기 때문에 반지 같은 것이 있었다면 벌써 나왔을 것이라고 말했다. 하지만 후지와라의 특이한 성격을 핑계로 특이한 곳에 두었을지도 모른다고 눈을 부릅뜬 협박으로 설득했다. 괜히 긁어 부스럼을 만들 필요는 없다고 생각한 팀장은 객실에 연락해서 확인을 하고는 마지못해 안내했다.

당혹스런 표정으로 강 형사는 스위트룸을 둘러보며 반지 찾는 연기를 한참 했다. 별다른 단서는 없었다. 초특급 호텔답게 깨끗하고 완벽하게 정리되어 있었다.

룸을 나와 문을 닫자마자 약간 다른 냄새가 강 형사의 코를 스쳤다. 복도 벽 쪽이었다. 벽으로 다가가 손으로 쓰다듬었다. 순간 표면에 미세한 돌기가 느껴졌다. 주의 깊게 살피지 않았으면 놓칠 뻔했다.

보안팀장은 놀란 표정이 되어 감추려고 했던 것이 아니라며 극구 변명했다. 사실 복도에서 있었던 총격 사건은 반지 찾기와 상관없는 일이라는 팀장의 말이 백번 옳았다. 하지만 속을 뒤집어 씹어 먹을 것처럼 변한 강 형사의 눈에 팀장은 더듬거리며 상황을 털어놓았다.

"CCTV 디스크는 보관하고 계시죠?"

법적으로 그래야 했다. 더욱 중요한 사건이 일어난 날이지 않은가.

하지만 팀장의 횡설수설하는 변명은 강 형사를 또다시 충격의 나락에 빠지게 했다.

"그게…… 모두 전하의 수행 팀에서 회수하셨습니다. 외부로 유출되면 안 된다고……."

자기 보신에만 급급한 이 무능한 자가 초특급 호텔의 보안담당이라는 것이 도저히 믿겨지지 않았다. 능력이 없으면 배알이라도 있어야 했다. 이 자는 이도저도 없었다.

강 형사의 변한 표정을 보고 팀장이 황급히 말을 덧붙였다.

"그래도 제가 그때 제일 먼저 현장으로 달려와 직접 확인했습니다. 그것을 말씀드리면 안 되겠습니까?"

달려오기 전에 CCTV로 본 영상까지 합해서 그가 최대한 자세하게 설명하려고 진땀을 뺐다.

방 형사가 팬티만 입은 알몸으로 피를 흘리며 두 명의 경호원을 쓰러뜨리고, 도주하려고 하는 몸부림이 눈앞에 펼쳐졌다. 피투성이로 쓰러진 채 엘리베이터에서 발견되었다는 말이 다시금 머리통을 꽉 쥐었다 놨다.

눈에서 불똥이 터져 나올 것 같았다. 손끝에 살기가 뻗쳤다. 후지와라가 눈앞에 있으면 확 달려들어 물어 뜯어버릴 것만 같았다.

로비로 돌아와 팀장을 조금 떨어뜨려 놓고 대사관에 전화하는 척하는 것으로 연기를 마쳤다. 그리고 굽실거리는 보안팀장을 뒤로 한 채 호텔 회전문을 나왔다.

강 형사의 가슴은 억울함과 답답함으로 미칠 지경이었다. 차갑고 사나운 고함이 정신을 온통 흔들어댔다. 저도 모르게 입술을 잘근잘근 씹었다. 입안엔 찝찌름한 분노의 맛이 그를 흥분시켰다.

너무나 힘들었을 그녀의 마음을 생각하면 가슴이 저미는 것 같았다.

낡은 엑셀에 시동을 거는 그의 머릿속엔 딱 한 가지 시나리오만 남았다. 그게 진실이었다.

함정이었다.

모든 것이 간교한 후지와라의 자작극이었다.

PM 03:40

엑셀이 신호등에 걸렸다. 건너편에 서울대병원 건물이 높이 보였다.

'후지와라 전하의 시종장께서 다른 곳은 연락하지 말고 종로경찰서에 말하라고 해서 그렇게 했습니다.'

워커힐 보안팀장이 말한 것이 사실이라면 현진이는 분명 서울대병원으로 실려갔을 것이다. 서장의 피곤해 보이는 얼굴이 떠올랐다. 서장은 알면서도 지금까지 함구했던 것이다.

또 다른 고민이 강 형사를 괴롭혔다. 아무리 생각해도 이해되지 않는 것이었다.

'왜 하필 현진이를…….'

방 형사는 한국인이고 후지와라는 일본인이었다. 후지와라는 여자만 보면 무작정 흥분하는 10대도 아니고, 사랑이란 열병에 들떠 무모하게 덤벼드는 20대도 아니었다. 도대체 언제 봤다고, 아니 도대체 무엇 때문에 이렇게 복잡한 술수를 부려가면서까지 결혼하려 드는지 알 수 없었다. 아무리 생각해도 부자연스러웠다.

'더구나 그는 일왕이 될 생각이잖아.'

억지스럽다는 생각이 떠나지 않았다. 자연스럽게 머릿속에 폭파된 세종로가 떠올랐다. 그것도 그랬다. 너무 과도하고 황당했다. 서걱거리는 기묘한 위화감이 들면 들수록 강 형사는 더 불안하고 초조해졌다. 저들은 결코 과도한 짓을 저지르지 않는다는 것을 알기 때문이었다. 자로 잰 듯 꼭 맞게, 정해진 대로 딱 그만큼만 움직이는 자들이라는 것을 너무나 잘 알기 때문이었다.

강 형사는 밑을 알 수 없는 수렁에 쑥쑥 빠져드는 느낌이었다.

신호가 바뀌었다. 강 형사는 액셀러레이터를 꽉 밟았다.

어렵지 않게 방 형사를 담당했던 간호사를 만날 수 있었다. 가냘픈 몸매에도 야무진 인상이 호감이 갔다. 강 형사가 내민 신분증의 사진과 얼굴을 번갈아 확인하고도 신분증에 적힌 그의 이름까지 되뇌어 보는 것이, 단순한 직업정신 이상의 투철한 사명감이 엿보였다.

"그렇게 의지가 강한 환자는 처음이었어요. 아파도 아프다는 티를 내지 않았어요. 보통 VIP실에 오는 분들은 그러지 않거든요. 꼭 친언니 같다는 느낌이 들게 대해줬어요."

그녀의 얼굴에 방 형사의 웃음이 살아나는 듯했다.

"언제 퇴원했죠?"

"입원한 날 저녁에 퇴원하셨어요."

의아스러워 하는 강 형사의 눈빛에 간호사가 답했다.

"누가 찾아왔거든요."

간호사의 미간이 살짝 어두워지는 것이 평범한 사람들이 아니라는 것을 알려줬다.

"찾아온 사람이 강제로 퇴원시켰나요?"

"아니요, 그렇지는 않았지만 그들과 함께 나가시겠다며 퇴원수속을 부탁하셨어요."

이어진 간호사의 묘사는 자세하고도 분명했다. 정부 기관원이 분명했다. 하지만 은밀하게 움직이는 기관은 자신이 아는 것만 해도 열 곳이 넘었다. 어디서 나왔는지 알고 찾아가도 발뺌할 것이 분명한데, 어디서 나왔는지도 모른다면 그야말로 한강 모래사장에서 바늘 찾기였다.

"신분을 밝히지는 않았고요?"

"환자분에게 신분증을 내미는 것을 보았어요."

절로 한숨이 나왔다. 한숨에 섞인 답답함을 느꼈는지 간호사가 혹시나 하는 얼굴이 되었다.

"그 전에 한 분이 더 찾아오시기는 했는데……."

"예?"

"누군지는 모르겠지만, 환자분과 아는 사이 같았어요."

"어떻게 생겼습니까?"

간호사는 나이에 비해 정말 명민했다. 그녀는 서장이 바로 눈앞에 서 있는 것처럼 묘사해냈다.

역시 서장은 모든 것을 다 알고 있었다. 그러면서도 복귀한 그를 철저히 외면했다. 분노가 끓어올랐다.

"무슨 말을 하던가요?"

"그건 모르겠어요. 나가라고 위압적으로 말씀해서 할 수 없이 병실을 나왔거든요."

이제 더 나올 것이 없어 보였다. 고맙다고 하고 돌아서는데, 간호사가 그를 불러 세웠다.

망설이는 듯한 표정으로 그녀가 우물거렸다. 흔들리는 눈빛이 주제넘게 나서는 것은 아닌가, 하는 것 같았다.

"괜찮으니까 뭐든지 말씀해주세요."

그래도 망설임의 갈등을 쉽게 끝내지 못하더니, 이윽고 간호사의 야무진 입이 열렸다.

"이런 말씀…… 어떨지 모르겠는데요, 그 환자분이…… 많이 울었어요. 그래서 결심이 바뀌었을지도 몰라요."

"예? 결심이 바뀌어요?"

간호사는 공연히 말을 꺼낸 것은 아닌가 하는 후회가 완전히 걷히지 않은 표정이었다.

"처음 혼자 오셨던 위압적인 분이 어두운 표정으로 돌아간 후, 한동안 숨죽인 울음소리가 흘러나와서…… 병실에 들어가지 못했거든요."

아무리 생각해도 서장을 만나봐야 할 것 같았다. 담판을 지어야겠다는 생각이 머릿속에 꽉 찼다.

"그런데 그 환자분…… 제가 들어갔더니 아무렇지도 않은 것처럼 저에게 '언니, 힘들죠? 이거 하나 먹어봐요' 하며 손님이 놓고 간 오렌지주스 캔을 내밀었어요. 제가 보기엔 캔을 든 그 손이 더 힘들어 보였는데 말이죠."

강 형사의 가슴이 얼얼해졌다.

"꼭 그 언니는…… 금방 죽을 것 같은 얼굴이었어요."

강 형사는 시큰한 마음을 진정시키며 그녀가 하려는 말을 기다렸다. 간호사는 한참을 더 마음속으로 저울질을 하는 듯했다.

"저도 봤어요. 그 언니가 일본 왕자와 결혼한다고 발표한 거요."

간호사의 표정이 진지하게 애원하듯 간절해졌다.

"하지만 그럴 리가 없어요. 아니 제가 틀렸을 수도 있지만, 아니 그럴 리 없어요."

망설이는 그녀의 표정만큼이나 강 형사의 마음이 아프게 무너지려 했다. 강 형사가 힘겹게 입을 열었다.

"왜 그럴 리가 없다는 거죠?"

"왜냐하면, 언니가 처음 여기로 실려와 정신이 깨어나기 전에 몇 번을 몸부림치며 간절하게 누군가를 불렀거든요."

"예?"

가냘픈 몸매의 간호사는 틀림없다는 야무진 눈빛으로 강 형사를 쳐다봤다.

"언니가 강 형사님, 바로 형사님을 부른 것 같아요."

충격이 적지 않았다. 그녀가 좀 전에 신분증의 이름과 얼굴을 거듭 확인하며 속으로 자꾸 되뇌던 이유를 비로소 깨달았다.

"그때 언니가 분명…… '강 선배'라고 불렀거든요."

PM 06:10

서장실의 공기는 불만 당기면 단박에 터질 듯이 팽팽했다. 맞은편에 앉은 강 형사를 바라보는 서장의 표정은 큰 시험을 앞둔 수험생 같았다. 하지만 언젠가 한 번은 맞부딪혀야 할 거라고 각오한 눈빛이었다.

강 형사의 입에서 감정을 억누른 목소리가 흘러나왔다.

"방 형사가 입원해 있을 때 병원에 가셨다면서요?"

서장은 말을 돌리지 않았다.

"그래, 내가 그랬네. 사표를 받으러 갔었네."

외교 분쟁이 일어날지도 모를 위급한 상황이라는 것을 알고 있었다. 서장의 행동이 잘못이라고만 할 수는 없었다. 그의 입장을 충분히 이해했다. 하지만 그런다고 원망스런 감정이 줄어드는 것은 아니었다.

"막으실 수 있었잖아요?"

"자넨 믿지 않겠지만 내 자리를 걸고 노력했다네."

눈빛에 진실이 묻어났다. 서장이 흔해빠진 관리들처럼 야비한 속물이 아니라는 것은 전에도 알고 있었다. 그래도 야속했다.

"꼭 병실에 가서, 깨어나자마자 그래야만 했어요?"

서장 얼굴의 주름살이 깊어졌다. 목소리는 침통했다.

"그 당시로는…… 그것이 최선이었네."

서장이 담배에 불을 붙여 물었다. 길게 한숨을 섞어 연기를 뿜어냈다.

어쩔 수 없다는 심정이 된 강 형사는 꺼내고 싶지 않은 말을 꺼냈다. 이런 말을 하는 자신이 어떻게 보일지 너무나 뻔했지만 어쩔 수 없었다.

"후지와라와 결혼하라고 하신 것도 서장님이십니까?"

서장은 흙탕물을 뒤집어쓴 것처럼 표정이 시커멓게 되더니 눈을 감았다.

"서장님이시냐고요?"

강 형사의 목소리가 높아졌다. 서장은 앉아서 10년의 나이를 한꺼번에 먹은 것 같이 되어버렸다.

"서장님! 서장님이 그러셨나구요? 서장님이 현진이에게 일본 놈에게 시집가라고 그랬냐고요? 예?”

서장의 감긴 눈꺼풀이 떨렸다. 작은 경련이 일어나듯 부르르 떨리며 눈을 떴다.

“아니다.”

진실이었다. 분명했다.

“그럼 누구에요? 누가 현진이를 일본 놈에게 시집가라고 윽박질렀어요? 예?”

자신이 생각해도 지금 이러는 짓이 너무 어린애 같았다. 하지만 격분한 감정을 주체할 수 없었다. 서장은 모든 것을 털어버린 듯한 목소리를 냈다.

“아무도, 그러지 않았다.”

“거짓말 마세요!”

서장이 천천히 담배를 비벼 껐다.

“그녀 스스로 선택한 것이다.”

“지금 그 말을 믿으라는 거예요? 그럴 리가 없어요. 없다고요! 누군가 현진이에게 강요했잖아요. 그게 누구에요? 예?”

서장은 다시 눈을 감아버렸다.

“서장님!”

자리에서 일어나 금방 달려들듯 악을 쓰는 강 형사를 향해 서장은 아무 말도 하지 않았다.

참담한 심정이 된 서장은 자신이 너무 오래 이 자리에 있었다는 생각이 들었다. 고함을 지르던 강 형사의 목소리가 들리지 않는 것 같았다. 천천히 눈을 떴다.

강 형사가 소파에 맥없이 풀어져 두 팔을 늘어뜨린 채 고개를 떨구고 있었다. 그 바닥 아래로 굵은 물방울이 소리 없이 떨어지는 것이 보였다.

문득, 서장은 옛날의 강 형사가 생각났다. 그 옆에서 장난을 치던 방 형사의 모습도 떠올랐다. 어울리지 않는 커플이었다. 처음 볼 때부터 그렇게 생각했다. 그래서 싫었다. 너무 방 형사가 아까웠다. 시원한 활력을 몰고 다니는 세련되고 예쁜 그녀가 너무나 아까웠다. 어떻게든 데려다가 조곤조곤 설득하고 싶었다. 그래서 강 형사 이놈이 미웠다. 껍질뿐인 폼을 잡으며 홀리는 알량한 야바위꾼 같았다. 준 것 없이 미웠다. 고까웠다.

이런 생각 위로 미국에 유학 가서 결혼한 딸과 사위 놈이 겹쳐져 나타났다. 서장은 자신을 볼 때마다 주눅들어 피하는 사위 놈이 좀 더 당당했으면 하는 마음이었다. 하지만 바뀌지 않았다. 그렇게 멀어졌다. 한국말이 서툰 손자 녀석이 방긋 웃으며 자신을 향해 작은 손을 내밀고 까르륵거리는 것도 이젠 볼 수 없었다. 모두 다 자신 탓이었다. 사위 놈이 그렇게 눈치를 보는 것이 다 부질없는 자신의 고집 때문이었다는 것을 이제라도 조금 알았으니 다행일 수도 있다. 하지만 너무 늦었다. 이미 많이 다른 길을 걸어왔기에 두 길이 다시 합해지기는 힘들었다. 3년 전 불쑥 바다 건너 소포로 날아온 딸, 사위, 손자의 행복한 사진은 미안함에 대한 작은 보답이었다. 그것을 책상 위 액자에 넣은 것은 후회할 일을 하지 말자는 자기 채찍이었다.

"국정원 기조실장을 찾아가 봐라."

떨어지던 물방울이 갑자기 멈추었다. 고개를 든 강 형사의 얼굴은 정말 그놈마냥 볼품없었다. 그래도…… 자식이다. 못날수록 더 가슴 아픈 자식이다.

"백성연 실장이 방 형사의 어머니다."

충격 받은 그의 표정에 서장은 천천히 일어나 몸을 돌려 창문 앞에 섰다. 경찰서 마당이 시원히 내려다 보였다.

서장은 생각했다. 내가 해 줄 수 있는 것은 여기까지라고. 그리고 또 생각했다. 너도 이기라고, 반드시 꼭 이기라고. 맨손으로 이민 가 자그만 기업을 일군 가난뱅이 그놈처럼…… 너도 분명 잘할 수 있을 거라고……. 그렇게 마음속으로 응원해 주었다.

PM 10:10

국가정보원 백성연 기획조정실장에 대해서는 관료 사회의 움직임에 둔감한 강 형사조차도 들은 바가 있었다. 하지만 그 흡혈마녀가 방 형사의 모친일 거라고는 꿈에도 생각지 못했다.

국정원을 향하는 강 형사의 마음은 복잡하고 착잡했다. 방 형사가 여고생일 때, 그의 집에 과외하러 드나들면서도 그의 부모를 한 번도 만난 적이 없었다. 아버지들은 보통 바쁘기도 하고 집에 있어도 일부러 피하기 때문에 만나는 경우가 거의 없지만, 어머니마저 한 번도 만나지 못한 것은 정말 특별한 경우였다.

아랫사람을 혹사시켜 쓰러지게 하는 것에서 삶의 의미와 쾌락을 느낀다는 소문이 파다한 흡혈마녀의 집을 그렇게 겁 없이 드나들었다는 생각에 묘한 느낌이 들었다. 하지만 곧 거품은 빠졌다.

자신은 그녀를 몰랐지만, 그녀는 자신을 너무나도 잘 알고 있었을 것이 틀림없다. 하나부터 열까지 속속들이 파헤쳐 알고 있을 것이었다. 그녀는 이 나라 음지에서 양지의 일을 기획하고 관리하고 조정하는 기관의 실질적 지배자였다. 정해진 룰에서 벗어난다면 비록 자신이라도 용서치 않고 제 목을 칠 거라 말할 정도니, 흡혈마녀란 이름이 공연한 허풍만은 아닐 것이다.

지금 그녀를 만나러 가고 있다. 그녀의 룰에서 벗어난 딸 문제로, 그 딸을 악의 구렁텅이로 끌어들인 그 원흉이 말이다.

강 형사는 엑셀이 국정원에 가까워질수록 떨리는 가슴을 점점 더 진정시키기 어려워졌다.

신분증과 방문 이유를 말하자 정문은 의외로 쉽게 열렸다. 그게 더 불안했다. 서장처럼 그녀 역시 그를 기다리고 있는 것 같았다. 순간 그녀의 얼굴도 모른다는 너무 당연하지만 단순한 사실에 경악했다. 어리석게도 아무 준비 없이 덤벼든 자신의 무모함에 화가 날 지경이었다.

안내되어 사무실 안에 들어서고 뒤로 문이 닫히자, 밀려든 감정은 솔직히 말해 존경심이었다. 시간은 가파르게 한밤중으로 치닫고 있었다. 하지만 백 실장의 해는 여전히 중천에 떠 있었다.

백성연 실장은 부하들의 피만 빨아 먹는 마녀가 아니었다. 그 전에 먼저 고군분투하며 자신의 피를 흘리는 진정한 리더였다. 책상 양쪽으로 수북이 높게 쌓인 서류와 책들 사이에서 고개를 든 그녀를 보는 순간, 그런 사실을 온몸으로 깨달았다. 그녀는 일어서며 소파로 손을 가리키고는 먼저 앉았다. 목소리는 또렷하고 말은 빨랐다.

"강 형사님, 찾아오신 목적이 무엇입니까?"

일개 형사가 평생 가야 만날 가능성이 거의 없는 고위 관료가 이렇게까지 단도직입적인 어투를 쓰자, 어떻게 답해야 할지 순간적으로 말이 막혔다.

"전임 반장 방현진 때문에 오신 거라면 알려드릴 것이 없습니다."

두 번은 없다는 듯한 단정적인 어투였다. 소문이 아니더라도, 그 말투는 한 번 한 말은 절대 번복하지 않는 그녀의 성격을 분명히 보여주었다.

"그 일 때문이 아니라면 말씀하시고, 그 일 때문이라면 그만 돌아가 주시죠."

"그 일 때문에 왔습니다."

"그럼 돌아가 주시죠."

말을 마치기 무섭게 실장이 자리에서 일어나 다시 책상 쪽으로 가려 했다. 이대로 밀리면 찾아온 보람이 없었다. 어렵게 말해준 서장의 고뇌도 물거품이 되는 거였다.

"왜 후지와라에게 시집가라고 하셨습니까?"

벌써 반쯤 책상 앞으로 돌아가던 그녀가 발걸음을 딱 멈췄다.

국정원 실장이라는 것과 그녀의 모친이라는 것으로 넘겨짚은 것이었는데, 정곡을 찌른 것 같았다.

"무슨 말씀이시죠?"

돌아서서 쏘아보는 실장의 눈빛에 온몸이 얼어붙는 듯했다. 하지만 허를 찔린 통증이 느껴졌다.

"누가 그러던가요?"

정면충돌은 절대 승산이 없었다.

"시집가려면 어머니와 상의하지 않겠습니까. 그게 도리 아닌가요?"

"허! 지금 도리라고 하셨나요, 강 형사님?"

실장의 얼굴에 조롱하는 비웃음이 퍼지며 눈빛이 매서워졌다.

"그렇게 도리를 잘 지키는 자라면 가출 같은 것을 했을 리 없죠. 어디서 굴러먹다 온 뼈다귀인지도 모르는 작자를 따라서 말이죠."

경멸하는 눈빛이 가슴 한쪽을 사납게 할퀴었지만 이 정도는 각오했던 일이었다.

"그래서 그 뼈다귀에게서 뺏은 겁니까?"

"국문과 석사를 하셨다더니 비유만 늘어놓으시는군요. 좋아요. 뼈다귀에게서 뺏은 것이 아니라, 물고 있던 뼈다귀를 뱉어 버리고 살코기를 물라고 했다면 답이 될까요?"

내용보다도 표현이었다. 말이 말을 먹는 법이었다. 실장의 심한 비유에 말을 한다는 것이 그만 그녀를 찌르고야 말았다.

"아무리 비유라지만 딸을 놓고 뱉는다 문다 하시는 것은 너무……."

변하는 그녀의 얼굴을 보고 아차 싶었지만, 이미 늦어버렸다.

"닥치지 못해!"

실장의 목소리가 그녀의 표정만큼이나 심각해졌다.

"네깟 놈이 뭔데 참견이야! 무얼 안다고 나불거리는 거야!"

울그락불그락 홍분한 실장이 비로소 사람처럼 보였다. 하지만 그녀의 말은 뼈아팠다.

"네놈 때문에 우리 현진이가 그렇게 된 거야. 네놈이 나타나 그렇게 됐다고! 네놈이 모든 것을 다 망쳐 버렸다고! 그걸 알기나 해?"

강 형사는 자신의 처지를 떠올렸다.

집안은 콩가루였다. 앞으로도 그럴 것이다. 자신이 내세울 거라곤 석사라는 알량한 종이 조각 하나뿐, 앞으로의 꿈도 희망도 이상도 계획도 불투명했다. 아니, 없었다. 자신이 백 실장이라도 절대 자신 같은 놈과 딸이 어울리게 내버려두지 않을 것이다. 아니, 달려들어 따귀라도 갈겨줄 것이다.

"네놈이 진정 현진이를 위한다면, 알아서 사라져 줬어야 했어. 알아?

그런데, 지금 네놈이 나에게 뭐가 어쩌고 어째!"

한마디도 할 수 없었다. 그녀의 말은 하나도 그른 것이 없었다. 모두 다 옳았다.

눈앞에 알량한 지식을 우쭐대며 떠들어대는 자신의 옛 모습이 나타났다.

'제 앞가림 하나 제대로 못하는 주제에 도대체 누구를 가르친다고 우쭐댔단 말인가?'

부끄러움에 온몸이 와들와들 떨렸다. 지울 수만 있으면 지워버리고 없앨 수만 있다면 없애버리고 싶었다.

"왜 후지와라에게 시집보냈냐고? 내가 후지와라에게 시집보내든 지나가는 거지에게 보내든 네가 뭔데 참견이야?"

그녀의 집어삼킬 듯한 눈을 더 이상 제대로 쳐다볼 수 없었다.

"지금 네놈이 후지와라보다 더 낫다고 생각하고 그따위 소릴 해대는 거냐?"

고개가 무거워졌다.

"왜 말 못해? 왜? 그 잘난 입으로 말 좀 해보지, 왜 말을 못해?"

숙여진 그의 머리 위로 분을 삭이는 소리와 함께 날카로운 한마디가 날아왔다.

"꺼져!"

낮지만 단호한 목소리가 거친 숨소리에 섞여 들렸다.

"다시는 내 눈앞에 나타나지 마. 다시 만나는 다음번엔 내 손으로 네놈 목을 갈기갈기 찢어놓을 테니까. 알았어?"

아무 말도 하지 못했다. 그녀의 얼굴은커녕 그녀가 서 있는 쪽으로 고개를 돌릴 용기도 없었다. 일어나 나가려고 사무실 문을 잡고 돌리려는 때였다.

작심한 듯한 매서운 말이 그의 등에 와 꽂혔다.

"네놈을 감옥에서 꺼내주겠냐고 했다."

낮게 으르렁거리는 목소리가 그의 심장을 불안하게 주물러 놨다. 꿀렁거리는 심장은 다음에 이어질 말이 무엇인지 알 것 같다며 급하게 요동쳤다. 머리는 실장의 말이 거짓말이라고 외쳤지만 심장은 터질 듯이 쿵쾅거렸다.

"그러면……"

강 형사는 그녀의 입을 막을 수만 있다면 목숨이라도 내놓겠다고 하늘에 맹세했다. 하지만 하늘은 그의 편이 아니었다.

"……후지와라에게 가겠다고 했다."

경멸에 찬 비웃음이 차가운 송곳이 되어 매섭게 날아왔다. 그리고 가슴에 야멸치게 박혔다.

"모든 게 다 네놈 때문이다."

2006. 06. 24. 토.

AM 09:30

강 형사는 식판을 들고 반도 먹지 않은 음식을 잔반통에 쏟아버렸다. 밤새 뜬눈으로 보낸 피곤이 몸에 덕지덕지 끼었다. 모든 것이 자신 때문이라는 백성연 실장의 쨍쨍한 목소리가 아직도 귓가에 윙윙거렸다. 자신이 풀려난 이유를 그렇게 직접적으로 말해준 사람은 백 실장뿐이었다. 그녀의 말이 틀린 말은 아니지만 꼭 옳은 말도 아니었다. 세종로를 날려버린 이유가 겨우 방 형사의 결혼이 목적이라는 것은 얼토당토않았다.

뭔가 더 큰 것이 있다. 분명 더 큰 더럽고 추잡한 거래가 있었다. 세종로를 쑥대밭으로 만들어도 괜찮을 만큼 엄청난 것이……. 후지와라의 결혼은 시작일 뿐이다.

그의 직감은 그렇게 말했다.

'그런데 왜 하필 현진이지?'

알 수 없었다. 그리고 더 이상 자신이 할 수 있는 것도 없었다. 무력감과 죄책감이 뒤섞인 복잡한 마음이 온몸을 아프게 눌러댔다.

지하에 있는 구내식당을 나와 경찰서 로비를 지나던 강 형사는 습관적으로 현관문에 눈길을 주다가 멈칫했다. 햇살이 부딪쳐 눈부시게 빛나는 여자가 미소를 지으며 서 있었다. 천천히 그를 향해 다가온 그녀가 말했다.

"차 한 잔 하실래요?"

취조실에서 들었던 목소리와는 완전히 다른 톤이었다. 정복 대신 사복을 입은 것도 그랬다. 강 형사는 바짝 긴장했다. 절대 목적 없이 나타날 여자도, 이유 없이 차를 마시자고 할 여자도 아니기 때문이었다.

윤 소령의 야릇한 미소에 강 형사는 마음이 불안해졌다.

인사동 후미진 곳에 있는 전통찻집 '고목나무' 안은 어두웠다. 통나무를 잘라 만든 의자도 칙칙했다. 달기만 한 대추차가 대표메뉴로 좋은 점은 사람들이 없다는 거였다. 망하지 않는 것이 신기했다.

주문한 차가 나오기까지 마주 앉은 둘은 그냥 바라보기만 했다. 아직 말을 트지 않은 어색한 연인 사이처럼 시큰둥함을 가장한 탐색전이었다. 이윽고 생강차와 대추차가 차려졌지만 크게 나아지지 않았다. 더이상 별로 잃을 것이 없는 강 형사가 포기한 맘으로 먼저 입을 열었다.

"오늘은 정복이 아니시네요. 휴가세요?"

군복을 벗은 윤 소령은 정말 예뻤다. 하지만 목소리는 나긋나긋하지 않았다.

"저는 항상 근무 중입니다. 잘 때는 잠옷이 근무복이죠."

딱딱한 대답이 경찰서 로비에서 야릇하게 웃던 미소와 너무 달랐다. 어려운 여자였다. 약간 기분이 가라앉았다.

"아직도 제가 세종로를 폭파시켰다고 생각하십니까?"

풀려나지 않고 그대로 있었다면, 지금쯤 일본 왕족과 친일우익인사를 노린 희대의 폭탄테러범으로 기소되었을 것이다. 학생 때 전력을 뻥튀기하면 그럭저럭 무리 없이 먹힐 설명이었다. 애꿎은 신영전기 고 사장이 감옥에 가는 쇼를 벌이지 않아도 되었을 것이다. 그것은 윤 소령도 아는 사실이었다.

"아니요. 용의자이긴 해도 범인이라고는 생각지 않습니다."

끝까지 용의자란 말을 버리지 않았다. 국민들에게는 세종로테러가 끝났겠지만 윤 소령에게는 아직도 진행 중이었다. 그는 대추차를 한 모금 마시고 물었다.

"그럼, 풀려난 다음에도 저를 감시하셨나요?"

"물론입니다."

당연하다는 말투에 강 형사는 조금 당황했다.

"왜요? 범인이 아니라면서요."

윤 소령의 눈빛이 진지해졌다.

"사라진 C4를 찾아야 하니까요."

폭약을 다 회수하지 못 했다는 것은 그도 알고 있었다.

"그럼 왜 저를 풀어준 겁니까? 졸졸 따라다니다가 폭약을 가지고 펑 터뜨릴 때 확 잡으려고요?"

"대충은요."

"예?"

"강 형사님이 풀려난 것은 영풍문고와 코엑스에 폭탄이 발견되었기 때문이에요. 그 두 곳에서 발견된 폭탄의 범인이 아니었거든요."

대강은 알고 있었다. 하지만 정말 궁색한 변명이었다.

"제 공범의 소행일 수도 있잖아요? 또, 살해당한 안 중사 건과 역삼동 임수연 건은 어떡하고요? 마약도 있었잖아요."

소령은 미묘한 표정으로 미소를 지었다. 그건 자신도 그렇게 생각한다는 동의이면서 더 이상 말할 수 없다는 무언의 대답이었다. 그녀보다 더 높은 곳에서 모든 것이 결정되어 내려왔다는 의미였다.

강 형사가 풀려나서 지금까지 이해할 수 없는 것이 바로 그것이었다. 풀어줄 필요가 없는 용의자를 풀어주었다는 점이다. 폭탄 건은 접어두고라도 웬만하면 안 중사 건과 임수연 건으로 잡아두는 것이 여러 면에서 이로웠다. 나중에 필요하면 이렇게 저렇게 요리할 수 있을 텐데도 그렇게 하지 않고 그냥 무혐의로 풀어주었다. 게다가 복귀까지 시켰다. 대체 얼마나 어마어마한 자이기에 온 나라가 주목하고 있는 세종로테러 사건의 용의자를 풀어준단 말인가. 그리고 대체 그자는 왜 자신을 보호하는지 그것이 궁금했다.

"그러니까 제가 범인이 아니란 말인 거죠?"

윤 소령이 또렷한 목소리로 답했다.

"예."

"그럼, 저희 집에 있던 폭약이 저와 아무 상관없다는 것도 아시겠네요?"

"예."

"그러면 저를 따라다녀도 폭약은 나오지 않는다는 것도 아시겠군요?"

"그건 조금 다릅니다."

"예?"

도무지 종잡을 수 없는 여자였다. 윤 소령의 눈빛이 반짝였다.

"범인이 강 형사님을 찍었으니까요."

"그게 무슨……?"

"왜 하필 강 형사님 집에 폭약을 가져다 놓았을까요? 당연히 강 형사님을 곤경에 처하게 하려고 그런 거죠. 그렇다면 왜 하필 강 형사님을 곤경에 빠뜨렸을까요?"

소령의 표정이 재미있다는 듯 변했다. 강 형사는 하나도 재미없었다.

"결론은 간단해요. 뭔지 몰라도 범인과 형사님이 서로 긴밀하게 연결되어 있다는 것, 바로 그거죠."

대화가 잠시 끊어졌다. 생강차를 들고 천천히 향을 음미하듯 마시는 윤 소령의 모습은 여느 아가씨와 하나도 다르지 않았다. 인정하고 싶지는 않지만 그녀는 아름다웠다. 가슴이 설렐 정도였다. 하지만 입을 열면 아니었다.

"그래서 강 형사님과 거래를 하려고요?"

"거래요?"

뭐냐는 듯한 강 형사의 눈빛을 윤 소령은 사무적인 말투로 답했다.

"연세대사건에 대해 알려주세요."

"예?"

느닷없는 말이었다.

"그게 무슨 말씀이세요? 그리고 연세대사건은 이미 서대……"

윤 소령이 말허리를 잘랐다.

"알아요. 서대문경찰서로 이관되었죠. 하지만 저보다는 쉽게 접근하실 수 있잖아요. 어쨌든 강 형사님은 강력8반이니까요."

경찰 소관의 사건에 군인인 그녀가 끼어드는 것은 불가능했다. 억지로 접근했다가는 큰 문제로 비화될 수도 있었다. 반면, 공중분해가 되기는 했지만 그는 아직 강력8반이었다. 그건 어떤 사건이든 참견할 수 있다는 말이기도 했다.

하지만 문제는 정작 그것이 아니었다.

"왜 연세대사건이 궁금하세요? 세종로테러와는 아무 관련 없잖아요?"

윤 소령이 코웃음을 쳤다.

"어떻게 그렇게 확신하시죠?"

"예?"

그녀는 가슴속까지 서늘해질 것 같은 눈빛을 쏘아냈다.

"놈들은 왜 세종로를 폭파시켰을까요?"

그건 그도 궁금한 바였다.

방 형사를 제 여자로 만들기 위해 함정을 파고 능란한 연기를 펼친 워커힐의 자작극은 후지와라의 짓이 틀림없다. 하지만 세종로테러는 다른 문제다. 세종로를 폭파시키지 않고도 그 자작극은 얼마든지 만들어낼 수 있었다. 정말 후지와라의 말처럼 세종로테러는 후지와라를 향한 것일 수도 있다. 아니면 전혀 다른 테러집단에 의한 도발일 수도 있다. 하지만 C4가 수유리 집에 있었다는 것은 세종로테러가 자신을 향하고 있다는 의미였다. 도무지 알 수 없었다.

윤 소령이 그의 마음을 헤아린 듯 말했다.

"테러 이후 범인들의 어떤 요구사항도 없었어요. 자신들이 했다고 주장하는 자들도 없었고요. 결과를 놓고 보면 강 형사님이 잡혀 들어간 일밖에 없었어요. 그것도 무척 공을 들여 잡아넣으려 했지요. 그렇다면 세종로테러의 목표는 분명 강 형사님인데, 강 형사님이 그렇게 대단하신 분이세요?"

대답하기 어려운 질문이었다.

"좋아요, 일단 그렇다고 쳐요. 사건을 정리해 보죠. 강 형사님을 미워하는 자들이 있어요. 그들은 콤포지션 C4를 빼돌려 세종로를 폭파시키고 형사님에게 죄를 뒤집어씌웠어요. 결국 그렇게 잡혔고요. 그런데 형사님은 영풍문고와 코엑스 폭탄 사건으로 너무 쉽게 풀려나 버렸어요. 불쌍한 안 중사와 임수연 문제는 그냥 덮어져 버렸죠. 그런데 정작 문제는 그게 아니라 지금까지 죽 잠잠한 거예요."

"예?"

"세종로를 폭파시킬 정도로 엄청난 짓을 계획하고 저지른 자들이 영풍문고와 코엑스의 어설픈 폭탄으로 풀려난 강 형사님을 왜 지금까지 그냥 놔둘까요? 저라면 으슥한 뒷골목에서 총이라도 쏘겠는데요."

멍했다. 전혀 생각지 못했던 거였다.

"아무래도 뭔가 다른 이유가 있지 않겠어요?"

"그게 무슨……."

"방 형사님이 후지와라와 결혼하게 된 것도 하나의 이유겠지요."

탐색하듯 살펴보는 윤 소령의 눈빛이 불편했다. 계속 따라다녔다는 그녀의 말대로 이미 자신이 국정원에 갔었던 것을 알고 있는 눈빛이었다.

"하지만 그게 전부 같지는 않아요. 그 결혼이 목적이었다면 호들갑스럽게 세종로를 들쑤시지 않고도 충분히 이룰 수 있었거든요."

강 형사가 조금 전에 생각했던 것과 같은 이유를 들어 설명했다. 역시 놀라운 여자였다. 그녀는 한발 더 나갔다.

"생각해 보면 처음부터 세종로테러는 강 형사님과 방 형사님을 목표로 하고 있었던 것 같아요. 한 명은 잡아넣고 한 명은 일본으로 건너가고. 왜 그래야 하는지는 아시죠, 강 형사님?"

알았다. 상황이 이렇게 돌아가지 않았다면 결코 우리는 헤어지지 않았을 것이다.

"중요한 것은 이거예요. 둘이 목표이기는 하지만 둘 다 필요한 것은 아닌 거죠."

불편한 뭔가를 찌르는 느낌이 들었다.

"둘 다 필요했다면 둘을 굳이 떼어놓을 필요가 없죠. 둘 다 잡아넣든지 둘 다 데려가면 그만이니까요."

윤 소령이 차갑게 웃으며 아직도 모르겠냐는 표정을 지었다.

"그러니까 목표는 강 형사님이 아니라 방 형사님이란 얘기죠."

강 형사는 머리가 조금 밝아졌다. 하지만 석연치 않았다.

"그럼 소령님 말씀은 방 형사를 데려가기 위해 세종로를 불바다로 만들면서까지 나를 떼어놓으려 했다는 말이세요? 제가 그렇게 대단한 인물인가요?"

윤 소령이 씩 웃었다.

"알긴 하시는군요. 맞아요. 너무 번잡스럽죠. 그냥 쏴 죽이면 간단할 것을 복잡하게 세종로를 폭파시키고 또 공들여 강 형사님을 쫓았으니 말이죠."

막상 그녀의 입에서 나오는 말을 들으니 기분이 묘했다. 하지만 윤 소령의 눈빛이 예사롭지 않게 빛났다.

"그래서 연세대사건을 제가 알아야 한다는 거예요."

엉뚱한 소리로 들렸지만 윤 소령은 전혀 그런 표정이 아니었다. 목소리에 조금도 흐트러짐이 없었다.

"아직 제대로 된 시나리오는 모르지만, 정리하면 대충 이래요. 세종로 테러로 강 형사님을 잡아넣고 방 형사님을 데려가는 것이 애초 목적 같아요. 그런데 엉뚱하게도 영풍문고와 코엑스 폭탄이 끼어들어 석연치 않게 강 형사님이 풀려나죠. 그런데도 별일 없이 잠잠하게 지나가고 있죠. 물론 이미 방 형사님이 떠나게 되었으니 목적이 달성되어 그럴 수도 있지요. 하지만 전 그렇게 생각지 않아요."

강 형사는 묵묵히 그녀의 생각을 들었다.

"왜냐하면 방 형사님이 순순히 후지와라와 결혼하지는 않았을 테니까요. 물론 모친이신 국정원 백 실장께서 설득했겠지만 오랫동안 틀어진 모녀관계인데 그렇게 쉽게 동의했을 리 없죠."

정말 그녀는 모르는 게 없었다. 사람들이 그녀를 진실 사냥꾼이라고 부른다는 것이 떠올랐다.

"그건 강 형사님을 풀어주겠으니 후지와라와 결혼하라는 옵션을 던져도 마찬가지였다고 생각해요."

아픈 곳이었다.

"백 실장 정도라면 충분히 강 형사님을 풀어주겠지만, 그러고 싶지 않겠지요. 강 형사님을 씹어 먹고 싶을 정도로 미워하시니까요. 또 풀어줘도 결혼식이 끝난 후로 미뤄도 되는데 즉각적으로 풀어줬어요. 그건 결국 백 실장님의 입김이 아니란 뜻이죠. 무엇보다도 영풍문고와 코엑스의 폭탄을 백 실장님이 설치했을 리는 없죠. 다른 누가 끼어들었다는 말이고, 그 누구는 강 형사님에게 우호적인 인물인 거죠. 아직 누군지는 몰라도."

윤 소령은 아픈 곳을 싸매주는 쪽으로 얘기했다.

"자, 그렇다면 뭐 때문에 방 형사님은 후지와라와 결혼할 생각이실까요? 설마 후지와라의 매력에 빠지신 것일까요?"

윤 소령이 심술궂은 표정으로 놀렸다.

"이유는 결국 연세대사건에 있겠죠. 방 형사님이 마지막으로 맡으신 사건이니까요."

윤 소령은 확신에 찬 어조였지만 강 형사는 그렇지 않다는 것을 알았다. 워커힐 호텔에서 알몸의 방 형사가 총을 쏘았다는 것을 알기 때문이었다. 방 형사가 후지와라와 결혼을 택한 이유는 워커힐 호텔의 CCTV 영상이 나갈 경우 불어닥칠 한일 간의 외교분쟁을 몸으로 막으려는 거였다. 정작 문제는 후지와라가 왜 하필 방 형사를 파트너로 택했는지였다.

강 형사는 이런 생각을 윤 소령에게 할까 망설였지만 말하지 않기로 했다. 끝없이 사실을 모으고 진실을 추적하는 그녀가 두려웠다.

"그건 바로 연세대사건이죠."

잠시 딴 생각을 하느라 윤 소령의 말을 듣지 못했다.

"예?"

"강 형사님이 풀려난 이유가 연세대사건 때문이라고요. 영풍문고와 코엑스의 폭탄 때문이 아니고요. 지금까지 아무 탈 없이 몸 성하게 계신 것도 다 그 때문이라고요."

"어떻게 그런 생각을……."

단호하게 말을 가로챘다.

"너무 전격적이니까요."

"제가 풀려난 것이 전격적이라고요?"

"물론 그것도 그래요. 하지만 더 전격적인 것은 매일 죽어나가던 자들이 딱 끊긴 거죠."

"예?"

강 형사는 순식간에 그녀가 하려는 말의 의도를 이해했다. 윤 소령이 연세대사건에 관심을 갖는 이유를 비로소 깨달았다.

"형사님이 풀려나오자마자 죽어나가던 사람들이 더 이상 죽지 않았어요. 꼭 짠 것처럼 연쇄살인이 멈췄어요."

윤 소령은 낯빛이 변한 강 형사를 차근차근 뜯어보며 말했다.

"세종로를 폭파시키는 엄청난 짓을 벌여서 형사님을 잡아넣었던 자들도 꼼짝하지 못할 정도로 강력한 그 뭔가가 바로 이 연세대사건에 있다고요."

그녀가 인삼차를 천천히 한 모금 마셨다. 잔을 내려놓으며 강 형사를 살피듯이 보았다.

"세종로를 폭파시키고 방 형사님을 잡아간 놈들도 꼼짝 못할 그 뭔가가 거기 있다면 놈들을 잡을 단서도 분명 거기 있지 않겠어요? 방 형사님은 바로 그걸 건드린 거라고요."

방 형사가 결혼을 결심한 이유는 틀렸지만 방향은 맞았다. 강 형사는 비로소 연세대사건에 대해 흥미가 생겼다. 그의 표정이 변하는 것을 보고 윤 소령이 말했다.

"그래서 형사님에게 거래를 제안하는 거예요."

강 형사가 어렵게 입을 열었다.

"그럼 저보고……."

"그래요. 제가 접근할 수 없는 연세대사건에 대해 알아봐 주세요. 그리고 저에게 모든 것을 알려주세요."

강 형사는 묵묵히 생각했다.

윤 소령의 추론은 십중이 반이었다. 세종로테러와 연세대사건이 어떻게 얽히는지는 불분명했다. 하지만 그녀의 말대로 자신이 세종로테러로 잡혔다가 연세대사건으로 풀려난 것이라면, 그리고 지금까지 잠잠한 것이 연세대사건 때문이라면, 분명 이 사건들 중심에 자신이 있다는 것은 옳은 지적이었다. 어떻든 자신이 잡혔다가 풀려난 것만큼은 틀림없는 사실이었다.

강 형사도 자신을 '왜 잡아넣었을까' 만큼이나 '왜 풀어줬을까'가 궁금했다. 알아야 했다. 연세대사건을 파헤쳐 봐야 했다. 물론 다른 이유도 하나 더 있다. 방 형사를 압박해 결혼을 시키려는 놈들의 저의는 잘 모르겠지만, 그 짓거리를 막을 방법이 윤 소령의 말처럼 연세대사건 안에 있는 거였다. 그렇다면 절대 이대로 물러설 수는 없었다. 이제 방향이 생긴 거였다. 놈들을 쫓아 목을 조를…….

"좋습니다. 그렇게 하죠. 그렇다면 소령님은 제게 무엇을 주실 건가요?"

강 형사는 윤 소령이 거래라고 했던 말을 상기시켰다. 윤 소령이 준비했다는 듯 답했다.

"세종로사건에 대한 모든 것을 말씀드리지요."

강 형사가 피식거렸다.

"그건 당연한 거고요. 세종로테러와 연세대사건이 연관 있다면 당연히 제가 알아야 연세대사건을 제대로 파헤치죠. 제게는 다른 것을 주셔야 할 것 같은데요."

윤 소령이 살짝 어깨를 움츠리더니 좋다는 듯 입을 열었다.

"그럼 형사님 소원을 하나 들어드리죠."

유치한 말에 코웃음 칠 뻔했다. 하지만 그의 눈앞에 합의하자며 손을 내민 그녀의 얼굴은 진지했다. 게다가 처지를 감안하면 자신이 윤 소령보다 결코 유리한 입장이 아니었다.

강 형사는 윤 소령의 손을 잡았다.

"좋습니다."

이렇게 둘은 같은 배를 탔다. 하지만 둘이 바라보는 방향이 같을 수는 없었다.

2006. 06. 26. 월.

AM 11:40

며칠을 윤 소령이 말한 것들을 확인하는 데 보냈다. 하나씩 확인할수록 그녀의 말이 옳다는 것을 인정하지 않을 수 없었다.

확실히 연세대사건은 이상했다.

자신이 기무사 안가에 잡혀 있을 때 일어난 일이었고, 경찰서로 복귀했을 때는 이미 서대문경찰서로 이관된 후였다. 구린 냄새는 제대로 수사가 진행 중인 사건이 서대문경찰서로 이관되어 버린 것부터였다. 이유는 사건을 맡았던 강력8반 반장이 돌연 사임했기 때문이었다. 물론 그 사임은 다른 이유에서였지만, 종로경찰서에서 맡지 않은 것은 이상한 일이었다. 방 형사를 도와 임시로 일했던 강력1반 양 형사의 말을 들으면 더 냄새가 났다.

엄청난 인물들이 죽어나간 것이다. 전직 장관에 3선, 4선 의원들이 죽어나가는데도 언론은 완전히 침묵이었다. 아무 기사도 없었다. 연세대에서 시체가 발견되었다는 기사조차 없었다. 살인사건과 죽음은 조서에만 있었고, 그 조서마저 서대문경찰서로 다 가버린 상황이었다. 온 나라가 질기고 두꺼운 검은 천을 뒤집어쓰고 있는 것 같았다. 누군가 천을 뒤집어씌운 거였다.

어떻든 사건에 접근하기 위해서는 초동수사 보고서부터 봐야 했다.

서대문경찰서로 향하는 엑셀 안에서 운전대를 꽉 부여잡은 강 형사는 미친 듯이 입술을 씹어대고 있었다.

PM 02:30

서대문경찰서 강력2반 김경중 반장을 만나는 순간 정신이 번쩍 들었다.

"니가 뭔데 여기 와서 지랄이야!"

사무실 안에 모든 형사들이 다 그를 쳐다봤다. 주변의 형사들이 오히려 무안해 할 지경이었다.

"그냥 묻는 것도 안 되는 거요?"

"꺼져!"

김 반장은 징그런 벌레를 씹은 표정이었다.

"여긴 내 관할이야, 꺼지라고!"

조금만 더 말하면 당장 달려들어 한 대 후려칠 것 같은 기세였다.

"바빠 죽겠는 거 안 보여? 나가! 나가라구 임마!"

신경질적인 성깔에 목소리마저 갈라졌다. 심했다. 하지만 어쩔 수 없었다. 맥쩍게 돌아 나오는 강 형사의 뒤통수에 들으란 듯 김 반장의 목소리가 날아들었다.

"병신 새끼! 영등포 똥물에나 튀겨 뒈지지……."

눈총에 떠밀리듯 경찰서 마당으로 나온 강 형사는 천천히 엑셀에 올라탔다. 마음은 분노도 당혹감도 아니었다. 오히려 흐뭇할 지경이었다.

분명한 확신이 들었다.

강력8반 신분증을 내밀게 되면서 수많은 일을 겪었지만, 경찰 내부에서 이런 수모를 당한 적은 한 번도 없었다. 포괄적 수사권이 인정되는 강력8반은 전국 어느 경찰서를 가든 인력이나 장비를 무제한으로 차출할 수 있었다. 직급에 상관없이 누구에게든 지시할 권한도 있었다. 비록 공중분해 되었다고는 하지만 이런 대우를 받는다는 것은 상상할 수 없는 일이었다.

하지만 참았다. 부하 형사들 앞에서 그들의 반장에게 함부로 대들 수 없었기 때문이 아니었다. 한 성격하는 그가 참은 이유는 따로 있었다. 신경질적으로 찌든 얼굴에 반쯤 대머리가 진행된 김 반장이 그를 보자마자 카랑카랑한 목소리로 대뜸 성질을 부렸기 때문이었다.

그건 연세대사건에 살煞이 끼어들었다는 의미였다. 얼마나 복잡한지 부하 형사들조차 믿을 수 없다는 뜻이기도 했다.

강 형사는 엑셀을 영등포시장으로 몰았다.

PM 05:50

영등포시장의 북적거리는 사람들을 헤치고 선술집 '동문'을 기억을 더듬어 찾아갔다. 간판은 물론 이름도 없는 허름한 술집이었다. 시장 동문 쪽에 있다고 해서 '동문'이라고 그냥 사람들이 부른 것이 그대로 그 집의 이름이 되어 버렸다. 메뉴라곤 선지해장국과 감자탕밖에 없지만, 주머니가 가벼운 시장 사람들에게는 고마운 곳이었다.

그런데 낭패였다. 그동안의 부침에 어찌 된 일인지 선술집이 있던 자리에 버젓이 대형할인마트가 들어서 있었다.

할 수 없이 건너편 24시간 편의점으로 갔다. 캔커피 하나를 꺼내들고 앞에 놓인 파라솔 밑 플라스틱의자에 몸을 걸쳤다.

시간이 꽤 많이 흘렀다.

잠시 구름을 보고 있었는데 옆에 와서 앉는 사람이 있었다. 찌든 얼굴의 대머리 아저씨. 그였다.

"아깐 미안했어, 강 형사."

"아니 뭘."

강 형사는 씩 웃어주었다.

"기억하고 있었네? 똥물을."

"당연하지 그걸 어떻게 잊어."

경찰 재교육장에서 김 반장을 만난 것이 벌써 7년 전이었다. 의기투합해서 둘이 강의를 땡땡이 치고 영등포시장에 와서 막걸리를 퍼먹었다. 그곳이 바로 '동문'이었다. 나중에 결국 들통이 났지만, 상황을 들은 그때 교육관이 영등포 똥물에 튀겨죽을 놈들이라고 욕하는 것으로 대충 끝냈었다. 그 교육관 역시 지루하기는 마찬가지였던 것이다.

의자에서 일어나 근처 중국집을 찾아 들어갔다.

탕수육에 짬뽕 시켜 놓고 고량주를 조그만 사기잔에 따랐다. 벌써 눈이 벌게지려는 김 반장이 사람도 별로 없는 구석에 앉았는데도, 머리를 숙이며 목소리를 낮추었다.

"살煞이 꼈어."

짐작한 일이었다. 갑자기 김 반장의 얼굴이 여러 개로 분신하는 것처럼 흩어져 흔들렸다. 뒷머리가 당기며 아파왔다. 고문했던 놈들이 지금 눈앞에 있다면 달려들어 목두덩이를 물고 뜯어 버릴 수 있을 것 같았다.

"나에게 이관된 이후 그냥 흐지부지되어 버렸어."

"흐지부지? 어떻게?"

"대놓고는 아니었지. 다른 일들이 폭주했거든. 도저히 우리 인력으로 해결할 수 없을 만큼 많은 일들이 한꺼번에 일어났어."

"신문엔 별 말 없던데."

"신문에 나올 만큼 굵직한 건이 아니야. 절도, 강도, 소매치기, 강간 등 자질구레한 일들이 한꺼번에 터져 나와 봐. 정신 못 차린다고. 꼭 우리 관내만 그랬어. 온 서울 잡범들이 모두 우리 관내로 몰려든 것 같더라고."

알 만했다. 밤새 잡범들 한 놈씩 붙들고 두꺼운 손으로 타자를 쳐대는 날이 줄줄이 이어지는 거였다.

김 반장이 고량주를 한 잔 더 들이키고는 캬 하는 소리를 뱉었다.

"그것보다 더 큰 문제는 뭔지 알아?"

"뭔데?"

"가는 곳마다 말을 계속 돌리는 거야. 여기 가면 저쪽에 가서 물어봐라, 저쪽을 가면 그것은 이쪽 관할이 아니다. 계속 이런 식이지."

강 형사는 짬뽕 국물을 한 숟가락 떠먹고 물었다.

"그래서 사건수사는 어디까지 진행됐어?"

김 반장이 눈을 치켜떴다.

"지금까지 무슨 얘길 들은 거야."

"응?"

"단 한 걸음도 나가지 못했다니까. 그냥 피해자가 주신덕, 정준오, 홍학규라는 것 말고는 새로운 것이 하나도 없어. 유가족들도 모두 다시 미국으로 돌아가 버리고, 한국에 있는 자식들은 출장이네 연수네 하며 모두 날아가 버렸다고. 아무도 없어. 아무도."

다시 고량주를 들이키고 작은 잔을 탁자에 내려놓았다.

"제길, 증거 보관 때문에 그냥 두어야 한다는 시신을 어떻게 압력을 넣었는지 몽땅 빼내서는 땅에 묻지도 않고 그냥 홀라당 다 태워버렸다니까. 있는 집 놈들이 언제부터 그렇게 화장을 선호했다고 원……. 부검 기록이나 제대로 남아 있는지 모르겠어, 제길……. 완전히 우릴 핫바지로 안다니까…… 씨불 놈들……."

점점 취기가 돌자 횡설수설 막말을 내뱉는 김 반장의 모습에서 그동안 맘고생이 심했다는 것을 알 수 있었다.

밖은 완전히 깜깜해져 밤의 불빛이 찬란했다. 누런 벽지에 붙은 벽시계는 10시를 가리키고 있었다.

강 형사는 횡설수설하는 그를 달래서 대강의 사건에 대해 들었다. 피살자의 왼손 약지 마지막 마디를 잘라 강제로 먹게 했다는 것이나 뱃속에서 종이로 된 뭉치가 들어 있다는 것만 해도 이 사건은 절대 보통 사건이 아니었다.

"사건 기록을 좀 볼 수 있을까? 몰래 말이야."

눈이 개개풀린 김 반장은 고개를 턱턱 끊어질 듯 끄덕였다.

"어렵긴 하지만……. 좋아, 내일 다시 여기서 만나자구. 오케이?"

"좋아. 김 반장 고마워."

강 형사는 어깨를 슬쩍 치고는 잔을 들어 건배했다.

하지만 너무 일찍 샴페인을 터뜨린 격이 되고 말았다.

다음 날, 강 형사는 연세대사건 기록은 물론 김 반장도 만날 수 없었다. 기다리고 기다리던 강 형사가 불안한 마음으로 전화를 했지만 신호음만 울리며 전화를 받지 않았다. 끊으려는 찰나, 저편에서 김 반장의 신경질적인 목소리가 나왔다.

전화를 끊은 강 형사는 자신이 한발 늦었다는 것을 깨달았다. 그리고 잠자고 있던 놈들을 들쑤셔 깨웠다는 것을 알았다. 연세대사건에 관련된 조사기록은 물론 시신들 뱃속에서 나온 종이, 그것을 찍어 놓은 사진, 심지어 작은 메모까지 하나도 남김없이 사라져 버린 것이다.

김 반장은 핸드폰을 늦게 받을 수밖에 없었다. 서대문경찰서는 난리였다. 주차장은 왱왱대는 소방차에서 쏟아져 내린 소방관들과 호스에서 뿜어져대는 물줄기로 정신이 없었다. 어처구니없게도 대한민국 경찰서에서 불이 난 것이었다. 본관 좌측에 있던 사무실 셋이 홀라당 다 타 버렸는데, 그중 하나가 김 반장의 강력2반 사무실이었다.

그렇게 연세대사건 관련 조서와 서류, 증거물품들은 모두 차곡차곡 잘 정리된 채로 사무실 한켠에 있는 캐비닛 안에서 깡그리 잿더미가 되고 말았다.

며칠 후, 불은 담뱃불에 의한 실화로 결론 났고, 그 책임을 물어 서대문경찰서 강력2반 반장 김경중 경위는 강원도 정선 산골 파출소로 전보 발령이 났다.

2006. 06. 28. 수.

AM 10:00

강 형사는 깔깔한 입맛을 탓하며 해장국을 한술 떴다.

연세대사건에는 정말 구린 것이 있었다. 즉각적으로 움직이는 저들을 생각하면 틀림없었다. 왼손 약지를 자른 것은 메시지였다. 그리고 그 메시지는 뱃속에 들어 있었다는 종이와 관련 있을 게 뻔했다. 종이의 내용을 보고 싶지만 모두 사라져 버렸다.

숟가락을 탁자 위에 탁 놓았다.

오늘따라 해장국의 선지가 징그럽게 느껴졌다. 한숨이 저절로 나왔다. 일어나 계산대에서 이쑤시개를 집어 드는데, 천 반장과 땅딸막한 양 형사가 딸랑 문소리와 함께 들어섰다. 양 형사를 보는 순간 그가 방 형사를 도와 연세대에 갔었다는 것이 떠올랐다.

그러자, 한 가지 가능성이 느닷없이 머릿속에 떠올랐다.

검시의였다.

검시기록은 물론 컴퓨터로 작성하지만, 시체 옆에서 이런저런 관찰을 하며 사실을 확인할 때는 일단 기록지에 쓰기 마련이다. 그것을 모아서 검시기록을 컴퓨터로 정리해 보고하는 것이다. 아마도 검시의에게는 그 초안 종이가 있을 수도 있다. 아니 그렇지 않다고 해도 검시한 사체에 대해 기억을 갖고 있을 것이다.

양 형사에게 검시의의 이름을 들은 강 형사는 부리나케 식당을 빠져나갔다. 그리고 세브란스를 향해 질주했다.

AM 10:50

세브란스 주차장에 차를 세우고 안내데스크로 뛰어가자마자 신분증을 꺼내보였다.

"민영환 교수님 연구실이 어딥니까?"

"연구실이요?"

"예. 빨리요, 급해요."

"영안실이 아니고 연구실이요?"

갸우뚱거리는 여직원의 말에 강 형사는 순간 충격을 받았다. 차 안에서 두근거렸던 불안감이 현실이 되어버렸다.

"영안실이라구요?"

"조문 오신 것 아니었어요?"

여직원은 별반 아는 것이 없었지만 하나는 명확히 알고 있었다. 민 박사가 죽은 것이 바로 어제였다는 사실이었다.

강 형사는 놀람보다 절망감이 앞섰다. 뭔가에 떠밀린 듯이 영안실로 내려갔다.

연구실에 쓰러진 것을 아침에 조교가 발견했다고 했다. 과로사라고 생각하는 사람들은 그의 향학열을 기리고 진료 외에도 과중한 업무를 떠넘기는 학교의 처사를 성토하는 분위기였다.

사망선고를 한 의사를 찾았다.

"사인이 심장마비입니까?"

"예, 그렇습니다."

자신의 지도교수에게 직접 사망선고를 했다는 충격에서 젊은 의사는 아직 채 풀려나지 않은 듯했다.

"지병이 있으셨나요?"

"아니요. 건강하셨습니다. 운동도 꾸준히 하셨고요."

"이렇게 갑자기 돌아가시는 것이 가능합니까? 의학적으로요."

"의학이라고 모든 것을 다 설명하고 예측하는 것은 아닙니다. 의학도 역시 결과의 학문이니까요. 미래를 예측할 수 있는 것은 아니죠. 그냥 결과를 보고 이러이러할 것이다, 라고 어느 정도 말하는 것일 뿐입니다. 정확한 것은 없죠. 그냥 그런 일이 일어날 수도 있고, 또 일어나지 않을 수도 있는 거죠. 뭐든지요."

술술 말을 하는 것이 자신의 평소 지론인 듯했다. 아무래도 이 의사는 주류에 끼지는 못하겠다는 생각이 들면서 동병상련의 감정이 스며들었다. 더 물어볼까 하다가 그가 괜한 말을 하게 되면 그나마 의사 세계에 걸치고 있는 발까지 위태하게 될까봐 그만두었다.

'심장마비를 일으키는 약이 있겠지요?'라는 뻔한 질문에, 젊은 의사는 성격으로 보아 민 박사의 죽음에 대해 깊이 파고들 것만 같았다. 저들이 철저하게 덮었다면 판다고 진실이 나올 것이 아니었다. 그걸 의학적 호기심과 은사에 대한 애정으로 덤벼들었다가는 이 젊은 의사의 미래마저 참담하게 파괴될지도 몰랐다.

잘 참았다고 생각하며 돌아섰다.

꼭 진실이라고 다 말해야 하는 것은 아니라는 생각이 불쑥 어두운 마음속에서 고개를 들었다. 쉽지 않았다. 어디까지 말하고 어디까지 말하지 말아야 하는지 정할 자신이 없었다.

다시 민 박사의 죽음으로 생각이 돌아왔다. 무엇보다도 심장마비를 가장한 살인이라고 생각하는 것이 정말 진실인지도 확신이 없었다.

'어쩌면 진짜로 과로사한 것일 수도 있으니까. 젊은 의사 말대로 그냥 그런 일이 일어날 수도 있을 테니까. 공교롭기는 해도…….'

혹시나 하는 마음으로 민 박사 연구실로 올라갔다.

설마 하는 예상을 했지만 입이 떡 벌어질 지경이었다. 연구실 안은 텅 비어 있었다. 휴지 조각 하나 남아 있지 않았다.

신속했다. 그리고 과감했다. 더 파고 들어봤자 소용없었다. 그 연구자료 속에서 연쇄살인사건의 검시기록이 있을 리 없었다. 이 정도로 거세게 밀어붙일 자들이라면, 분명 민 박사에게 강제로 알약을 먹여 놓고서는, 약효가 퍼지는 동안 방 안을 샅샅이 뒤져 기록을 수거해 갔을지도 모른다.

세 노인들의 뱃속에서 나온 종이가 무엇인지 갈수록 더 궁금해졌다.

놈들이 그동안 움직이지 않은 것은 최대한 드러내지 않으려고 했기 때문이었다. 소리 소문 없이 조용히 처리해서 가라앉게 하고 싶었던 것이다.

'하지만 내가 쑤셔대자 어쩔 수 없이…….'

죽은 민 박사에 대해 죄책감이 일었다.

'조금만 더 빨리 움직였다면, 그래서 민 박사를 만나 이야기를 들었다면, 그랬다면…….'

분명 그의 목숨은 붙어 있었을 것이다. 이미 밝혀진 마당에 굳이 그를 죽일 필요는 없을 테니까.

강 형사는 뼈저린 후회를 했다. 그러는 한편으로 다행스러운 것이 없지는 않다고 생각했다.

'더 이상 무고한 희생은 없을 거다.'

하지만 그건 혼자만의 착각이었다.

그가 모르는 일이 있었다.

방 형사에게 짙은 호감을 나타내며 종이에 적힌 것들을 컴퓨터 그래픽으로 구현해주었던 국과수 2급기밀연구원 기용대가 그날 밤 삽교천 제방에서 뜻하지 않는 교통사고를 당하고 말았다.

테니스선수처럼 탄탄한 이두박근을 뻐기던 그가 200m 낭떠러지로 떨어져 흔적도 알 수 없게 되어버린 바로 그 시각, 국립과학수사연구소 그의 연구실에 있던 컴퓨터는 기기 교체 시기도 아닌데 새것으로 바뀌었다. 그리고 이전 컴퓨터는 통째로 용광로 속에 들어가 버렸다.

PM 12:20

서대문경찰서로 이관된 사건기록들은 모두 불탔다. 검시의 민 박사는 죽었다. 단서들이 모두 사라져 버렸다. 아무것도 남은 것이 없었다.

세브란스를 나와 멍한 정신으로 걷는 것이 옛날 학교 다닐 때 습관처럼 루스채플로 향했다. 예전과 크게 달라진 것이 없어 보였다. 그게 좋았다.

전처럼 루스채플 로비 소파에 앉았다. 방학일 텐데도 누가 연습하는지 파이프오르간이 장중하게 울려나왔다. 눈을 감았다. 몸과 정신이 웅장한 세계의 한쪽에 서 있는 것 같았다. 세계는 자꾸 커지고 자신은 한없이 작아지는 것처럼 느껴졌다.

그는 차츰 구도자와도 같은 명상에 잠겼다.

'아무리 증거를 훼손해도 남는 것이 있다. 절대로 사라지지 않는 것이 있다. 있다, 있다, 반드시 있다……'

웅장한 곡조가 가슴을 거세게 흔들고는 지나갔다. 유구한 긴 역사의 시간에 작은 점과 같은 시간을 보내는 자신의 사소함이 느껴졌다. 예전 앉았던 자리에 앉았지만 그 자리는 자기 자리는 아니었다. 누구든 와서 자신의 자리라고 앉을 수 있는 자리였다.

알 것 같았다. 사소하고 하찮은 자신이 가도 남는 것이 무엇인지 알 것 같았다. 그건 영원히 남는 거였고, 억지로 감추고 덮어도 감춰지지도 덮어지지도 않는 거였다.

'그건 바로 여기다. 이 자리다.'

그 옛날 선조들이 밟았던 땅을 우리가 지금 밟고 산다. 그리고 훗날 후손들이 우리가 밟았던 이 땅을 밟을 것이다. 우리는 사라져도 땅은 남는다. 땅에 남은 기억은 지우려 해도 절대 지워지지 않는 기억인 것이다. 그 기억은 들으려는 자에게 진실을 웅변할 것이다.

강 형사가 눈을 떴다.

비로소 자신의 잘못을 깨달았다. 듣고 싶지 않아 들을 수 없었던 거였다. 진실은 언제나 바로 눈앞에 있었다.

사건 이름부터 '연세대사건'이었다. 살인자는 윤동주시비, 핀슨홀, 서대문형무소역사관에 시체를 가져다 놓았다. 그건 덮으려는 자가 아무리 덮으려 해도 감출 수 없는 것이었다. 하지만 그것을 보지 못하고 엉뚱한 곳으로만 찾으러 다녔다.

그러니 진실의 목소리를 들을 수 없었던 것이다.

루스채플을 나와 윤동주시비로 향하는 강 형사는 마음을 가지런히

했다. 진실을 들을 생각이었다. 처음부터 차근차근 땅의 웅변을 들어볼 생각이었다.

PM 01:30

윤동주시비 앞은 한적했다.

방학이어서도 그렇지만 평소에도 한적한 곳을 원하는 연인들 외에는 잘 찾지 않는 곳이었다. 연인들도 관심은 호젓한 곳에서 서로를 탐할 생각이지 윤동주와는 아무 상관없었다. 멀리서 일부러 찾아오는 사람들이 가끔씩 있지만, 그건 그야말로 가끔이었고 한 번 휙 둘러보고 사진을 찍고 나면 그것으로 끝이었다. 관광지일 따름이었다.

매미소리만 시끄러웠다.

천천히 시비에 적힌 시와 글을 읽고 표면을 매만졌다. 학교 다니던 때가 떠올랐다. 감상적인 생각을 밀어버리고 냉정해지려 했다.

천천히 옆에 난 좁을 길을 따라 비탈을 거슬러 올라갔다. 바로 위에 다락방이 있는 작은 3층짜리 건물, 핀슨홀 앞에 섰다. 들어가는 입구 오른쪽에 동으로 만든 명패가 붙어 있었다.

핀슨홀과 윤동주

건물 벽면을 유심히 살폈다. 구멍이 뚫렸던 흔적이 남아 있었다. 문화재에 못을 박은 행태에 대한 분노보다는, 흔적이 남아 있다는 것에 안심이 된 것이 솔직한 심정이었다. 양 형사가 들려준 말에 의하면 벽에 십자가 모양으로 시체가 걸려 있었다고 했다. 남아 있는 흔적으로 볼 때 시체가 동으로 만든 명패를 가리고 있었다는 말이 된다. 그건 결국 동패를 보라는 말이었다.

모든 것이 분명했다. 살인자는 윤동주에 대해서 말하고 있었다.

윤동주시비 앞에 시체를 가져다 놓은 것이나, 십자가에 못 박히듯이 한 시체 뒤로 '핀슨홀과 윤동주'라는 명패를 가린 것이나, 꼭 같았다.

윤동주가 생각나자 한 가지 간과했던 것을 확인하고 싶어졌다. 연세대학교 도서관으로 향했다. 피살자들의 신원은 도서관 컴퓨터로도 간단히 검색할 수 있었다. 모두 유명인사였기 때문이었다. 생각했던 방향이 옳다는 것을 확인했다.

윤동주시비에 있던 주신덕만 1921년생이었다. 핀슨홀에 박혀 있던 정준오나 서대문형무소기념관에서 발견된 홍학규는 모두 1917년생이었다.

재미있는 숫자였다.

검색창에 다른 이름을 넣고 엔터를 쳤다.

역시 같은 숫자 1917이 나왔다.

제각기 떠다니던 퍼즐이 맞추어지기 시작했다.

'주신덕은 윤동주시비, 정준오는 동주의 기숙사였던 핀슨홀 그리고 십자가. 홍학규 역시 십자가와 서대문형무소역사관…….'

모두 같은 연결고리로 이어져 있었다.

그 중심에 윤동주가 있었다.

1917년 만주 명동에서 태어난 민족시인 윤동주. 그가 거기 있었다.

이제 사건은 방향을 띠었다. 윤동주시비에서 핀슨홀, 그리고 서대문형무소역사관으로. 살인자는 윤동주라는 끈을 놓칠까봐 핀슨홀에 십자가처럼 시신을 박아서 서대문형무소역사관에서 열십자로 박힌 것과 같은 맥락이라고 지정해줬다. 서대문형무소가 연세대에서 멀지 않은 것도 있지만, 그곳이 일제강점기 독립지사들이 고문 받고 투옥된 곳이란 점이 먼저였을 것이다. 핀슨홀의 정준오나 역사관의 홍학규가 윤동주와 1917년 동갑내기란 것도 중요한 공통점이었다.

도서관을 나오며 강 형사는 이 사건이 상당히 오래된 것에서부터 출발했다는 느낌을 강하게 받았다. 그리고 어쩌면 생각보다 엄청난 것이 튀어나올지 모른다는 묵직한 느낌에 가슴이 바위에 눌린 듯 무거워졌다.

강 형사는 비로소 본질에 접근했다. 하지만 아직 진실의 언저리를 맴돌 뿐이었다.

PM 02:50

관장이 불러준 박 씨는 작은 키에 주름이 자글자글한 허리가 약간 굽은 노인이었다. 새카만 얼굴은 오랫동안 술을 달고 살았다고 말하고 있었다. 허드렛일로 평생을 늙어온 고생스러움이 굽실거리는 온몸에서 묻어났다. 불안스런 얼굴로 강 형사를 홍학규의 시신이 발견된 장소로 안내했다.

샅샅이 살폈지만 조그맣고 허름한 감방이라 몇 분 만에 끝났다. 감방도 특별할 것이 없는 나란히 붙은 여러 감방 중에 그냥 한 곳이었다. 시신이 발견된 그 감방이 중요한 것이 아니라 서대문형무소가 중요할 지도 모른다는 짐작이 맞는 것 같았다.

박 씨와 함께 나와 오후 햇살을 받자 찜찜하던 기분이 날아갔다. 캔음료를 권하며 한구석에 놓인 벤치로 가 나란히 앉았다. 사건에 대해 물었다.

그는 그 일로 관장에게 엄청 시달린 것 같았다.

"분명 토요일에는 없었거든요."

"토요일이라면?"

"거 시체가 발견된 것이 일요일인디, 그 전날이지요. 그때 나와 김 씨가 같이 야간 당직이었거든요. 그래서 관람객들이 다 나갔는지 확인하려구 다 돌아봐요. 그때는 없었는디 이상하게도……."

"김 씨라는 분은 지금 어디 계세요? 만나 뵈었으면 좋겠는데."

"아휴, 그만두었시유."

"그만두어요? 언제요?"

"관장이 하도 지랄 해대서 한 달도 못 채우고 그만뒀시유."

그에게 캔을 하나 뽑아준 후로, 박 씨는 강 형사를 편안하게 대했다.

"한 달도 못 채우고요?"

"예. 그러니께 시체가 나오기 한 일주일 전쯤 왔나…… 아니 사나흘 전인가…… 아무튼 잘은 모르것지만, 시체가 나온 후 관장이 들들 볶아서 그만뒀시유."

머릿속으로 날짜를 재빨리 계산했다.

"어디로 갔을까요? 혹시 아세요?"

"모르지유, 그거야. 관장이 알지도 모르죠. 여기 들어올 때 기록을 하니께루."

강 형사는 혹시나 해서 물었다.

"김 씨라는 분과 같이 나눠서 순찰하셨지요? 그 토요일에 말이에요."

"예, 그랬지유."

"김 씨가 어디를 맡았어요?"

"그게 바로 시체가 나온 감옥소와 뒤쪽에 있는 건물이지유."

강 형사의 머리가 팽팽 돌아갔다.

"언제나 그래요?"

"예? 무슨 말씀이신지……?"

"그날만 그쪽을 김 씨가 순찰 돌았는지 묻는 거예요?"

"아 그거요. 거의 만날 그래유. 김 씨가 사람이 좋아서 언제나 궂은 곳을 지가 해요. 그 감옥소는 아무래도 밤에는 쪼깐 거시기 하거든요. 그 뒤에 있는 작은 지하실이 있는 건물도 그러고요. 평소에도…… 쪼깐 을씨년스러워서 영……."

점점 확신이 들었다.

"김 씨 집은 어딘가요? 아니 여기에 근무하는 동안 말이에요."

"그건 잘 모르것는디, 주로 숙직을 많이 했어요."

박 씨 노인의 설명에 의하면 젊은 김 씨는 다른 조에서 숙직할 때도 쉽게 바꿔주었다고 했다. 워낙 성격이 좋아서 사람들이 다 편안해 했다는 말을 꼬박꼬박 붙였다.

강 형사는 박 씨를 설득해서 사라진 김 씨가 순찰을 돌았다는 지하실이 있는 건물로 향했다.

묵직한 자물쇠가 잠겨 있는 담쟁이 넝쿨이 지저분하게 덮인 1층짜리 건물 앞에 다다랐다. 예전 형무소이던 일제강점기 때는 고문하던 곳이었는데 지금은 그냥 창고로 쓴다고 말했다. 그런 말을 듣지 않아도 을씨년스런 풍광에 등골로 뭔가 스멀거리며 기어오르는 느낌이 드는 것이 원초적 불편함을 자극했다. 열쇠를 건네고 뒤로 물러서는 박 씨 역시 그런 느낌인지 들어갈 생각이 없어 보였다.

굳이 같이 들어갈 생각은 없었다. 녹슨 문이 삐걱거리는 비명을 길게 질러댔다. 두근거리는 심장소리를 무시하고 천천히 안에 발을 들여놓았다.

강 형사는 눈앞에 펼쳐진 황당함에 그만 놀라고 말았다. 티끌 하나 없이 깨끗하게 청소되어 있었다. 긴장이 풀리며 허탈했다. 이렇게 오래된 건물에선 있을 수 없는 상황이었다.

하나는 분명했다. 예전 형무소일 때 고문실이던 이곳에서 최근에도 고문이 있었다는 것, 바로 그것이었다. 이곳이 세 노인을 죽인 연쇄살인의 현장이었다.

물론 증거는 없었다.

PM 04:50

관장의 증언도 박 씨와 별반 다르지 않았다. 김 씨의 이름은 '김명호'였다. 나이는 45세였다.

"이력서는 없습니까?"

"거기 드린 대로 저희 역사관의 소정 양식에 쓴 것이 있고 주민등록 등본이 있지 않습니까?"

강 형사는 손으로 서류를 들어보였다.

"여기 양식에 사진이 없네요?"

"글쎄요. 떨어졌나 봅니다. 다른 이력서들과 함께 들어 있다 보니 종이끼리 부딪혀서 떨어진 것 같습니다."

노회한 관장은 뻔뻔했다. 피해갈 방법을 연습한 것처럼 척척이었다. 한눈에 보기에도 붙였던 흔적이 없었다. 다 타버린 서대문경찰서와 하룻밤 만에 죽어버린 민 박사의 영안실이 눈앞에 떠올랐다. 더 강하게 쑤시면 일을 그르칠지도 모른다는 생각에 그쯤 했다. 관장은 무능하고 이기적이긴 해도 최소한 직접 관련은 없어 보였다.

밖에서 기다리던 박 씨가 불안한 얼굴로 달려왔다. 자기 상사와 만나고 나온 경찰에 대해 불안함을 갖지 않는 직원은 거의 없을 것이다. 피해가 없을 테니 신경 쓰지 말라는 말에도 표정이 바뀌지는 않았다. 안내를 잘 해줘서 큰 도움이 되었다고 관장에게 말했다고 하자, 비로소 풀어졌다.

"그런데 혹시, 김 씨의 사진 같은 거 없어요?"

"사진? 글씨유……."

미간을 찌푸리고 잠시 생각하더니 갑자기 주름을 확 폈다.

"아! 그려 있을지두 몰라유. 이리 와 보슈."

그러더니 기분이 많이 좋아진 박 씨의 작은 몸이 날래게 관리인들 숙소로 향했다. 강 형사는 문 밖에 서서 기다렸다. 옹색한 방의 열린 문으로 늙은 홀아비 냄새가 흘러나왔다.

뭔가를 뒤지는 소리가 나더니, 박 씨가 몇 개 안 남은 누런 이를 드러내며 웃으며 나타났다. 손에 든 종이를 건넸다.

"이게 제가 찍은 거유."

종이는 프린터로 뽑은 사진이었다. 사진은 서대문형무소역사관을 배경으로 단란해 보이는 네 식구가 정면을 향해 선 것이었다. 중학교 교복을 입은 아들과 고등학생으로 보이는 딸이 거의 같은 키의 엄마 양 옆에 서 있고, 그 뒤에 아버지가 두 팔을 벌려 가족을 감싸는 것처럼 포즈를 취하고 있었다. 유치한 포즈였다. 하지만 가족들의 얼굴은 그런 생각을 단숨에 날려버릴 정도로 해맑았다.

"이거이 말이유, 내가 빗자루질을 하는디, 찍어달라구 해서 찍은 거유."

박 씨는 그때 일이 전에 없이 자랑스러운지 연신 침을 튀겨대며 한참을 늘어놓았다.

"그런데, 이게 김 씨와 무슨 관련이 있어요?"

"거기 왼쪽 구석에 반쯤 잘린 사람이 바로 김 씨에유."

가족들이 선 곳에서 서너 걸음 뒤로, 40대 초반으로 보이는 남자가 빗자루를 들고 막 사진 앵글 안으로 걸어 들어오고 있었다. 얼굴 옆모습만 반쯤 나와 있어 인상을 식별하기는 어려웠다. 그러나 유일한 단서였다.

"그런데 어떻게 이 사진을 아저씨가 가지게 되셨어요?"

"아, 그거유."

박 씨는 금방 넘어갈 듯 함박웃음을 지으며 말을 했다.

그날 박 씨가 사진을 찍어준 후, 연신 너무 행복하겠다고 말을 하자, 중학생 아들 녀석 학교 숙제라서 그렇다며 그 아버지가 너털웃음을 지었다고 했다. 나중에도 머릿속에서 그 가족들의 웃음이 떠나질 않자, 박 씨가 그 아버지의 말을 떠올리고 그 중학교 홈페이지에 가서 그 아들이 올린 것을 찾았다고 했다.

의외의 말에 강 형사는 잠시 멍해졌다. 외모로 사람을 판단하지 않는다고 늘 자신했던 것에 금이 갔다.

"어떻게 중학교를 찾았어요?"

"아 그거유, 여기 자주 오는 학교에유. 교복이 같잖아유."

멍한 기분이 가시자, 냉정한 형사의 차가움이 살아났다.

인터넷은 물론 컴퓨터도 전혀 모를 것 같은 박 씨가 인터넷을 뒤져 사진을 찾았다는 것이나, 또 비록 자신이 찍었다고는 하지만 남의 것이 분명한 것을 프린트까지 해서 간직하고 있다는 것은 아무래도 수상쩍었다.

그 점을 묻자, 어린아이처럼 웃던 박 씨가 다시 껍질 속에 들어가고 두려움과 불안의 박 씨가 나왔다. 하지만 묻지 않을 수 없었다. 다그치는 동안 강 형사의 마음속엔 불편한 미안함과 의심이 숨가쁘게 교차했다.

알아낸 진실은 허무할 정도로 싱거웠다.

PC방에 가서 돈 주고 해달라고 부탁했다는 거였다. 결국 박 씨는 글썽거리고 말았다.

"이놈이…… 꼭……."

손가락으로 가리킨 사진 속엔 귀여운 중학생이 웃고 있었다.

"꼭 옛날…… 우리 아들놈 같아서유……. 그래서…… 그래서 그랬시유……."

그의 몇 개 남지 않은 누런 이빨이 애처롭게 흔들렸다.

오래전 집을 나가 살았는지 죽었는지 모르는 아들 때문에 눈물을 글썽거리는 박 씨를 보자, 뭐라 할 말이 없었다. 술주정이 그의 집안을 풍비박산으로 망치는 동안 그도 역시 망가지고 있었다는 것을 알게 되자, 평생 가슴에 안고 살 그런 후회스런 짓을 왜 했냐고 차마 그에게 물을 수는 없었다.

강 형사는 박 씨에게 사진을 돌려주고 조용히 돌아 나왔다.

2006. 06. 29. 목.

AM 10:00

주민등록은 조작이었다. 등본은 위조된 거였다. 나이는 물론 살인자의 이름이 김명호일 리 없었다. 실제 찾아간 주소지에선 집 나간 아들의 다른 사진을 보여주었다. 진짜 김명호는 지하철역사 어딘가에서 지금 라면박스를 뒤집어쓰고 있을지도 몰랐다.

박 씨가 말한 학교 홈페이지에서 다운 받은 살인범의 사진을 바라보며 강 형사는 한숨을 내쉬었다. 자꾸 봐서 그런지 어디선가 본 듯 굉장히 낯이 익어 보였다. 하지만 옆모습 반쪽으로는 소용없었다.

강 형사는 사진을 접어 품에 넣고는 자리에서 일어섰다.

유진상가 후속처리에 대해 보고하던 양 형사가 힐끔거리며 그를 쳐다봤지만 아랑곳하지 않고 강력1반 사무실을 나와 버렸다. 천 반장도 무슨 일로 그렇게 바삐 다니는지 묻지 않았다. 빠짐없이 출근하는 것만으로도 많이 좋아진 거라는 표정이었다.

엑셀에 시동을 거는 강 형사의 머릿속은 두서를 잡을 수 없었다.

살인자가 보낸 메시지는 분명했다. '윤동주'였다. 하지만 그뿐이다. 더 이상 알 수 있는 것이 없었다. 그건 살인자가 메시지를 보내는 괴이한 방식 때문이었다. 살인자는 말하면서 말하지 않는 방식을 택했다.

주신덕은 발가락, 정준오는 혀, 홍학규는 눈이었다. 모두의 왼손 약지를 자른 것도 마찬가지였다. 그건 아는 자는 아는, 아니 아는 자만 아는 것이었다. 결국 살인자는 메시지를 보내면서도 알 수 있는 자에게만 보냈다. 이유는 간단했다.

'모두가 다 알면 약효가 떨어질 테니까……'

연세대로 향하는 엑셀 안에서 강 형사는 윤 소령을 생각했다. 그녀의 말대로 세종로테러와 연세대사건이 긴밀히 연결되어 있다면 보통 일이 아니었다. 왜냐하면 일본 우익 공안44와 한국 우익이 결탁하지 않고는 불가능하기 때문이었다. 이런 생각은 다시 엉킨 실타래를 마구 흔들어 대는 것으로 귀결되었다. 그 두 세력이 손을 잡는다는 것은 도저히 말이 안 됐다.

'제 이득에만 골몰하는 족속들이 어떻게 손을 잡아……?'

강 형사는 다시 연세대사건에 생각을 고정시켰다.

살인을 한 이유는 메시지를 보내기 위해서였다. 그리고 그 메시지는 수신자만 알 수 있는 방식으로 보내졌고, 그것을 받은 수신자는 명확하게 알아들었다. 윤 소령의 말에 의하면 그래서 자신이 풀려나고 연쇄살인이 멈췄다는 것이다.

'그리고 이제 내가 쑤셔대니까 다시 덮으려고 경찰서에 불을 지르고 민 박사를 살해했다.'

결론은 한 가지로 모아졌다. 메시지를 수신한 자는 일반인이 아니란 거였다. 신문에 한 줄 나지 않은 사건을 속속들이 알고, 왼손 약지가 잘리고 혀, 눈 같은 것이 뽑혔다는 것까지 정확하게 알 수 있는 자였다.

'그건……'

아무리 달리 생각해도 결론은 동일하게 끝났다. 메시지를 받은 자는 경찰 안에 있었다.

AM 11:40

연세대학교 도서관 관리 아저씨에게 눈인사를 건네며 지나치자, 강 형사는 너무 자주 오는 것이 아닌가 하는 생각이 들었다. 학생 때보다 더 많이 드나드는 것 같았다. 그렇지만 공부와 수사는 시작도 결과도 다르다는 생각에 마음이 딱딱해졌다. 원하는 결론이 나오지 않으면 포기하고 다른 분야로 옮겨갈 수 있는 공부와 달리, 수사는 찾아야 하는 것이 찾아지지 않아도 포기해서는 안 되었다. 다른 사건으로 옮겨가는 것은 그것으로 그냥 끝이었다. 결과에도 '만약'은 없다. 가설도 잠정적 결론도 안 된다. 진실을 밝혀줄 분명하고 명확한 증거만이 필요했다. 옛날이 좋았는데 하는 나약한 생각이 스며들기 전에 강 형사는 얼른 서고로 들어갔다.

방학인 데다 토요일이어서 학생들이 거의 없었다.

윤동주 관련 자료를 서가를 돌아다니며 한 아름씩 꺼내다가 넓은 테이블 위에 가득 늘어놓고 앉았다.

절단된 신체들의 의미는 모르겠지만, 메시지의 핵심은 윤동주였다. 그에 대해 제대로 알아야 했다. 막상 윤동주에 대해 말하려다 보니 몇 마디가 고작이었다. 국문과를 나왔다지만 제대로 아는 것이 없기는 마찬가지였고, 그나마 아는 것도 기억 속에서 희미했다.

예전 기억을 떠올리며 책장을 하나씩 넘기며 정리하기 시작했다. 기초적인 자료의 숫자가 서로 맞지 않는 것들이 너무 많았다. 그래서 같은 내용도 여러 책을 거듭 확인하면서 정확히 대조해야 했다.

윤동주가 1917년 12월 중국 길림성 화룡현 명동촌에서 태어났다는 것과, 1945년 2월 일본 후쿠오카[福岡] 형무소에서 29세의 나이로 죽었다는 것은 대부분이 아는 사실이었다. 그가 명동소학교, 은진중학교, 광명중학교를 거쳐 지금 연세대학교의 전신인 연희전문 문과에 입학하고, 졸업 후 일본으로 건너가 도쿄에 있는 릿교[立教]대학에 다니다가, 교토의 도시샤[同志社]대학으로 옮겼는데, 거기서 1943년 검거되었다는 것에 대해서도 모든 책들이 일치했다.

윤동주의 동생들과 가족, 가까운 문인들의 헌신적 노력으로 그의 연보와 작품들이 명확하게 정리되어 있었다. 실로 우리나라 민족시인이란 이름에 명실상부하게 연구된 결과들도 많았다. 그의 생애와 시는 물론, 그의 가족들에 대한 것들까지 폭넓은 연구결과가 있었다. 처음 몇 권은 읽는 데 시간이 걸렸지만, 중복되는 것이 많아 나중은 쉬웠다.

장장 4시간 이상 책과 씨름을 한 강 형사는 낮은 한숨을 내쉬었다. 소득이 너무 적었다. 공부가 아니라 수사였기 때문이었다. 기지개를 켜자 자신도 모르게 조금 큰 소리가 났지만, 다행히 학생들이 멀리 떨어져 있어 주목하지는 않았다.

다시 《윤동주평전》을 펼쳤다. 맨 앞장에 실린 사각모를 쓴 동주의 연희전문 졸업사진이 눈에 들어왔다. 어디선가 많이 본 것 같다는 생각이 들었다. 그건 당연했다. 윤동주와 관련된 어디든 이 유명한 사진이 붙여 있으니, 이 사진을 한 번이라도 보지 않은 한국 사람은 거의 없을 것이다.

잘생긴 얼굴에 부드러운 인상이 고매한 인격자임을 한눈에 느끼게 했다. 그렇지만 솔직히 이 사람이 과연 일제에 치열하게 저항한 시인인지는 말하기 어려웠다. 대학 다니던 때의 얼치기 눈이 아닌, 지금 형사의 눈으로도, 그의 저항적 성향을 찾아보기 힘들었다.

학부 2학년 '현대문학사' 시간이었다.

일본 후쿠오카 형무소에서 안타깝게 죽지 않았다면 도대체 그가 이렇게 각광받을 이유가 어디에 있냐고, 자료를 짚어가며 발표할 때였다.

강의실이 터질 듯한 불호령이 떨어졌다. 강의실 안은 순식간에 찬물을 끼얹은 듯 되었다. 송범구 교수님의 작고 강마른 몸이 분노로 와들와들 떨리는 것이 눈에 들어왔을 때는 이미 늦은 후였다.

당장 나가라는 불호령에 가방을 주섬주섬 쌌다. 나를 뚫어지게 쳐다보는 80개의 시선이 따갑게 느껴졌다.

그렇게, 나가란 천둥 같은 고함에 쫓겨난 후, 동주에 대한 그런 생각은 오히려 더 굳어졌다. 사실 별 생각 없이 그냥 한 말이었고, 그렇게 엉뚱한 소리도 아니란 생각이 들었다. 하지만 평생을 윤동주 연구에 바치신 노선생께는 권위에 대한 도전을 넘어 불경스러운 말로 들렸을지도 모른다는 생각을 꽤 시간이 지난 후에야 했다. 무엇보다 그날 그 강의실을 잊지 못하는 것은 선생께서 그전까지는 나에게 굉장한 관심을 가지고 계신 것 같았기 때문이었다.

아무튼 그날 이후 선생께서는 내 인사를 단 한 번도 받지 않으셨다.

PM 05:20

토요일이라 학생식당 문이 일찍 닫혔다. 정문 앞으로 나가 삼청각에서 자장면을 먹고 있는데 전화가 울렸다. 김 순경이었다.

—강 형사 아저씨, 알아보라는 것 알아봤는데요. 엄청나게 빵빵한 경력 말고는 별거 없어요. 그냥 뻔한 것 같은데요.

그에게 피살자 세 명의 자세한 인적사항과 주변상황을 조사시켰었다. 방 형사가 없는 경찰서에서 유일하게 믿을 수 있는 사람은 김 순경뿐이었다.

남은 자장면을 급히 뱃속으로 쓸어넣고 경찰서로 향했다.

뭔가 열심히 자판을 치며 기다리던 김 순경이 다른 사람들 눈을 피해 서류봉투를 슬며시 건넸다. 쳐다보지도 않고 손으로만 삐죽 받았다. 아무도 몰라야 한다고 자신이 신신당부했었다.

강 형사는 봉투를 들고 주차장으로 나와 자동차 운전석에 앉았다. 차도 일부러 벽에 붙여 세워 놨었다. 경찰서에서도 이렇게까지 해야 한다는 것이 신경과민 같기도 했지만, 서대문경찰서를 불바다로 만들었던 놈들의 눈과 귀가 여기라고 없을 리 없었다. 조심해서 나쁠 것 없었다.

한참 서류를 넘기던 그의 눈이 한 곳에 멈췄다. 그리고 수첩을 꺼내 윤동주에 대해 메모했던 것을 꺼내 대조했다.

'있다!'

최소한 핀슨홀에 못 박혀 죽은 정준오와 서대문형무소 감방에 목 박힌 홍학규와의 공통점이 1917년생이란 것 외에 하나 더 있었다.

둘 다 출생지가 함경도 함흥과 황해도 해주로 각기 다르지만, 가족들이 만주 용정으로 이주해서 같은 중학교에 다녔다. 용정에 있던 광명중학이었다. 윤동주 역시 그 광명중학에서 4학년과 5학년을 다녔었다. 비록 지금과 그때의 학제가 다르고, 또 학교를 늦게 가는 경우가 비일비재하여 서로 만나지 못했을 수도 있지만 가능성은 충분했다. 아니 분명히 관련이 있다는 확신이 들었다.

강 형사는 자신이 옳은 길로 접어들었다는 것을 깨달았다. 차츰 가슴이 흥분으로 세차게 뛰기 시작했다.

주변을 한 번 둘러보고 강 형사는 자료를 처음부터 차근차근 다시 읽었다. 그러자 아까는 미처 보지 못했던 한 줄이 눈에 확 들어왔다.

'이…… 이럴 수가…….'

있을 수 없는 일이었다. 아니 서로 맞지 않은 일이었다.

정준오와 홍학규는 광복군으로 1945년 광복 후 만주에서 우리나라에 들어왔다는 언급이 있었다. 그 이후 우리나라의 굵직굵직한 요직을 역임하며 실질적으로 나라의 기반을 닦았다는 기록이었다.

'과…… 광복군이라고? 그럴 리가……?'

이건 뭔가 이상했다. 아니 많이 이상했다. 그동안의 논리와 충돌했다. 정준오와 홍학규에 대해서는 이미 좋지 않은 쪽으로 많이 기울어져 있었다. 그런데 난데없이 만주에서 활동하던 광복군으로 1945년 광복 후 귀국했다니…… 있을 수 없는 일이었다.

강 형사는 자신이 은근히 살인범에게 더 마음을 기울이고 있던 것은 아닌가, 하며 소스라치게 놀랐다. 살인범은 참혹하게 노인들을 고문하고 살인했다. 그런데 그가 윤동주에 대해 뭔가를 말하려고 했다는 생각에, 저도 모르게 자꾸 윤동주의 긍정적인 면을 범인에게 투사시켜 긍정적으로 보고 있었던 것이다. 그 반대로 살인범이 죽인 피살자들을 부정적으로 보고……. 거기에 피살자들이 기득권을 가지고 있는 자들이라는 것도 한몫했다.

강 형사는 정신이 멍해지면서 몸이 가라앉았다.

자신이 알고 있다는 것이 무엇인지 확신이 서질 않았다. 뭐가 옳은지 그른지 분명한 기반이 있어야 하는데, 도무지 어떤 것이 분명한 것인지 자신할 수 없었다.

다시 생각해봤다. 또 다른 말이 되었다.

누군가 철저하게 피살자들이 살해된 사실을 덮으려 하고 있다. 아무 일도 없었다는 듯이 언론과 정치권이 침묵하고 있다. 또 증거를 없애려고 경찰서에 불을 지르고 검시의까지 죽였다. 뭔가 구린 것이 사방에 흩어져 있다. 냄새가 풀풀 난다. 그렇다면 피살자들은 부정적인 것이 분명하다. 살인자가 긍정적이고……. 아니, 아니…… 어쩌면 정말로 서대문 경찰서 화재는 담배꽁초에 의한 실화이고 민 박사의 죽음은 진짜 우연일 수도 있다…….

머릿속이 온통 엉클어져 종잡을 수 없게 되었다.

강 형사는 차에서 나와 건물 휴게실로 들어갔다.

커피 자판기의 버튼을 누르며 한숨을 내쉬었다. 뒤를 돌아보다 휴게실 의자에 앉아 있던 젊은 순경 하나가 눈이 마주쳤다. 그러자 그 순경이 화들짝 놀라며 경례를 붙이고 재빨리 나가버렸다. 다시 긴 한숨을 쉬며 커피 잔을 자판기에서 꺼내들고 한 모금 마셨다. 의자에 앉아 앞으로 다리를 쭉 폈다. 차라리 이 기록이 없었으면, 하는 생각이 머릿속에 가득했다. 그럼 깔끔했다. 명확했다. 광복군으로 돌아왔다는 기록만 없으면 모든 것이 완벽하리만치 잘 들어맞았다. 그러면 모든 것이 간단하고 명료해진다.

'하지만 그들은 만주에서 고생하며 싸우다 돌아온 광복군이다…….'

다 마신 커피 컵을 잘근잘근 씹던 강 형사는 종이컵을 쓰레기통에 던져 버리고 일어나 지하로 내려갔다. 똑순이 김 순경이 실수했을 리 없다는 것은 알고 있었다. 하지만 지푸라기라도 잡는 심정으로 자료보관실 컴퓨터를 켜고 직접 데이터베이스에 접속했다.

자료를 찾았다. 맞았다. 틀림없었다. 조작할 수도 없는 진실이었다. 정확한 그들의 군번과 이후 대한민국 육군으로 편입되는 과정까지 분명하게 기록이 나와 있었다. 이 기록은 육군자료보관소에서 나온 기록이었다. 분명한 역사적 사실이었다.

강 형사는 갑자기 짜증이 울컥 치솟았다. 그리고 무엇을 믿어야 할지, 그리고 무엇이 진실인지, 도대체 왜 이 모양인지, 성질이 났다.

끓어오르던 성질이 가라앉자 한 가지 생각이 떠올랐다. 육군기록의 진정성을 의심해도 괜찮을 사람이 한 명 있었다.

아무래도 윤 소령을 만날 때가 된 것 같았다.

몇 시간 후, 윤 소령을 만난 강 형사는 머리를 맞대고 연세대사건에 대해 다각도로 논의했다. 그리고 한 가지 방향을 세웠다.

2006. 06. 30. 금.

AM 03:30

핸드폰 소리가 숙직실을 흔들었다. 잠결에 그냥 그러려니 하며 머릿속이 먹먹하게 다시 아마득해질 무렵, 방 저쪽에서 짜증 섞인 욕설이 튀어나왔다.

"아, 씨발, 어떤 새끼야?"

천 반장의 덜 깬 목소리가 잠을 깨놓았다. 그때 다시 핸드폰 소리가 울리자 비로소 자기 벨소리란 걸 알았다. 진동으로 바꿔 놓는다는 것을 깜빡했다.

"쓰발, 아무나 빨랑 받아."

어디에 핸드폰이 있는지 주섬거리며, 어떤 놈이 한밤중에 전화질을 해대는지 성질이 북받쳤다. 겨우 벽에 걸려 있는 바지 주머니 속에서 핸드폰을 꺼냈다. 숙직실 밖으로 들고 나가며 폴더를 홱 젖혔다.

성질을 버럭 내려는데 차가운 목소리가 볼에 닿았다.

—강 형사님, 즉각 받으셔야지 도대체 뭐예요?

윤 소령이었다. 눈을 비비며 복도에 있는 시계를 보았다. 새벽 3시 반을 막 넘어가고 있었다.

"이 시간에 무슨……?"

채 말이 끝나기도 전에 그녀의 말이 날아왔다.

—사건을 정리해 봤는데요, 역시 중요한 것은 윤동주인 것 같아요.

이미 어제 저녁에 다 한 말이었다. 도대체 이 여자가 아닌 밤중에 무슨 짓인가 하며, 짜증이 나려 했다.

—그래서 말인데, 윤동주 연구에 대가가 누구에요? 국문과였다면서요.

너무 쉬운 질문이기도 했고, 무엇보다 아직 잠결이었다.

"그거야 송범구 교수님이죠."

—송범구 교수요? 좋아요. 아침 7시까지 기무사 앞으로 오세요.

순간 화들짝 놀랐다.

"예? 왜요?"

조금 뜸이 들었다.

—아직 잘 모르시겠어요? 기록으로는 별다른 것을 못 찾았다면서요? 그러니 권위자를 직접 만나 묻는 것이 다음 순서지요. 그게 제일 빠를 것 같아요.

선생께 쫓겨나던 강의실이 떠올랐다. 강마른 선생의 불호령과 무시무시한 얼굴이 눈앞에 확 달려들었다. 잠이 홀랑 달아나 버렸다. 비로소 자신의 실수를 깨달았다.

"아니, 꼭 만나야 하는 것이 아니라 충분히 책에……."

—다른 소리 할 거면 그만두세요. 아침 7시에 봐요.

전화는 일방적으로 끊어졌다.

그제야 지나가던 당직 순경들이 이상한 눈으로 보고 있었다는 것을 깨달았다. 팬티 바람에 러닝셔츠도 입지 않은 채였다. 하지만 그건 송범구 선생님을 만날 생각에 비하면 아무것도 아니었다.

선생의 호통이 다시 귀에 천둥을 치는 듯했다.

AM 09:20

휴가철이라 고속도로는 주차장보다 조금 나은 정도였다. 엑셀이 영동고속도로 여주 인터체인지를 지날 때였다. 윤 소령이 입을 열었다. 청바지에 평범한 티셔츠 차림이었다.

"정준오와 홍학규의 기록은 육군 기록과 같아요. 광복군이었다는 기록은 사실이에요."

예상은 했지만, 듣고 나니 낙심이 컸다. 조수석에 앉은 윤 소령이 고개를 돌려 그를 쳐다보았다.

"그런 표정 지을 필요 없어요. 그 사실이 좋은 것인지 나쁜 것인지는 모르니까요."

묘한 말을 했다.

"그게 무슨 말씀이세요?"

그녀는 입을 다물었다. 차창 밖을 향한 시선은 말해줄 생각이 없는 듯했다.

"그냥 운전이나 하세요. 조사하느라 밤에 한숨도 잠을 못 잤더니 조금 자야겠어요."

하고는 조수석을 뒤로 더 젖히고 눈을 감았다.

잠시 후 낮게 색색거리는 소리가 자동차 엔진소리와 아스팔트에 마찰되는 바퀴소리에 미묘하게 섞였다.

힐끔 그녀를 훔쳐보았다. 고개가 운전석 쪽으로 기울면서 얼굴이 고스란히 드러났다. 이목구비가 선명하고 깔끔한 것이 빛나는 하얀 피부에 잘 어울렸다. 아무리 봐도 예뻤다.

약간 벌어진 두 입술 사이로 공기가 들락거리면서 가늘게 떨리는 빨간 입술에 마음이 산란해졌다. 어색한 긴장에 라디오를 켤까 하다가 공연히 그녀를 깨울 것 같아 그만두었다. 그냥 강릉까지 앞만 보고 운전하겠다고 다짐했다.

하지만 코끝을 간질이는 그녀의 나긋나긋한 향기는 끝내 사라지지 않았다.

PM 02:40

선생의 댁은 강릉에서 속초 쪽으로 거의 다 올라간 곳이었다. 앞으로 해안도로와 바다를 바라보는 기슭 쪽이었다. 80년대 지었을 것 같은 단층 양옥이 멀리 보이는 아파트와 더 뒤쪽에 보이는 전통 마을의 늘어선 기와집과 기묘한 조화를 이루었다. 길가 바로 앞에 짓다만 덩그런 대형 건물이 목에 걸린 가시처럼 전부를 망쳐 놓지만 않았다면, 정말 그림 같은 곳이었다.

마당에 들어서자마자 누런 개가 잡아먹을 듯이 짖어댔다. 제 목을 묶은 끈이 어디까지 갈 수 있는지 시험해 보려는 듯 입에 허연 침을 늘어뜨리며 덮칠 기세로 쾅쾅댔다.

"복실아, 복실아, 조용히 해라."

똥개에겐 정말 과분한 이름이었다.

선생께서는 여전하셨다.

고운 한복 차림으로 꼿꼿하게 서셔서 화초에 물을 주시는 것이 정정해 보였다. 팔순 나이가 무색했다. 선생은 마당에 들어서자마자 대뜸 못

마땅한 기색으로 눈살을 찌푸리셨다. 기억력이 세상에서 제일 좋은 사람 순위를 매기면 선생은 10위 안에 꼭 들어갈 거라고 학부 때부터 명성이 자자했다. 아직도 기억하시는 것이 분명했다.

"안녕하세요? 처음 뵙겠습니다. 전화 드렸던 윤소영이라고 합니다."

손에 과일바구니를 들고 사근거리며 다가가 윤 소령이 인사하자, 순식간에 선생 얼굴에 주름살이 펴졌다. 꼬장꼬장한 목소리를 최대한 부드럽게 만드시는 것 같았다.

"아, 처자였구만. 어서 올라가자고."

하시고는 앞서 마루에 오르셨다. 강 형사는 자신을 본 척 만 척하는 것에 무안하기보다는 주눅이 들었다. 선생 앞에만 서면 한없이 작아지고 소심해졌다. 윤 소령이 어깨를 툭 치며 가지 않았다면 마루에 오르지 않고 마당에서 기다리며 서성거릴 참이었다.

선생의 흙 묻은 하얀 고무신 옆에 나란히 신발을 벗었다.

선생이 거실에 자리를 잡았다. 짚으로 만든 방석 위에 앉자 서 있던 윤 소령이 대뜸 야무진 자세로 큰절을 했다. 느닷없는 상황에 강 형사도 황급히 따라서 절을 했다. 그 사이 며느리로 보이는 아주머니가 차를 내왔다. 선생은 흡족한 표정으로 차를 몇 모금 드시더니 말했다.

"그래, 알고 싶은 게 무언가? 내가 아는 것이 짧아서……."

윤 소령이 사근사근 말했다.

"선생님께서 윤동주의 대가라는 말씀을 들었습니다."

"누가 그래?"

뭔 소리냐는 듯한 말투와 달리 표정은 환해지셨다.

"그래서 윤동주에 대해 몇 가지 여쭙고 싶은 것이 있어 왔습니다."

"뭐 아는 것은 없지만…… 어디 한번 말씀해 보시게."

생글생글 웃는 것이 윤 소령이 소령이라는 것을 잊을 지경이었다. 그냥 직장 다니는 젊은 아가씨 같아 보였다.

"윤동주와 가장 친했던 사람이 누굴까요?"

선생은 두 번 생각할 것도 없다는 듯이 대뜸 말했다.

"송몽규宋夢奎지."

"송몽규요?"

"그럼. 동주의 고종사촌형인데 그보다 6개월 먼저 태어났어. 친구처럼 지냈지. 후쿠오카 형무소에서 죽을 때도 동주가 송몽규보다 먼저 죽었지, 몽규도 몇 달 더 못 살았지만 말이야."

"거의 같이 지냈나 보죠?"

"그랬지. 어려서도 같이 학교를 다니고 연희전문도 같이 다녔으니까, 연희전문 기숙사도 한동안은 같이 썼어."

강 형사는 도서관에서 읽은 자료를 떠올렸다.

"연희전문을 졸업하고 송몽규는 교토제국대학에 진학했고, 윤동주는 도쿄에 있는 릿쿄대학에 진학했지."

"그렇게 붙어 다녔다면 같은 대학으로 가지, 어쩌다 그렇게 흩어진 거죠?"

"교토제국대학 시험에 몽규는 붙고 동주는 떨어졌거든. 그래서 도쿄의 릿쿄대학으로 간 거지."

생강차를 들던 윤 소령이 알겠다는 표정을 지었다.

"그랬는데 동주가 교토에 있는 도시샤대학으로 편입해서 결국 다시 교토에서 몽규와 같이 지내게 됐어. 그랬는데 일본 특고에게 붙잡힌 거야. 그냥 도쿄의 릿쿄대학에만 있었으면 별일 없었을 텐데 말이야. 교토에 몽규와 같이 있던 것이 화근이었지."

의아한 표정으로 윤 소령이 물었다.

"송몽규와 같이 있던 것이 화근이었다니요?"

선생은 그것도 몰랐냐는 듯 말했다.

"몽규가 불령선인不逞鮮人으로 일제의 주요 감시인물이었거든."

"그랬어요?"

선생은 송몽규가 1935년 19살의 나이로 중국 본토로 건너가 김구 계열의 광복군 양성학교인 낙양군관학교 한인반에 입학해 훈련을 받은 후 활동하다가, 일제에 체포되었던 전력을 자세히 설명했다.

"그래서 평생 동안 일본경찰들이 지목해서 미행하고 감시했지. 교토에서 잡힌 것도 몽규를 감시하던 자들 때문이었어. 둘이 밤마다 민족에 대해 피 끓는 이야기를 나눈 것을 저들이 다 엿듣고 있었던 거지. 다른 조선인 유학생들도 같이 잡혔었는데 모두 풀려나고, 몽규와 동주 둘만 후쿠오카 형무소에서 죽었지."

선생은 차를 한 모금 천천히 마셨다.

"몽규는 문학적 재질도 뛰어났어. 중국 본토로 건너가기 직전 동아일보에 콩트 '술가락'이 당선돼서 등단도 했거든. 동주야 죽은 후 빛났지만 몽규는 살아서도 빛났지."

윤 소령이 잠시 생각에 잠겼다.

"윤동주는 꽤나 열등감에 시달렸겠네요? 직접 독립운동을 한 것이나 교토제국대학에 진학한 것, 또 문단에 등단한 것 모두 고종사촌인 송몽규가 앞섰으니 말이에요?"

강 형사는 순간 뜨끔했다. 선생의 금기를 건드린 것이 아닌가 불안했다. 다행히 선생의 눈은 마루 밖에 펼쳐진 먼 하늘을 향하고 있었다.

"그랬겠지. 아마, 그랬을 거야……."

한동안 침묵이 흘렀다. 마당의 꽃들 사이에서 왱왱대는 벌떼 소리가 들렸다. 복실이조차 늘어져 따분한 듯 보였다.

조용한 침묵을 깬 것은 다시 윤 소령이었다.

"송몽규 말고 동주와 친했던 사람이 또 누가 있죠?"

선생의 눈길이 돌아와 윤 소령을 향했다.

"정병욱鄭炳昱과 강처중姜處重이 있지."

선생은 야무진 태도로 묻는 윤 소령이 맘에 드는 모양이었다. 흔쾌한 기분으로 술술 말했다.

"정병욱은 연희전문에서 윤동주와 같이 공부한 후배지. 동주가 굉장히 아꼈던 것 같아. 기숙사를 나와 잠시 밖에서 하숙을 할 때도 같이 할 정도였거든."

윤 소령은 학생이 된 듯 눈을 반짝이며 고개를 주억거렸다.

"만약 정병욱이 없었다면 윤동주는 지금 같은 윤동주가 아니었을 거야. 송몽규처럼 잊혀진 사람이 되었겠지."

"그건 왜죠?"

"처자는 윤동주의 시집 이름을 아는가?"

"그거야 우리나라 사람이면 다 한 번씩은 들어본 이름이죠. '하늘과 바람과 별과 시'잖아요."

선생은 흔쾌한 미소를 지었다.

"그럼 이건 아는가? 이육사라는 시인이 있었는데, 그가 죽은 다음에 그가 남긴 시들을 모아 '육사시집'이라는 유고시집遺稿詩集을 냈지. 그런데 왜 윤동주가 죽은 다음에 나온 시집은 똑같은 방식인데 '동주시집'이 아니라, '하늘과 바람과 별과 시'인지 말이야?"

선생이 매 학기 첫 시간에 묻는 질문이었다. 선생은 다시 강단에 선 것처럼 눈에 생기가 넘쳤다.

"글쎄요……. 잘 모르겠는데요. 선생님께서 가르쳐주세요."

역시 윤 소령은 영민했다. 윤동주에 대해 사전 조사를 한 그녀가 모를 리 없지만 착 달라붙어 선생의 비위를 맞췄다.

"'하늘과 바람과 별과 시'라는 시집은 원래 동주가 연희전문을 졸업하던 1941년 12월에 졸업 기념으로 출판하려 했던 거였어. 그래서 자신이 쓴 여러 시들 중에서 좋은 것을 가려 뽑아 시집을 만들고 붙인 이름이지. 그런데 아무래도 일제의 행태가 심상치 않아 주변에서 만류했어. 어느 정도 일제가 심했냐 하면, 원래 졸업식은 노상 2월에 하잖아. 그런데 전시라고 학제를 3개월 단축시켜 버려서 12월에 졸업하게 된 거였거든. 아무튼 그래서 나오지 못했던 그 시집의 이름을 윤동주가 죽은 후 그의 유고시집을 만들 때 그대로 가져다가 쓴 거야. 사실 실린 시들 대부분이 그 시집이기도 했으니까."

선생은 약간 조바심을 내는 듯한 윤 소령이 재미나다는 듯 웃었다.

"처자는 윤동주와 가까웠던 사람, 그러니까 정병욱에 대해 알고 싶다는 거지?"

윤 소령은 들켜버렸다는 듯 혀를 날름거렸다. 그녀의 행동에 강 형사는 경악스러울 지경이었다. 하지만 선생은 그 모든 것이 다 예쁘게 보이는 듯했다.

"'하늘과 바람과 별과 시'를 보관한 사람이 바로 정병욱이야."

"예?"

선생은 강의실에 선 듯했다.

"1941년 출간하려 할 때, 동주가 자기 손으로 직접 쓴 원고 세 부 만들었지. 하나는 당시 연희전문 선생이시던 이양하 선생께 드렸고, 하나는 자신이 갖고, 마지막 하나를 바로 정병욱에게 준 거야. 이양하 선생 것은 한국전쟁 통에 사라진 것 같고, 동주가 가지고 있던 것은 일본에서 잡힐 때 다른 것과 함께 압수되어 사라져 버렸어. 마지막 하나, 정병욱이 가지고 있던 것만 남아서, 지금 우리가 윤동주의 시를 볼 수 있게 된 거지."

윤 소령은 생각을 정리하는 듯했다.

"정병욱이 가지고 있던 것은 어떻게 일제강점기를 버틴 거죠?"

"그게 말야. 정말 대단한 거야. 정말 정씨 집안은 알아줘야 해……."

선생의 시선이 다시 열린 문을 넘어 하늘에 머물렀다. 윤 소령의 헛기침소리가 없었다면 더 한참 상념 속에서 시간을 보냈을 거였다.

"정병욱이 학도병으로 1944년에 끌려가거든. 일제 말기에 학도병으로 갔던 사람들은 거의 다 죽었어. 살았어도 돌아오지 못한 자들이 부지기수였고……. 아무튼 그때 학도병으로 끌려가는 정병욱이 그의 모친에게 말하지, '이 시집을 잘 보관했다가 동주 형이 오면 주든가, 독립이 되면 출간해서 세상에 알려 달라'고 말이야. 자신은 돌아오지 못할 게 뻔하니까 그렇게 유언으로 말한 거야."

강 형사는 선생의 눈가가 가늘게 떨리는 것을 놓치지 않았다. 정병욱이 윤동주의 문학성을 이해하고 자기 죽음보다 그의 시를 더 귀중하게 생각했다는 얘기는 몇 번 들어도 숙연하게 했다.

"그런데 더 대단한 것은 정병욱의 모친이었어. 1945년 광복이 되자 정병욱이 살아서 돌아왔어. 학도병에 늦게 끌려갔기에 죽지 않고 살아 돌아올 수 있었던 거지. 그보다 먼저 학도병으로 끌려갔던 자들은 대부분 다 죽었거든. 아무튼 아들 정병욱이 돌아오자, 글쎄 그 어머니는 집안 마루 밑에 땅을 파고 묻었던 항아리 안에서 태극기와 함께 시집을 꺼내 주더란 거야. 그러니까, 자기 아들은 죽는데 남의 아들 시집을 태극기와 보관했던 거지. 목숨을 걸고 말이야……."

이번에는 윤 소령도 한참을 선생을 따라 하늘을 쳐다봤다.

꽤 시간이 지난 것 같았다. 윤 소령이 조심스레 물었다.

"그리고 강처중이란 사람은 누구죠?"

"어, 강처중."

선생은 잠에서 깨어난 것 같은 표정이 되었다.

"윤동주의 동기야. 그는 아까 말한 송몽규와 윤동주, 이렇게 셋이서 연희전문 기숙사 생활을 같이 할 정도로 친했지. 강처중은 연희전문 졸업 후 경향신문 기자로 일했어. 그런데…… 좌익이란 이유로 오랫동안 역사에서 사라졌지. 그래서 정병욱만큼 주목받지는 못한 거지."

"좌익이요?"

"응. 한국전쟁 때 좌익인사로 공안에 체포되어 서대문형무소에 수감되었다가 사형선고를 받아 죽었어."

서대문형무소란 말이 강 형사의 뇌리를 강타했다. 눈앞에서 불꽃이 튀었다. 연세대사건이 슬라이드처럼 눈앞을 지나쳤다. 분명 학부 때 이 얘기를 선생에게 들었을 테지만 기억하지 못했었다. 그때는 그것이 중요한 게 아니었기 때문이었다.

"만약 그러지 않았으면 정병욱만큼 윤동주를 이해하는 데 중요한 인물이 되었을 거야."

하더니, 일어서서 안방으로 들어갔다.

선생은 한참 후에 책 한 권을 들고 나왔다. 그리고는 책을 펼쳐 윤 소령 앞에 내밀었다. 한 남자의 사진이었다.

"이 사람이 바로 강처중이야."

얘기는 여러 번 들었지만 강처중의 얼굴은 처음이었다. 사각모를 쓰고 있는 것이 연희전문 졸업사진 같았다. 강인한 인상에 널찍한 이마, 훤칠했다.

책을 돌려주며 소령이 물었다.

"그는 어떤 일을 했죠?"

"아까 말한 것처럼 '하늘과 바람과 별과 시'는 동주가 1941년 졸업 이전까지 쓴 시들 중에서 자신이 직접 뽑은 것들이야. 그 후 동주는 일본으로 건너가는데 거기서도 시를 썼지. 그때 일본에서 쓴 시들을 동주가 편지로 자신의 동생들과 강처중에게 보냈어. 그 당시 동생들은 나이가 어려 시들을 하나도 보관해 놓은 것이 없었는데, 강처중은 그 시들을 모두 보관했다가 유고시집을 낼 때 같이 넣었지. 그래서 지금 우리가 일본에서 지은 동주의 주옥같은 시들을 '하늘과 바람과 별과 시'에서 볼 수 있는 거야."

윤 소령이 알겠다는 듯 주억거렸다.

"사실, 유고시집을 내기 위해 백방으로 뛰어다닌 사람이 강처중이었어. 그는 윤동주의 책, 앨범은 물론, 동주가 쓰던 앉은뱅이책상까지 모두 보관하고 있었지. 정말 탁월한 안목이었지. 만약 그가 없었다면 유고시집이 만들어지지 않았을지도 몰라. 그 유고시집에 정지용이 서문序文을 썼는데, 서문에 짝이 되는 발문跋文을 바로 그가 썼어. 모두 백방으로 노력한 공이 있었기에 발문을 쓸 수 있었던 거지. 하지만 좌익이라고 해서 완전히 묻혀 버렸지……."

선생의 표정은 착잡하다는 한마디로 표현할 수 없게 변했다. 아쉬움과 회한, 서글픔과 분노, 동정과 연민 등이 섞여 있었다.

다른 길로 빠지려는 말을 윤 소령이 조심스럽게 다시 제 길로 돌렸다.

"지금까지 말씀하신, 송몽규, 정병욱, 강처중 말고 따로 친했던 사람은 없나요?"

선생이 윤 소령의 예쁜 얼굴을 바라봤다.

"문익환文益換이 또 친했지."

"그 문익환 목사요?"

"그래, 민주화 투쟁으로 여러 차례 옥고를 치렀던 그 문익환 말이야. 그 양반도 훌륭한 양반이지. 한 시대의 올곧은 삶을 살았지. 그건…… 송몽규, 문익환, 윤동주 모두 만주 명동촌에서 같이 자랐기 때문인지도 몰라. 아무튼 그들은 명동소학교와 은진중학교를 같이 다녔지. 이후 평양 숭실중학교를 나와서 일본 동경신학교에 유학하게 되어 윤동주와 자주 만나지는 못했지만 말이야."

윤 소령이 다 식어버린 생강차를 천천히 음미하듯 마셨다. 그리고 조심스레 물었다.

"또 다른 사람은 더 없나요?"

"가족이나 친지들 말고는 그렇게까지 각별한 사람들은 없었어."

윤 소령은 슬그머니 진짜 묻고 싶은 것을 내놓았다.

"그럼 혹시 윤동주와 사이가 나빴던 사람이 있을까요? 뭐 라이벌이라든가 하는……."

"글쎄……."

선생의 표정이 난감해졌다. 머릿속은 그동안 뒤적였던 책들 사이를 발 빠르게 움직이고 있는 것이 분명했다.

"딱히 떠오르는 사람이 없는데, 워낙 동주의 성격이 원만해서……."

조금 안타까운 듯 윤 소령의 눈빛을 보고 선생이 물었다.

"왜 무슨 사건이 있었는가?"

윤 소령의 얼굴에 순간적으로 놀란 감정이 스쳤다.

"왜 놀랐나?"

그러며 선생이 손가락으로 강 형사를 가리켰다. 꿔다놓은 보릿자루 같다가 갑작스런 지목을 받자 강 형사는 바늘방석에 앉은 것처럼 불안해졌다.

"저 미련한 놈이 내 제자라네. 2학년 때 쫓아버리긴 했지만 말이지."

선생은 정말 잊지 않고 있었다.

"저놈이 생각 없이 말을 함부로 해서 그렇지, 그럭저럭 똑똑했거든. 학교를 다니는가 싶더니만 어느 날 테레비에 나오더군. 형사라더군. 미친 놈……. 영웅이 따로 없더군. 원래 저놈이 좀 그런 면이 있기는 했지, 나서서 설치는 거 말이야."

작년 전 세계에 생중계 되었던 광화문사건의 사후처리는 복잡했다. 그때 현장에서 얼굴이 스치듯이 드러난 적이 있는데 그 장면이 뉴스에 몇 번 나온 적이 있었다. 그걸 선생이 봤을 거라고는 생각지 못했다.

"처자가 저놈을 달고 온 것이 아니라면, 저놈을 따라 온 것일 텐데, 큰 사건이 아니라면 저놈이 이렇게 내 앞에 올 리가 없거든."

선생의 눈빛이 차분하게 변했다.

"그래, 속 시원히 말해 보게. 무슨 일이 있었나?"

윤 소령은 어찌해야 할지 속으로 저울질하는 것 같았다.

"어려운 얘기면 하지 않아도 되네."

"아닙니다, 선생님."

소령이 다급하게 답하더니, 연세대 연쇄살인사건의 경위를 설명하기 시작했다. 강 형사는 일반인에게 이렇게 중요한 사건 내용을 말하는 것이 못마땅했다. 그러나 나설 순 없었다. 소령은 잘린 손가락이 뱃속에서 나오고 발가락이 부서지고 혀가 잘리고 눈알이 뽑혔다는 끔찍한 말까지 서슴지 않았다. 그 말에도 선생은 조금도 움찔하지 않았다. 그저 오랜 습관대로 눈을 가늘게 뜨고 옆으로 돌아 앉아 듣고만 있었다. 윤 소령은 그래도 피살자들의 이름은 말하지 않았다.

그녀의 이야기가 끝나자 선생이 윤 소령을 향해 고개를 돌렸다.

"죽은 자들이 모두 윤동주와 관련이 있는 자들인가?"

"그것을 잘 모르겠습니다. 그래서 선생님께 여쭈러 온 것입니다."

그러더니 결심한 듯 피살된 주신덕, 정준오, 홍학규의 이름을 말했다. 강 형사는 윤 소령의 너무 나갔다고 생각했다. 불타버린 서대문경찰서와 심장마비로 급사한 민 박사의 경우가 떠올랐다. 아는 것이 위험했다. 그게 아니어도, 사건의 구체적인 내용을 민간인에게 말해서는 안 되었다. 하지만 이미 엎질러진 물이었다.

"음……."

이름을 들은 선생은 잠시 눈을 감고 깊은 생각에 빠졌다. 한참 후 눈을 뜨더니 속을 알 수 없는 눈빛으로 윤 소령을 건네 보았다.

"처자, 늦었는데, 오늘 올라갈 건가?"

"예?"

"우리 집에서 하룻밤 묵고 가는 것은 어떻겠나?"

느닷없는 말에, 윤 소령은 고개를 돌려 강 형사를 쳐다봤다. 어쩔 수 없이 자신이 나서야겠다고 생각했다.

"저 선생님, 저희는 바쁜……."

선생이 대뜸 소리를 질렀다.

"네놈은 가도 된다. 이 처자만 있으면 돼. 그렇지 않아도 네놈은 애저녁에 쫓아 버릴 생각이었다."

난감했다. 더 이상 말을 붙일 수 없었다.

"처자는 저 못난 놈과 어떤 관계인가? 저놈이 처자의 부하인가?"

"아닙니다. 강 형사님이 저보다 위입니다. 제가 강 형사님께 많이 배우고 있습니다."

"뭐여? 저놈이 처자처럼 영민한 자를 부릴 능력이 있어? 저놈은 아주 답답한 데다 역사의식이라곤 눈곱만치도 없는 놈이야. 민족 시인을 싸구려 글쟁이라고 생각하는 놈이라니까, 머릿속이 텅 비어서, 두드리면 텅텅 소리가 날 걸세."

윤 소령이 손을 입가로 가져가며 웃었다.

"다른 건 모르지만 답답한 건 맞습니다."

"그럼 저놈과 같지 다니지 말게. 처자에게 해가 될 걸세. 저놈 먼저 올라가라고 하고 처자는 좀 남게. 내가 따로 일러줄 말이 있네."

윤 소령은 애매한 상황에 뭐라 말할 수 없었다. 따로 일러줄 말이 있다는 것에 결심한 듯했다.

"폐가 되지 않는다면 댁에 하룻밤 머물겠습니다."

그러자, 선생의 얼굴에 화색이 돌았다. 선생은 표정과 흥분한 손짓이 꼭 손녀딸이 놀러온 마냥 즐거운 기색이었다.

강 형사는 도무지 그 의중을 알 수 없었다.

PM 10:20

선생은 사모님과 사별하고, 젊어 홀로 된 며느리와 지냈다. 식구는 똥개 복실이까지 해서 달랑 셋이었다. 50이 넘어 머리가 허옇게 된 며느리는 심덕 좋게 생긴 분이었다. 사모님 살아생전에 노상 다른 곳에 시집가라는 것을 듣지 않고 시부모를 모시고 살았다. 그러다가 사모님마저 돌아가시자 평생 공부 외에 세상 물정 모르시는 시아버지를 두고 더욱 가지 못하겠다며, 호통치는 것밖에 해본 적이 없는 선생을 모시고 산 것이 벌써 6년이 넘었다.

그래선지 선생은 윤 소령이 '선생님, 선생님' 하며 살갑게 따라다니며 화초들에 대해 묻는 것을 여간 흔쾌히 여기는 것이 아니었다. 어쩌면 그런 외로움에 한 줄기 청량한 바람이 불어, 그래서 붙들었는지도 모르겠다는 생각을 했다.

해가 떨어지고 따로 윤 소령과 함께 긴 산책을 다녀온 선생은 피곤한 얼굴이었지만 유쾌해 보였다. 윤 소령도 즐거워 보였다. 하지만 강 형사를 향한 눈길은 여전히 불편한 심경이 가득했다.

선생 댁에 방은 둘이었다. 안방은 선생께서, 멀찍이 떨어진 건넛방은 며느리가 썼다. 어쩔 수 없이 강 형사는 선생과 한 방에 눕게 되었다. 선생은 자신과 같은 방에 있다는 것만으로도 못마땅하다는 듯이 인상을 찌푸렸지만 어쩔 수 없는 상황이었다. 그리고 따지고 보면 이럴 줄을 알면서도 굳이 자고 가라고 한 것이 바로 선생이었다.

자리에 누웠지만 잠은 쉽게 오지 않았다.

선생은 코를 낮게 고시며 잠에 들었다. 방 안에는 노인 특유의 냄새에 담배 냄새가 섞여 있었다. 조용하게 편안한 리듬의 낮은 코고는 소리까지 흐르자, 문득 고향 같다는 당치도 않는 생각이 들었다. 하지만 노인 냄새와 베개 속에서 흘러나오는 볏단 냄새, 무엇보다도 싸구려 담배 냄새가 벽지에 가득 들러붙어 풍겨 나오는 것이, 그를 옛날 어느 때로 데려가는 것만 같았다. 될 대로 되라는 생각으로 옆으로 돌아누워 잠을 청했다.

자기의 수유리 반지하와 종로경찰서 숙직실이 정말 멀리 떨어져 있다는 느낌이 들었다. 모든 일이 낯설게 여겨졌다. 몸과 맘이 차츰 풀어지면서 뭔지 모를 악에 받쳐 달려왔던 것들이 하나씩 흩어지는 느낌이 들었다.

퍼뜩 잠이 깬 것은 뭔가 시커먼 것이 자신을 내려다보고 있는 느낌 때문이었다. 창문 밖에서 들어오는 희미한 빛이 전부였다. 그 시커먼 것이 입에 손을 가져다 댔다.

놀랍게도 선생이었다.

"조용히 해라."

전에 없이 진지한 표정이셨다. 손짓으로 강 형사를 일으켜 앉혔다. 그리고 방문에서 더 멀리 안쪽으로 가자고 손을 흔들었다. 강 형사는 무슨 영문인지도 모른 채 선생을 따라 문갑 쪽으로 가서 앉았다.

선생이 문갑에 오른팔을 의지하고 조용히 입을 뗐다. 어두운 방 안에 선생의 눈빛만 번쩍였다.

"너는 저 여자를 얼마나 아느냐?"

퍼뜩 잠에서 깬 것보다 더 놀랐다. 선생은 허튼 분이 아니었다. 선생은 내내 윤 소령을 '처자'라고 불렀다. 그런데 지금 '여자'라고 한 것이다. 말의 미묘한 느낌은 하늘과 땅 차이였다. 무엇보다도 선생의 심란한 눈빛과 무거운 얼굴빛은 장난이 아님이 분명했다.

"잘 모릅니다."

솔직히 말할 수밖에 없었다. 기무사의 소령이라는 것을 말했다. 선생은 그럴 줄 알았다는 듯이 고개를 끄덕였다. 그리고 나직이 말했다.

"난…… 군인을 믿지 않는다."

문득, 군사 정권시절 도청과 감청, 인권유린에 대해 선생이 말했던 것이 떠올랐다. 그러자 선생이 윤 소령에게 자고 가라며 붙잡은 이유를 비로소 깨달았다. 강 형사에게만 긴히 하실 말씀이 있었던 거였다. 강 형사는 선생의 세심한 배려를 이해하지 못하고 멋대로 생각했던 것이 부끄러워졌다.

"그녀를 믿지 마라……."

기억하기로는 선생은 수업 때 가끔 그랬던 것 같았다. 장가나 시집가기 전에 꼭 배우자를 데리고 한번 찾아오라고 했다. 좋은 짝인지 봐주겠다고 늘 말씀하셨다. 농담으로 여겼는데 가끔 대학원 다니는 선배들이 선생 말씀대로 찾아뵈었다는 얘기가 돌기도 했다. 그렇게 도는 말끝에는 언제나 선생의 수준 높은 심미안에 대한 부풀려진 무용담도 곁들여졌다.

"왜 너와 같이 다니느냐?"

선생의 눈빛을 피할 수 없었다. 강 형사는 어쩔 수 없이 그간의 정황을 말씀드렸다. 선생께선 미동도 않은 채 찬찬히 다 들으셨다. 그러고는 뭔가를 생각하시는 듯하더니 갑작스럽게 입을 여셨다.

"죽은 자들에 대해 너는 얼마나 아느냐?"

"높은 공직자들이라는 것 말고는 별로 아는 것이 없습니다."

선생의 미간에 주름이 깊어졌다. 그리고 결심한 듯 입을 열었다.

"둘은 나도 잘 모르겠다만, 한 명에 대해서는 조금 안다."

"예?"

선생이 굳이 자고 가라고 잡으신 이유를 알았다. 강 형사의 심장이 요동치기 시작했다.

"피살된 주신덕은 이곳 강릉 사람이다."

선생의 눈빛이 진지해졌다.

"그는 부동산이 많다. 강릉에 그의 땅이 꽤 된다. 요 앞에 흉물스런 빌딩을 올리겠다며 건설업체가 지역 주민과 힘겨루기를 한 것도 바로 그가 뒤를 봐줬기 때문이다. 나는 지역 주민들과 함께 반대했었다."

그림 같던 주변 경관을 완전히 망친 그 덩그런 건물을 말씀하시는 거였다.

"환경이 파괴될 것이 뻔한데도 그는 밀어붙였다. 너희도 들어오며 봤겠지만, 흉물스런 골조가 정신없이 올라가고 있었다. 그런데 지난 5월에 갑자기 일을 멈춰버렸다."

주신덕이 사망한 것이 5월이었다.

"그 영감이 우리를 얼마나 협박했는지 아느냐? 강릉시장과 국회의원들까지 직접 나섰었다. 오기가 발동해서 나도 그 영감의 뒷조사를 하는 데까지 해봤다."

안 봐도 훤했다. 선생의 집념은 학교 재직 시에도 유명했다. 한번 꽂힌 것은 끝을 봐야 직성이 풀리시는 분이었다. 12시 너머까지 연구실에 불이 꺼진 적이 몇 날 없었다.

"그 영감과 겨루려고 많은 정보를 모았다. 바다 건너 미국에 있는 친구에게 연락해서 알아낸 것도 있었다. 여차하면 터뜨릴 생각이었다. 그런데 그가 갑자기 도중에 멈춘 것이다. 무슨 꿍꿍이가 있나 한동안 노심초사했다. 그러나 아무 일도 없었다. 정말 이상하다고 생각했다. 글쎄 죽어서 그만둔 걸 모르고……."

강 형사가 조심스럽게 물었다.

"주신덕이 윤동주와는 관련이 있습니까?"

그렇지 않다면 선생께서 흉물스런 건물을 짓다 말았다는 이유로 느닷없이 주신덕을 떠올리셨을 리가 없다. 분명이 관련이 있었다.

"직접적으로는 없는 것으로 되어 있다. 하지만 빙 돌아서는 관련이 있을지도 모른다."

"그게 무슨 말씀이신지요?"

선생은 다시 깊이 생각을 하더니 나직하게 말했다.

"손가락과 발가락, 혀, 눈 때문이다."

"예?"

생각지 못했던 것이 엉뚱한 곳에서 튀어나왔다. 강 형사는 입안이 바짝 말라들었다.

"내가 연세대로 오기 전 전남대에 있을 때, 사학과에 공명환이란 천재 교수가 있었다. 광복군이 그의 평생 연구주제였다. 내 연구주제가 윤동주인 걸 알고는, 시기가 비슷하다며 서로 의견 교환을 시작한 것이, 죽이 잘 맞아 절친하게 지냈다."

선생의 말이 이상한 곳으로 튀었다. 하지만 끊을 수 없었다.

"내가 연세대로 옮긴 후였다. 아마 88올림픽 유치로 한참 떠들썩하던 때였을 것이다. 공 교수가 서울에 학회 참석차 왔다가 나를 불러 저녁을 먹자고 했다. 술이 얼큰해지자 그가 만주에서 활동하던 독립운동결사에 관한 오래된 사료를 발굴했다며 자랑했다. 안중근 의사가 1909년 이토 히로부미를 죽이기 전에 왼손 약지를 잘라 태극기를 그리며 결의한 것을 계승하자는 의미에서 생긴 결사라고 말했다."

선생의 표정은 더없이 비장해 보였다.

"그 비밀결사의 입단식이 바로 안중근처럼 왼손 약지를 잘라 맹서하는 거라고 공 교수가 말했다."

"하지만 선생님, 그 정도는 우연일 수도……."

무슨 말인지 안다는 듯, 선생은 손을 저어 강 형사의 말을 잘랐다.

"사실 안중근 의사의 행적을 따르려고 했던 자들은 꽤 있었다. 그런데 하필 공 교수 생각이 난 것은 바로 발가락과 혀, 그리고 뽑힌 눈알 때문이었다."

선생이 심각한 표정으로 그 결사는 배신자들을 처단하는 방법으로 발가락을 부수고 혀를 자르고 눈알을 뽑는 형벌을 집행했다고 말했다.

"그럼 그들이 그 결사의 일원이었다는 말씀인가요?"

"그건 아닐 거다. 모두들 왼손 약지가 나중에 잘렸다고 하지 않았느냐. 결사의 일원이었다면 이미 잘려 있어야 한다. 난 아마도 그 결사를 떠올리게 하려고 누군가 일부러 혀를 자르고 눈을 뽑았다는 생각이 든다."

강 형사는 다시 살인자의 의도를 떠올렸다. 알리면서도 알리지 않아야 하는 방식을 택했다. 선생의 말씀이 맞다면, 살인자는 그 결사의 멤버였던 배신자에게 메시지를 보냈다는 말이 되는 거였다.

"사실 그때 공 교수가 비밀결사를 나에게 자랑한 것은 그것 때문이 아니었다."

선생의 말씀에 다시 현실로 돌아왔다.

"그 결사가 바로 동주와 관련 있는 결사였기 때문이었다."

"윤동주와요?"

선생께서 고개를 끄덕이셨다.

"그렇다. 그래서 굳이 나를 불러서 저녁을 먹자고 한 것이었다. 자랑도 그래서 한 거고."

선생의 말이 이어졌다.

"공 교수는 비밀결사의 명단을 입수했는데, 거기서 내가 평소에 읊조리듯 말하던 자의 이름을 발견했던 것이다."

강 형사는 가슴이 두근거렸다. 만약 그가 누구인지 안다면 연세대 연쇄살인사건의 배후를 알 수 있을지도 몰랐다.

"그…… 그가 누구입니까?"

흥분으로 저도 모르게 떨린 목소리가 컸다. 선생은 손짓으로 소리를 낮추라고 하고는 조심스레 입을 열었다.

"공 교수 말로는…… 강처중이라고 하더구나."

강 형사는 낮에 사진에서 보았던 강처중의 얼굴을 떠올렸다. 그가 비밀결사였다는 말을 듣고 보니 그의 얼굴이 더 날카로웠던 것 같기도 했다. 하지만 강처중은 이미 죽은 자였다. 연세대사건의 배후가 될 수 없었다.

"그날 내가 더 놀란 것은 공 교수가 새롭게 윤동주의 행적에 대한 기록을 곧 입수하게 될 거라며 흥미진진한 표정을 지었기 때문이었다."

"윤동주에 대한 기록을요?"

"일본에서의 행적이라고 했다. 그랬다. 분명 그랬다……."

선생의 눈길은 어두컴컴한 과거 어느 한구석을 더듬는 듯했다.

"자료를 보셨습니까, 선생님?"

선생께선 시무룩한 표정으로 저으셨다.

"비밀결사와 명단 그리고 윤동주에 대한 기록, 둘 다 보지 못했다."

선생의 얼굴에 회한의 그림자가 스쳤다. 강 형사는 아무 말도 하지 못했다. 쓸쓸한 목소리가 이어졌다.

"그날 공 교수를 만난 것이 그와 만난 마지막이었다."

문득, 강 형사는 서대문경찰서에 난 화재와 검시의 민 박사의 죽음이 떠올랐다.

"서울에서 그를 만난 지 꼭 일주일 되는 날, 그가 죽었다. 귀가하다 강도의 칼에 찔렸다."

전혀 근거는 없지만 분명 그들의 짓이라는 확신이 들었다.

"장례식에 참석 후, 고인이 된 친구에게는 미안하고 미망인에게 죄송스러웠지만, 학자의 호기심에 염치불고하고 공 교수 안사람에게 양해를 구했다. 그랬더니 그러더구나, 이미 며칠 전에 학교에서 사람들이 와서 다 가져갔다고. 평소에 공 교수가 학교에 자료를 기증하기로 했다고 학교에서 나온 사람들이 그렇게 말했다는구나. 공 교수 안사람은 경황이 없기도 했지만 학교 사람들 말이라 그렇게 하라고 했다는구나."

분명했다. 민 박사의 경우와 너무나도 유사했다.

"내가 사료를 볼 욕심으로 학교에 가서 물었다. 내가 재직하던 곳이어서 어렵지 않을 거라 생각했다. 그런데 그렇지 않았다."

"예?"

"학교에선 처음 듣는 소리라며 나를 빤히 쳐다봤다. 누군가…… 중간에서 빼돌린 것이다. 그게 벌써 20년이 더 된 옛일이다."

국문학 공부를 했다고, 강 형사도 허탈한 느낌이 들었다. 하지만 지금 그보다 더 중요한 것이 있었다. 잠시 미뤄두었던 질문을 꺼냈다.

"선생님, 그렇지만 주신덕과는 좀……."

"내가 아까 말하지 않았느냐. 건물 문제로 주신덕에 대해 찾아낼 수 있는 것은 다 알아냈다고."

무슨 말인지 몰라 눈만 껌뻑대는 강 형사를 향해 선생이 말했다.

"주신덕이 바로 강처중을 잡아 사형대에 세운 자였다."

"예?"

커다란 망치로 뒤통수를 맞은 것 같은 충격이었다.

차츰 충격이 가라앉으며, 강처중이 1950년 좌익 문제로 서대문형무소에 수감되었다가 총살당했다는 사실이 생각났다. 모든 것에 아귀가 맞아 떨어졌다. 연세대사건은 분명 강처중과 관련이 있었다.

"미군정 요원으로 활동하던 주신덕이 강처중을 좌익인사로 몰아 체포해서 죽게 했다. 이 기록은 미국무부에서 연한이 풀려 나온 맥아더 사령부 극비문서에 자세히 기록되어 있다. 나도 처음 그 기록을 보고 깜짝 놀랐다. 아마 내가 윤동주를 연구하지 않았다면, 다른 사람들처럼 강처중이란 이름을 스쳐 지나갔을 것이다."

"그렇다면……."

선생은 의미심장한 표정이었다.

"그럴지도 모른다. 누군가 옛 결사의 일원인 강처중을 죽인 것에 대해 복수를 하고 있는지도 모른다……."

선생께선 비장하셨지만 강 형사는 맥이 빠졌다. 강처중은 1950년에 죽었다. 그의 가족들 역시 남아 있지 않았다. 강처중처럼 일찍 죽지는 않았지만 윤동주를 친형처럼 따랐던 정병욱도 1982년에 죽었고, 만주 명동촌에서부터 친구였던 문익환 목사도 1994년에 세상을 떠났다. 그 연배는 대부분 세상을 떴다. 너무 먼 얘기였다.

무엇보다 문제는 그때부터 지금까지 아무 일 없이 있다가 갑자기 연쇄살인을 저질렀다는 것이 납득되지 않았다. 연결고리가 부족했다. 비약이 심했다. 강 형사는 머릿속에 퍼즐들이 둥둥 떠다니는 것을 손에 잡으려고 노력했지만 아귀가 맞지 않았다. 퍼즐이 꽤 많이 비었다.

그때 그의 머릿속에 한 가지 생각이 떠올랐다. 선생의 모습을 보았다. 정정하시긴 하지만 퇴임 후 무척 적적하게 지내신 것이 느껴졌다. 딱히 열정을 쏟을 데가 마땅치 않아 겨우 동네 주민들 앞에 서서 주신더 같은 자의 뒷조사나 하시다니, 하는 생각까지 들자 가슴이 먹먹해지려 했다.

그는 조심스럽게 선생께 외람된 말을 드렸다.

선생께서는 그냥 조용히 듣고만 계셨다. 강 형사는 자신이 하는 일이 그렇게 몹쓸 짓은 아니라고 생각했다. 선생께서도 그렇게 생각하시는 것 같아 마음이 한결 편해졌다.

하지만, 그는 자신의 말이 어떤 엄청난 일을 불러올지, 이때는 감히 상상도 못했다.

2006. 07. 01. 토.

AM 08:00

정갈한 아침밥을 먹고 온갖 산나물을 한아름 윤 소령이 받아 안을 때까지는 어제와 다름이 없었다. 하지만 차를 몰고 해안도로로 나서자마자 그녀의 얼굴은 얼음장처럼 변했다.

운전대를 잡은 그녀는 그야말로 쌀쌀맞다 못해 서리가 칠 것 같은 분위기였다. 그건 평소 윤 소령의 차가움에서도 한참 더 나간 거였다. 말을 걸어도 대답도 안 했다.

도무지 이유를 알 수 없었다. 완전히 갈라선 분위기였다. 답답함이 가슴에 쌓이자 은근히 부아가 들끓었지만, 딱히 이유를 알 수 없어 뭐라 할 수도 없었다.

윤 소령을 감싸고 있는 분위기는 빙하 밑에 용암이 흘러 곧 터져 나올 것 같았지만, 끝내 말 한마디 나오지 않았다. 바퀴소리와 바람 부딪히는 소리만 들리는 바늘방석 같은 차 안에서 그녀는 아무 말 없이 운전만 했다.

엑셀은 서울까지 휴게소에 한 번 들르지도 않고 달려왔다.

PM 05:00

선생의 말씀은 간단했다.

—초판을 확인했느냐?

"예? 초판이요?"

윤 소령이 쌀쌀맞게 기무사로 들어가 버린 후, 그는 선생께서 말씀하신 강처중의 발문을 보려고 도서관을 뒤졌었다. 강처중과 관련 있는 자가 연세대살인사건에 깊숙이 관련된 것이 분명했기 때문이었다. 그런데 《하늘과 바람과 별과 시》 어디를 봐도 강처중의 발문은 없었다. 정지용의 서문이 없기도 마찬가지였다. 그래서 선생께 전화를 올렸던 것이다.

전화기 너머에 선생의 한심스럽다는 표정이 떠올랐다.

—강처중이 좌익으로 죽었다고 하지 않았느냐. 유고 31편을 모아 정음사에서 출간한 1948년 1월 초판본에만 정지용 서문과 강처중 발문이 있다. 1955년 윤동주 서거 10주년 기념으로 만든 증보판 《하늘과 바람과 별과 시》에는 둘 다 빠져 있고.

강처중이 좌익 인사였다는 것이 다시금 가슴을 쳤다.

"그런데, 어떻게 정지용의 서문까지 뺐지요?"

—어허…… 벌써 다 잊었느냐?

처음엔 어제 들려준 말을 잊었느냐는 소리로 알아들었다.

—정지용이 북으로 끌려갔다는 이유로 그 역시 좌익 인사로 분류돼 한참을 말도 하지 못했지 않느냐. 그의 주옥같은 시들은 물론 그의 이름조차 문학사에도 '정×용', '정○○'라고 쓰던 때가 그리 먼 옛날도 아니다.

정지용이 납북되었다고 그의 시들이 모두 사회주의적이라고 보는 꺼병한 시각이 한동안 없지 않았다. 그런데 벌써 시간이 조금 지났다고 완전히 옛날 일처럼 잊어버린 거였다. 좌익은 생각이나 입장, 성향, 이념이 아니었다. 그건 죄였다. 그런 시대가 있었다.

선생의 목소리가 전화기에서 그를 일깨웠다.

—그렇지 않아도 내가 전화하려 했다. 정준오와 홍학규라고 했었지.

외람되게도 선생에게 그들의 뒷조사를 부탁했다. 선생이 무료해 하신다는 생각이었지만, 혼자서 주신덕을 조사한 것을 보고 놀랐기 때문이었다. 자신보다 더 효율적이고 정확하게 본질에 접근하실 거라고 믿었다. 그들과 같은 시대를 호흡했던 분이시니, 추상적으로 재구할 뿐인 방관자들보단 나을 거라 생각했다. 방금 전까지도 자신은 정지용과 강처중이 좌익 인사였기 때문에 그 글이 삭제되었을 거라는 너무나 간단한 이유를 생각하지 못했지만 선생께선 너무나도 쉽고 당연하게 아셨다.

—그들이 윤동주와 직접적으로 관련 있는 것은, 네가 말했던 것처럼, 만주 용정의 광명중학교를 같이 다녔다는 것 외에는 없다. 아마 그때 서로 만났을 수도 있다. 하지만 그냥 추측일 뿐이다. 그렇게 만났다고 해서 무슨 관계가 있다고 하기는 어렵다.

강 형사는 어쩔 수 없이 자신이 품고 있는 복잡한 심경을 솔직하게 털어놓았다. 그들이 도저히 광복군이면 안 된다는 생각이었다. 그들은 분명 나쁜 자들일 거라는 생각을 그대로 말씀드렸다. 형사가 해서는 안 될 말이었지만 선생께는 다시 학생이 된 기분으로 속생각을 다 풀어 놓았다. 그러고 나니 한결 후련해졌다.

하지만 선생은 강 형사의 말을 듣고는 한참을 말이 없었다. 강 형사가 다시 또 잘못을 저지른 것이 아닌가 안절부절못하다가 죄송하다고 사죄를 할 참에 선생의 목소리가 전화 저편에서 울렸다.

그 말씀을 끝으로 선생은 전화를 끊었다.

선생의 말씀은 노여움도 질책도 그렇다고 훈계도 아니었다. 그건 정준오와 홍학규의 광복군 활동이 차라리 없었다면, 그냥 빼버렸으면, 하는 강 형사의 심정을 콕 집은 말씀이었다. 그 말씀은 전화를 끊은 후에도 한참동안 그의 머릿속을 돌아다니며 윙윙거렸다.

선생은 이렇게 말했다.

'마음대로 가려 뽑을 수 있다면…… 그건 진실이 아니다.'

PM 09:20

지난번 만났던 '고목나무'에서 기다리겠다는 윤 소령의 전화에 강 형사는 얼떨떨했다. 무엇보다 오전에 그렇게 헤어진 것이 맘에 걸렸기 때문이다.

정말 고목나무 냄새가 나는 외진 구석에 나름대로 운치 있는 호젓한 조명 아래 하얀 얼굴의 윤 소령이 앉아 있었다. 가벼워 보이는 긴 치마에 블라우스 차림이었다. 천하의 얼음공주가 토라진 것처럼 보이는 것이 놀라웠다.

맞은편에 앉았다. 조금 옆으로 고개를 외면한 채 소령이 말했다.

"드릴 말씀이 있어서 나오시라고 했어요."

그녀가 여자로 보였다. 바닥에 깔아 놓은 자갈들에서 올라오는 냄새가 오늘따라 더 근사했다.

"연세대사건에 대해서 따로 더 말씀해주실 것은 없나요?"

그녀가 굳이 만나자고 한 이유치고는 너무 빈약했다.

"지난번까지 조사한 것은 다 말씀드렸고, 강릉에서 송범구 선생께서 하신 말씀은 같이 들었으니, 딱히 새로울 것은 없는데요."

소령의 얼굴에 표정이 하나 없었다. 그야말로 인형처럼 무표정하게 그를 똑바로 쳐다봤다. 그러더니 느닷없이 그녀의 입에서 엉뚱한 소리가 튀어나왔다.

"소원을 말씀해 보세요."

"예?"

"제가 들어드릴 소원을 말씀해 보시라고요."

윤 소령의 눈빛이 그의 얼굴을 뚫고 지나갈 정도로 강렬하게 쏘아졌다. 도저히 소원을 말하라는 사람으로 여겨지지 않았다.

"그게 무슨……."

"약속했잖아요. 연세대사건을 강 형사님께서 도와주시면, 제가 소원을 들어드리기로. 그렇게 거래하지 않았던가요? 딱 열흘 전 이 자리에서 말이에요."

윤 소령은 똑바로 앉아 눈 하나 깜빡거리지 않았다. 강 형사는 갑자기 할 말이 없어졌다. 불편함에 말했다.

"그럼, 이제 거래가 끝난 건가요?"

"예."

묻기가 무섭게 단호하게 튀어나온 말에 강 형사는 가슴이 두근거렸다.

"그러니 어서 소원을 말씀하세요. 질질 끄는 것 딱 질색이에요. 그리고 앞으로 서로 볼 일이 없을 거에요."

그녀는 당장 달려들 것 같이 그를 노려보았다.

"소…… 소령님 아직 연세대사건에 대해서 제대로 아는 것이 없는데 종결인가요?"

"아니요."

소령의 목소리는 빠르고 차갑고 단호했다.

"그럼 왜 지금……."

"강 형사님과는 끝이니까요."

"예?"

"잘 못 알아들으셨나요. 다시 말씀드려요? 형사님과 같이 수사하는 것은 끝이라고요."

소령은 눈썹 하나 흔들리지 않았다. 가슴이 떨렸다.

"제가 뭘 잘못했나요?"

공연한 말을 꺼냈다는 것은 윤 소령이 경멸하는 눈빛으로 변했기 때문만은 아니었다.

"모르셔요? 정말 몰라서 묻는 것은 아니시죠?"

너무나 정색으로 묻는 말에 가슴이 덜컹했다.

"모…… 모르겠는데요."

그러자, 알겠다는 듯 고개를 끄덕이는 소령의 얼굴에 농염한 미소가 피어올랐다. 그러더니 그의 얼굴을 향해 바짝 다가왔다. 입술을 그의 귀에 닿을 듯이 댔다. 그녀의 숨소리에서 은은한 향기가 퍼졌다. 하지만 소곤거리는 그녀의 목소리는 얼음장처럼 차가웠다.

"모르는 게 아니라, 모르고 싶은 거겠지, 이 자식아!"

하고는 벌떡 일어나 자리를 박차고 나가 버렸다.

PM 09:50

오늘 오전에도 그랬고, 지금도 그렇고, 그냥 그렇게 가게 해서는 안 될 것 같았다.

강 형사는 '고목나무'를 뛰어나와 윤 소령을 찾아 뛰었다. 종로 쪽으로 한참 가서 겨우 찾았다. 긴 치마가 바람에 날리는 것이 이상하게도 쓸

쓸하게 보였다. 그녀에게 그런 모습이 있었나 하는 생각이 들 정도였다.
달려가 뒤에서 그녀의 팔을 잡았다.
"저 소령님……."
고개를 돌린 그녀의 날카로운 눈빛과 마주치자, 팔을 잡는 것이 무례했다는 생각이 얼핏 스쳤다. 얼른 놓았다.
"저…… 그게……."
언제나처럼 그녀가 모든 것을 알아서 먼저 말해 주었다.
"굳이 말씀하려 하지 않으셔도 돼요. 아무리 생각하려 해도 잘못을 모르실 거예요. 모르고 싶은 사람은 죽었다 깨도 모를 테니까요."
소령의 눈빛은 완전히 풀어진 것은 아니지만 '고목나무' 안에서만큼은 아니었다. 하지만 다가설 수 없는 것은 마찬가지였다.
"강 형사님, 형사님은 저를 믿으세요?"
"예? 아…… 물론이죠. 소령님을 믿으니까, 연세대사건을 같이 수사하기로 한 거죠."
소령은 차가운 미소를 지었다.
"저는 강 형사님을 안 믿는데요."
"예?"
강 형사는 속이 바짝 달아올랐다. 뭐라도 말해야 할 것 같았다.
"제가 아무래도 소령님께 잘못한 것 같아요."
소령은 잠자코 일단 그가 하는 말을 들어주려는 얼굴이 되었다. 그러자 더 조급해지고 난감해졌다. 말이 꼬였다.
"그게 그러니까, 윤 소령님과 제가 같이 공조해서 수사를 하기로 했잖아요. 소령님이 세종로사건을 해결하기 위해서, 아니 그보다 콤포지션 C4를 찾으려면……. 그러니까 제가 연세대사건을 알아서 소령님께 말씀을 드리기로, 그러면 C4의 행방을 알 수 있으니까……."

횡설수설이었다. 진땀이 배어나왔다. 그녀가 천천히 입을 열었다.

"우리가 정말 공조하기로 했나요?"

목소리가 침울하게 느껴졌다. 그 말에 답이 더 궁해졌다.

"그…… 그러기로 했잖아요. 그렇게 거래를……."

"정말 그랬나요?"

그녀의 차가운 표정이 우울하게 보였다. 가슴이 불안으로 약하게 떨렸다.

"예, 그럼요. 그렇고말고요."

자신이 듣기에도 얼떨떨한 대답이었다. 그녀는 복잡한 표정으로 그를 한참 바라보더니, 한마디를 불쑥 내뱉고는 휙 돌아섰다.

"거짓말."

조바심이 잔뜩 났다. 그게 아니라고 변명하려는 순간, 돌아선 그녀의 입에서 뜻밖의 말이 흘러나왔다.

"'너는 저 여자를 얼마나 아느냐?'"

번개 맞은 것처럼 우뚝 멈춰 설 수밖에 없었다.

"'잘 모릅니다.' '난 군인을 믿지 않는다.' '그녀를 믿지 마라.' '왜 너와 같이 다니느냐?'"

불에 덴 것처럼 정신이 번쩍 나는 강렬한 아픔이 온몸을 휘감았다. 아찔한 충격으로 조금도 움직일 수 없었다. 땅 밑으로 그대로 시커멓게 꺼져버리는 것만 같았다.

명민한 그녀가 과도하게 붙드는 선생의 행동을 그냥 보아 넘겼을 리 없다는 것을 진작 깨달았어야 했다. 도청과 감청을 밥 먹듯이 해온 기무사의 특급 요원이라는 것을 절대로 잊지 말았어야 했다. 그녀가 왜 서울로 돌아오는 내내 아무 말도 하지 않았는지, 인사도 않고 기무사로 들어가 버렸는지 궁금해 했어야만 했다. 조금 전 찻집 안에서 '소원을 말하라'고 했을 때, 아니 방금 '저는 강 형사님을 안 믿는데요'라고 할 때까지만 해도, 기회는 있었다. 그녀는 기다렸다. 진실을 말하기를……. 하지만 이젠 너무 늦어버렸다.

돌아선 그녀의 두 어깨가 가늘게 떨리는 것 같은 환영이 보였다. 자신은 그녀를 배신하고도 그녀를 믿는다고 조금 전까지 얼버무렸다. 그대로 땅 밑으로 사라져 버리고 싶을 정도로 수치스러웠다.

그때, 그녀의 입에서 흘러나온 말이 그의 정신을 완전히 뒤집어 놓고 말았다.

"강 형사님은 제가 군인이어서, 그래서 저를 믿지 못하시는 거죠? 그렇죠?"

강 형사는 눈앞에 펼쳐지는 기묘한 데자뷰에 아찔했다. 몸이 핑그르르 돌며 쓰러질 뻔했다.

방 형사가 말했었다. 울면서 그랬었다.

'선생님, 선생님은 제가 전투적인 여자가 아니어서 그런 거죠? 그렇죠? 맞죠?'

2006. 07. 04. 화.

AM 11:30

선생을 모시고 고불고불 안국동 골목 안으로 들어갔다. 아직도 옛날 식으로 청국장을 만드는 기와집 식당이 있는 곳이었다. 이른 시간인데도 먼저 와 줄을 선 사람들이 꽤 있어 조금 기다려야 했다.

그래도 따로 떨어진 방 안에 자리를 잡을 수 있었다. 청국장과 수육을 시켰다.

"어떻게 먼 걸음을 하셨습니까, 선생님?"

며칠 전 윤 소령과 그렇게 헤어진 후, 참담한 기분에 휩싸여 있었다. 그날 어두운 종로 길에서 속일 생각이 아니라 보고할 기회를 놓쳤다는 말도 안 될 변명을 늘어놓을 수는 없었다. 하지만 윤 소령의 반응은 의외였다. 꼭 연인인 것처럼 행동했다. 정말 의외였고 그래서 그녀가 더 두려워졌다. 그녀의 속을 알 수 없는 행동이 불안했다. 그날 이후 그녀에게 매일 오전 정례보고처럼 전화를 걸어 조금도 진척이 없는 사건에 대해 보고했다. 그녀는 대꾸도 지시도 없이 묵묵히 듣기만 했다. 말이 끝나기까지는 끊지 않았고, 또 꼬박꼬박 전화도 받았다. 다만 그뿐이었다.

그게 더 괴로웠다. 기름이 죄다 빠져 퍽퍽한 닭가슴살처럼 그나마 있던 차가운 인간미마저 사라져 버린 것처럼 느껴졌다.

그러던 그에게 갑작스럽게 선생이 찾아왔다. 마치 이런 일을 알고 상경한 것처럼 공교로웠지만, 그건 아니었다.

"네가 조사하라는 것을 끝냈다."

중국에 있는 친구의 도움을 많이 받았다며 너털웃음을 지었다. 죄송스런 마음이 다시 고개를 들었다. 처음에는 안 그랬는데 자꾸 시간이 지날수록, 선생을 수하 부리듯 한 것 같아 영 개운치 않았다.

"어떻게 그렇게 빨리……."

"나는 할 일이 별로 없는 사람이지 않느냐."

더욱 송구스러웠다. 음식이 나오는 동안 잠시 대화가 끊어졌다.

"네가 고민할 필요가 없을 것 같다."

"무슨 말씀이십니까?"

청국장을 한 술 떠서 비비던 선생이 말했다.

"정준오와 홍학규는 광복이 되자 남한에 광복군으로 들어와 국군 창설에 힘을 쓴 것은 맞다. 하지만 그것이 그들이 광복군이었다는 말과 꼭 같은 것은 아니다."

"예?"

무슨 말인지 종잡을 수가 없었다. 선생은 단박이라도 너털웃음을 터트릴 것처럼 활짝 얼굴을 폈다.

"진실은 가린다고 가려지는 것이 아닌 법이다."

뜸을 들이는 선생의 말씀이 그를 약 올리는 것 같았다.

"네 덕분에 주신덕에 대해서도 새로운 사실을 하나 알게 되었다. 그는 정준오와 홍학규와 선후배 사이가 된다."

분명 어디선가 연결고리가 있을 거라고 짐작은 했었지만 선생이 못을 박듯 말해 주니 맘이 홀가분해졌다.

선생은 미소를 조금 거두고 진지한 목소리가 되었다.

"정준오와 홍학규는 만주 용정 광명중학을 나온 후, 만주군관학교에 들어갔다."

"예? 만주군관학교요?"

놀라지 않을 수 없었다.

"주신덕도 거기 출신이다. 셋 모두 만주군관학교 출신이란 말이다. 그들은 거기서 만났다."

황당함에 입을 다물 수 없었다. 만주군관학교는 일제의 괴뢰정권인 만주국에서 세운 장교양성소였다. 그곳을 졸업한 자들은 일본군 장교가 되어 만주에서 활동했다. 그 활동 내용은 복잡할 것도 없이 간단히 하나였다.

"그렇다. 만주에서 활동하던 독립지사들을 때려잡는 것이 그들의 임무였다."

"그…… 그런데 어떻게……."

선생의 얼굴 한쪽에 그늘이 드리웠다.

"광복이 되자, 만주에서 활동하던 친일파와 자원해서 일본 장교가 된 자들은 둘 중 하나를 선택해야만 했다. 귀국하든지 아니면 만주에 그대로 남든지."

선생의 말은 충격적이었다.

"그들은 자신들이 저질렀던 죄 때문에 고민이 심각했다. 귀국 후 자신의 행적이 탄로 나면 목숨을 부지하기 어려울 테니 말이다. 그렇다고 만주에 그대로 남아 있기도 어려웠다. 그들에게 고초를 당한 사람들이 서슬 퍼런 눈빛으로 살아 있으니 말이다. 그동안은 일본군에게 기대었지만, 패망하여 일본군이 본국으로 돌아가게 되니 그야말로 그들 뒤를 봐줄 수 없게 된 것이다. 뒤통수가 불안해 살 수가 없는 거였다. 그렇다고 일본으로 가자니 그것도 아니었다."

강 형사도 선생의 강경해지는 목소리를 따라 흥분하기 시작했다.

"친일파와 친일 장교들 중, 1차로 귀국한 자들이 있었다. 귀국하려는 그들을 만류하는 자들도 있었지만, 실험실의 쥐처럼 그들의 이후 행적을 보고 자신들의 거취를 결정하려는 약삭빠른 자들도 있었다. 서로 남을 부추기기도 했다."

똑같은 놈들 중에도 어려울 때면 다시 차등이 나기 마련이었다.

"그런데 귀국한 자들에게 가해진 것은 처벌이 아니었다."

선생의 목소리는 침통함 그 자체였다.

"그들은 신변의 안정과 일정한 대우를 받았다. 오히려 지위가 높아진 자들도 있었다."

"어떻게 그런……."

선생의 눈빛이 형형해졌다.

"잘못 꿰어진 단추였다. 미군정은 처음부터 옷에 단추를 잘못 꿰었다. 치안 유지를 위해서 그들이 필요하다는 논리를 앞세웠다. 이후 아무 탈 없는 그들을 보고 다른 자들이 속속 만주에서 광복군으로 탈바꿈해서 들어오기 시작했다. 광복된 나라의 위상을 높이기 위해서 광복군의 숫자를 늘려야 했던 지도부는 그들을 적당한 선에서 광복군으로 받아주었다. 이렇게 일본군 장교였다가 광복군이 되어 들어온 숫자는 생각보다 적지 않다."

너무 당혹스런 말이었다. 억지로라도 어깃장을 놓고 싶어졌다.

"하지만 그들보다 진짜 광복군들이 더 많지 않았나요? 그리고 만주군관학교 출신들은 아무래도 자신들의 과거가 있으니까 전면에 나서지 못하고 물밑을 배회하지 않았을까요?"

선생은 침통한 표정으로 끄덕였다.

"처음에는 그랬다."

"처음에는요?"

"그렇다. 처음에는 그랬지만, 뭉쳐야 한다는 것을 깨달은 친일장교 출신들은 서서히 세력을 규합하기 시작했다. 진짜 광복군 출신들보다 더 잘 뭉쳤던 것은 자신들의 과거가 가지고 있는 약점 때문이었다. 그들은 더 결사적이었고 더 적극적일 수밖에 없었다. 뭉친 그들은 서서히 중도노선을 걷는 자들과 정치적 색깔이 없는 자들을 자신들 편으로 끌어들여 몸집을 불렸고, 그렇게 점진적으로 확장된 그들의 세력은 사회적 시스템마저 바꾸기 시작했다."

수육은 이미 식어 굳어져 버렸다. 청국장도 김이 나지 않았다. 입맛을 완전히 잃어버렸다.

"그래도 선생님, 민족 지도자들이나 광복군 출신들이 가만히 있지 않았을 거잖아요?"

"그랬겠지만 미군정은 다른 생각이었다. 더욱 이후 역사에 굴곡이 있었다. 한국전쟁은 모든 것을 바꿔 놓았다. 옳고 그름보다 효율이 먼저였다. 당장 눈앞에 전투에 나설 경험 있는 장교가 필요했다. 그 경험이 비록 독립지사를 때려잡는 경험이었다고 해도 말이다."

광복의 기쁨과 나라 건국의 어수선한 틈에서 일어난 전쟁이 다시 나라를 수렁으로 밀어버린 거였다.

"그리고 전쟁을 통해 살아남는 자들은 진한 동료애가 생기지 않을 수 없었다. 코앞에 총칼이 왔다 갔다 할 때, 과거는…… 쉽게 잊히는 법이다."

답답한 마음에 작은 것이라도 물고 늘어졌다.

"하지만, 한국전쟁 때 만주군관학교 출신들만 군대에 있었던 것은 아니잖아요?"

"물론 그렇지. 훨씬 더 많은 사람들이 우리나라를 위해 몸 바쳐 싸운 분들이었다. 하지만…… 저들을 배제할 수 있는 기회는 이미 지나가 버린 후였다. 무시할 수 없는 세력으로 성장한 데다 한국전쟁에서 새로운 전공을 쌓은 저들을 과거 일을 들어 간단히 배제할 수는 없는 노릇이었다. 더욱이 미군정 입장에는 그들이 절실했다."

일본인 주인이 버리고 간 공장을 맡은 것이 민족의 광복을 위해 피흘린 자들이 아니라, 그 공장을 효율적으로 움직여야 민족과 국가가 산다는 논리를 내세운 미군정 때문에 중용된, 일본인 주인 밑에 빌붙던 앞잡이들이었다는 것을 모르지는 않았다. 그리고 그런 일이 당시 허다했다는 것도 배워서 알고는 있었다. 하지만 광복군으로 일본군 출신들이 들어왔다는 것은 얘기가 크게 달랐다. 아주 많이 달랐다. 단지 빌붙어 실실대며 해롱거리던 자들이 아니라, 그들은 대놓고 민족을 죽이던 자들이었지 않은가.

"그럼 정준오와 홍학규가 바로……."

"그렇다. 그들이 바로 그렇게 광복된 조국에 들어온 일본군 장교들이다."

선생의 표정이 더없이 엄숙해졌다. 눈앞에 그들을 앉혀 놓고 준엄하게 심판할 서슬이었다.

"몇 가지 조사할 것이 있는데, 그것만 확인하면 더 확실해질 거다."

강 형사는 한참을 말이 없었다. 암담한 과거의 그늘이 가슴을 눌러댔다.

음식을 나르는 아주머니의 분주한 움직임이 낯설게 느껴질 즈음이었다. 침통한 표정의 강 형사를 타이르듯이 그의 앞에 선생께서 가방에서 뭔가를 꺼내 건넸다.

"선물이다."

받아든 것을 확인하고 놀라 고개를 번쩍 들었다.

"네가 보고 싶을 거라 생각했다."

"하지만, 이…… 이건 너무 과분한 겁니다."

선생께서 뭔가 할 일을 하셨다는 듯 흐뭇하게 웃으시며 고개를 흔드셨다.

"난 자식복이 없다. 아들은 죽고 며느리만 남았다. 손자도 손녀도 없다. 그렇다고 제자를 잘 키우지도 못했다. 그걸 물려줄 만한 사람이 없다. 그리고 이제 더 오래 살 것 같지도 않다."

숙연한 말씀에 더 이상 사양치 못하고 고개를 숙였다. 선생이 건네준 윤동주 시집이 손 안에서 따스하게 느껴졌다. 선생이 준 것은 1948년 출간된 초판본 《하늘과 바람과 별과 시》였다.

"너를 이렇게나마 다시 만나게 된 것이 정말 다행이다. 어쩌면 그걸 주라는 운명인지도 모르겠다."

뭐라 말하려는 것을 선생이 손을 저어 말렸다.

"초판본이긴 해도 유일본도 아닌데 뭘 그깟 것으로 그러느냐."

그리고는 의미심장한 눈빛으로 말씀하셨다.

"곧 네게 깜짝 놀랄 선물을 할지도 모르는데, 허허허허."

선생은 정말 환하게 웃었다.

그런 선생의 모습에 강 형사의 마음이 가벼워졌다. 그래서 선생의 말씀을 그냥 인사치레로만 여겼다.

그것이 실수였다. 선생께 여쭈었어야만 했다. 그것이 무슨 선물인지를…….

PM 03:00

선생을 보내드리고 경찰서로 돌아온 강 형사는 기분이 나쁘지 않았다. 연세대사건의 피살자들이 일제의 주구였다는 것을 안 것이 그의 맘속에 한 가지 번민을 날려버렸기 때문이다. 하지만 그건 사무실 책상 위에 커다란 박스 하나가 올려져 있는 것을 보는 순간까지만 그랬다.

강 형사의 눈치를 보고는 신문을 접으며 천 반장이 말했다.

"연 순경이 가져다 놓던데."

증거물 박스였다. 그것을 자료보관실 연 순경이 가져다 놓았다는 것이 문제였다. 증거물 박스는 자료보관실을 나오면 안 되는 거였다. 더욱이 증거물 박스는 세종로테러 관련 박스였다. 그리고 세종로테러 건은 모두 기무사로 이관되어 있었다.

강 형사는 내선으로 연 순경에게 전화했다. 언제나처럼 통화 중이었다. 분명 두 다리를 책상 위에 올려놓은 채 전화기 줄을 빙빙 돌리며 친구랑 수다를 떨고 있는 것이 틀림없었다. 강 형사는 증거물 박스를 들고 지하 자료보관실로 내려갔다.

어쨌든 세종로사건은 공식적으로 종료된 거였다. 하지만 아직 기무사에서는 수사 중이었다. 사라진 폭약을 찾는 문제는 포기해서는 안 되는 사안이었다. 그런데 증거물을 돌려보내다니 말이 안 됐다.

자료보관실 문을 열자 화장품 냄새가 진동을 했다. 연 순경은 순간적으로 다리를 내리며 전화기를 끊는 행동이 일사분란했다. 그러고는 악몽에나 나옴직한 피에로같이 찢어지는 미소를 지어냈다. 그리고 세종로 사건 증거물 박스를 왜 책상 위에 올려놓았냐는 말에 그것 때문이냐는 듯 심드렁하게 답했다.

"기무사에서 보내왔어요. 증거물이니까 제 담당이어서 제가 일단 받았지만, 증거 시효가 종료된 증거물이더라구요."

공식적으로는 그랬다.

"아시다시피 시효 종료된 증거물은 폐기하든지 아니면 본인에게 인계하는 것이 원칙인데, 증거물 중에서 강 형사님 것이 있어서 일단 올려 보낸 거예요."

도대체 뭐가 잘못이냐는 말투에 할 말이 없었다. 사실이 그랬다. 애초부터 기무사에서 보내서는 안 되는 것을 보낸 거였다. 강 형사는 박스를 테이블로 가져가 열었다. 임수연의 빌라에서 수거한 자신의 물건들이었다. 냉정하게 가버린 그날의 윤 소령 모습이 떠올랐다. 말없이 듣기만 하는 전화의 결과가 이렇게 돌아온 거였다. 이젠 완전히 손을 떼라는 말이었다.

문득 짙은 화장품 냄새가 다가왔다. 고개를 돌려 보니 연 순경이 아주 못마땅해 하는 눈치로 쏘아보고 있었다. 그냥 가져가든지 아니면 빨리 버리지 왜 여기에 와서 자신을 귀찮게 하느냐는 눈치였다. 무시하고 씩 웃자, 연 순경이 악취미를 발휘하고픈 눈빛으로 변했다.

아니나 다를까 느닷없이 아픈 곳을 훅 찔렀다.

"방 형사님도 전에 거기 그렇게 앉으셔서 강 형사님 생각을 하시며 즐거워하시던데."

입가가 찢어질 정도로 기괴한 웃음을 지어냈다. 역시 그거였다. 혼자 앉아 손톱 손질하고 나서 전화기 줄을 빙빙 꼬며 새로 사귄 애인과 시답지 않은 전화로 시간을 죽여야 하는데, 그것을 방해한 것에 원한이 쌓인 것이다.

"강 형사님이 잡혔던 날 밤, 그러니까 거 뭐더라…… 아! 임수연인가 하는 창녀네 집에서 수거한 증거물들을 보시면서 눈물을 다 글썽이시더라고요."

사갈 같은 여자였다. 자신이 내게 올려보낸 증거물이 바로 그거라는 것을 번연히 알면서도 이런 말을 했다. 떡칠한 화장품 냄새가 요동을 쳤다.

"방 형사님이 참 불쌍도 하지……. 어머, 어머, 죄송해요. 제가 실언을 했네요."

손을 입가로 가져가며 호들갑을 떨었다. 눈알은 즐겁다는 듯 징그럽게 빙글거렸다. 입안까지 욕이 튀어나와 있었다. 하지만 억지로 참고 웃음을 만들어냈다. 자료를 빨리 찾지 못한다고 호통을 쳤던 천 반장을 성평등위원회에 제소했던 작년 일이 번득 스쳤기 때문이다. 연 순경 말대로라면, 천 반장은 여성의 고유의 특성을 무시하고 남성 위주의 사무를 요구한 파렴치한이었다. 성평등교육과정을 이수하는 일주일 내내 천 반장이 게거품을 물어냈지만, 어쩔 수 없는 노릇이었다.

연 순경이 들이대면 무조건 피하는 것이 상책이었다.

"어, 괜찮아. 실언은 무슨, 사실인데."

도발에 예상했던 반응이 나오지 않자 연 순경은 흥미를 확 잃은 표정이 되었다. 강 형사는 얼떨떨한 표정의 연 순경을 밀어붙였다.

"아까 말했던 거 말야. 방 형사가 눈물을 흘리며 보았다던 그거, 그게 이건가?"

손으로 자기 앞에 놓인 증거물 박스를 가리켰다. 연 순경이 팔짱을 끼며 끄덕였다.

"그래, 그런데 여기서 몇 개 빠진 것 같은데?"

"뭐가요?"

"어, 그날 말야. 내가 역삼동 임수연 빌라에서 그 창녀와 뒹굴 때 분명 콘돔을 썼거든. 그런데 그 중요한 증거물이 여기 없네. 그것도 내 꺼잖아. 그건 어디 있어? 연 순경이 감췄어?"

연 순경의 얼굴에 뜨악한 표정이 떠올랐다.

"그게 아니면 당장 기무사 윤 소령에게 전화해서 내 콘돔은 어디 갔냐고 물어봐. 빨리!"

연 순경의 얼굴이 푸르딩딩하게 변하며 눈꼬리가 찢어질 듯 올라갔다. 당장 달려들어 목덜미를 물어뜯을 것만 같았다. 하지만 기무사에 연락하지 않을 수는 없었다.

속이 다 후련했다. 짙은 향수가 멀어져 갔다. 토할 것 같은 기분이 조금 나아졌다. 잠시 머리를 식혔다.

얼굴색이 시퍼렇게 변한 연 순경이 거칠게 전화기를 탕 놓는 소리를 들으며 강 형사는 속으로 고소해 했다. 강 형사가 박스 안에 있는 증거물들을 테이블 위에 올려놓을 때였다.

"콘돔은 없었다는데요. 쓰지 않은 콘돔만 왕창 있었는데 그건 강 형사님 것인지 확실치 않아 반환하지 않았다고 하고요."

당연했다.

"어 그래, 알았어."

증거물을 보는 척하며 고개도 들지 않고 심드렁하게 답했다. 연 순경의 콧김이 머리 위에 뜨겁게 움직이는 듯했다. 역시 연 순경은 만만치 않았다. 제 책상으로 돌아가지 않고 바로 옆에 서서 팔짱을 꼈다.

“아, 그거예요. 방 형사님이 눈물을 펑펑 흘리시던 게.”

표독스런 눈빛으로 쏘아보며 연 순경은 유치원 연극에서처럼 말했다.

“글쎄 얼마나 좋으셨으면, 강 형사님의 고린내 신발을 꼭 껴안으시더라니까요.”

비꼬는 어투로 연 순경은 양말에 키스를 했다는 말도 안 되는 소리를 늘어놓았다. 그대로 두면 양말을 쪽쪽 빨았다는 말까지 할 것 같았다.

“알았으니까, 이제 그만 가보지.”

“예?”

“가보라고. 가서 일 봐. 여기 서서 떠들라고 국가에서 월급 주는 것은 아니잖아.”

연 순경의 얼굴이 다시 새파랗게 변했다.

“증거물은 다 검토하면 폐기할지 가져갈지 결정해서 부를 테니까. 가 봐.”

까딱까딱 손목을 흔들어 꺼지란 제스처를 취하자 연 순경은 당장이라도 달려들것 같았다. 하지만 틀린 말은 아니었고, 어쨌든 직급은 강 형사가 위였다.

삐쭉거리며 돌아간 연 순경이 제 책상으로 가 성질을 부리며 앉는 것이 보였다. 그러면서 박스에서 꺼내 늘어놓은 것들 중에서 구두를 들어 보았다.

갈색 랜드로버였다.

모친 장례식에 내려가려고 고속터미널 좌판에서 급히 산 거였다. 며칠 신었을 뿐이어서 그런지 낯설었다. 당연했다. 처음부터 딱히 뭘 확인하려고 한 게 아니라 연 순경을 골탕 먹이려 했기에 신경 쓰지 않았다.

그냥 보는 척했다. 문득 방 형사가 펑펑 울었다는 거나 신발을 끌어안았다는 연 순경의 얘기는 허황되기는 해도 아주 근거 없이 처음부터 꾸며댔을 리는 없다는 생각이 들었다.

그래서 천천히 살폈다. 하지만 아무리 보아도 끌어안고 울 정도로 단서가 될 만한 것은 없었다.

한쪽에 밀어놓고 박스 속에서 하얀 발가락 양말을 찾아 꺼냈다.

분명했다. 자기 거였다. 집에 같은 것이 몇 켤레 더 있고, 경찰서 숙직실에도 가져다 놓았다. 이것도 역시 꼼꼼히 살펴도 특이할 것이 없었다.

연 순경의 못된 장난이라고 욕을 하려는 찰나, 순간 뭔가가 눈에 스쳤다. 심장이 덜컹하는 느낌이 들었다. 서늘한 기운이 가슴을 홱 지나갔다.

랜드로버와 양말을 나란히 같이 놓았다. 흔들리는 눈길을 따라 손도 가볍게 떨렸다.

방 형사가 그랬던 것처럼 그도 곧 'Aqua' 랜드로버와 'Akua'가 찍힌 흰색 양말의 차이에 도달했다.

'그…… 그랬구나…….'

강 형사는 자신이 어디를 가도 귀신같이 따라다니던 자들이 어떤 술수를 부렸는지 비로소 깨달았다. 티 나지 않게 구두 뒤축에 작은 홈을 파고 위치추적기를 심었을 거다. 그걸 임수연 빌라에서 바꿔치기했기 때문에 이제껏 다들 몰랐던 거였다.

'나도 모르고 지나친 걸 어떻게 용케 알았네…….'

그는 방 형사가 자랑스럽게 여겨지며 가슴이 뿌듯해졌다. 그녀가 보고 싶어지자 자연스럽게 현재 그녀의 처지가 떠올랐다. 그러자 서운함이 고개를 들었다. 그건 지금 후지와라 옆에 있기 때문만은 아니었다.

자신이 테러범으로 잡혀 있을 때, 자신이 모함에 빠졌다는 것을 밝힐 수 있는 결정적 증거를 찾고도 보고하지 않은 그녀의 행동이 이해되지 않아서였다. 서운함이 배신감을 끌어들일 때였다.

'왜 보고 안 한 거야? 범인을 잡을 수도 있었잖아. 누가 위치추적기를 부착했었는지 알면 범인을 알……'

순간, 벼락이 치는 듯했다.

강 형사는 충격에 경악하고 말았다. 팽팽하게 확장된 눈이 흔들리며 온 몸이 딱딱해져 왔다. 입술이 부들부들 떨려왔다.

'이…… 이럴 수가……'

눈앞이 캄캄해졌다. 갑자기 주변이 흔들리며 모든 것이 푹 꺼져 내려앉는 깊은 충격에 휩싸였다.

'혀…… 현진이도 알았구나. 그래서……'

잠시나마 그녀를 원망했던 자신의 옹졸함이 수치스러웠다. 그녀는 진실에 도달했던 거였다. 그런데 그 진실은 절대로 말할 수 없는 거였다.

의자에 몸이 구겨지듯이 축 처진 강 형사는 손가락 하나 까딱할 수 없었다. 그는 자신을 세종로테러범으로 몬 자, 자기 뒤를 집요하게 쫓았던 자, 끝없이 경찰에 제보를 했던 자, 그래서 결국 자신을 감옥에 처 넣은 자가 누군지 분명히 알았다.

하지만 믿을 수 없었다. 아니 믿어서는 안 되는 거였다.

진실은 정말 눈앞에 있었다.

강 형사의 머릿속에서는 그가 랜드로버를 사는 광경에서부터 임수연의 빌라에서 잡힐 때까지 일어났던 일이 스틸 컷처럼 휙휙 지나갔다.

랜드로버에 감쪽같이 위치추적기를 심으려면 아무리 신속하게 움직여도 최소한 3, 4분은 필요했다. 잠잘 때는 아니었다. 예민한 형사의 감각을 저들이 모를 리 없었다. 그렇다면 다른 때인데, 항상 신고 있는 구두가 5분 이상 떨어져 있을 수는 없다. 그런 적은 없다.

딱 한 번을 빼곤 말이다.

새엄마의 영안실에서 조문하고 육개장을 먹는 동안은 구두와 떨어져 있었다. 영안실에 가서 접객실에 앉아 식사하는 것은 상식이었다. 그때 영안실에서 누군가 신발을 가져다가 무슨 짓을 했다고 해도 자신은 알 수 없었다. 양아치들과 한판 싸움을 벌이고 있었기 때문이다. 놈들이 일부러 시비를 걸었다는 것을 깨달은 강 형사는 있을 수 없는 일에 고개를 저었다. 공허한 눈은 깊은 어둠 속으로 젖어갔다.

놈들은 아버지의 부하였다. 그건…… 추적장치를 단 사람이 아버지란 말과 같았다.

'그래서 혀…… 현진이가 말을 못한 거였다…….'

강 형사는 믿을 수 없는 사실에 몸서리쳤다. 하지만 부인할 수 없는 증거가 바로 눈앞에 있었다.

'아버지가…… 내 아버지가 나를 테러범으로 몰았다…….'

(2권에서 계속)